Katie Kacvinsky

MADDIE – IMMER DAS ZIEL IM BLICK

Weitere Titel der Autorin:

Die Rebellion der Maddie Freeman
Maddie – Der Widerstand geht weiter
Dylan & Gray

Titel auch als E-Book erhältlich

KATIE KACVINSKY

MADDIE – IMMER DAS ZIEL IM BLICK

Aus dem
amerikanischen Englisch
von Ulrike Nolte

Boje

MIX
Papier aus verantwortungsvollen Quellen
FSC® C083411

Dieser Titel ist auch als E-Book erschienen

Titel der englischsprachigen Originalausgabe:
»Still Point«

Textredaktion: Frauke Heithecker, München
Umschlaggestaltung: Sandra Taufer, München
Umschlagmotiv: © Marie Killen/Getty Images, © sironpe/iStockphoto
Satz: Dörlemann Satz, Lemförde
Gesetzt aus der Weiss
Druck und Einband: CPI books GmbH, Leck

Printed in Germany
ISBN 978-3-414-82433-2

5 4 3 2 1

Sie finden uns im Internet unter: www.boje-verlag.de

20. Mai 2061

Als ich Eden verließ, hat Elaine mich gebeten, gut auf mich aufzupassen, da ich so viel von dem Element Wasser in mir trage. Sie hat mich gewarnt, dass diese besondere Gabe schwer zu kontrollieren sei. Wasser lässt sich nicht festhalten. Wasserpersönlichkeiten haben es schwer mit der Liebe, weil es zu ihrer Natur gehört, sich Wege aus allem zu suchen, was sie einengen will. Wasser kann seine Ufer überfluten, und es kann vergessen, wo es eigentlich hingehört. Elaine hat mir geraten, die Kraft des Wassers zu meinem Vorteil zu nutzen, aber gleichzeitig daran zu denken, wie zerstörerisch es werden kann. Ich solle nicht glauben, dass Hindernisse mich immer nur ausbremsten oder blockierten. Manchmal haben sie einfach den Sinn, mich auf einen anderen Weg umzulenken.

Das Element Wasser hat auch Vorteile. Es vergibt und vergisst, wandelt sich ständig, ist unberechenbar und besitzt enorme innere Kraft. Wasser ist stärker als Fels. Es kann den härtesten Stein aushöhlen, fortschwemmen, in Stücke brechen … oder auch allmählich durch die Oberfläche sickern. Wasser fließt um alles herum, was ihm im Weg ist, ob von oben, unten oder mitten hindurch. Es kann sich in endlose Formen verwandeln, einmal so still sein, dass man es kaum bemerkt, dann wieder mit unbezähmbarer Wildheit losschlagen. Wenn Wasser auf Feuer trifft, genügt ein einziger Schwall, um die Flammen zu löschen.

Leider sind die Nachteile ebenso groß. Wasserpersönlichkeiten ertragen keine Dürrezeiten. Sie können innerlich austrocknen. Dann schrumpfen sie so lange in sich zusammen, bis jemand kommt und sie wieder wässert. Deshalb brauchen sie andere Menschen. Sie sind abhängig von Liebe und Unterstützung. Ohne die nötige Pflege verkrusten sie und entwickeln eine harte Schale, die so rissig ist wie abblätternde Haut. Sie werden runzelig und welk, manchmal scheinen sie ganz zu verschwinden, doch warten sie nur in verborgenen Ritzen darauf, neu aufzuleben.

Menschen sind wie unabhängige Ökosysteme oder wie Zwergplaneten voller Inseln, Klimazonen und Wetterprognosen. Manche von uns tragen raue Gebirgszüge mit sich herum, andere Seenlandschaften. Ich muss an die anderen Elemente denken, die ebenfalls in uns versteckt sind. Justin besteht vor allem aus Feuer, so inspirierend, draufgängerisch, entflammbar und kreativ wie er ist. Mein Vater ist aus Erde gemacht – schwer zu durchdringen, hart, zäh und unveränderlich. Meine Mutter und Clare sind hell und leicht wie Luft, sie sehen immer nur das Gute und bringen frischen Wind in jeden Raum, den sie betreten. Sie sind das verbindende Element, das Menschen zusammenführt und alle möglichen Perspektiven und Denkweisen gestattet.

Wenn wir unsere Elemente kennen, dann kennen wir auch unsere Stärken. Aber noch wichtiger sind unsere Schwächen. In unserem Leben gibt es ein ständiges Tauziehen zwischen diesen beiden Seiten. Unsere Stärken prägen uns, doch unsere Schwächen setzen die Grenzen.

Natürlich braucht man im Leben alle Elemente. Man kann sich nicht von der Erde oder der Luft trennen, bloß weil ihre Eigenschaften den eigenen widersprechen. Damit lässt sich auf Dauer keine gesunde Balance schaffen. Alle vier haben ihren Zweck … nur muss ich erst noch herausfinden, wie sie sich kombinieren lassen. Um in meinem Leben glücklich zu sein, brauche ich jedenfalls auch Erde und Luft. Sonst wird mir immer etwas fehlen.

Deshalb habe ich meine Wahl getroffen.

Leider gibt es nur ein Problem. Ich hatte keine Chance, mit Justin zu reden und ihm alles zu erklären. Meine Entscheidung bedeutet nicht, dass ich meine Familie über ihn stelle.

Ich habe ein klares Ziel vor Augen, doch zur Abwechslung will ich selbst bestimmen, wie der Weg verläuft, statt mir die Route vorschreiben zu lassen. Ich hoffe, das kann er verstehen.

Kapitel Eins

»Willkommen im trauten digitalen Heim«, murmelte ich, als Scotts Wagen die Ausfahrt nach Corvallis nahm. Dunkelgraue Wolken sammelten sich über uns und versuchten, die blauen Flecken zu verdrängen, wo die Sonne hindurchschien. Ich schaute in den Himmel und hatte das Gefühl, dass meine Zukunft so unvorhersehbar war wie die Wolken. Ständig änderten sie ihre Form und ließen sich einfach nicht festnageln. Wann immer ich in meinem Leben glaubte, ein Muster oder eine Richtung erkennen zu können, drehte sich der Wind und ich konnte nur nach oben starren und mich fragen, was das alles bedeuten sollte.

»Du wolltest ja unbedingt hierher zurück«, erwiderte Scott scharf. »Ehrlich, war ein halbes Jahr im Umerziehungscenter nicht Tortur genug?«

Ich schaute aus dem Fenster und konzentrierte mich auf das bisschen blauen Himmel, auch wenn bereits dicke Regentropfen gegen die Windschutzscheibe prasselten. Wir mussten kurz anhalten, um eine Stadtbahn vorbeizulassen. Sie war auf den menschenleeren Straßen weit und breit das Einzige, was sich bewegte. Scott und ich waren schon seit Stunden unterwegs, fast ohne ein Wort zu sagen, und ich hatte es satt, die wachsende Anspannung zwischen uns zu ignorieren.

»Okay«, sagte ich, »was hältst du von einem Spiel namens ›brutal ehrlicher Smalltalk‹? Das wäre mir lieber, als dass du mich weiter anschweigst.« Ich grinste in seine Richtung, doch er verzog keine Miene. »Du kannst anfangen«, gab ich ihm einen zusätzlichen Schubs.

Seine Hände umklammerten krampfhaft das Steuer, als er den Wagen um eine Ecke lenkte. Wir durchquerten eine Wohngegend, in der es so ruhig war, dass selbst die Bäume im Tiefschlaf zu sein schienen. Ihre grünen Blätter waren reglos wie auf einem Foto.

»Sorry, wenn ich ein bisschen irritiert darüber bin, dass dein Vater dir wichtiger ist als wir«, sagte er. »Immerhin waren wir die letzten sechs Monate für dich da und haben dir geholfen. Und jetzt lässt du uns im Stich. Ich meine, du hast in Eden keinem Menschen gesagt, was du vorhast. Für mich sieht das aus, als ob du einfach wegläufst.«

Ich knabberte an einem Fingernagel herum, dann atmete ich tief durch und versuchte, unberührt zu klingen. »Ich wollte nicht, dass jemand versucht, mich aufzuhalten«, sagte ich schlicht. Scott drückte aufs Gas, und ich genoss mit geschlossenen Augen das Gefühl, wie die Geschwindigkeit die Reifen gegen den Asphalt presste. Um vorwärtszukommen, brauchte man eine Reibungsfläche. Das galt auch für meine Familie. Ich kehrte nach Hause zurück, um für die nötige Reibung zu sorgen.

»Mir ist schon klar, was du dir dabei denkst. Du siehst dich als Geheimagentin in feindlichem Gebiet. Sehr lobenswert. Aber du musst niemandem mehr etwas beweisen.«

»Das ist nicht der Grund«, sagte ich.

»Was denn sonst?«, wollte er wissen, während er in die Straße einbog, wo unser Haus stand. Sofort fühlte ich den Druck auf meinen Schultern und meine Knie rückten instinktiv von der Tür ab, als sei der Wagen ein schützender Panzer, in den ich mich verkriechen konnte.

Ich musterte Scott von der Seite. Seine schwarze Brille war ein Stück die Nase heruntergerutscht und das dunkle, gegelte Haar zu einer Stachelfrisur betoniert. »Ich will meine Familie nicht als *feindliches Gebiet* betrachten. Dazu bin ich einfach nicht bereit. Also muss ich herausfinden, was mit meinem Vater los ist, und er wird mir die Wahrheit sicher nicht via Bildschirm sagen. Wenn er Spielchen spielen will, muss ich mich eben darauf einlassen.«

»Dein Vater ist erstklassig im Manipulieren von Leuten. Er könnte dich zwingen, für seine Seite zu kämpfen.«

Ich schaute auf den tätowierten Vogel, der die Innenseite meines Handgelenks schmückte. »Nachdem mich das DCLA nicht brechen konnte, glaube ich kaum, dass wir uns um meinen Vater sorgen müssen«, stellte ich fest. Darauf fiel Scott keine Antwort ein.

Stattdessen fragte er: »Wie willst du denn mit Justin in Kontakt bleiben?«

Gute Frage. Ich trommelte mit der Fußspitze auf den Boden. »Justin wird mich schon erreichen«, sagte ich. »Er findet immer eine Lösung.«

»Nicht, wenn es so aussieht, als wolltest du uns verraten. Hast du wenigstens mit ihm über deine Pläne gesprochen?«

»Ich brauche doch keine Erlaubnis von ihm! Außerdem würde er mich auf jeden Fall unterstützen. Das machen Freunde nämlich so«, deutete ich an.

»Außer sie halten deine Entscheidung für einen idiotischen Fehler.«

Ab und zu hatte ich einen kleinen Rückfall in meine techniksüchtigen Zeiten und wünschte mir Programmfunktionen aus meinem digitalen Leben zurück. Zum Beispiel, dass ich Leute auf stumm schalten, wegklicken oder gleich ganz löschen konnte. Ich musste mich damals eigentlich nie über etwas ärgern, besonders nicht über Menschen. Geduld war eine unnötige Tugend. Wann immer jemand eine Bemerkung machte, die mir nicht gefiel, konnte ich die Person einfach ausradieren. So unwichtig waren mir Menschen damals. Freunde waren nicht mehr als eine witzige App oder ein cooles Profilbild zum Austausch von Updates.

In der echten Welt funktioniert das nicht. Hier muss man geduldiger und nachsichtiger sein, um Menschen trotz ihrer Schwächen mögen zu können. Wenn man sich nur fehlerlose Freunde aussuchen will, kann man lange warten. Andererseits wird man dadurch verständnisvoller und weniger egoistisch. Schließlich ist es ziemlich langweilig, sich nur mit Leuten abzugeben, die genauso sind wie man selbst. Da fehlt einfach die Herausforderung. Meine Mutter hat früher immer gesagt, man solle gerade die Menschen lieben, die dafür am wenigsten geschaffen scheinen. Ich glaube, sie sprach über meinen Vater, aber trotzdem gilt es auch ganz allgemein.

Ich konnte Scotts Bemerkungen mit einem Achselzucken ignorieren, weil ich wusste, dass er das Leben immer nur schwarz-weiß sah. Entweder man war für ihn oder gegen ihn. Kompromisse verstand er nicht.

Er parkte und zeigte die Straße hinunter. »Meine Wohnung ist nur zwei Meilen von hier. Du kannst bei mir und Molly bleiben, wenn du willst. Dann kannst du dich mit deinem Vater treffen und hast trotzdem noch den nötigen Abstand.«

Ich dachte über sein Angebot nach. Jeder in meinem Leben schien das Bedürfnis zu haben, mich unter Aufsicht zu halten.

Mit einem Kopfschütteln tastete ich nach dem Türgriff. »Ich will keinen Abstand«, sagte ich. »Abstand ist genau das Problem.« Ich öffnete die Tür und nahm die Reisetasche vom Boden zwischen den Sitzen. »Bis demnächst.«

»Wohl kaum.«

Scott trat das Gaspedal durch, bevor ich die Tür ganz zugeworfen hatte. Stirnrunzelnd sah ich dem davonrasenden Auto hinterher. Wann immer ich mich entschied, einer Person zu helfen, enttäuschte ich damit automatisch eine andere. Das schien eine Art Karma zu sein. Mir blieb nichts weiter übrig, als mir selbst zu vertrauen, als ersten Schritt. Und zumindest damit würde Justin wohl kein Problem haben.

Ich betrachtete den Rasen neben dem Bürgersteig, der so perfekt aussah, dass bestimmt nie eine Fußsohle die grünen Halmspitzen gestreift hatte. Eine wogende Fläche aus Plastikgras glänzte in der Sonne, noch feucht von dem kurzen Regenschauer. Mein Blick richtete sich zögernd auf die vier Stufen, die zu der pechschwarzen Eingangstür meines Elternhauses führten. Türen sollten doch eigentlich etwas Einladendes haben. Die elegante silberne Klinke glänzte im Sonnenschein wie frisch poliert. Trotzdem stellte sich nicht das Gefühl ein, hier willkommen zu sein. Die Tür kam mir eher vor wie das schwarze Zentrum einer Zielscheibe, das ich immer wieder anvisierte, aber nie richtig traf.

Orte haben eine Energie, die man spüren kann. Sie fühlen sich leicht oder schwer an, bedrückend oder erhebend. Sie strahlen eine Stimmung aus, die einladend oder abweisend sein kann. Hier empfing mich Traurigkeit, ein Gefühl von Isolation und sogar ein Hauch von Bedauern. Ich hatte das unangenehme Gefühl, dass ich nur lange genug stehen bleiben und lauschen müsste, um ein geisterhaftes Wimmern aus den Fenstern zu hören.

Ich ließ die Stille dieser Wohngegend auf mich wirken und versuchte, mich wieder in mein altes Leben einzufügen wie ein Stöpsel in einen Abfluss. Der Wind säuselte durch die Plastikblätter und ließ sie mit alt bekanntem Klappern gegeneinanderrascheln. Züge rauschten in der Ferne vorbei, so regelmäßig wie die Atemzüge einer eisernen Lunge. Irgendwo am Himmel dröhnte ein Flugzeug. Es gab kein einziges natürliches Geräusch, alles war künstlich. Ich wartete auf einen dramatischen Paukenschlag – ein plötzliches Sirenengeheul, ein Unfallkrachen oder einen Schrei. Vielleicht wartete ich darauf, dass jemand mich aufhielt. Ich hätte gerne einen Grund gehabt, umzudrehen und wieder zu gehen. Aber ich entschied mich nun einmal nie für den einfachen Weg. Das schien mein Lebensmotto zu sein.

Ich hatte siebzehn Jahre lang in diesem Haus gelebt, warum also fühlte ich mich hier total fremd? Es war ein ziemlich merkwürdiges Gefühl, feststellen zu müssen, dass ich an den Ort meiner Geburt nicht wirklich gehörte.

Mir war klar, dass meine Zweifel nur wachsen würden, je länger ich hier stand. Ich wusste aus Erfahrung, dass man eine Entscheidung durchziehen musste, wenn man sie einmal getroffen hatte. Sonst hörte man auf, sich selbst zu vertrauen, und ließ andere Leute die Entscheidungen treffen. Diese Lektion hatte ich gelernt.

Ich warf die Reisetasche über meine Schulter und ging langsam auf die Eingangstreppe zu. Meine grauen Turnschuhe schlurften über die glatten Steinplatten. Dabei suchte ich in meinem Herzen etwas, das mich mit diesem Ort verband. Mein Elternhaus sollte doch wenigstens ein paar Erinnerungen enthalten, die mich hineinzogen und nicht mehr losließen. Ich wartete darauf, dass mich ein Heimatgefühl durchwogte wie ein stetiger Pulsschlag. Aber ich spürte überhaupt nichts, höchstens eine Welle von Ernüchterung. Auf der Veranda begrüßten mich zwei Schaukelstühle aus Rattan und ein schmiedeeiserner Ziertisch. Darauf stand ein Blumenkübel mit gelben Plastikgeranien, leblos, starr und von eingefrorener Perfektion. Zweifel krochen in mir empor und ließen kalte Finger mein Rückgrat auf- und abwandern. Ich schaute die Straße hinunter und stellte mir Scotts Wagen vor. Noch konnte ich meine Meinung ändern.

Die Stille wurde von vertrautem Hundegebell durchbrochen. Also gab es wenigstens einen, der mich zu Hause willkommen heißen würde. Ich hörte Schritte von drinnen und dann öffnete meine Mutter die Tür und starrte mich schockiert durch das Fliegengitter an. Ihr Mund stand offen und war zu einem lautlosen ›Oh‹ geformt. Sie trug elegante schwarze Leggings und einen grauen Pullover in Tunika-Länge. Ihre braunen Haare waren mit Strähnchen in Karamell durchsetzt. Es hatte mich schon immer beeindruckt, dass meine Mutter zwar kaum das Haus verließ, sich aber trotzdem täglich die Mühe machte, sich zu stylen, das Haar zu frisieren und sogar kleine Extras wie Ohrringe und Armbänder hinzuzufügen. Ich war froh zu sehen, dass sie damit nicht aufgehört hatte. Vielleicht gab es immer noch eine Chance, sie in meine Welt hineinzuziehen.

»Maddie«, sagte sie mit solcher Erleichterung, dass es fast wie ein Lachen klang.

Baley, unsere schokoladenbraune Labradorhündin, kratzte am Fliegengitter der Tür. Meine Mutter öffnete es schnell, bevor das Tier einfach hindurchstürmen und ein Loch hineinreißen konnte. Baley sauste um sie herum und warf mich fast zu Boden, als ihre Riesenpfoten gegen meinen Bauch prallten. Ich kniete mich hin und schlang die Arme um sie, weil ich einfach jemanden knuddeln musste. Als ich wieder aufstand, überraschte mich meine Mutter, indem sie mich ebenfalls umarmte. Sie umklammerte mich geradezu ungestüm, als sei sie ganz ausgehungert nach Körperkontakt. Ich lehnte mich gegen sie und ließ mich von ihrem Lachen anstecken, das sich jedoch bald in ein ersticktes Schluchzen verwandelte. Ihr Rücken bebte, und ich hielt sie fest, während sie sich an meiner Schulter ausweinte. In diesem Augenblick fühlte ich mich furchtbar, weil ich so lange fortgeblieben war. Es tat schrecklich weh, dass ich sie fast ein ganzes Jahr lang nicht gesehen hatte. Ich konnte die Zeit nicht mehr zurückdrehen, aber all meine Zweifel verflogen. Jetzt wusste ich mit absoluter Sicherheit, dass es richtig gewesen war, nach Hause zu kommen. Und auf diese Sicherheit konnten wir uns beide stützen, wenn es schwierig wurde.

»Ich bin echt erleichtert, dass du dich freust, mich zu sehen«, sagte ich. Sie schob mich ein kleines Stück von sich weg, und trotz der Tränenspuren strahlten ihre Augen mich an.

»Was tust du denn hier?«, fragte sie.

»Ich habe mich entschieden, Dads Angebot anzunehmen.«

Sie öffnete die Tür vollständig und wir gingen zusammen hinein. Baley blieb so dicht an meiner Seite, dass ich fast über sie stolperte.

»Du bist wirklich bereit, mit ihm zusammenzuarbeiten?« Meine Mutter musterte mich. »Oder willst du ihn ausspionieren?« Sie kannte mich viel zu gut. Weiter hinten im Flur wurde lautstark eine Tür geöffnet.

»Die Antwort darauf würde ich auch gerne hören.« Die Stimme meines Vaters strömte mir entgegen wie eine Kaltfront, die in ein Warmluftgebiet eindringt. Seine teuren Schuhe dröhnten auf dem Laminatboden und dann stand er auch schon in der Eingangshalle. Er betrachtete mich eher skeptisch als erfreut oder erleichtert, aber immerhin lächelte er.

»Du hast mich gar nicht informiert, dass du nach Hause kommen willst«, sagte er.

Nette Begrüßung, dachte ich. »Sorry«, antwortete ich laut. »Ich dachte nicht, dass deine Einladung ein Verfallsdatum hat. Hätte ich erst einen schriftlichen Antrag stellen sollen?« Innerlich gab ich mir selber einen Tritt. Es war verführerisch einfach, mit meinem Vater in Wortgefechte zu geraten, aber Wut würde uns nicht weiterbringen. Wir brauchten einen Neuanfang und dazu musste ich einen klaren Kopf bewahren.

Er dirigierte uns in die Küche, wo meine Mutter ein paar Kaffeebecher aus dem kleinen Wandschrank holte. Dad setzte sich neben mich an den Tisch. So nah war ich ihm seit einem Jahr nicht mehr gewesen und unwillkürlich richteten sich sämtliche Härchen auf meinen Armen auf wie kleine Abwehrstacheln. Ich studierte sein Gesicht – mein Vater schien nie zu altern. Hohe Wangenknochen saßen wie gemeißelt über einem kräftigen Mund. Weil ich so beschäftigt damit war, ihn zu mustern, fiel mir zuerst gar nicht auf, dass er mich genauso sorgfältig betrachtete.

Sein Blick war immer ein bisschen zu durchdringend gewesen, als würde er mit einem Vergrößerungsglas nach jeder winzigen Schwäche oder Unvollkommenheit an mir suchen, die er ausbessern konnte.

»Du hast ein bisschen zugenommen«, stellte er fest. Normalerweise will man so etwas nicht gerade hören, besonders als Mädchen, aber in meinem Fall war es ein Kompliment. Endlich sah ich mir selbst wieder ähnlich. Ich war gesund.

»Elaine hat mich gut versorgt«, sagte ich. »Wusstest du, dass man in Bayview die Mahlzeiten selbst kocht und sich dazu drei Mal täglich gemeinsam an einen Tisch setzt?«

»Was du nicht sagst.«

»Habt ihr in letzter Zeit mal etwas Selbstgekochtes gegessen?«, fragte ich. »Man kann tatsächlich schmecken, woraus es besteht. Hier in Corvallis gibt es auch ein paar Lebensmittelläden, aber davon wissen die meisten Einwohner nichts, weil Kleinhändler gegen die Online-Werbung nicht konkurrieren können.«

»Maddie –«

Meine Mutter warf mir einen warnenden Blick zu, aus dem ich ablesen konnte, dass ich bereits die Grenzen des töchterlichen Gehorsams überschritten hatte. Ich presste die Lippen aufeinander, aber Dad sah aus, als hätte mein kleiner Vortrag ihn amüsiert.

»Danke für den Tipp«, sagte er ironisch und nippte an seinem Kaffee. Ich drückte meine Handflächen fest gegen die Tischplatte.

»Dad, du hast gesagt, dass wir reden würden, wenn ich nach Hause komme. Nennst du das etwa reden?«

Er schaute mich an. »Du möchtest mit mir über Kochen und Shoppen diskutieren?«

»Du hast versprochen, dich auf eine Zusammenarbeit einzulassen.« Ich betrachtete forschend sein Gesicht, um zu sehen, ob er einen Rückzieher plante. »Wenn dieses Angebot nicht mehr gilt, musst du es mir jetzt gleich sagen. Sonst ist alles nur Zeitverschwendung. Bist du wirklich bereit, mit uns zu kooperieren?«

Meine Mutter stand an den Küchentresen gelehnt und musterte Dad auf eine Art, die mich überraschte. Sie schien ähnliche Zweifel zu haben wie ich.

Er stieß einen langen Seufzer aus und nahm einen weiteren Schluck Kaffee. Ich ließ mich zurück gegen die Stuhllehne sinken. Okay, vielleicht sollte ich meinem Vater fünf Minuten geben, um meine Rückkehr zu verdauen, bevor ich ihn mit einem Ultimatum konfrontierte.

»Ich bin nach Hause gekommen, weil ihr meine Familie seid«, ließ ich die beiden wissen. »Ich will keine Mauer zwischen uns hochziehen. Genauso wenig will ich mich entscheiden müssen, ob ich in der einen oder anderen Welt leben will. Das kommt für mich nicht infrage und ist auch keine Antwort auf unsere Probleme.« An meinen Vater gewandt fügte ich hinzu: »Du hast dein ganzes Leben lang Mauern gebaut.«

»Und dein besonderes Talent scheint darin zu bestehen, sie zu überklettern«, sagte er mit einem kaum sichtbaren Lächeln.

Ich zuckte mit den Schultern.

»Hast du den Kontakt zu deinen Freunden abgebrochen?«, fragte er und ich nickte. »Sie werden also nicht versuchen, sich mit dir in Verbindung zu setzen?«

»Ich glaube, im Moment sind sie ziemlich sauer auf mich.«

»Und die Sache mit Justin – die hast du auch beendet?«

Ich schluckte und nickte. *Na ja, nicht gerade ›beendet‹*, dachte ich. Wenn Justin sich entschied herzukommen, konnte ich schließlich wenig dagegen tun.

Clare wohnte immer noch in der Nähe, genau wie Scott und Molly. Gabe war gerade dabei, in die Gegend zu ziehen. Mein Vater konnte mich zwar online überwachen, aber nicht offline, und so klammerte ich mich an die Hoffnung, dass meine Freunde sich irgendwann blicken lassen würden. Das Ganze war ein kalkuliertes Risiko.

»Ich bin durchaus zur Zusammenarbeit bereit, Maddie, aber zuerst muss ich sehen, ob du es auch ernst meinst. Deshalb bekommst du eine Woche Probezeit.«

Ich öffnete den Mund, um zu widersprechen, doch mein Vater schüttelte bereits den Kopf.

»Wenn du die Probe bestehst, können wir reden.«

Ich verengte die Augen zu Schlitzen und schenkte ihm ein künstliches Lächeln. »Ich wüsste doch gar nicht, was ich mit mir anfangen sollte, wenn ich keine Bewährungsauflagen hätte«, sagte ich. Dieses Mal war mein Vater nicht amüsiert. Meine Worte enthielten zu viel Wahrheit, um als Scherz durchzugehen.

»Ich meine es ernst, Maddie. Du wirst dich keinen Schritt aus dem Haus bewegen, außer wenn ich oder deine Mutter als Begleitung dabei sind. Keine Versuche, dich heimlich wegzuschleichen.«

Ganz instinktiv huschte mein Blick zum Küchenfenster, und ich ging in Gedanken die übrigen Fenster durch, aus denen ich vielleicht klettern konnte. Vor meinem Schlafzimmer stand ein Baum. Ich stellte mir die Äste vor und versuchte, mich zu erinnern, ob sie eine Art Leiter bildeten. Dann wurde mir klar, dass ich noch nie geklettert war. Wie schmerzhaft würde es wohl sein, aus dem zweiten Stock zu fallen? War Plastikrasen gut gepolstert?

Mein Vater schien meine Gedanken zu lesen. »Unsere Fenster sind alle an das Sicherheitssystem angeschlossen, also versuch nicht, dich mitten in der Nacht abzuseilen.«

Ich begann an den Fingernägeln zu knabbern. Die Sensoren abzustellen dürfte nicht allzu schwer sein.

Er lächelte breiter. »Und glaub nicht, dass du dich in das System hacken kannst. Ich habe es gerade neu installieren lassen und bei jeder Störung wird direkt die Polizei alarmiert. Also würde ich an deiner Stelle nicht damit herumspielen.«

»Interessant. Normalerweise sollen Alarmanlagen ja Leute draußenhalten und nicht die Hausbewohner einsperren.«

Der Wandbildschirm meldete summend einen Anruf und mein Vater warf einen Blick auf die Nummer. »Das Gespräch führe ich lieber in meinem Büro«, sagte er.

Ich schaute ihm nach, als er aufstand und den Raum verließ. Die Entfernung zwischen uns fühlte sich größer an als jemals zuvor.

»Es gibt aber auch eine gute Nachricht«, unterbrach Mom meine Grübelei. Bei ihrem strahlenden Lächeln hob ich die Augenbrauen und schöpfte wieder etwas Hoffnung. Vielleicht würden sie mir erlauben, einmal pro Woche das Haus zu verlassen?

»Du bist gerade rechtzeitig zurückgekommen, um dir ein schickes Kleid auszusuchen.«

Meine Vorfreude fiel in sich zusammen. »Ein Kleid?«

»Am Freitag ist der Wohltätigkeitsempfang für das Amerikanische Schulwesen.«

Ich riss entsetzt die Augen auf. Das Event meiner Albträume. Die Thompsons. Damon Thompson, der mich mit Begeisterung dem Center zum Fraß vorgeworfen hatte, und sein Sohn Paul, der nicht nur ein arroganter Macho war, sondern mich am liebsten für immer hinter Schloss und Riegel sehen würde. Ich schüttelte energisch den Kopf.

»Keine Chance«, sagte ich.

»Madeline –« Sie benutzte ihren mütterlichen Tonfall, doch ich ließ sie nicht ausreden.

»Mom, erwartest du ernsthaft von mir, dass ich bei einem Empfang sitze und mir Lobeshymnen auf das DS-System anhöre … nach allem, was ich gerade durchgemacht habe?«

Sie schaute zu Boden und hatte ein sichtlich schlechtes Gewissen. »Dein Vater würde sich bestimmt freuen, wenn du uns begleitest. Ob du es glaubst oder nicht, er ist stolz auf dich.«

Ich brachte ein schiefes Lächeln zustande. »Bist du sicher?«, wollte ich wissen. »Schließlich bin ich nicht gerade das perfekte Aushängeschild für sein Programm.«

»Nun, auf jeden Fall hätte ich dich gerne dabei. *Mir* würde es eine Menge bedeuten.«

Ich dachte darüber nach. Dann kam mir der Gedanke, wer sich vielleicht noch bei dem Empfang blicken lassen würde. Die Hoffnung, Justin dort zu sehen, reichte als Motivation vollkommen.

»Na gut, aber dann darf *ich* entscheiden, was ich anziehe«, warnte ich sie.

Ich saß in meinem Zimmer und packte meine Reisetasche aus, aber nichts darin passte zu meinem neuen Leben. Turnschuhe für Laufrunden, Flipflops für den Strand, eine Sonnenbrille, eine Regenjacke und ärmellose Tops, in denen ich die Sonne auf meiner Haut spüren konnte. Ein Tagebuch aus Papier, Bleistifte und Füller. Nichts davon würde ich in der digitalen Welt brauchen. Ich schaute auf meine leere Tischplatte und sah Elaines Schreibtisch in Eden vor mir, auf dem sich becherweise Stifte und körbeweise Briefe, Papiere, bunte Marker, Lesestoff und Spiralhefter drängten. Als ich das in Leder gebundene Tagebuch auf den Tisch legte, wirkte es dort fehl am Platz. Der verblichene rote Einband bildete einen seltsamen Kontrast zu der harten Glasplatte, die auch als digitale Tastatur dienen konnte.

Ich fühlte mich jetzt schon einsam. Eigentlich hatte ich gehofft, dass sich das Gefühl erst nach mehreren Wochen einstellen würde, aber es hatte bloß Minuten gedauert. Der Drang, von hier zu fliehen, zerrte an meinen Armen, Beinen und meinem Herzen.

Mein zukünftiges Leben bestand aus diesem einen Raum. Ich war schlagartig von allem anderen abgeschnitten. Der Kontrast war so extrem, als würde man erst über ein weites, offenes Feld laufen und dann plötzlich auf einem handbreiten Schwebebalken das Gleichgewicht halten müssen. Balance-Kunststücke waren noch nie meine Stärke gewesen. Aber wenigstens schüchterte mich der Schwebebalken nicht mehr ein. Selbst hier setzte ich meine Schritte so sicher wie vorher, als würde ich Stiefel mit Metallkappen tragen. So fühlt sich also Selbstbewusstsein an, dachte ich. Man hört auf, sich um jeden Schritt Sorgen zu machen.

21. Mai 2061

Diese Woche kreisen meine Gedanken nur um mich. Ich bade in Selbstmitleid. Ziehe mich runter.

Ich sollte damit aufhören. Immer nur an sich selbst zu denken, führt doch zu nichts. Na ja, höchstens in eine Sackgasse, wo man alleine feststeckt und nicht wieder herauskommt. Wenn ich mich als das Zentrum des Universums betrachte, wirken meine Probleme natürlich zu groß, um mit ihnen fertig zu werden.

Anstatt auf meiner einsamen Insel herumzusitzen, sollte ich mich wieder darauf konzentrieren, was außerhalb passiert. Ich muss mein Interesse auf andere ausdehnen, und schon schrumpft meine eigene Wichtigkeit, bis ich nur noch eine kleine Nebensache bin. Dann kann mich die Enge hier nicht länger ersticken.

Vor ein paar Jahren hat Mom mir einmal ein Buch geschenkt, das den Titel ›Alles über mich‹ trug. Auf zweihundert Seiten konnte man Fragen über sich selbst beantworten. Aber im Nachhinein frage ich mich, was das nützen soll. Wieso muss sich alles um das eigene Ego drehen? Da sollte man doch lieber jeden beliebigen anderen Menschen interviewen. Wieso kreisen wir so fanatisch um unser eigenes Ich? Wenn man sich immer nur im Kreis dreht, kommt man doch nirgendwo hin.

Die glücklichsten Menschen auf der Welt sind bestimmt nicht die mit dem größten Erfolg, den meisten Fans oder dem besten Talent. Um glücklich zu sein, muss man sich einfach für die Menschen interessieren, die einen umgeben.

Gerade vermisse ich ihn wieder schrecklich.

Mir ist klar, dass ich auch ohne Justin vollständig bin. Ich habe meinen Ort im Leben gefunden. Ich brauche Justin nicht, um meine innere Leere auszufüllen oder mir Selbstvertrauen zu geben. Denn auch das habe ich in mir selbst gefunden. Inzwischen brauche ich ihn so, wie das Meer ein Ufer braucht, zu dem es immer wieder zurückkehren kann. Auch Zugvögel müssen irgendwann landen, aufwirbelnder Staub kommt zur Ruhe, alles in der Natur braucht einen Ort, um sich niederzulassen. Leben zieht sich gegenseitig an, ganz instinktiv. Genau so brauche ich Justin. Ohne ihn wäre ich immer noch wie ein Meer bei Ebbe, ein heimatloser Vogel am Himmel, ein Leben ohne Ziel.

Kapitel Zwei

Der Himmel war bedeckt und der Ostwind trug feuchtwarme Luft heran. Zum ersten Mal seit meiner Rückkehr ging ich mit Baley in den Garten. Zu meiner Überraschung sah ich, dass an dem gewundenen, mit Kieselsteinen bedeckten Pfad, der sich um unser Grundstück zog, Rosenbüsche gepflanzt waren. Blüten in allen Farben umrahmten den Weg zu beiden Seiten wie ein Regenbogengeländer. Ich atmete tief durch die Nase ein und genoss den süßen Duft, der sich mit dem etwas seifigen Pflanzenaroma der Blütenblätter vermischte. Meine Mutter beobachtete mich von der Terrasse aus, wo ein grüner Sonnenschirm einen Gartentisch überspannte, an dem wir noch kein einziges Mal gesessen hatten.

»Du hast Blumen gepflanzt?«, fragte ich, als müsste ich mich überzeugen, dass dies alles keine Illusion war.

»Die Idee kam von deinem Vater«, sagte sie.

Ich stolperte fast über meine eigenen Füße und warf ihr einen ungläubigen Blick zu. »*Dad* wollte, dass ihr Rosen in den Garten pflanzt?«

»Um genau zu sein, habe ich erwähnt, wie sehr ich das Gärtnern vermisse.« Sie kam die Terrassenstufen herunter und stellte sich zu mir auf den Pfad. »Als Joe und du noch klein wart, habe ich stundenlang hier draußen in den Beeten verbracht, während ihr gespielt habt. So haben unsere Nachmittage fast immer ausgesehen, jedenfalls bis 28M. Dein Vater hat mir die Rosen als

Geburtstagsüberraschung geschenkt«, sagte sie und lächelte, doch ihr Gesichtsausdruck wirkte gezwungen. Ich ging zu dem Strauch, der direkt bei den Stufen stand, und lehnte mich über die lachsfarbenen Blüten. Sie wirkten unnatürlich perfekt.

»Fass den Busch nicht an«, hörte ich die Stimme meines Vaters. »Alle anderen sind in Ordnung, aber dieser ist noch nicht richtig festgetackert.«

Meine Hand erstarrte ein paar Zentimeter vor den Blütenblättern. Meine Finger krümmten sich zu Fäusten. Mein Lächeln erstarb.

Ich schaute hoch und sah meinen Vater in der offenen Terrassentür stehen. »Festgetackert?«, wiederholte ich.

»Selbstverständlich sind die Blumen künstlich, Maddie«, sagte meine Mutter, als wäre alles andere gar nicht denkbar. »Die Natur ist niemals so perfekt.«

Ich schaute wieder auf die Blumen. Unsere ganze synthetische Welt hing mir so zum Hals heraus. Am liebsten hätte ich auf der Stelle allem und jedem eine Naturkur verpasst.

»Gefallen sie dir?«, fragte ich Mom und hoffte von ganzem Herzen, dass sie Nein sagte.

Sie zuckte mit den Schultern und warf einen Blick auf Dad. »Zuerst war ich ein bisschen enttäuscht«, gab sie zu, »aber man gewöhnt sich so schnell daran. Kunstblumen muss man nicht ständig stutzen, düngen und verwelkte Blüten abzupfen. Sie brauchen nur einmal im Monat parfümiert zu werden und dann duften sie das ganze Jahr gleich.« Sie legte ihre Hand um eine Plastikblüte. »Inzwischen kann ich mir gar nicht mehr vorstellen, wie viel Arbeit echte Rosen im Vergleich gemacht hätten. Sie zu pflanzen, ist kein großer Aufwand, aber sie jeden Tag pflegen zu müssen, wird doch schnell lästig.«

Ich schaute Mom an und fragte mich, ob das ihre ehrliche Meinung war oder eher Dads … oder vielleicht nur der Text der Gebrauchsanweisung, die zu den Kunstpflanzen mitgeliefert wurde. Aber so sah unsere Kultur eben aus. Wir wollten pflanzen, ohne zu pflegen, wir wollten Schönheit ohne Aufwand. Was früher Freude gemacht hatte, betrachteten wir nun als lästige Pflicht. Ich fragte mich, wann die Menschen entschieden hatten, dass alles, was man mit eigenen Händen erschuf, eine lästige Zeitverschwendung war.

Justin hatte recht. Meine Zeit im Center hatte mir einen neuen Blickwinkel beschert. Ich sah die Welt mit anderen Augen und mir sprang förmlich ins Gesicht, wie maschinell und künstlich alles geworden war. Zwar hatte ich schon immer gespürt, dass etwas nicht stimmte – mein ganzes Leben lang –, doch man kann ein Problem nicht wirklich wahrnehmen, wenn man nichts anderes kennt. Wer im ewigen Winter lebt, hat keine Ahnung, wie befreiend es ist, sich aus den Schutzschichten zu schälen und im lebendigen Licht zu baden. Jetzt sah ich alles klar und deutlich.

Man hatte mir immer den Stempel ›rebellisch‹ aufgedrückt. Stattdessen war ich vermutlich nur menschlicher als die Durchschnittsbürger.

Ich erinnerte mich an das wunderbare Gefühl, mit Elaine zusammen Blumen zu pflanzen und mir dabei die Hände dreckig zu machen. Die Erinnerung war Balsam für die Seele. Meine düsteren Gedanken verflüchtigten sich und Sonnenlicht fiel durch die Öffnungen. Sofort fühlte ich mich wacher, bewusster und wieder im Hier und Jetzt. Wenn man etwas zum Wachsen bringen will, muss man bereit sein, ihm Zeit und Liebe zu widmen. Vielleicht fühlte sich mein Elternhaus deshalb so melancholisch an.

»Sieh dich bitte vor, wenn du draußen herumläufst«, sagte mein Vater. Er meinte seinen perfekten Garten, aber mir war klar, dass seine Warnung für das Leben allgemein galt. Ich hatte nun einmal die Tendenz, alles an den Wurzeln auszureißen, was mir als Hindernis erschien.

»Es wird wohl Zeit, mich für den Empfang fertig zu machen«,

sagte ich und marschierte auf die Tür zu. Im Vorbeigehen berührte ich mit den Fingern die Rosendornen. Sie waren aus weichem Kunststoff und streiften nur kraftlos meine Haut.

Mit einem breiten Grinsen öffnete ich die Zimmertür und balancierte vorsichtig über den dicken Flurteppich, denn auf meinen klobigen schwarzen Plateausohlen war ich zehn Zentimeter größer als normal. Mein langes Kleid mit Leopardenmuster streifte fast den Boden. Es war hauteng und betonte die Kurven, die ich mir langsam wieder anfutterte. Außerdem hatte es einen mit schwarzer Spitze und Pailletten besetzten Ausschnitt und dünne Spaghettiträger. Ein breites schwarzes Lederarmband umschloss mein Handgelenk.

Normalerweise trug ich mein Haar zu dem Empfang immer hochgesteckt, entweder als braven Knoten oder Flechtfrisur. Heute hatte ich es offen gelassen, sodass es mir lang über den Rücken fiel. Diesen Teil meiner Aufmachung bemerkten meine Eltern zuerst, die unten an der Treppe auf mich warteten.

»Madeline Rose Freeman!«, rief meine Mutter. »Was hast du mit deinen *Haaren* angestellt?«

Ich strich mit der Hand durch die pinkfarbene Mähne und lächelte nur.

»Das ist hoffentlich eine Perücke!«, ächzte Mom.

Ich tat so, als sei ich tief getroffen. »Du hast immer gesagt, Rosa sei genau meine Farbe.«

Sie hob die Hände zum Himmel, als würde sie um eine neue Tochter beten. »Pink? Du hast dein Haar pink gefärbt? Ich habe dir doch verboten, diesen Modeschwachsinn mitzumachen.«

»Bis ich achtzehn bin«, korrigierte ich sie.

Mein Vater wirkte keineswegs verärgert, was mich überraschte. Stattdessen kämpfte er gegen ein Grinsen an. Wie üblich hatten meine Eltern sich beide für den Anlass in Schale geworfen: Dad trug einen schwarzen Frack und Mom ein langärmeliges, cremeweißes Kleid mit enger Taille, das sich im Godet-Stil kurz über dem Boden weitete.

»Hättest du damit nicht bis nach dem Empfang warten können?«, fragte Mom.

Ich wies darauf hin, dass meine Haare nicht wirklich pink waren, sondern nur gesträhnt. Das Schnellfärbemittel hatte ich mir online besorgt und es war gerade rechtzeitig geliefert worden. Töchterliche Rebellion in der Fertigpackung mit 24-Stunden-Liefergarantie von glamourfrisur.net. Es lebe die Technologie.

»Und was um alles in der Welt hast du da an?«, fragte sie.

Ich schaute lächelnd auf mein Kleid herunter und gab dem Design intern den Namen ›Fick dich ins Knie, Digital School‹.

»Leopardenmuster«, sagte ich unschuldig.

»Du gehst jetzt schnurstracks zurück auf dein Zimmer und ziehst dich um«, befahl meine Mutter und deutete mit dem Zeigefinger nach oben. Ich blieb, wo ich war.

»Sorry, leider habe ich nichts anderes«, sagte ich. »Meine alten Kleider sind immer noch viel zu weit.«

»Was soll's, wir sind jetzt schon spät dran«, sagte mein Vater. »Zieh das hier über.« Er reichte mir einen dünnen schwarzen Mantel, den ich gehorsam entgegennahm. Er verdeckte den größten Teil meines Outfits, aber dafür ließ er meine neue Haarfarbe grell auflodern wie ein Feuer in der Nacht. Genau dieser Effekt war meine Absicht gewesen. Ich hatte achtzehn Jahre gebraucht, um zu merken, dass ich nicht unsichtbar sein musste.

Während ich meinen Eltern nach draußen folgte, krittelte Mom an meinen Pumps herum.

»Madeline, diese Schuhe sind ebenfalls völlig unpassend. Du gehst zu laut.«

Auf dem dunklen Asphalt hatte sich Wasser gesammelt und bildete im Licht der Straßenlaternen silberne Pfützen. Zwei Männer in schwarzen Anzügen warteten an den offenen Türen der Limousine, um uns zum Empfang zu eskortieren. Meine Plateausohlen trommelten hart auf den Gehweg und machten mich so groß, dass ich mich regelrecht zusammenfalten musste, um in die Limousine zu steigen.

Dann fuhren wir in Richtung City zum jährlichen Wohltätigkeitsempfang für das Amerikanische Schulwesen. Als wir an dem historischen Stratford-Gebäude ankamen, empfing uns ein Portier, aber überraschenderweise kaum Paparazzi. Normalerweise standen die Reporter mindestens in Fünferreihen zu beiden Seiten des roten Teppichs und bildeten eine Mauer aus Körpern. Heute trieben sich nur ein paar verstreute Journalisten auf dem Platz herum, der für den Anlass mit Goldkordeln abgesperrt war. Unsere beiden Begleiter öffneten die Limousinentüren und mein Vater stieg als Erster aus. Sofort richteten sich die Kameras auf ihn. Ich duckte mich durch die Öffnung und hielt den Blick auf die weißen Marmorstufen vor mir gerichtet.

Dieses Jahr blieb ich nicht gehorsam bei meinen Eltern stehen, um mich ablichten zu lassen. Ich marschierte einfach weiter, knöpfte den Mantel auf und ließ ihn von den Schultern gleiten. Sofort drehten sich die Kameralinsen in meine Richtung. Die Leute vergaßen meinen Vater und ein Blitzlichtgewitter folgte mir den roten Teppich entlang. Ich lächelte für die Reporter. Ich winkte. Ich blieb sogar kurz stehen und warf einem Fotografen eine Kusshand zu und machte dabei einen sexy Schmollmund. Leute pfiffen, und die riesigen Digitalbildschirme, auf denen der Empfang übertragen wurde, zeigten mich anstelle meines Vaters. Ich war ein Fernsehstar. Ein letztes Mal drehte ich mich um und winkte, bevor ich die Treppe hinaufstieg. Zwei stattliche Männer in eleganten weißen Anzügen hielten mir die Türflügel auf und ihre Blicke glitten voller Verblüffung über meine Frisur und mein Outfit. Der Wind ließ meine pinkfarbene Mähne hinter mir herflattern, und als ich in das Gebäude stöckelte, hatte ich zum allerersten Mal ein Lächeln auf dem Gesicht.

Ich gab den Mantel an der Garderobe ab, drückte die Schultern durch und warf meine Haare zurück. In der geräumigen Empfangshalle saßen verstreut Gäste auf samtigen Sesseln und Sofas und starrten auf mobile Bildschirme. Die Szene erinnerte mich an alte Filme, in denen man Zuflucht in Raucher-Lounges suchte, um sich in Ruhe seiner Sucht hingeben zu können. Gleich darauf hatten meine Eltern mich eingeholt, und mein Vater drückte mir seine Hand in den Rücken, als müsse er mich mit Gewalt in den Ballsaal schieben. Kaum waren wir eingetreten, wurde ich auch schon abfällig gemustert: meine offenen Haare, mein grellroter Lippenstift und meine stark mit Kajal umrandeten grünen Katzenaugen. Ich hörte das einsetzende Getuschel. Gäste steckten die Köpfe zusammen, um über mich herzuziehen, und Finger zeigten auf mich. Ich tat mein Bestes, davon unberührt zu bleiben. Menschen lieben es nun einmal, Urteile zu fällen. Mit missbilligenden Blicken muss man immer rechnen, wenn man aus seinem Schneckenhaus kriecht. Kein Wunder, dass sich die meisten von uns lieber hinter einem Bildschirm versteckten.

Von der ganzen feindseligen Aufmerksamkeit, die mir entgegenschlug, wurden meine Schritte dennoch unsicher. Meinen Vater herauszufordern war eine Sache, der ganzen Welt die Stirn zu bieten eine andere.

Die Feier war dieses Jahr kleiner als sonst. Ich konnte mich noch erinnern, wie früher Tausende von Menschen den Saal gefüllt hatten. Inzwischen kamen zu dem Empfang höchstens ein paar Hundert. Mir war klar, dass die Digital School nicht weniger Unterstützer hatte, nur waren Live-Treffen inzwischen so selten geworden, dass die Gäste sich dabei unwohl fühlten. Deshalb fungierte der riesige Wandschirm dieses Jahr als ein Spiegel, warf das Bild des Saals zurück und verdoppelte die Zahl der Anwesenden. Die Tische waren größer als sonst, um mehr Raum einzunehmen, aber trotzdem füllten sie kaum den halben Saal. Der Rest war gähnende Leere. So viel von unserer Welt verwandelte sich in leeren Raum. Ich sah die Gäste steif wie Roboter auf ihren Plätzen sitzen und jeden Kontakt vermeiden. Niemand von ihnen wusste mehr, wie man seine fünf Sinne einsetzte und im Hier und Jetzt lebte. Ich suchte im Saal nach nur einem einzigen Pärchen, das sich gegenseitig berührte oder wenigstens Notiz voneinander nahm, doch ich konnte keines finden. Alle starrten ausschließlich auf die Bildschirme in ihren Androidenhänden.

Mein Blick huschte zur Ecke des Ballsaals, wo ich Justin vor einem Jahr entdeckt hatte. Ich war mir sicher, dass er auch dieses Mal ins Gebäude eindringen könnte, wenn er wollte, und er konnte sich schließlich denken, dass ich anwesend war. Vergeblich hielt ich Ausschau nach Riley, Jake, Scott und Molly oder sonst einer verwandten Seele. Irgendjemanden sollte es doch geben, der es wagte, meinen Blick zu erwidern. Aber alle schauten sofort weg, als könnte man sich durch bloßen Augenkontakt einen tödlichen Virus einfangen.

Während des Dinners mit den Thompsons hielt ich den Blick ebenfalls gesenkt und die Augen starr auf meinen Teller gerichtet. Ich benahm mich, als sei das Webmuster des weißen Tischtuchs das Faszinierendste auf der Welt. Damon redete über ein Zugunglück, nach dem die Polizei zwei Wochen lang hatte aufräumen müssen, sein Sohn Paul redete über seine Ausbildung an der Polizeischule und die Tochter Becky war – Überraschung – die ganze Zeit hindurch mit ihrem Phone beschäftigt. Es lag auf dem Tisch und blinkte jedes Mal, wenn sie eine Nachricht bekam. Also unaufhörlich. Das machte mich ganz nervös.

Paul erzählte mir dieses Jahr nicht, wie hübsch ich aussah, weil ich das schließlich nicht tat. Mit meinem Look hätte ich eher eine Kneipenprügelei starten oder ein Rudel Löwen bändigen können. Ich verbrachte die Zeit mit Zuhören, wobei mir vor allem die seltsame Stille in den Ohren dröhnte, die es in einem gefüllten Saal eigentlich nicht hätte geben sollen.

Schamlos belauschte ich die Gespräche rund um mich herum. Mrs Thompson erzählte meiner Mutter, dass Paul in der Polizeischule wohnte, solange seine Ausbildung dauerte. Becky hatte die Erlaubnis bekommen, sich einem Filmclub anzuschließen, wo man sich live zu Vorführungen traf. Ich hob verblüfft den Kopf und schaute Becky an. Bei der Bemerkung sah ich innerlich rote Ausrufezeichen … und eine potenzielle Verbündete. Ein Seitenblick zu meiner Mom sagte mir, dass sie genauso überrascht war.

»Du lässt Becky ausgehen?«, fragte sie.

»In der Stadt gibt es ein altmodisches Kino«, antwortete Mrs Thompson. »Das einzige, das noch geöffnet hat. Es besteht bloß aus einem Saal und dort werden Klassiker gezeigt. Ich bin mit den anderen Müttern online befreundet. In der Gruppe sind lauter nette Mädchen.« Mom und ich warfen uns einen Blick zu, während Mrs Thompson fortfuhr: »Nachdem Paul nicht mehr zu Hause ist, möchte ich, dass Becky weiterhin in menschlichen Kontakt kommt. Ich habe eine Studie gelesen, in der stand, dass man seine Kinder einmal pro Woche einer Live-Situation aussetzen sollte. Dadurch verbessern sie ihre sozialen Kompetenzen.«

»Laut Statistik werden Kinder und Jugendliche, die drei bis sechs Stunden wöchentlich mit anderen live interagieren, messbar selbstständiger«, mischte sich nun auch Damon ein. »Sie haben sogar ein stärkeres Immunsystem.«

Ich lächelte in mich hinein. Kaum auszudenken, was täglicher Kontakt bewirken würde.

Der Blick von Mrs Thompson huschte kurz zu mir. »Ich würde Maddie ja einladen, ebenfalls teilzunehmen, aber …«

»Ich bin nicht gerade ein gutes Vorbild für nette Mädchen«, beendete ich den Satz für sie und rückte mein Glas zur Seite, damit der Kellner den Teller mit der Vorspeise vor mir absetzen konnte. Alle am Tisch drehten sich um und schauten mich an.

»Ja, vermutlich hast du wieder einmal Hausarrest?«, fragte Mrs Thompson spitz.

Ich lächelte höflich und bat meine Mutter, mir den Wasserkrug zu reichen. »Da muss ich Sie leider enttäuschen. Ich bin freiwillig nach Hause gekommen.«

»Nach deinem Ausbruch aus dem Knast?«, knurrte Paul.

Ich biss mir auf die Zunge, um nicht gleich zurückzuschießen. »Ein Umerziehungscenter ist kein ›Knast‹, Paul«, korrigierte ich ihn. »Eines Tages wirst du vielleicht zusammen mit dem Rest der Öffentlichkeit erfahren, was darin wirklich vorgeht.« Ich goss seelenruhig mein Glas voll und bot an, den anderen ebenfalls einzuschenken. »Wenn ich möchte, kann ich jederzeit gehen«, stellte ich klar. »Hier zu bleiben, ist meine freie Entscheidung.«

Damit endete dieser Teil des Gesprächs. Meine Mutter warf mir über den Tisch hinweg einen verschwörerischen Blick zu. Sie war auf meiner Seite. Ich konzentrierte mich wieder auf meinen Teller und genoss die Vorspeise.

»Wie war es denn so im Center?«, fragte Paul ein paar Minuten später und hatte den Nerv, mich dabei anzugrinsen.

»Eine Riesenparty«, sagte ich und zupfte ein Stück Brot in Stücke, wobei ich mir vorstellte, dass ich stattdessen Pauls Kopf von den Schultern trennte. Ich legte mir die Stoffserviette auf den Schoß und blickte ihm nicht in die Augen, sondern fixierte stattdessen seine Stirn, als könnte ich direkt in sein winziges, programmiertes Gehirn schauen. »Ich habe ein paar wirklich unglaubliche Leute kennengelernt, die mein Leben verändert haben, und dann haben wir das Center befreit, wie du vielleicht gehört hast. Also, vielen Dank für diese Gelegenheit, gutes Karma zu sammeln.« Ich lächelte ihn breit an.

»Ihr habt überhaupt nichts befreit«, behauptete er. »Das DCLA ist nur vorübergehend geschlossen und der Großteil der Bevölkerung unterstützt die Center. Die Geflüchteten werden alle zurückgebracht. Ihr haltet euch für eine Gruppe von Heiligen, die die Welt verändern, aber in Wirklichkeit seid ihr nur ein bisschen lästig. Eure Aktion hat euch eine Zwei-Sekunden-Meldung in den Nachrichten eingebracht, und ihr bildet euch ein, das macht einen Unterschied. In Wirklichkeit ändert ihr überhaupt nichts. Ihr verbreitet nur Chaos und wir müssen dann hinter euch aufräumen.«

Ich starrte Paul wütend an und sein Blick heftete sich auf mein Outfit.

»Du siehst aus wie eine Nutte. Woher hast du den Fummel?«

Ich knirschte mit den Zähnen. »Deine Mutter hat ihn mir geliehen.«

Dann schaute ich demonstrativ weg, hörte aber, wie Paul sich ruckartig auf seinem Stuhl bewegte. Ich zuckte innerlich zusammen und fürchtete schon, er würde seine Waffe ziehen.

Er lehnte sich so dicht zu mir, dass ich seinen warmen Atem in meinem Nacken fühlte. »Bilde dir bloß nicht ein, dass ich aufhören werde, Solvi zu jagen.«

Ich nahm einen Schluck Wasser aus dem langstieligen Kristallglas und warf ihm einen Blick zu. »Da wäre ich auch echt enttäuscht.«

»Falls dein Justin mir jemals über den Weg läuft, habe ich ein Paar Handschellen, die nur auf ihn warten. Ich gebe nicht auf, Maddie. Und nachdem ich Justin hinter Gitter gebracht habe, bist du dran.«

Ich schaute wieder weg. Bestimmt würde Justin sich geehrt fühlen, das zu hören. Statt den Streit weiter anzuheizen, ließ ich das Thema einfach fallen. Weshalb sollte ich Paul die Befriedigung verschaffen, mich über ihn zu ärgern? Ich hatte genug hinter mir, um zu wissen, wie man bei einem mentalen Kräftemessen siegte. Wenn es einem meisterhaften Manipulator wie dem Center-Psychologen Richard Vaughn nicht gelungen war, gegen mich anzukommen, hatte Paul eh keine Chance. Also strengte ich mich ein bisschen an und hörte auf zu denken. Manchmal war das Beste, einfach alle Gedanken loszulassen, sich nur auf die Wahrnehmung zu konzentrieren und ganz in den Moment einzutauchen. In unserer Welt war Achtsamkeit fast eine Art Geheimwaffe. Schließlich wusste kein normaler Mensch mehr, wie man seine Sinne benutzte.

Becky stand auf, um zur Toilette zu gehen, und ich verfolgte, wie sie über den edlen Fußboden davonschritt. Ich nahm die bedrückende Stille in mich auf, die von lauter, klassischer Musik übertönt wurde. Ich beobachtete das Publikum, das angestrengt versuchte, sich menschlich zu verhalten.

Bevor das Dessert serviert wurde, erklomm ein Moderator die Bühne und wandte sich an die Gäste. Er war alt und hielt das Mikrofon mit zittriger Hand, doch seine Stimme war laut und klar genug, um sofort die allgemeine Aufmerksamkeit zu erregen.

»Sehr geehrte Gäste, heute habe ich zwei wichtige Ansagen zu machen. Erstens möchte ich Ihnen mitteilen, dass Sie heute Abend das letzte Live-Event dieser Art erleben. Um die Teilnahme für alle zu erleichtern, wird der jährliche Empfang in Zukunft online stattfinden.«

Er machte eine Pause, damit die Menge applaudieren konnte. Ich beteiligte mich, klatschte laut in die Hände und dachte dabei: *Zu schade, dass es nächstes Jahr keine Digital School mehr geben wird, die ihr feiern könnt.*

»Deshalb«, fuhr er fort, »haben wir heute ein ganz besonderes Programm für Sie vorbereitet. Bevor Kevin Freeman das Wort ergreift, unser Ehrengast und Gründer der Digital School, präsentieren wir Ihnen ein Video mit den größten Erfolgen der DS-Geschichte. Einen Applaus für: *Die Superbits der Digital School.*«

Na toll, dachte ich, *als könnte der Abend nicht noch schlimmer werden.*

Der Moderator trat zur Seite und die Lichter wurden gedimmt. Im Saal war es totenstill, als ein Wandschirm zum Leben erwachte, der die ganze Vorderseite des Saals einnahm. Ein paar Sekunden verstrichen, ohne dass der Film begann, und jemand im Publikum hüstelte. Der Bildschirm summte, gab ein statisches Knistern von sich und ging wieder aus. Am Rand der Bühne stand der Moderator und schaute sich nervös im Saal um. Erst da wurde mir klar, dass etwas nicht stimmte.

In den Lautsprechern knackste es, und als der Wandschirm erneut aufleuchtete, presste ich mir vor Überraschung die Hand auf den Mund, denn Clare erschien im Bild. Sie saß vor einem grauen Vorhang auf einem Barhocker. Der Raum war sanft ausgeleuchtet wie in einem professionellen Fotostudio. Paul bemerkte, dass ich mich auf meinem Stuhl aufrichtete, und warf mir einen scharfen Blick zu.

Clare lächelte in die Kamera und winkte. »Danke, dass Sie heute alle zu einem Live-Treffen erschienen sind. Sie sehen fabelhaft aus und der Parfumduft hier ist fantastisch.« Ich musste mir auf die Lippe beißen. Die Leute im Saal rutschten unruhig auf ihren Sitzplätzen herum und schauten sich suchend um.

»Wir sind die Gruppe, die von den Medien als ›DS-Aussteiger‹ bezeichnet werden, und haben uns die Freiheit genommen, ein paar Schüler und Schülerinnen zu befragen. Wir dachten, darüber sollten Sie Bescheid wissen, schließlich betrifft die Digital School uns Jugendliche mehr als Sie. Hier kommt also *unsere* Meinung.«

Das Bild wechselte zu einem Mädchen im frühen Teenageralter. Genau wie Clare war sie vor dem grauen Hintergrund aufgenommen worden.

Ob ich glücklich bin? In den sozialen Netzwerken bin ich echt populär und mein Ranking bei Gruppenbeteiligungen zeigt, dass ich zu den Top 85 % gehöre. Allein in diesem Monat hatte ich achtzigtausend Online-Einladungen und mehr als hunderttausend Nachrichten. Da habe ich doch gar keine Zeit, unglücklich zu sein.

Die Gäste blickten sich verwirrt im Saal um, aber die Augen meines Vaters waren direkt auf mich gerichtet. Ich schaute wieder auf den Wandschirm, wo ein weiteres Mädchen interviewt wurde.

Meine Profilseite für Online-Dating sagt, dass mein Freund und ich total verliebt sind. Wir haben die zehn Prüfungsbogen für perfekte Paare ausgefüllt und acht davon bestanden. Beim gemeinsamen Persönlichkeitstest haben wir 9,3 von 10 Punkten erreicht. Er hat mir schon einen Antrag gemacht, allerdings haben wir noch kein persönliches Treffen ausgemacht. Ich will erst auf die Auswertung des nächsten Tests warten, um zu wissen, ob unsere Kinder genetische Schwachstellen haben könnten. Schließlich macht es keinen Sinn, sich live zu treffen, bevor alle unsere Testergebnisse positiv sind. Ich will keine Gefühle investieren, solange wir keine Spitzenpunktzahl haben. Das wäre doch total nutzlos.

Als Nächstes erschien ein pausbäckiger Junge um die zwölf Jahre.

Ob ich Haustiere besitze? Ja, wir haben einen Hund. Glaube ich jedenfalls.

Ein paar Leute im Publikum hüstelten und räusperten sich. Auf dem Bildschirm erschien ein Mädchen, das ernster und trauriger aussah als ihre Vorgänger.

Ich habe einen zweijährigen Bruder, der gute zwölf Stunden am Tag online ist. Sein Kindergarten ist virtuell und wirklich interaktiv. Dort gefällt es ihm super. Meine Eltern sind froh darüber, schließlich haben sie so viele soziale Verpflichtungen im Netz, um die sie sich kümmern müssen.

Auf dem polierten Saalboden wurden quietschend Stühle zurückgeschoben. Mein Vater hatte sich bereits erhoben, gefolgt von Damon und Paul. Auf der Bühne rannten Mitarbeiter herum und versuchten vermutlich, den Ton oder das Bild abzustellen, doch der Film lief weiter. Ich starrte fasziniert auf den Wandschirm und nahm gierig jedes Wort in mich auf.

Molly erschien in Überlebensgröße.

Unsere Welt ist so voller Bildschirme, dass man täglich zwanzigtausend Mal blinzeln muss, um sie zu übersehen. Am besten schließt man die Augen gleich ganz.

Jetzt zoomte die Kamera so nah heran, dass der gesamte Wandschirm nur ein Gesicht zeigte. Man musste ihm in die Augen schauen und wurde in die Tiefe der Pupillen gezogen, bis man die Lichtfunken darin reflektiert sah.

Die erste Nahaufnahme war von einem jungen Mädchen.

Mir ist noch nie etwas Schlimmes passiert. In meinem Leben gibt es keine Gewalt und kein Unglück, aber auch keine Liebe. Nicht gerade eine Achterbahnfahrt. Okay, mein Leben ist unterhaltsam, bequem und sicher, aber es kommt mir total flach vor. Als würde man auf einem Bahngleis immer die gleiche Runde fahren. Ich schätze, darin liegt das Problem. Es gibt keine Tiefpunkte oder den großen Crash, aber dafür fehlen auch die irren Höhen. Eben ein todlangweiliger Trip.

Als Nächstes wurde Gabe interviewt. Bei seinem Anblick bekam ich regelrechtes Heimweh. Er kam mir vor wie ein Familienmitglied, von dem ich seit Jahren nichts gehört hatte.

Mein erstes Date soll so sein wie bei meinen Eltern. Die beiden haben sich nicht per Chat verliebt oder gegenseitig ihre Online-Profile gelesen wie Stalker. Sie sind sich persönlich begegnet und haben miteinander geredet. Das kommt mir viel aufregender und intimer vor. Ein bisschen geheimnisvoll, so wie ein Date eben sein sollte. Anscheinend bin ich ziemlich altmodisch. Ich hatte viel Zeit, darüber nachzudenken, und wenn ich mich eines Tages entscheide, jemanden um ein Date zu bitten, werde ich nicht nach ihrer Nummer oder ihren Online-Kontakten fragen und über einen Bildschirm mit ihr kommunizieren. Ich will ihr persönlich begegnen. Ich will mich anstrengen, sie jedes Mal ein bisschen besser kennenzulernen. Ich will, dass sie sich für mich die gleiche Mühe gibt. Das sind wir doch wohl beide wert.

Ein Augenpaar füllte den Wandschirm. Die Iris war so dunkel, dass sie fast schwarz wirkte. Eine Jungenstimme begann zu sprechen.

Haltet ihr die Digital School tatsächlich für sicher? Tja, da bin ich anderer Meinung. Sie ist eine ziemlich feige Erfindung. Alle sind anonym. Jeder versteckt sich. Man kann Leuten aus Spaß in den Rücken fallen und dabei so fies werden, wie man möchte. Schließlich muss man den Menschen nicht sehen, den man damit verletzt. Anscheinend halten das inzwischen alle für okay. Stimmt, das DS-System hat Vorteile, aber dafür gibt es auch eine Masse Nachteile. Ich werde fast jeden Tag gemobbt. Irgendwelche Typen, die ich nicht mal kenne, können Lügen über mich verbreiten. Es ist total sinnlos, sie online aufzuspüren, weil sie dann einfach ein neues Profil mit einem neuen Namen erstellen und von vorne anfangen. Durch die Digital School ist es leicht geworden, gemein zu sein. Das System bringt das Schlechteste in uns hervor. Die Leute haben eine größere Freiheit, ihre Meinung zu sagen, aber dafür respektieren sie andere Menschen nicht mehr. Sie müssen für ihre Worte keine Verantwortung übernehmen, schließlich sind sie anonym. Ehrlich gesagt, ist es ziemlich scheiße, auf der Empfängerseite zu sein, weil man sich nicht verteidigen kann. Man hat keine Chance, dagegen anzukämpfen. Hey Leute, wenn ihr etwas Mieses über mich loswerden wollt, dann habt wenigstens den Mut, es mir ins Gesicht zu sagen. Inzwischen habe ich Angst davor, meine Wohnung zu verlassen, weil die Welt da draußen anscheinend voller Arschlöcher ist. Unsere Gesellschaft ist so ein deprimierender Schutthaufen. Echt, dafür sollte die Abkürzung DS stehen: deprimierender Schutt.

Gesichter rauschten über den Bildschirm wie ein Wasserfall. Die Geschwindigkeit machte es unmöglich, einzelne zu erkennen. Clares Stimme hallte um uns herum.

So sieht das Paradies aus, das ihr erschaffen habt. – Was haltet ihr jetzt von eurem System?

Dann wurde der Wandschirm schlagartig schwarz. Die Stille brach über uns hinein und wirkte so laut wie eine Unfallsirene, wie ein Feuerwerk, ein Trommelschlag oder eine zerklirrende Fensterscheibe. Sie fuhr unter die Haut. Die Lichter im Saal strahlten auf und das Publikum saß immer noch reglos auf seinen Plätzen und starrte auf den Bildschirm. Der Moderator fummelte an seinem Mikrofon herum und versuchte, den Ton wieder anzustellen. Jetzt ging ein Murmeln durch die Menge und die Gäste begannen zum ersten Mal am heutigen Abend miteinander zu reden.

Als die Saallampen plötzlich wie bei einem Stromausfall flackerten, kippte die Stimmung. Stühle wurden gerückt, Panik breitete sich aus.

Mit einem Mal funktionierte das Mikrofon wieder. »Wir entschuldigen uns für den Zwischenfall«, sagte der Moderator.

»Bitte, bleiben Sie auf Ihren Plätzen und bewahren Sie Ruhe. Unser Datennetzwerk wurde gehackt und man hat uns ein falsches Video untergeschoben. Nur eine kleine Störaktion der DS-Gegner. Der richtige Film wird in ein paar Minuten gesendet.«

Jemand packte meinen Arm. Bevor ich wusste, wie mir geschah, schob ein Wachmann mich und meine Mutter zu einem Notausgang neben der Bühne.

»Was ist los?«, fragte Mom hinter mir.

»Nur eine Sicherheitsmaßnahme«, ließ der Wachmann sie wissen. »Falls die Situation im Saal außer Kontrolle gerät.« Er schob uns einen langen Korridor entlang, der in einer Sackgasse endete. Dort befahl er uns zu warten, bis wir abgeholt würden. Meine Mutter verschränkte die Arme und starrte mich an. Sie musste gar nicht erst sagen, was sie dachte.

»Das hatte nichts mit mir zu tun.«

Sie hob eine Augenbraue.

»Ich habe die ganze Zeit brav auf meinem Platz gesessen«, sagte ich und zeigte zurück zum Festsaal. »Ehrenwort, ich wusste nichts davon. Aber findest du nicht, dass ein Teil davon stimmt? Früher hättest du fast das Gleiche gesagt.«

»Maddie …«

Wir wurden von einem anderen Wachmann unterbrochen. »Ihr Mann braucht Ihre Unterstützung«, sagte er. Dann warf er mir einen Blick zu. »Bleib hier und rühr dich nicht vom Fleck!«, befahl er streng.

Meine Mutter folgte ihm zum Backstage-Bereich und die Tür schwang hinter den beiden zu.

Rühr dich nicht vom Fleck, wiederholte ich in Gedanken. Offenbar kannte er mich nicht besonders gut. Ein orangefarbenes Ausgangszeichen leuchtete verführerisch direkt neben mir auf. Ich musste einfach wissen, was los war.

Ich öffnete die Tür und ein kühler Windhauch ließ mein Kleid flattern. Als ich mir dir Haare aus dem Gesicht strich, sah ich ihn. Er saß auf einem Motorrad und wartete in einer Seitengasse neben dem Stratford-Gebäude. Der Helm lag auf seinem Schoß und sein rabenschwarzes Haar fing das Mondlicht ein, das durch dünne Wolkenschleier fiel. Mein Magen schien gleichzeitig in ein Dutzend verschiedene Richtungen zu hüpfen. Justin dagegen sah völlig gelassen aus. Anscheinend hatte er mich erwartet. Sein Blick wanderte mein Kleid hinauf, bis er mein Gesicht erreicht hatte. Dann hob er die Augenbrauen und stieß einen Pfiff aus.

»Du bist echt ein Hingucker«, sagte Justin.

Ich hatte einen Moment lang vergessen, dass meine Haare pink waren, und fuhr mit den Fingern hindurch.

»Hübsches Kleid«, meinte er und grinste. Da musste ich ebenfalls grinsen, bis es fast wehtat. Wahrscheinlich sah ich idiotisch aus, aber ich konnte nichts dagegen machen. Ich hatte in der kurzen Zeit schon ganz vergessen, wie wundervoll es sich anfühlte, in ein Augenpaar zu blicken und Vertrauen, Respekt und Liebe darin zu sehen.

»Du willst deinen Vater echt die Wände hochtreiben, oder?«, fragte er.

»Tja, da bin ich anscheinend nicht allein«, stellte ich fest. »Hast du das alles organisiert?«

Als Antwort setzte er nur sein typisches mysteriöses Lächeln auf. Er hatte eben seine Fehler und Probleme. Trotzdem war er die stärkste Persönlichkeit, die ich kannte. Wahrscheinlich würde ich nie ganz aus Justin schlau werden, was mich frustrierte, aber gleichzeitig wirkte er gerade dadurch so faszinierend.

»Du hast doch bestimmt erwartet, dass ich einen großen Auftritt hinlege«, meinte er und ich nickte.

»Cooles Video«, sagte ich.

»Ja, wir haben die Betonköpfe da drinnen wohl genug geärgert.«

»Du klingst, als gäbe es eine monatliche Quote im Leute nerven«, stichelte ich.

»Monatlich? Das versuche ich stündlich. Du etwa nicht?«

Ich dachte an die ganzen giftigen Blicke, die ich mir im Festsaal eingefangen hatte. »Ich weiß nicht so recht«, sagte ich. »Vorhin ist es mir ziemlich schwergefallen, nicht einzuknicken. Und damit meine ich nicht die Plateauschuhe«, ergänzte ich. »Die Leute hassen mich.«

»Du musst dir nur eine härtere Schale zulegen«, meinte Justin. Doch genau das wollte ich nicht. Mein Leben brauchte Leichtigkeit, keine Panzerung. Justin hatte sich so abgekapselt, dass es mich ein ganzes Jahr gekostet hatte, zu ihm durchzudringen.

Ich schaute mich in der leeren Nebenstraße um. »Hast du gewusst, dass ich hier auftauchen würde?«

»Die beiden Wachmänner gehören zu meinen Kontakten«, sagte er mit einem Nicken in Richtung der Tür. »Sie sind gerade dabei, mir ein bisschen Zeit zu verschaffen.«

Hätte ich mir ja denken können. »Nette Kontakte hast du.«

»Wie dachtest du denn, dass ich letztes Jahr in den Saal gekommen bin?«

»Der Typ hat mir befohlen, mich nicht vom Fleck zu rühren«, berichtete ich.

Justin lächelte. »Ja, die Idee kam von mir. Ich war ziemlich sicher, dass wir dich damit motivieren könnten, hier rauszumarschieren.«

Ich nickte, denn er hatte völlig recht. »Anscheinend hast du mich durchschaut.«

Sein Lächeln wurde schwächer und seine Augen musterten mich laserscharf. »Maddie, du bist unmöglich zu durchschauen.«

Einen Moment lang schwiegen wir beide. Ich musste daran denken, wie ich letztes Jahr mit ihm geflohen war und wir die Nacht zusammen verbracht hatten. Diese paar Stunden hatten mich völlig verändert. Ich hatte nie wieder in mein altes Leben zurückkehren wollen. Heute ging es mir ganz genauso. Am liebsten wäre ich sofort wieder mit ihm durchgebrannt.

Aus einem vergitterten Rohr in der Seitenwand des Stratford-Gebäudes drangen Dampfwolken in die Gasse und hingen wie Nebelschleier zwischen uns. Dadurch bekam die Szene etwas Unwirkliches, als würden wir beide schweben. Wir schienen haltlos dahinzutreiben und nirgends richtig verankert zu sein.

Justin musterte mich von seinem Motorrad aus. Seine Hände ruhten auf den Knien und die Stiefelspitzen wippten auf dem Boden. Ich ging auf ihn zu, bis ich nah genug war, um ihn zu berühren. Er setzte die Füße auf, als wolle er aufstehen, doch stattdessen streckte er nur vorsichtig den Arm aus und ergriff meine Hand. Er wirkte unsicher und schien Angst zu haben, dass ich zurückzucken würde. Seit ich aus dem Center entkommen war, hatte er sorgfältig jeden Körperkontakt vermieden, als könnte mich eine Berührung wie Glas zerspringen lassen. Er starrte auf meine Hand, die in seiner lag. Seine Finger schlossen sich langsam wie eine Blütenknospe.

Justin schien unsicher zu sein, ob er mich berühren durfte, was mich ziemlich nervös machte. Schließlich wünschte ich mir nichts sehnlicher.

»Du hast dich in Eden nicht verabschiedet.« Seine Augen wurden dunkel und er sah wirklich verletzt aus.

»Ich dachte, ihr würdet meine Gründe auch so verstehen. Aber zumindest bei Scott lag ich wohl falsch«, sagte ich. »Er hat eine Riesenwut auf mich.«

»Scott hat auf jeden eine Riesenwut«, meinte Justin. »Das macht seinen besonderen Charme aus.« Er blickte zu mir hoch. »Außerdem ist er ziemlich empfindlich, was Loyalität angeht.«

Die Bemerkung tat so weh, als hätte er mir die Finger zwischen die Rippen gestoßen und mein Herz getroffen. Aber das war unwichtig, weil nur eine Frage wirklich zählte: »Glaubst *du*, dass ich euch verraten habe?«

Langsam atmete Justin aus. Seine Hand wanderte meinen Arm hoch, bis sie oben bei den Spaghettiträgern anlangte, und hinterließ auf der ganzen Strecke eine Gänsehaut. Dann zog er die Finger weg. Sein Blick bekam einen Ausdruck, den ich nur schwer deuten konnte.

»Nein. Du hattest bestimmt gute Gründe«, sagte er und schwieg dann abwartend. Anscheinend sollte ich ein paar davon aufzählen. Also zweifelte er doch an mir.

»Ich will herausfinden, was mit meinem Vater los ist. Was er als Nächstes plant. Das ist der wichtigste Grund, aber nicht der einzige.« Ich dachte an meine Mom, die mich jetzt mehr als alle anderen brauchte. Sie im Stich zu lassen, kam nicht infrage.

Justin nickte langsam, als hätte ich gerade eine Vermutung von ihm bestätigt. »Ich kann schon verstehen, warum du dich so entschieden hast«, sagte er.

Überrascht schaute ich ihn an. »Ehrlich?«

»Zuerst war ich verwirrt, aber dann habe ich darüber nachgedacht und musste dir recht geben. Ich mache dir wirklich keinen Vorwurf.«

Ein Schauer lief über meine Haut und ich verschränkte fröstelnd die Arme vor der Brust. »Moment mal. Womit hatte ich recht?«

»Dich für deine Familie zu entscheiden. Schließlich habe ich dich ständig gewarnt, dass du dich nicht mit mir einlassen sollst, weil ich den Ärger nicht wert bin. Im Grunde bin ich froh, dass du endlich zur Vernunft gekommen bist.«

»Jetzt warte mal einen Augenblick ...«

Er hielt eine Hand hoch und brachte mich zum Schweigen. »Nein, ehrlich, ich verstehe dich. Schließlich habe ich ständig Mist gebaut. Seit dem ersten Tag, als wir uns begegnet sind, habe ich einen Fehler nach dem anderen gemacht. Ich habe eben keine Ahnung, wie eine Beziehung funktioniert, und du hast mir mehr Chancen gegeben, als ich verdiene. Tja, so etwas nennt man wohl schlechtes Timing: Du hast genau in dem Moment festgestellt, dass du prima ohne mich zurechtkommst, als mir klar wurde, dass ich dich brauche.« Er lächelte mich auf seine melancholische Weise an. »So funktioniert Liebe wahrscheinlich, oder?«

Bevor ich etwas gegen seine absurde Logik sagen konnte, flog die Seitentür auf. Ich fuhr herum und sah die beiden Wachmänner, die mich im Flur zurückgelassen hatten. Jetzt flankierten sie meinen Vater. Beide hatten ihre Waffen auf Justin gerichtet. Einer von ihnen konnte ein Grinsen nicht unterdrücken.

Ich wandte mich meinem Vater zu und funkelte ihn an. »Bilde dir bloß nicht ein, dass du mich einschüchtern kannst«, sagte ich.

»Das hatte ich auch gar nicht vor, Madeline. Ich wollte nie, dass du Angst vor mir hast. Nehmt die Waffen runter«, befahl er den Wachmännern.

Sie ließen die Hände sinken und mein Vater schickte sie mit der Bemerkung fort, dass er in ein paar Minuten nachkommen würde. Gehorsam nickten die beiden und verschwanden wieder nach drinnen. Der eine hob winkend die Hand über den Kopf und machte ein Peace-Zeichen in Justins Richtung, bevor die Tür hinter ihm zufiel.

»Wir müssen zurück in den Saal«, sagte mein Vater. »Man erwartet von mir eine Rede, um den Schaden einzudämmen.«

»Was denn für einen *Schaden*? Das Video war nur die reine Wahrheit«, sagte ich zornig, doch ausnahmsweise war mein Vater nicht der Hauptgrund für meinen Ärger. Ich verabscheute den Gedanken, dass Justin an mir zweifelte und ich jetzt keine Gelegenheit bekommen würde, ihm alles zu erklären.

Mein Vater harrte ohne ein Wort aus, und ich wusste, was er von mir erwartete. Als ich zu ihm ging, umfasste er meinen Ellbogen und ließ ihn nicht wieder los. Meine Position war mehr als unangenehm. Obwohl Justin nur ein paar Meter entfernt stand, lag zwischen ihm und meinem Vater eine unsichtbare Barriere, und ich befand mich auf der falschen Seite.

Eine Windböe fegte durch die Gasse und blies Justin das Haar in die Stirn. Er schaute meinen Vater ruhig an.

»Es ist Zeit, dass du Maddie gehen lässt«, warnte Dad ihn und betonte jedes Wort einzeln, damit kein Missverständnis aufkam.

»Ich bin nicht derjenige, der sie festhält«, sagte Justin – die ersten Worte, die er jemals direkt an meinen Vater gerichtet hatte. Bis zu diesem Augenblick hatte Justin es immer vermieden, mit ihm zu sprechen. Dad schien das ebenfalls zu bemerken.

»Mehr hast du mir nicht zu sagen?«

Justin lehnte sich auf dem Motorradsitz zurück. »Mit Menschen zu reden, die nicht zuhören können, ist reine Zeitverschwendung«, antwortete er kühl und sehr direkt. Die beiden musterten sich mit der gleichen Entschlossenheit im Blick.

»Halt dich von meiner Tochter fern!«, sagte mein Vater. »Das ist mein Ernst, Justin. Schau, was passiert, kaum dass du in ihrem Leben auftauchst: Sie wird mit Waffen bedroht.«

»Ich war nicht allzu besorgt«, sagte Justin und zeigte lächelnd die Zähne. »Die Wachleute und ich sind gute Kumpel.«

Ich spürte an meinem Arm, wie Dads Finger zuckten. Abgesehen von diesem kleinen Hinweis merkte man ihm nicht an, dass er verärgert war. Seine Miene blieb weiterhin stoisch und maskenhaft.

»Hältst du das für witzig? Du hast wohl eine freche Antwort auf alles?«

Justin grinste herausfordernd. »Hatten Sie nicht versprochen, mit Ihrer Tochter zusammenzuarbeiten? Anscheinend bedeutet das für Sie nur Drohungen und Gewalt.«

»Während deine Methode ist, einen Wohltätigkeitsempfang zu stürmen. Du hast die ganze Veranstaltung ruiniert. Weißt du überhaupt, wie man etwas erreicht, ohne gleich extrem zu werden?«

Ich schaute zwischen den beiden hin und her und fühlte mich, als sei ich in einen Schusswechsel geraten.

»So extrem wie *Sie*?«, gab Justin zurück. »Ob Sie es glauben oder nicht, auch andere Menschen haben das Recht, ihre Meinung zu verbreiten.«

»Du simplifizierst alles«, sagte mein Vater.

»Okay, könnten Sie bitte mit den Floskeln aufhören?«, fragte Justin, dem allmählich die Geduld ausging. »Reden Sie doch einfach mit uns oder wenigstens mit Maddie. Sie ist Ihre Tochter. Wir sind ganz normale Menschen. Niemand versteht Ihre kryptischen Statements. Können Sie uns nicht einfach sagen, was Sie wollen?«

Hinter der Tür war das Geräusch von Schritten zu hören. Dads Finger zuckten wieder.

»Du solltest jetzt besser verschwinden«, warnte er Justin. »Und zwar sofort.«

Justin musterte meinen Vater und für einen Sekundenbruchteil änderte sich seine Miene und seine Augen wurden schmal. Etwas hatte ihn überrascht. Sein Blick schwenkte kurz zu mir, dann stülpte er den Helm über und trat das Gaspedal seines Motorrads durch.

Mein Vater zog mich auf die Tür zu, während Justin mit Vollgas davonbrauste.

Mein Vater klopfte drei Mal mit der Faust gegen die Metalltür und einer der Wachmänner ließ uns ein. Paul marschierte durch den Korridor auf uns zu und seine Augen glühten fanatisch.

»Hat sie versucht zu fliehen?«, fragte er meinen Vater anklagend und starrte mich an. »Ich wusste gleich, dass du in der Sache drinsteckst.«

»Paul, ich übernehme das schon«, sagte mein Vater und legte ihm warnend eine Hand auf die Brust, damit er Abstand hielt.

»Wir müssen sie verhören, Kevin. Sie ist unsere Hauptverdächtige«, protestierte Paul.

»Ich habe gesagt, darum kümmere ich mich«, wiederholte mein Vater mit Kommandostimme. Paul schaute zwischen uns beiden hin und her, dann marschierte er zurück in den Saal. Jemand vom Empfangspersonal stand in der Tür und wollte meinen Vater ebenfalls hereinwinken.

Durch die Türöffnung strahlte mir gleißendes Neonlicht entgegen. Ich sah Paul und Damon mit einer Gruppe Reporter und ein paar Polizisten zusammenstehen. Wieder starrte Paul bösartig in meine Richtung. Mein Vater ließ den Mann vom Personal wissen, dass wir gleich nachkommen würden. Mit einem Nicken schloss er die Tür vor uns.

Dann drehte mein Vater sich zur mir um und stieß einen Seufzer aus, als müsste er um seine Beherrschung kämpfen.

»Du hast mir dein Wort gegeben, keinen Kontakt zu Justin

Solvi aufzunehmen. Dieses Versprechen hast du ganze zwei Tage lang gehalten«, blaffte er.

»Ich hatte mit der ganzen Aktion nichts zu tun, falls du darauf hinauswillst.« Ich schaute ihm geradewegs in die Augen.

Er legte den Kopf schräg und mustere mich kühl. »Trotzdem wusstest du irgendwie, dass Justin gleich hinter dieser Tür auf dich warten würde? Ich kann zwei und zwei zusammenzählen, Maddie.«

Menschen sind aber keine Ziffern auf deinen Formblättern, hätte ich am liebsten gesagt. »Ich habe nicht gegen die Abmachung verstoßen«, versicherte ich stattdessen.

»Ach ja? Ich habe das Kleid durchgehen lassen, diese geschmacklose Haarfarbe und deine ganze widerspenstige Haltung, aber langsam wird es lächerlich. Willst du, dass ich dich ins Gefängnis abführen lasse? Geht es dir darum?«

»Ich will, dass du aufhörst, mich wie ein wildes Tier zu behandeln. Solange ich für dich eine gefährliche Raubkatze bin, die man in einen Käfig sperren muss, spiele ich die Rolle eben. Versuch doch mal, mich als Gleichberechtigte ernst zu nehmen, Dad. Dann höre ich vielleicht auf, mich absichtlich danebenzubenehmen.«

Er krauste nachdenklich die Stirn, als sei ihm diese Idee nie zuvor gekommen. Wir wurden unterbrochen, weil die Saaltür aufging und derselbe Mitarbeiter wie vorher einen nervösen Blick auf meinen Vater warf. Er räusperte sich.

»Mr. Freeman, Sir, wir können das richtige Video nicht finden. Anscheinend wurde es gelöscht.« Mein Vater nickte kurz und winkte die Wachmänner herbei, die am Ende des Korridors warteten.

»Eskortieren Sie meine Tochter zurück in den Saal«, befahl er, »und sehen Sie zu, dass sie dort bleibt.« Sein Blick hielt meinen fest. »Du wirst für den Rest des Abends auf deinem Platz bleiben«, sagte er und wandte sich ebenfalls zur Tür.

Ich folgte den Wachen zurück zum Tisch, an dem sich jetzt nur noch Becky befand. Sie hockte allein an der riesigen runden Tischplatte und starrte auf ihr Phone. Während ich auf sie zuging, spürte ich, wie sämtliche Blicke an mir kleben blieben. Der gesamte Saal beobachtete unsere kleine Prozession. Ich konnte das einsetzende Getuschel hören, hielt die Augen aber unverwandt auf den Tisch gerichtet.

Aus den Deckenlautsprechern erklang Musik und übertönte die brodelnde Gerüchteküche, was mich erleichterte.

Einer der Wachmänner setzte sich neben mich, der andere stellte sich ganz in die Nähe des Tisches an die Wand.

Ich begann an meinen Nägeln zu knabbern. Erstens war ich ärgerlich, weil man mir für alles die Schuld geben würde, und zweitens belastete mich das Missverständnis mit Justin. Anscheinend hatte Scott doch recht gehabt. Ich hätte warten und mit Justin reden sollen, bevor ich Eden verließ. Für ihn hatte es natürlich so ausgesehen, als ob ich ihn verlassen wollte. Ich musste unbedingt mit ihm sprechen. Nur war er ausgerechnet die Person, zu der ich das strengste Kontaktverbot hatte.

Ich beobachtete Becky und wartete darauf, dass sie irgendwann vom Bildschirm aufschaute. Aber ihr Kopf blieb nach unten geneigt und die Augen klebten an den leuchtenden Pixeln.

»Becky«, sagte ich.

»Hm?«, murmelte sie.

»Wie lange arbeitest du schon für die Aussteiger?« Mir war egal, ob der Wachmann direkt neben mir mich hörte. Wenn die beiden mit Justin befreundet waren, wussten sie wahrscheinlich, was hier heute Abend passierte.

Becky hob ihren Blick. Sie zog einen InEar-Kopfhörer heraus und sah mich an. »Was?«

»Ich glaube, du hast mich sehr gut verstanden«, sagte ich. Sie blinzelte ein paar Sekunden lang begriffsstutzig, doch mir war klar, dass sie nur Zeit schinden wollte.

»Keine Ahnung, wovon du redest«, schwindelte sie.

»Ich habe einen Text auf deinem Phone gesehen«, ließ ich sie wissen. »Die Nachricht kam von Riley. Woher kennst du Riley?«

Ich ließ meine Augen kurz durch den Saal huschen und stellte fest, dass meine Mutter und Mrs Thompson gerade durch die Bühnentür kamen. Mir blieb nicht viel Zeit. Becky fixierte mich mit einem ängstlichen Blick. Ich war sicher, dass mein Verdacht stimmte, und bohrte weiter.

»War es etwa nur Zufall, dass du ein paar Minuten, bevor das Video gezeigt wurde, aufgestanden bist?«, fragte ich sie. »Hier ist sonst niemand gegen das DS-System. Nur du kommst infrage.« Ihr Blick huschte zwischen mir und dem Wachmann hin und her.

»Hast du ihr davon erzählt, Ryan?«, knurrte sie ihn an, doch er schüttelte den Kopf. Ich hob die Augenbrauen. Also steckte sie definitiv in der Sache drin.

»Du hast geholfen, die Sache mit dem Video zu planen, stimmt's?«

Ich schaute sie an und wartete. Ihre schwarzen Augen tasteten vorsichtig nach meinen, während sie darüber nachdachte, wie viel sie zugeben sollte. Ich hatte überhaupt keinen Zweifel, dass sie für die Sabotage verantwortlich war. Das ergab einfach Sinn. Damon war fast so diktatorisch wie mein eigener Vater. So etwas ermutigt gewöhnlich mindestens ein Kind in der Familie, die Regeln infrage zu stellen.

Ich machte eine Kopfbewegung zu dem Phone in ihrer Hand. »Dein Bildschirmschoner zeigt eine Felsgruppe im Meer«, fügte ich hinzu. »Die habe ich schon live gesehen. Sie liegt an der Küste vor Eden.«

Ihre Augen leuchteten auf. »Du warst dort?«

Ich nickte.

»Riley hat mir davon erzählt. Es klingt so …«

»Also *bist* du mit Riley befreundet.«

Sie wurde rot. »Eigentlich sind wir etwas mehr als Freunde.«

Ich lächelte. Die beiden konnte ich mir tatsächlich zusammen vorstellen.

Es war schon erstaunlich, was man ohne Worte nur an winzigen Körpersignalen ablesen konnte. Genau das liebte ich an persönlichen Begegnungen. Diese kleinen, intimen Hinweise. Man konnte in Menschen lesen wie in Büchern. Ihre Gesichter sprachen Bände, jeder Ausdruck in ihren Augen erzählte Geschichten. Das hatte mich von Anfang an fasziniert.

»Hast du vor, mich zu verpfeifen?«, fragte sie.

»Sehe ich etwa so aus?«, fragte ich zurück. Mit einem Seitenblick stellte ich fest, dass meine Mutter und Mrs Thompson schon fast unseren Tisch erreicht hatten.

»Aber du bekommst wahrscheinlich die Schuld für alles«, sagte sie.

»Stimmt. Dann bist du mir wohl einen Gefallen schuldig«, erwiderte ich.

»Was denn für einen?«, fragte sie mit nervöser Stimme.

»Du kannst mir helfen, die anderen zu kontaktieren«, sagte ich. »Komm diese Woche zu uns zu Besuch.«

Sie lachte. »Versteh das nicht falsch, aber meine Eltern erlauben mir bestimmt nicht, bei dir rumzuhängen.«

Ich trommelte einen kleinen Rhythmus auf den Tisch und lächelte. So einfach würde sie aus der Sache nicht herauskommen. »Wenn du hier an der Sabotage beteiligt warst, weißt du garantiert, wie du deine Eltern austricksen kannst. Ich darf das Haus eigentlich nicht verlassen, aber mit dir zusammen bekomme ich vielleicht die Erlaubnis. Schließlich ist deine Familie ja *so* vertrauenswürdig.«

»Ich weiß nicht recht«, sagte sie und versuchte noch einmal, Zeit zu gewinnen.

»Okay, aber dann müsste ich meiner Mom natürlich erzählen, was hier wirklich abgelaufen ist. Das täte mir echt leid.«

Becky schaute zu den beiden Frauen hoch, als sie den Tisch erreichten. Meine Mutter wirkte immer noch ein bisschen neben der Spur. Sie ließ sich auf den Stuhl an Ryans Seite sinken und nahm einen Schluck Weißwein. Mrs Thompson dagegen blieb stehen, sodass ich zu ihr hochschauen musste. Sie hielt sich stocksteif und ihre Finger krallten sich in den seidigen schwarzen Stoff ihres Kleides.

»Steh auf, Becky, wir gehen«, sagte sie kurz. Becky starrte sie mit großen Augen an.

»Stimmt etwas nicht?«, fragte sie nervös. Sie machte sich Sorgen, dass sie aufgeflogen war, was man kaum überhören konnte. Ihre Frage hatte viel zu unsicher geklungen. Doch anscheinend fiel das außer mir niemandem auf. Es war schon beeindruckend, was Menschen absichtlich ignorieren konnten.

»Tut mir leid, Jane«, sagte Mrs Thompson zu meiner Mutter. »Ich werde nicht länger an diesem Tisch sitzen, nachdem deine Tochter den ganzen Abend ruiniert hat. Bei allem Respekt für dich und Kevin, aber als Eltern habt ihr wirklich traurig versagt. Dieses Mädchen gehört hinter Schloss und Riegel. Schau sie dir doch an. Sie ist völlig außer Kontrolle.« Mit diesen Worten drehte sie sich um und stolzierte davon. Becky glitt von ihrem Stuhl und warf mir einen entschuldigenden Blick zu, bevor sie ihrer Mutter nacheilte.

Ich knabberte an meinem schwarzen Nagellack herum und betrachtete unauffällig meine Mom. Jeden Moment würde sie mich aus dem Saal bugsieren, bevor sie noch den letzten Rest ihrer Freunde verlor.

»Fängst du jetzt auch an, mich zu hassen?«, fragte ich kaum hörbar. Meine Augen brannten. Ich hatte das Gefühl, heute Abend absolut jeden enttäuscht zu haben, und meine Mom hatte so eine Behandlung als Allerletzte verdient. Doch bevor ich noch mehr an mir selbst zweifeln konnte, griff sie über den Tisch nach meiner Hand.

»Diese Frau ist so sensibel wie Dschingis Khan«, sagte sie. »Wenn sie nicht will, dass ihre Tochter von dir beeinflusst wird … Tja, wenn du mich fragst, haben die beiden es gar nicht verdient, sich in deiner Nähe aufzuhalten.«

Ich drückte ihre Hand und musste vor lauter Erleichterung lachen. »Dabei dachte ich, ihr seid befreundet.«

»Dann hätte sie mich sicher nicht so behandelt.« Meine Mutter schaute mir in die Augen. »Echte Freunde stehen nicht einfach auf und marschieren davon, wenn es schwierig wird. Ich weiß, dass du für den Zwischenfall nicht verantwortlich warst, Maddie. Und falls doch, wäre es mir, ehrlich gesagt, gleichgültig. Ich bin stolz auf dich. In meinen Augen hast du nie etwas Falsches getan. Vielleicht befindet sich eher der Rest von uns auf dem falschen Weg. Ich weiß es wirklich nicht mehr.«

Sie ließ meine Hand los, und ich lehnte mich auf meinem Stuhl zurück, gerade als der Moderator auf der Bühne erschien und meinen Vater ankündigte. Mein Blick streifte den Wachmann neben mir und ich stellte fest, dass er mir unter dem Tisch sein Phone entgegenhielt. Er zeigte auf den Bildschirm, auf dem mir eine Nachricht entgegenleuchtete. Der Text lautete: »Bitte richte Maddie etwas von mir aus. Ich bin nicht mehr dazu gekommen, ihr etwas Wichtiges zu sagen. Nämlich drei kleine Worte. Ich will sie nicht auf einen Bildschirm tippen, dazu sind sie zu persönlich. Aber Maddie wird schon wissen, was ich meine. – J.«

Der Wachmann und ich lächelten uns kurz an, bevor das Personal die Lampen dimmte und es dunkel wurde.

24. *Mai* 2061

Unsere Eltern wollen uns einreden, das Leben sei wie eine schnurgerade Asphaltstraße. Unsere Freunde zeigen uns, dass der Weg in die Zukunft erst existiert, wenn wir ihn selbst bauen. Unsere Eltern wollen uns einreden, das Leben sei wie ein Handbuch voller fester Regeln. Unsere Freunde zeigen uns, wie wir die Regeln brechen können, die man uns vorsetzt.

Unter der Kontrolle meines Vaters hatte ich immer das Gefühl, als sei ich nur der Beifahrer und würde mein Leben draußen vor dem Fenster vorbeirauschen sehen. Justin dagegen hat mir von Anfang an das Steuer überlassen. Statt mir die Richtung vorzugeben, hat er mir gezeigt, wie man richtig aufs Gas drückt, und lenken musste ich selbst.

Nichts hat größeren Einfluss auf uns als die Familie, aber Freunde können uns am stärksten mitreißen. Das habe ich im Laufe des letzten Jahres gelernt. Anteile von beiden Seiten vermischen sich und formen gemeinsam unsere Persönlichkeit. Die Familie hat ihre Grenzen. Sie legt das Fundament, doch das kann vom Einfluss der Freunde ziemlich durchgerüttelt werden. Es gibt sichtbare Bodenwellen und Spannungsrisse. Vielleicht bricht sogar alles zusammen, sodass man wieder ganz von vorne anfangen muss. Ich schätze, deshalb wollen Eltern uns in der Kindheit unbedingt davor beschützen, die ›falschen‹ Freunde zu wählen. Anscheinend haben sie die Regeln des Spiels heimlich schon lange durchschaut.

»Du bist noch keine achtundvierzig Stunden zu Hause und hast es schon geschafft, dass zwei Sicherheitsleute ihre Pistolen auf deinen Kopf gerichtet hatten«, stellte mein Vater am nächsten Morgen beim Frühstück fest. Er war in seinem Business-Anzug erschienen, den er trug wie eine Uniform. Ich hatte meine pinkfarbenen Haare zu einem Pferdeschwanz hochgebunden und fühlte mich wie ein Farbfoto neben einer Schwarz-Weiß-Aufnahme.

Eigentlich hatte ich gehofft, dieses Gespräch vermeiden zu können. Ich hatte mich naiv daran geklammert, dass der Skandal beim Empfang nur ein kleiner Ausrutscher war, schließlich hatte ich mich ansonsten perfekt benommen. Ich starrte auf den Wandschirm vor unserem Esstisch, wo gerade die Morgennachrichten liefen.

Mein Vater räusperte sich. Er würde das Thema also nicht fallen lassen. Ich beschäftigte mich damit, Haferflocken vom Rand meiner Müslischale in die Mitte zu befördern, wo sie im Kreis herumschwammen.

»Eigentlich bin ich schon zweiundsiebzig Stunden zu Hause. Und außerdem waren die Waffen auf Justin gerichtet«, sagte ich. Dann stellte ich eine Frage, die mir den ganzen Morgen keine Ruhe gelassen hatte. »Wieso hast du Justin gestern Abend nicht einfach festnehmen lassen?«

Dad setzte seine Kaffeetasse ab. »Soll ich ihm etwa die PR

verschaffen, die er will? Damit hätte ich ihm nur einen Gefallen getan. Wenn wir versucht hätten, ihn festzunehmen, wäre mit Sicherheit ein protestierender Mob aufgetaucht. Das Spektakel hätte geholfen, seine politischen Ansichten in der Öffentlichkeit zu verbreiten … und du wärest vermutlich ins Zentrum der Aufmerksamkeit geraten.«

Wir wurden von den Lokalnachrichten unterbrochen. Eine animierte Sprecherin saß hinter einem Tisch voller Werbelogos. Obwohl ihre Stimme schon älter klang, zeigte das Bild eine Frau knapp über zwanzig mit langen goldenen Haaren, die in Wellen über ihren hautengen schwarzen Blazer fielen. Ihre Augen waren so groß und kristallblau, dass man das Gefühl hatte, hineinspringen zu können wie in einen Swimmingpool.

»Wegen schwindender Nachfrage nimmt die Stadt am Ende des Monats die Hälfte ihrer ZipShuttle außer Betrieb«, informierte uns die Stimme. »Zusätzlich wird es einige Fahrplanänderungen geben, da weniger Haltestellen im Stadtgebiet benötigt werden. Das Büroviertel an der südlichen Langdon Street wurde geschlossen, was weniger Pendelverkehr, Stromverbrauch und Heizkosten bedeutet, also eine fantastische Nachricht für unsere Stadt. Die Bürodienste werden in Zukunft online angeboten. Sie finden jeden Service, den Sie brauchen, auf der Langdon Street-Website.«

Ich schaute stirnrunzelnd auf den Bildschirm. *Das ist eine fantastische Nachricht?*, dachte ich. Die Welt verlor jeden Tag mehr von ihrer Lebendigkeit und wir sollten das als positive Entwicklung sehen? Klar, wenn wir alle bloß Roboter mit Elektrohirnen wären …

Mein Vater überraschte mich, indem er den Wandschirm abstellte. Sonst lief das Gerät die ganze Zeit, wenn wir zusammen aßen. Ich warf einen Blick auf den schwarzen Aktenkoffer, den Dad neben sich stehen hatte.

»Geschäftsreise?«, erkundigte ich mich.

»Ich treffe mich mit den zuständigen Juristen wegen der Umerziehungscenter.«

Unwillkürlich lehnte ich mich vor. Zur Abwechslung war das ein Gesprächthema, das mich wirklich interessierte.

»Gibt es inzwischen genug Beweismaterial, um die Center zu schließen?«, fragte meine Mutter, doch mein Vater brachte sie mit einem Blick zum Schweigen.

»Du weißt doch, dass ich darüber nicht sprechen darf«, sagte er. Mom nickte und ließ das Thema fallen. Ich hingegen gab mich nicht so leicht geschlagen.

»Wann werden die Gefangenen aus den restlichen Centern befreit?«, bohrte ich nach.

Mein Vater trank den letzen Schluck seines Kaffees. »Die Aufnahmesperre für neue Patienten gilt zwar immer noch, aber nach meinen letzten Informationen sollen die Center in Betrieb bleiben.«

»Was?«, fragten Mom und ich wie aus einem Munde.

»Natürlich wird es Veränderungen geben«, sagte mein Vater leichthin, als ginge es nur um ein paar Renovierungen und nicht um Gehirnwäsche und medizinische Experimente an Jugendlichen.

»Dad, wo ist Richard Vaughn? Wieso sitzt er nicht im Gefängnis, nach allem, was er seinen ›Patienten‹ angetan hat?«

Dads bohrender Blick richtete sich auf mich. »Das ist nicht länger dein Problem, Maddie. Jetzt kümmern sich andere Leute darum. Was mit Vaughn passiert, liegt nicht in deiner Verantwortung. Du hast ja keine Ahnung, wer dieser Mann wirklich ist.«

Seine Miene war so unnachgiebig, dass ich nicht den Mut hatte zu protestieren. Mom starrte in ihre Tasse, und in der Stille hörte man nur das elektrische Summen der Lampen, Maschinen und Kabel.

Meine Familie bewegte sich so langsam und unaufhaltsam auf den Untergang zu wie die rote Abendsonne, deren Farben am

Himmel zerfließen und von der schwarzen Nacht verschluckt werden. Äußerlich war unsere Villa immer noch derselbe massive Bau, doch innen ging alles in die Brüche. Am liebsten hätte ich meine Mutter vorsorglich in Sicherheit gebracht.

»Wir müssen uns noch unterhalten, bevor ich abreise. In meinem Büro«, befahl mein Vater und stand auf. Ich folgte ihm durch den Korridor. Am Ziel angekommen, zog er einen Drehstuhl vor seinen Schreibtisch und forderte mich mit einer Handbewegung auf, mich zu setzen. Gehorsam ließ ich mich auf das kalte Lederpolster sinken.

»Ich bezweifle immer noch, dass du an der Sabotage gestern Abend unschuldig warst«, kam er direkt auf den Punkt.

Ich hielt seinem forschenden Blick stand. Im Moment war ich nicht in der Stimmung für eines seiner Verhöre. »Okay, soll ich jetzt beschämt in mein Zimmer schleichen und darüber nachdenken, was ich alles falsch gemacht habe? Oder bekomme ich eine weitere Dosis Hausarrest, ohne dass du auch nur versuchst, mir zuzuhören?«

Er betrachtete mich wortlos.

Ich schlug lässig die Beine übereinander. »Sorry, aber so bin ich nicht mehr.«

Seine Finger trommelten einen Rhythmus auf die Tischplatte. »Bist du nach Hause gekommen, um mich zu verteufeln und mir den Schwarzen Peter zuzuschieben? Das hier ist kein Spiel. Glaubst du, im echten Leben gibt es richtig gegen falsch und gut gegen böse?«

»Ich bin nach Hause gekommen, weil ich zu Ende bringen will, was ich mit fünfzehn angefangen habe. Du hast versprochen, mir zuzuhören. Die Abmachung war nicht, dass du mich in meinem Zimmer einsperrst. Ich bin schließlich nicht dein Eigentum. Und auch kein kleines Kind mehr.«

Er öffnete mit seinem Fingerabdruck eine Schreibtischschublade und zog eine weiße Schachtel heraus. Als er den Deckel abnahm, sah ich darin schmale Papierstreifen, die an Pflaster erinnerten. Er wählte einen davon und zog die Hälfte der Rückseite ab.

»Ich werde dir jetzt einen Peilsender auf die Haut kleben«, sagte er und hielt mir den durchsichtigen Streifen entgegen.

»Dad …«

»Der haftet einen Monat.«

»Nein«, sagte ich.

»Das Verfahren ist völlig ungefährlich«, versicherte er mir. »Die Chemikalie wird allmählich von deiner Haut absorbiert und aufgelöst.«

»Mir ist egal, ob ich durch das Zeug Superkräfte bekomme«, sagte ich. »Ganz bestimmt lasse ich mich nicht von dir stalken.«

»Maddie, ich will einfach nicht, dass du nach Eden durchbrennst oder zurück zu *ihm*. Darüber mache ich mir wirklich Sorgen. Wir wissen doch beide, dass du bei Problemen automatisch wegläufst, und genau dadurch bringst du dich erst recht in Schwierigkeiten. Du musst lernen, deine Fluchtreflexe zu kontrollieren. Das ist auch der Grund, warum ich dich nicht mit deinen Freunden sprechen lassen will, besonders mit Justin. Sie würden dich nur in Versuchung führen.«

Ich schaute skeptisch auf den Peilsender in seiner Hand. »Wenn du mich damit aufspüren kannst, dann gilt das doch wohl auch für die Polizei. Oder Vaughn. Alle möglichen Leute könnten mich damit überwachen.«

Mein Vater schüttelte den Kopf und zeigte auf die andere Hälfte des durchsichtigen Materials. »Das Signal funktioniert nur zwischen zwei Personen. Wenn ich deine Bewegungen verfolgen will, muss ich die andere Hälfte tragen. Eine dritte Partei kann dich damit unmöglich aufspüren.«

Ich starrte auf den tätowierten Vogel an meinem Handgelenk, ballte die Finger zu einer Faust und fühlte das Blut schneller strömen.

Meine Mutter stand in der Tür und betrachtete mich. Als ich zu ihr hochschaute, sah ich Mitleid und Verständnis in ihrem Blick. Sie stellte sich neben meinen Stuhl und beugte sich zu mir herunter.

»Es ist ja nur vorübergehend, Maddie. Diese ganze Situation wird bestimmt nicht lange dauern.«

Na toll, dachte ich. *Klar werde ich mein Leben hassen, aber nur vorübergehend. Ich werde mich vor Einsamkeit total beschissen fühlen, eingesperrt, verzweifelt, depressiv. Aber nur vorübergehend.*

Mom legte einen Arm um meine Schultern. »Du hast immer noch mich und Baley. Außerdem kannst du anfangen, dir College-Fächer auszusuchen. Ich habe eine Online-Fußballmannschaft für dich aufgetrieben. Das Team, bei dem du letztes Jahr mitgespielt hast, gibt es leider nicht mehr. Sie haben keinen Nachwuchs gefunden. Aber dafür habe ich deine alte Sportmaschine im Keller abgestaubt.«

Am liebsten hätte ich ihren Arm abgeschüttelt. Alles, was sie mir anbot, fühlte sich eher wie eine Strafe an. Aber das verstand sie natürlich nicht. Ihre Hand glitt von meiner Schulter.

»Ich komme mir vor wie in irgendeinem Knastfilm«, murmelte ich. »Wie schön, dass du mir die Hauptrolle geben willst, Dad.«

Er kaute auf der Innenseite seiner Wange herum, was eines der Zeichen war, dass er die Geduld verlor. Unauffällig, aber ich hatte es trotzdem bemerkt, immerhin war ich der häufigste Grund dafür.

»Ich kann verstehen, dass du mich für übertrieben streng hältst, nachdem du den letzten Monat in Eden herumgestreunt bist wie der Rest dieser Wilden.«

»Streng?«, wiederholte ich ungläubig. »Wo hast du eigentlich deine Erziehungsmethoden her? Diktatorenclub.com?«

Darüber hätte er beinah gelächelt, aber stattdessen verzog er nur den Mund. »Ich kann wohl davon ausgehen, dass du nicht freiwillig kooperierst?«

Er rückte einen Manschettenknopf zurecht, und ich versuchte, seiner Körpersprache zu entnehmen, was er mir verschwieg. Mein Vater wirkte selten so nervös wie jetzt. Offenbar stand mehr auf dem Spiel, als er mir sagen wollte.

Ich stieß mich mit den Füßen an einem Tischbein ab und kreiselte auf dem Drehstuhl hin und her. Mein Vater hatte also seine eigenen Gründe, warum er mich zu Hause festsetzen wollte, und die würde er wie üblich nicht mit mir diskutieren. Mir wurde klar, dass ich auf gewisse Weise am längeren Hebel saß. Das Hauptziel meines Vaters war anscheinend meine totale Überwachung, so als hinge die Zukunft der DS davon ab, ob er mich unter Kontrolle behalten konnte. Statt frustriert darüber zu sein, dass er mich einsperren wollte, kam mir die Situation mit einem Mal wie ein faszinierendes Rätsel vor. In gewisser Weise war es ein Kompliment, wie nervös mein Vater bei dem Gedanken wurde, dass ich ihm durchgehen könnte. Damit hatte ich ein überraschend starkes Druckmittel bei unseren Verhandlungen.

Mein ganzes Leben lang hatte ich das Gefühl gehabt, dass ich für ihn eine Schachfigur war, und zwar keine besonders wertvolle. Aber nun wollte er meinen Verlust plötzlich nicht mehr riskieren. Ich hatte mich in seinen Augen zu einer Königin verwandelt und konnte mit jedem meiner Schritte seine Strategie umwerfen. Vielleicht gab es in Wirklichkeit überhaupt keine Bauern im Leben, nur erkannten die meisten Menschen ihren eigenen Wert nicht.

»Okay, hier sind meine Bedingungen«, sagte ich. »Ich trage deinen Peilsender. Aber nicht einfach nur so.«

Mein Vater hob die Augenbrauen. »Ach ja?«

»Ich will eine Gegenleistung.«

Mom stand immer noch als stumme Beobachterin dabei und wirkte erstaunt über meine Entschlossenheit.

»Nämlich?«, fragte er.

»Deine Dateien«, ließ ich ihn wissen.

Er schob den Kopf vor, als habe er mich nicht richtig verstanden.

»Die Dateien, die ich mit fünfzehn aus deinem Computer gestohlen habe. Genauer gesagt, die DS-Kontaktlisten. Ich lade sie mir nicht wieder illegal herunter, versprochen.«

»Und wie willst du sonst drankommen?«

Ich hob die Hände. »Du sollst sie mir einfach geben. Freiwillig. Weil du weißt, dass du damit das Richtige tust.« Ich richtete mich auf meinem Stuhl auf. »Nennen wir es ein verspätetes Geschenk zur Volljährigkeit.«

Er lachte laut auf. »Diese Daten sind vertraulich, Maddie. Ich würde sie *niemandem* geben. Weder meiner Familie noch Geburtstagskindern.«

Ich lehnte mich zu ihm vor und lächelte. »Es müsste schließlich keiner davon erfahren. Ich kenne Leute, die uns helfen können. Wir lassen es so aussehen, als ob Hacker in deinen Computer eingedrungen wären. Wenn wir uns genug vorsehen, fällt kein Verdacht auf dich. Wir wollen mit den Adressen nichts weiter, als eine Botschaft verbreiten, Dad. Die Leute haben ein Recht zu erfahren, dass es dort draußen noch andere Meinungen gibt.«

Seine Lippen wurden schmal. Er schaute zur Seite und nickte. »Gut, ich werde darüber nachdenken.«

Ich stieß einen entnervten Seufzer aus, während ich innerlich schrie. Justin hatte recht. Mit meinem Vater zu reden war sinnlos, weil er unfähig war zuzuhören. »Schon klar.«

»Deine Mutter wird dich im Auge behalten, während ich weg bin.«

»Toll«, sagte ich und stand auf. »Nettes Gespräch, Dad.« Ich drehte mich auf dem Absatz um und stampfte aus dem Büro und die Treppe hinauf. Mir war klar, dass ich mich kindisch benahm, aber sein erbärmlicher Kommunikationsversuch war auch nicht viel besser.

Wenn er mauerte, konnte ich das auch.

Ich setzte mich aufs Bett und hörte auf dem Flurteppich gedämpfte Schritte näher kommen. Als ich zur Tür hochschaute, erwartete ich meine Mutter, die wie immer neutral geblieben war. Wahrscheinlich hoffte sie auf einen Waffenstillstand, wenn sie mich nur traurig genug ansah. Sie hatte in unserem Haus schon immer die Rolle der Friedensstifterin gehabt. Statt ihrer stand mein Vater im Zimmer. Er schien darüber fast so überrascht zu sein wie ich. Es war Jahre her, dass er mich zum letzten Mal hier besucht hatte. Er ging zu dem gepolsterten Sitz auf der Fensterbank und hockte sich neben den Stapel Bücher, der darauf lag. Abwesend nahm er eines in die Hand und blätterte darin. Sein Blick hatte einen Moment lang etwas Nostalgisches, bevor er das Buch wieder weglegte.

»Ich will dich nicht wie eine Gefangene behandeln. Das alles geschieht nur zu deinem Schutz. Elterliche Fürsorge ist für dich immer dasselbe wie Kontrolle, aber zwischen beidem besteht ein wesentlicher Unterschied. Bitte, versuch das einzusehen.«

»Ich brauche deinen Schutz nicht«, sagte ich.

»Du sollst nicht denken, dass ich *dir* misstraue. Mein Problem sind gewisse andere Leute dort draußen«, sagte er und schaute zwischen den offenen Vorhängen auf die leere Straße. »Deshalb will ich, dass du hier im Haus bleibst.«

Mir war völlig klar, wen er meinte. Mit seiner Ablehnung gegenüber Justin umzugehen fiel mir immer schwerer, weil er damit gleichzeitig bewies, dass er mich nie vollkommen akzeptieren würde. Als Tochter soll man seinen Vater doch lieben, oder? Aber wie sollte ich das anstellen, wenn er mich nicht einmal sah? Wie sollte ich einem Menschen nahekommen, der sich darauf versteift hatte, dass ich mich erst total ändern musste?

»Ich glaube, du weißt einfach nicht, wie man jemandem vertraut«, ließ ich ihn wissen. »Und das ist deine größte Schwäche. Deshalb wird dein System letztendlich zusammenbrechen.«

Sein Blick wanderte zu mir und er wirkte eher amüsiert als

getroffen. Innerlich kochte ich. Würde er mich jemals ernst nehmen? Andererseits strahlten meine rosaroten Haare wahrscheinlich nicht gerade die Botschaft aus: *Ich bin erwachsen und verdiene Respekt.*

»Wieso glaubst du das?«

»Weil du immer die Kontrolle haben musst. Deshalb versuchst du, alles allein zu schultern. Aber das ist so, als wolle man einen Berg ohne Fundament stützen«, sagte ich. »Versuch doch wenigstens, das Gewicht zu verteilen. Gib jedem eine Stimme, statt den ganzen Druck allein auszuhalten. Ohne Fundament geht es nicht. Die Basis ist immer das Wichtigste. Du würdest dir gerne einreden, dass es anders ist. Aber das bedeutet nur, dass du ganz allein dastehst, während du die Welt auf den Schultern trägst. – Und deshalb werden wir in der Lage sein, dich einfach umzuschubsen und alles aus den Angeln zu heben.«

»Interessante Theorie«, sagte er.

»Okay, hier ist ein neues Angebot«, ließ ich ihn wissen. »Ich trage den Peilsender, damit du immer weißt, wo ich stecke … wenn dir das so wichtig ist. Schließlich habe ich nichts vor dir zu verbergen. Aber dafür erlaubst du mir, mit meinen Freunden zu sprechen.«

Er rieb sich über die Augen. »Maddie, das Risiko können wir im Moment einfach nicht eingehen. Dein Phone könnte abgehört werden. Alles, was du online tust, wird überwacht. Ich habe wegen der Center schon genug Probleme, mit denen ich mich herumschlagen muss. Du bist wie ein wandelndes Pulverfass, Maddie. Ich kann nicht riskieren, dass du hinter meinem Rücken hochgehst. Für die Welt draußen muss klar sein, dass du zu Hause bist und dich kooperativ verhältst.«

»Na gut«, sagte ich, »dann verzichte ich eben auf Online-Kontakte. Aber was ist, wenn ich meinen Freunden persönlich über den Weg laufe? Wenigstens wirst du immer wissen, wo ich bin.«

Mein Vater dachte darüber nach. Er wusste genauso gut wie ich, dass Live-Kontakte nicht zählten. Was offline stattfand, war im Prinzip nie passiert. Niemand nahm sich mehr die Zeit, darauf zu achten, was in der realen Welt geschah.

Er hielt mir den Peilsender entgegen, und ich klebte ihn auf mein Handgelenk, gleich unter das Tattoo. Der durchsichtige Streifen ließ meine Haut ein wenig anschwellen wie bei einem Mückenstich.

»Haben wir einen Deal?«, fragte ich meinen Vater.

Er nickte und verließ das Zimmer. Ich blieb in meinen vier Wänden zurück und das schwere Gewicht von zu viel Zeit, die ich hier würde verbringen müssen, erdrückte mich jetzt schon.

Kapitel Sechs

Ich wachte vom Schrei einer Frau auf und saß vor Schreck senkrecht im Bett. Ich presste meine Hand auf mein Herz, und für einen kurzen Moment dachte ich, dass ich wieder im Center sei, bis meine weiche Federdecke und Baleys jaulendes Gebell mich beruhigten. Ich war zu Hause.

Ein weiterer spitzer Schrei drang durch mein Schlafzimmerfenster. Ich warf die Decke von meinen nackten Beinen und zog die Vorhänge zurück. Normalerweise badete der Schein der Laternen unsere Straße in helles Licht, doch jetzt sah es aus, als gäbe es jenseits der Scheibe keine Welt. Ich sah nur ein tintenschwarzes Nichts.

»Lampen an«, murmelte ich meinem Zimmer zu und rieb mir die Augen, doch die Technik reagierte nicht. »Lampen an«, wiederholte ich. Der Raum blieb stockdunkel. Hatte die Stimmerkennung ein Problem? Ich tastete blind nach der Trainingshose neben meinem Bett und zog sie über.

Im Flur hörte ich Dad brüllen, dass Baley endlich still sein sollte. Er klopfte und öffnete die Tür, als ich gerade ein Sweatshirt überstreifte.

»Der Strom ist ausgefallen«, sagte er. Gleich darauf sprang unser Notfallgenerator an. Lichtmarkierungen liefen an beiden Seiten der Flurdecke entlang. Ich folgte meinen Eltern nach unten.

Am Ende der Treppe bellte Baley immer noch wie verrückt.

Ich strich ihr beruhigend über den Rücken. Meine Mutter zurrte sich den weißen Morgenmantel enger um die Taille und knotete den Gürtel zu. Ich öffnete die Vorhänge in der Eingangshalle, um nach draußen zu schauen.

»Alle Straßenlampen sind dunkel«, sagte ich. »Anscheinend ist der Strom im ganzen Block ausgefallen.«

Meine Mutter zeigte auf ein paar Leute, die sich um einige Taschenlampen herumgeschart hatten, und öffnete die Tür. »Vielleicht wissen sie, was passiert ist.« Als sie zögernd begann, auch das Insektengitter aufzuschieben, ergriff Baley die Gelegenheit. Die Labradorhündin drückte den Spalt mit der Schnauze auf, drängte sich hindurch und wetzte die Eingangstreppe hinunter.

»Baley!«, rief meine Mutter hinterher.

Schnell griff ich nach einer alten Hundeleine, die im Flurschrank hing, und schlüpfte in ein Paar Turnschuhe. »Ich fange sie wieder ein«, sagte ich und rannte an Mom vorbei.

»Maddie!«, schrie mein Vater mir hinterher, aber ich ignorierte ihn und lief dem Hund nach. Ich entdeckte Baley auf halbem Weg die Straße hinunter, wo sie am Boden herumschnüffelte. Als sie die Leine in meiner Hand sah, stürmte sie wieder los. Sie verlor ihre Freiheit genauso ungern wie ich. Ich jagte sie weiter durchs Wohnviertel. Beim Laufen grinste ich breit und dankte Baley innerlich, dass sie mir eine Ausrede verschafft hatte, um aus dem Haus zu kommen. Die Abendluft war kühl und feucht. Ein säuerlicher Geruch lag in der Luft, der vom nassen Kunstrasen stammte.

Wir sprinteten die dunklen Straßen entlang an Leuten vorbei, die hilflos ihre dünnen Taschenlampenstrahlen herumwandern ließen. Einen Moment verlor ich Baley aus den Augen und blieb stehen, um nach dem Klimpern ihrer Hundemarken zu lauschen. Da packte plötzlich eine Hand meinen Arm. Instinktiv schlug ich mit dem Ellbogen aus und versuchte, ihn dem Angreifer in den Körper zu rammen. Doch die Person wich rechtzeitig aus, schnappte sich mein ausholendes Handgelenk und presste es fest gegen meine Taille. Bevor ich schreien konnte, durchbrach eine bekannte Stimme meine Panik.

»Ich bin auch total froh, dich zu sehen.«

Meine Augen brauchten einen Moment, um sein Gesicht in der Dunkelheit zu erkennen.

»Justin«, seufzte ich.

Er ließ meinen Arm los, und ich stellte fest, dass er mit der anderen Hand Baleys Halsband gefasst hielt. Ich beugte mich herunter, um die Leine zu befestigen, während Justin unserer Hündin die Ohren kraulte. Mein Herz hämmerte noch immer wie verrückt und meine Lungen brannten von dem Dauerlauf.

»Was machst du hier?«, keuchte ich.

»Ich wollte mit dir reden.«

Jetzt hatten sich meine Augen so weit an die nächtliche Schwärze gewöhnt, dass ich ihn genau sehen konnte. Er trug Freizeitkleidung – ein Fußballshirt und eine Baseballkappe mit dem Schirm nach hinten – und sah aus, als hätte er eben noch gelangweilt auf einer Couch herumgehangen und dann spontan entschieden, die Stromversorgung zu sabotieren, damit endlich etwas passierte. Rasiert hatte er sich auch nicht und sein Kinn war von Stoppeln übersät.

»Schau nur, was du angerichtet hast«, sagte ich. Menschen stolperten verwirrt durch das Kunstgras, fuchtelten mit Taschenlampen herum und musterten die nächtliche Straße so nervös wie eine Geisterbahn. Anscheinend war nichts gruseliger als das Draußen. Eine Frau blieb an einer Bordsteinkante hängen und starrte nach unten, als hätte sie so etwas noch nie vorher gesehen. Dann berührte ein Ast ihren Arm und sie schlug mit einem Schrei um sich wie beim Angriff eines Messermörders.

Justin lächelte. »Manchmal ist das ziemlich amüsant.«

Ich blickte ihn an und meine Augen wurden schmal. »Ist das ein Abfangmanöver? Bist du hier, um jemanden einzusammeln?«

»Allerdings«, sagte er. »Und ich habe die Person gerade gefunden.«

»Soll das heißen, das Chaos hier ist für mich?«, fragte ich.

Er nickte. »Wir konnten uns doch beim Wohltätigkeitsempfang nicht zu Ende unterhalten.«

Ich schaute mich um. »Du hast den ganzen Block lahmgelegt, weil du *reden* willst?«

»Ist doch eine romantische Geste, oder? Gefällt sie dir nicht?«, fragte er und ich verdrehte nur die Augen. »Ich kann dich schließlich nicht einfach anrufen. Wie sonst sollte ich dich dazu bringen, das Haus zu verlassen?«

In der Ferne ertönte ein weiterer Schrei.

»Warum musst du eine Massenpanik auslösen, wo immer du auftauchst?«, fragte ich und wischte mir einen dünnen Schweißfilm von der Stirn.

Er kam einen Schritt näher und trotz der Dunkelheit konnte ich sehen, dass seine Augen gefährlich funkelten. »Warum musst du es mir so schwermachen, dich zu sehen? Erst ein Umerziehungscenter, jetzt die abgeriegelte Festung von Kevin Freeman?«

»Ich dachte, echte Männer mögen Herausforderungen.«

Er schüttelte den Kopf. »Nein, kann ich nicht behaupten. Ein paar Hürden am Anfang sind nett, aber allmählich verliert es seinen Reiz.«

Ich stieß einen Seufzer aus. »Ja, ich weiß.«

»Mir war es wichtig, dich zu sehen«, sagte er. »Unser Gespräch war nämlich noch lange nicht zu Ende.«

»Stimmt«, frotzelte ich. »Endlich kann ich dir sagen, was ich wirklich für dich empfinde.«

Er grinste. »Du meinst, wie sexy ich immer noch bin?«

»Nein, was für ein Idiot du immer noch bist«, sagte ich.

Sein Lächeln verschwand. »Was?«

»Ich habe Eden nicht verlassen, weil ich mit dir Schluss machen wollte!«, klärte ich ihn auf. »Ehrlich, ich kann nicht fassen, dass du überhaupt auf die Idee gekommen bist.«

Er zuckte mit einer Schulter. »Ja, Clare hat schon versucht, mir das klarzumachen.«

»Aber du hast ihr nicht geglaubt?«, fragte ich.

Eine Haarsträhne löste sich aus meinem Pferdeschwanz. Justin strich sie aus meinem Gesicht und ließ seine Finger an meiner Wange ruhen. »Ich bekomme Informationen nicht gerne secondhand. Um sicherzugehen, hole ich sie mir lieber direkt von der der Quelle.«

»Deshalb bist du hier?«

Er ließ die Hand sinken. »Ich dachte wirklich, dass du Eden wegen mir verlassen hast. Aber nach dem Empfang war mir klar, dass ich damit falschliege. Deshalb bin ich hier. Ich bin gekommen, um dich mitzunehmen.«

Meine Augenbrauen schossen in die Höhe. »Jetzt gleich?«

Er nickte und verschränkte seine Finger mit meinen. »Wieso nicht?«

»Wo sollen wir denn zusammen hin?« Justin schaute mich an, als hätte er diesen unbedeutenden Punkt noch gar nicht bedacht.

»Uns wird schon etwas einfallen«, meinte er.

»Dann wären wir also wieder auf der Flucht.«

»Stimmt, aber wir wären zusammen«, verkündete er.

Ich schüttelte den Kopf. »Justin, ich will mich nicht länger verstecken. Weglaufen ist keine Lösung. Außerdem werde ich hier gebraucht.«

Er drückte meine Hand. »Hör zu, ich habe dich im Center verrotten lassen, weil du mich überzeugen konntest, dass du es nicht anders willst. Dein Plan war verrückt und trotzdem habe ich ihn unterstützt. Aber jeder einzelne Tag, den du dort warst, hat mich fast umgebracht. Noch einmal ertrage ich so etwas nicht.« Er ruckte sanft an meinen Fingern. »Komm mit mir. Am Ende der Straße wartet ein Wagen.«

»Der Fall liegt diesmal wohl ein bisschen anders«, sagte ich. »Mein Vater foltert mich nicht.«

Er ließ meine Hand los und trat einen Schritt zurück. Sein Blick wirkte, als würde er mich nicht wiedererkennen. Ich konnte es ihm kaum übel nehmen. »Du *willst* hier bleiben?«

»Nein, will ich nicht, aber es ist nun einmal nötig.« Ich schaute auf meine Schuhe, um seinen fassungslosen Blick nicht sehen zu müssen. »Das ist für uns alle das Beste.«

Er rieb sich mit den Händen über die Baseballkappe. »Du verwirrst mich total, ist dir das klar?«

Ich seufzte. »Tut mir leid, aber ich habe keine Wahl. Bitte vertrau mir noch dieses eine Mal. Ich habe mit fünfzehn etwas angefangen und jetzt muss ich es zu Ende bringen. Auch wenn ich jede Sekunde in Corvallis hasse. Glaub mir, ich würde sofort verschwinden, wenn ich könnte.«

Seine dunklen Augen betrachteten mich herausfordernd. »Dann verschwinde eben.«

»So einfach ist die Lage nicht. Schließlich sprechen wir hier von Kevin Freeman.«

»Lass dich von deinem Vater bloß nicht einschüchtern. Oder überreden. Mach einfach nur, was du für richtig hältst«, sagte Justin. »Weißt du, am Anfang wollte ich dich auch ständig beschützen, weil ich dich nicht richtig kannte. Aber inzwischen ist mir klar geworden, wie falsch ich damit lag. Wenn sich jemand als dein Beschützer aufspielt, kämpfst du instinktiv dagegen an. Weil du dich eingeengt fühlst.«

»Stimmt«, sagte ich.

»In Wahrheit wirst du mit allem fertig. Dein Vater hat das nur noch nicht begriffen. Also zeig es ihm.«

Ich nickte. »Genau das habe ich vor.«

Er presste die Lippen fest aufeinander, und sein Blick wurde forschend, als würde er nach einem Zögern oder einer Schwachstelle in meinem Panzer suchen. Als er keine fand, sagte er: »Na gut. Du bleibst also hier. Kann ich etwas tun, um deine freiwillige Knastzeit zu verkürzen?«

Ich spielte nervös an der Leine in meiner Hand herum. »Vielleicht sollte ich es diesmal allein schaffen.« Als ich wieder aufschaute, lag ein schwer deutbarer Ausdruck auf seinem Gesicht. »Ich habe es satt, anderen Leuten meine Probleme aufzubürden.«

»Hast du im Center denn gar nichts gelernt? Allein hat man keine Chance«, widersprach er.

»Tja, selbst wenn du recht haben solltest, gibt es da noch ein kleines Problem.« Ich hielt mein Handgelenk hoch. »Dads spezielles Willkommensgeschenk. Er war sicher, dass ich einknicken und wieder mit dir durchbrennen würde.«

Justin rieb mit den Fingern über die Schwellung, die bereits weniger deutlich war als am Anfang. Offenbar kannte er solche Pflaster. »Diesmal spielt dein Dad wirklich mit harten Bandagen.«

»Kann man so sagen. Er hat mir eindeutig die Flügel gestutzt.«

Weitere Leute öffneten ihre Haustüren und redeten miteinander. Jemand lachte. Justin strich über meine Haut, von meinem Handgelenk bis zu den Fingerkuppen.

»Sie werden schon wieder wachsen«, sagte er sanft. Dann umschlossen seine Hände meine Taille und er zog mich ganz dicht an sich heran. Der Körperkontakt brachte mich beinah zum Nachgeben. Justin war für mich das Wichtigste auf der Welt. Aber das war nur ein zusätzlicher Grund, hier zu bleiben. Ich tat das alles schließlich auch für ihn, genauer gesagt für uns beide. Seine Lippen waren nur Zentimeter von meinen entfernt. Er vergrub eine Hand in meinem Haar und umfing mit der anderen mein Gesicht.

»Uns bleibt nicht viel Zeit, bis die Straßenbeleuchtung repariert ist«, sagte er und betrachtete mich hungrig. Es war Wochen her, seit ich ihn zum letzten Mal geküsst hatte. Ich stellte mich auf die Zehenspitzen und atmete den Duft von Haut und

Körperlotion ein. Die Lampen über uns begannen flackernd anzuspringen. In der Ferne hörte man eine Feuerwehrsirene. Ich wollte von ganzem Herzen, dass er blieb. Ohne Justin war alles grau, flach und starr. Er brachte Farbe in mein Leben, Geschmack, Struktur, Bewegung. Aus matt wurde bunt, aus lauwarm wurde heiß, bis ich regelrecht dahinschmolz und mir alles vor den Augen verschwamm.

»Ganz nebenbei, ich mag deine romantischen Gesten«, ließ ich ihn wissen, schloss die Lider und wartete.

Seine Lippen streiften über meinen Mund, doch man konnte die Berührung kaum als Kuss bezeichnen. Eher war es ein aufreizendes Kitzeln.

»Komm mit mir und ich verspreche dir viel mehr davon«, flüsterte er rau. Mein Herz setzte einen Schlag aus und begann dann umso schneller zu schlagen. Ich streckte die Hand nach Justin aus, doch er trat zurück, drehte sich um und verschwand, während ich mit Baley zurückblieb … und mit Beinen, die so zittrig waren, dass sie mich kaum zurück nach Hause trugen.

Kapitel Sieben

Schüler-ID #DS1029MF. Abschicken.

Ich hatte es hinter mir. Gerade hatte ich meine letzte Prüfung für den Level DS-4 abgeschlossen. Brausender Applaus und begeisterte Pfiffe füllten mein Zimmer. Ein ganzes Stadion voller Stimmen jubelte mir zu. Meine Wände hatten sich in eine virtuelle Fototapete aus Freunden, Familie und Lehrern verwandelt. Alle winkten, lächelten und reckten ihre digitalen Daumen in die Höhe. Mein Pixel-Ich streckte triumphierend die Faust in die Luft.

Ich saß an meinem Schreibtisch, starrte auf die Bildschirme und wartete darauf, dass ich etwas fühlte. Sollte ich nicht wenigstens erleichtert sein? Aufgeregt? Stolz? Stattdessen war ich nur verwirrt. Was hatte ich eigentlich die ganze Zeit getan? Was für Erinnerungen verknüpfte ich mit diesem Ort, mit meiner Schule? Immerhin hatte ich zehn Jahre dort verbracht, aber wer waren meine Klassenkameraden und Freunde? Im Nachhinein konnte ich kaum einen Kurs vom anderen unterscheiden. Ich hatte keinen einzigen Lehrer kennengelernt und erst recht keine anderen Schüler. Es wäre schön gewesen, einen echten Abschlussball zu haben.

Auf allen meinen Online-Profilen erschien automatisch mein neuer Status: Highschool-Absolventin. Gratulationen überschwemmten den Bildschirm. Mein gelbes Glücksbarometer schoss fast durch die Decke.

Bevor ich Zeit hatte, mir allzu viele Gedanken zu machen, wurde ich mit Werbung bombardiert.

Virtuelle Studienreisen durch Europa!

Plötzlich zu viel Freizeit? Mit unseren Online-Kursen spielst du innerhalb einer Woche ein Musikinstrument!

Für eine Collagebewerbung ist es nie zu früh!

Digitale Praktikumsplätze!

Pure Entspannung findest du auf oceansidespa.com! Weil du es dir verdient hast!

Aus reiner Neugier klickte ich auf den letzten Link.

Eine Frauenstimme säuselte aus den Lautsprechern wie eine frische Meeresbrise.

Unsere einzigartigen Laufbänder laden Sie zu einem Strandspaziergang ein. Mit ihrer Oberfläche aus feinstem Bimsstein, Salzmineralen und Natursand entfernen sie lästige Hornhaut. Unsere Produkte lassen sich problemlos an jede herkömmliche Fitnessstation anschließen. Genießen Sie himmlische Ruhe, ganz ohne Menschen und andere lästige Ablenkungen.

Ich zwirbelte eine pinke Haarlocke um meinen Finger und begann zu kichern. Die verführerische Stimme versuchte weiter, mich einzulullen.

Unser Gesamtpaket, das direkt an Ihre Adresse geliefert wird, enthält zusätzlich eine geheizte Massagematratze mit flexibler Noppenunterlage, die sich Ihren Konturen anpasst. Wählen Sie zwischen einer Fuß-, Gesichts- oder Ganzkörpermassage. Entspannung pur ohne lästige Wartezeiten! Unsere Matratze ist zu Hause immer für Sie da. Weitere Massagegenüsse wie Duftöl, Tonerde oder selbstklebende Hot Stones finden Sie auf unserer Website bei den Zusatzoptionen.

Der Werbefilm zeigte eine Frau, die tiefenentspannt auf einer beigefarbenen Matratze lag, während im Hintergrund Meereswellen an den Strand schlugen.

Unser Software-Angebot enthält Schnellkurse in Yoga, Meditation und Aromatherapie (inklusive des nötigen Duftsortiments). Vierundzwanzig verschiedene Wandschirm-Designs füllen Ihr Zuhause mit Naturlandschaften und Entspannungsmusik. Ein gesunder Geist braucht einen gesunden Körper! Daher bieten wir ebenfalls eine Auswahl an bekömmlichen Fertigmahlzeiten: fruchtige Smoothies, Gerichte aus Biogemüse und Pastasalate. Wir empfehlen besonders unsere köstlichen Fünfgangmenüs, die nur noch aufgetaut und erhitzt werden müssen.

»Was schaust du dir an?« Dads Stimme hallte durch mein Zimmer und ließ mich vom Stuhl aufspringen. Als ich mich umblickte, sah ich ihn in der offenen Tür stehen.

»Tut mir leid, ich wollte dich nicht erschrecken«, sagte er und kam ganz herein. »Du hast nur irgendwie ein bisschen verstört ausgesehen.«

Mit einem Seitenblick auf den Wandschirm gab ich zurück: »Ich habe in einem virtuellen Horrorfilm festgesteckt. – Was ist das denn?« Ich zeigte auf ein Blatt Papier in seiner Hand.

»Ich habe gerade deine Ergebnisse geschickt bekommen«, sagte er. »Herzlichen Glückwunsch.«

Ich schaute auf das Abschlusszeugnis, das er mir reichte. Anscheinend hatte ich mit Höchstpunktzahl bestanden und eine Ehrenurkunde bekommen. Am oberen Rand des Zeugnisses befanden sich drei farbige Streifen: golden für den besten Durchschnitt der Klasse, grün für das beste Gesamtergebnis beim Highschool-Examen und königsblau für den bestandenen Aufnahmetest zu den weiterführenden Hochschulen. Ich starrte auf die drei leuchtenden Farben, die meine akademische Laufbahn wie ein Regenbogen krönten. Darunter stand mein vollständiger Name Madeline Rose Freeman und mein schulischer ID-Code #1029MF. Ganz unten befand sich die Unterschrift meines Vaters in leuchtender Goldschrift, genau wie auf allen anderen Abschlusszeugnissen. Ich strich mit dem Finger darüber. Das Gekrakel sah nicht einmal wie ein Name aus.

»Du hast es für mich auf Papier gedruckt?«, fragte ich.

»Da du deine Wandschirme so wenig wie möglich benutzt, habe ich angenommen, dass dir ein Ausdruck lieber ist.«

Ich schaute mich um und nickte. In den letzten Tagen hatte ich mein Zimmer so behandelt wie vorher meine Centerzelle und meinen ›Horizont erweitert‹. Mit dem Malprogramm hatte ich meine Wände in vier verschiedene Landschaften verwandelt. Nun gab es einen Strand, eine Wüste, einen Wald und eine städtische Skyline, die mich an den Blick aus Justins Wohnung in L. A. erinnerte. Die Decke zeigte eine Mischung aus Tag- und Nachthimmel mit Sonne und Sternen, Schäfchenwolken und Regen. Über die gesamten Wände und den Himmel zogen sich Fußspuren, die in kunterbunten Pfaden den Raum für sich eroberten.

»Nächsten Monat gibt es eine virtuelle Abschlussfeier«, sagte mein Vater, doch mein leerer Blick machte wohl selbst ihm klar, dass ich kein bisschen interessiert war. »Die Zeremonie wird vierteljährlich wiederholt, falls du an einem anderen Termin teilnehmen willst«, fügte er hinzu, als sei mein Problem nur das richtige Timing.

»Ja, okay.«

»Es sieht so aus, als ob du jede Online-Hochschule besuchen kannst, die du willst«, sagte er und setzte sich auf meine Bettkante. »Hast du schon darüber nachgedacht, wo du am liebsten studieren willst?«

Genervt machte ich ein ›Pfff‹-Geräusch mit meinen Lippen.

»Maddie, du hast ein fantastisches Ergebnis erzielt. Wie kannst du daran denken, deine Schulausbildung abzubrechen? Deine Zukunftsaussichten sind glänzend. Eines Tages kannst du sicher eine Menge bewirken.«

Ich wandte mich auf dem Drehstuhl zu ihm um. »Kann ich das?«, fragte ich.

Er schaute mich stirnrunzelnd an. »Du willst nicht studieren?«

»Doch, aber nicht in der Digital School. Ich mache erst mit meiner Ausbildung weiter, wenn es Live-Unterricht gibt.«

Seine Miene verhärtete sich. »Nun ja, das ist im Moment keine Option.«

»Nicht im Moment«, stimmte ich zu. »Aber vielleicht sieht es nächstes Jahr schon ganz anders aus? Ein paar Live-Klassen anzubieten, kann doch nicht so schwer sein, zumindest wenn gewisse Leute aufhören, sich gegen die Idee zu stemmen.« Mein Vater erhob sich abrupt und ging zur Tür.

»Du musst aufhören, dich an diese Idee zu klammern«, sagte er. »Online gibt es eine fantastische Auswahl an Kursen. Du solltest wenigstens einige ausprobieren, bevor du deine Ausbildung abbrichst.« Er wandte sich zu mir um. »Wieso wehrst du dich so fanatisch dagegen?«

»Weil ich ein Mensch bin und keine Maschine«, sagte ich und wurde lauter. »Die Leute wissen doch gar nicht mehr, was menschlich ist. Ich habe es echt satt, sie daran zu erinnern. Das ist so absurd, als müsste man einem Fluss das Fließen beibringen. Wie schwer kann es denn sein, sich natürlich zu benehmen? Aber ihr gebt den Menschen ja keine Chance.«

»Ich habe jetzt wirklich keine Zeit für eine Grundsatzdebatte über die Digital School«, sagte mein Vater. »Eigentlich müsste ich schon auf dem Weg zum Flughafen sein.« Er marschierte aus meinem Zimmer, doch ich folgte ihm die Treppen hinunter und redete von hinten weiter auf ihn ein.

»Ich will für meinen Start an der Uni einen Live-Kurs. Und ich will Jura mit dem Schwerpunkt Digitalrecht studieren. Dann werde ich dafür sorgen, dass unsere Kultur nicht von Computerprogrammen übernommen wird, egal wie mächtig und korrupt die Hintermänner auch sind. Ich werde verhindern, dass Menschen in Zukunft gesetzlich gezwungen werden, an so etwas wie der DS teilzunehmen. *Das* sollte ins Gesetzbuch kommen, und ich werde dafür sorgen.«

Am Ende der Treppe drehte sich mein Vater um und starrte mich an. Mom stand schon in der Eingangshalle neben seinem Gepäck, um ihn zu verabschieden. Mit waidwundem Blick schaute sie zwischen uns beiden hin und her.

»Man kann nicht in ein paar Monaten ein völlig neues Schulsystem aus dem Boden stampfen«, ließ mein Vater mich wissen. »Für das Design der Digital School habe ich sechs Jahre gebraucht.«

So schnell gab ich nicht auf. »Wir müssen doch nicht alles auf einmal ändern. Die Reform kann klein anfangen, mit einzelnen Regionen. Meine Freunde haben die nötigen Programme längst ausgetüftelt. Sie haben Listen von Lehrern, Tutoren und Dozenten, die Live-Kurse übernehmen würden. Alles ist starklar, Dad. Wir könnten ohne Probleme noch in diesem Herbst eine erste kleine Live-Uni eröffnen.«

Er öffnete den Mund, um mir zu antworten, wurde aber von einer Nachricht auf seinem Phone unterbrochen. Nachdem er kurz auf den Bildschirm geblickt hatte, räusperte er sich und sagte: »Ich werde die ganze Woche nicht in der Stadt sein. Aber sobald ich zurückkomme, können wir uns unterhalten. Versprochen.« Der Ansatz eines Lächelns erschien auf seinem Gesicht. »Du solltest an deiner Geduld arbeiten. Immerhin bist du jetzt erst eine knappe Woche zu Hause.«

Ich dachte über sein Angebot nach. »Du wirst mir zuhören und uns helfen? Versprochen?«

Er zögerte, dann sagte er: »Ja, Maddie. Aber manchmal sieht Hilfe anders aus als erwartet. Vielleicht sogar wie eine Sackgasse. Bis wir merken, dass sie uns in eine neue Richtung gelenkt hat.«

Ich seufzte und kam mir vor, als würde ich Worte wie Dartpfeile auf meinen Vater niederprasseln lassen, damit wenigstens ein paar stecken blieben. Aber alle prallten an seinem Panzer ab. Oder sie verfehlten ihr Ziel ganz und gar.

Ohne ein Abschiedswort ging ich an ihm vorbei in die Küche, wo ich lautstark Schranktüren öffnete und wieder zuwarf. Obwohl ich in einer absurd großen Villa lebte, kam mir hier alles so eng vor, als könnte man kaum aufrecht stehen. Mom erschien in der Tür. Sie merkte mir natürlich an, dass ich mich innerlich noch immer mit meinem Vater herumstritt.

»Er ist zurzeit in einer schwierigen Lage, Maddie. Wir müssen versuchen, ihn zu unterstützen.«

Ich drehte mich zu ihr um. »Du hast selbst gesagt, dass du seine Arbeit für falsch hältst.«

»Mir gefällt nicht, wie das DS-System sich entwickelt hat. Das heißt nicht, dass ich die Grundidee ablehne. Dein Vater hatte immer die besten Absichten.«

»Ja, das haben Psychopathen auch.«

»Madeline Rose!«

»Tut mir leid.« Ich setzte mich an den Tisch und fuhr mir mit den Händen durch die Haare. Obwohl ich erst eine knappe Woche zu Hause war, machte mich die leblose Stille schon ganz krank. Ich war so kribbelig, dass ich aus der Haut fahren wollte.

Stumm beobachtete ich meine Mutter, die auf dem Wandschirm einen Vorrat an Fertiggerichten bestellte. Sie ließ ihre Finger in Mustern durch die Luft tanzen und legte Produkte in einen virtuellen Einkaufswagen. Ihre Hände bewegten sich so elegant, als würde sie mit ihnen ein Lied komponieren. Bunte Banner ploppten überall am Rand des Wandschirms auf und warben für neue Waren. Die Reklame änderte sich ständig, je nach den Bestellungen, die sie gerade aufgegeben hatte.

»Nimmst du kurz die Füße hoch?«, fragte sie. »Ich will den Boden putzen.«

Ich legte meine Beine auf den Nachbarstuhl, während Mom einen Schalter über der Spüle drückte. Aus dem Küchenfußboden schoben sich winzige Sprühköpfe hervor und hüllten das Kunstholz in warmen Wasserdunst. Nach einer Minute ging ein Ventilator an. Der Nebel wurde zu kleinen Wirbeln geblasen und die Sprinkler schalteten sich ab. Dann fegte ein kräftiger Schwall heißer Luft über den Boden. Der Ventilator klang dabei fast so laut wie der altertümliche Staubsauger, an den ich mich aus meiner Kindheit erinnerte. Als die Putzaktion vorbei war, setzte ich meine Füße wieder auf den Boden, der jetzt blitzblank glänzte.

»Wohin fliegt Dad eigentlich?«, fragte ich.

»Nach Portland«, antwortete meine Mutter. »Es geht wieder um die Center. Anscheinend müssen aus juristischen Gründen viele Betroffene live befragt werden. Mehr hat er mir auch nicht gesagt.«

Ich rieb mit dem Daumen über die winzige Erhöhung auf meinem Handgelenk, wo sich der Peilsender befand. *Wieso nimmt er ein Flugzeug nach Portland? Mit der Bahn braucht man kaum eine Stunde.* Ich ging hoch in mein Zimmer und zog mir meine Sportklamotten über. Auf dem Weg in den Keller kam ich an Mom vorbei, die mir ein Lächeln zuwarf. Sie war offenbar froh, dass ich endlich wieder mein Laufband benutzte.

Ich rannte, bis die ganze wütende Energie aus meinem Körper verpufft war, bis die schweren Gedanken sich auflösten und durch meine Poren verdampften. Es war Monate her, dass ich das letzte Mal gejoggt war, trotzdem schaffte ich die Zehn-Kilometer-Strecke ohne Probleme. Laufen war einfach, wenn man sich ständig vorkam wie gejagt. Ich schnappte mir ein Handtuch von dem Vorrat im Sportraum und wischte mir den Schweiß von Nacken und Gesicht.

Bevor ich wieder nach oben ging, machte ich einen Abstecher in den Lagerraum, der als einziges Zimmer im Haus unmöbliert war. Der nackte Zementboden strahlte eine unangenehme Kälte aus. Die Lampen stellten sich automatisch an, und ich ging an ein paar Kartons vorbei, bis ich zu dem Computermonitor in der Ecke kam, der die ganzen elektrischen Systeme im Haus kontrollierte. Da es sich um ein unabhängiges Netzwerk handelte, das nicht mit unseren privaten Computern verbunden war, ging ich davon aus, dass mein Vater hier keine Überwachung eingerichtet hatte. Ich ließ meinen Fingerabdruck scannen und setzte mich. Der Computer war auf Systeme beschränkt, die mit dem Haus zu tun hatten, also konnte ich mich nicht einfach ins Netz einklinken und nach Peilsendersignalen suchen. Trotzdem war es einen Versuch wert.

Nur aus diesem Grund hatte ich überhaupt zugestimmt, als Dad mir seine neueste Stalker-Technik aufdrängen wollte. Wenn der Sender tatsächlich auf einem gegenseitigen Signal basierte, dann konnte ich meinen Vater genauso beobachten wie er mich. Zumindest hoffte ich, dass ich eines der hauseigenen Energiesysteme für diesen Zweck nutzen konnte.

Unsere Villa war konstant mit einem Wettersatelliten verbunden, damit die Solarzellen in der Fassadenfarbe den wöchentlichen Energieverbrauch abschätzen konnten. Ich öffnete die Wetterseite und suchte nach der Software, die GPS-Signale empfing. Als ich sie gefunden hatte, hielt ich mein Handgelenk vor den Scanner am Keyboard und speiste mein Peilsendersignal ins Netzwerk ein. Gleich darauf erschien eine Radarkarte mit leuchtenden Längen- und Breitengraden auf dem Bildschirm. Ich klickte auf ›Aktueller Standort‹ und erhielt als Ergebnis tatsächlich unser Haus in Corvallis. Dann kehrte ich das Verfahren um und sofort erschienen die neuen Koordinaten. Mit einem Grinsen klickte ich auf das Landkartensymbol.

»Hi, Dad«, sagte ich.

Ich war schon öfter in Portland gewesen, doch auf dem Stadtplan kam mir nichts bekannt vor. Auch als ich nach dem Willamette oder dem Columbia River suchte, hatte ich keinen Erfolg. Ich zoomte näher ans Zentrum heran … und dort sprangen mir die ersten bekannten Namen ins Auge. Allerdings behauptete der Computer, dass ich auf den Hollywood River schaute. Weiteres Zoomen bestätigte meinen Verdacht. Ich hatte eindeutig das Straßennetz von L. A. vor mir. Das Sendersignal meines Vaters befand sich dicht an der Küste, nur ein paar Häuserblocks entfernt vom Umerziehungscenter Los Angeles, wo ich ein halbes Jahr lang eingesperrt gewesen war.

Ich schaute mit schmalen Augen auf den gelben Punkt, der rhythmisch pulsierte wie ein verräterischer Herzschlag. Gleichzeitig spürte ich das Pochen in meinem Handgelenk so deutlich, als würde all mein Blut zum Peilsender strömen. Was tat mein Vater in L. A.? Wieso hatte er uns über sein Reiseziel die Unwahrheit gesagt? Er war schon immer geheimniskrämerisch gewesen, doch jetzt belog er sogar meine Mutter.

Mein Herzschlag stockte, und ich fühlte, wie sich mir der Magen umdrehte.

Was sollte ich tun, wenn er wirklich unser Feind war?

Als meine Mutter und ich zusammen auf der Couch saßen und Fernsehen guckten, klingelte es plötzlich an der Tür. Sie fuhr erschrocken zusammen, während ich ganz ruhig die Wolldecke von meinen Knien schob und mich aufsetzte.

»Das ist nur die Klingel, Mom, kein Einbruchsalarm«, sagte ich.

»Wieso passiert so etwas eigentlich immer, wenn du zu Hause bist?«, fragte sie und stellte den Wandschirm auf Sicherheitsmodus. Er zeigte eine Ansicht des Hauseingangs, wo Becky stand und nervös einen Ring um ihren Finger drehte.

»Hallo, Becky«, sagte Mom in den Lautsprecher. Unser Gast schaute zur Kamera hoch.

»Hallo, Mrs Freeman. Ist Maddie zu Hause?«

Ich stand auf und fragte mich, warum meine Mutter nicht an die Tür ging. »Was hältst du davon, heute altmodisch zu sein und sie nicht draußen stehen zu lassen?«

»Aber dein Vater ...« Mom unterbrach sich und nickte. Also gingen wir zusammen in die Eingangshalle, ich hielt Baley zurück und meine Mutter öffnete die Tür. Becky kam herein, wobei sie die ganze Zeit nervös an ihrer Unterlippe nagte. *Auffälliger geht es wohl nicht*, wollte ich am liebsten sagen. *Bleib doch einfach mal cool.*

Meine Mutter schaute auf die Digitaluhr über der Tür. Die meisten Leute standen jetzt gerade vom Abendessen auf und stürzten sich in ihr Digitalvergnügen. »Was machst du denn um diese Zeit draußen?«, fragte sie.

»Ich wollte nur kurz vorbeikommen, um ... äh ... mich zu entschuldigen«, stammelte Becky. »Wegen der Sache beim Empfang.« Meine Mutter warf mir einen Blick zu, doch ich zuckte bloß mit den Schultern.

»Du hast doch nichts Falsches getan«, sagte meine Mutter.

Becky zupfte an den Spitzen ihrer langen, braunen Haare. »Na ja, ich habe ein schlechtes Gewissen wegen meiner Mutter. Sie hätte nicht gleich die Schuld auf Maddie schieben sollen.«

Mom betrachtete sie skeptisch, nickte aber. »Deine Mutter und ich haben uns seit einer Weile immer mehr entfremdet. So etwas passiert. Deshalb sind wir beide keine schlechten Menschen. Manchmal entwickelt man sich eben in verschiedene Richtungen.«

Becky nickte und dann herrschte ein paar Sekunden lang angespannte Stille. Ich hob auffordernd die Augenbrauen, damit sie etwas sagte.

»Du bist extra hierhergekommen, nur um dich zu entschuldigen?«, half ich nach.

»Ja. Ich meine, irgendwie schon. Nicht wirklich.« Sie räusperte sich. Bei Becky erreichte Live-Kommunikation einen völlig neuen Peinlichkeitslevel. »Ich wollte Maddie einladen, heute Abend mit mir zusammen auszugehen. Also, wenn Sie nichts dagegen haben.«

Meine Mutter schaute zwischen uns beiden hin und her und wollte schon den Kopf schütteln, doch Becky redete einfach weiter.

»Wir gehen nur ins Kino«, behauptete sie und erzählte Mom

von dem Filmclub, in den sie eingetreten war. »Die Gruppe besteht aus lauter Mädchen und ab und zu treffen wir uns persönlich. Nachdem mein Bruder ausgezogen ist, habe ich sonst keine Gelegenheiten, mit Gleichaltrigen zu interagieren«, sagte sie gestelzt. Sie reichte meiner Mutter eine Karte, auf der ein paar Kontaktnummern aufgelistet waren. »Wenn Sie wollen, können Sie sich im Chat mit den übrigen Eltern unterhalten. Alle wissen darüber Bescheid. Heute Abend läuft im Kino ein Liebesfilm-Marathon.« Sie lächelte Mom an.

Meine Mutter nahm die Karte entgegen, ohne den Blick von Becky zu wenden. »Weiß deine Mutter denn auch, dass du Madeline einlädst?«, fragte sie.

»Äh, vielleicht habe ich vergessen, das zu erwähnen.«

Mom hüstelte, um ein Lachen zu unterdrücken, und ich schaute zu Boden. Vielleicht hätten Becky und ich diese oberpeinliche Vorstellung vorher üben sollen.

Becky hob abwehrend die Hände. »Schon gut, ich dachte nur, Maddie will vielleicht mal aus ihrem Zimmer kommen. Mehr nicht. Wenn Sie wollen, können Sie ruhig auch meine Mutter anrufen.«

»Und schließlich müsst ihr nicht befürchten, dass ich abhaue«, sagte ich und wedelte mit meinem Handgelenk.

»Aber dein Vater …«, setzte Mom an. Sie verschluckte den Rest, weil sie mir ansah, wie dringend ich aus dem Haus wollte. »Na gut, lasst euch nicht aufhalten, Mädels. Viel Spaß«, sagte sie und trat von der Tür zurück.

Erst jetzt merkte ich, dass ich den Atem angehalten hatte, und holte tief Luft. Becky hatte die Augen vor Überraschung so weit aufgerissen, dass ich sie hastig an der Hand nahm und aus der Tür zerrte, bevor sie wieder etwas Idiotisches sagen konnte.

Wir hüpften regelrecht auf den Fußweg zu. Meine Augen nahmen gierig den dunkelgrauen Himmel auf und meine Haut genoss jede Brise feuchtwarmer Luft. Selbst die Plastikbäume waren eine willkommene Abwechslung zu den Bildschirmen, aus denen mein Leben bestand.

»Glaubst du, sie hat mir die Story abgenommen?«, fragte Becky.

»Da meine Mom ein funktionierendes Gehirn hat, wahrscheinlich nicht«, grinste ich sie an. »Ich glaube, ihr gefällt einfach der Gedanke, dass sie nicht die einzige Mutter mit einer aufmüpfigen Tochter ist.« Im Augenblick war es mir ganz egal, ob sie mich jemals wieder aus dem Haus lassen würde. Hauptsache, ich konnte mich hier und jetzt frei bewegen.

Wir stiegen in eine leere Stadtbahn ein, die zischend vor uns zum Stehen kam, scannten unsere Fingerabdrücke und ließen uns auf die erste Sitzreihe fallen. Sofort startete auf den Bildschirmen ein Werbefilm und nahm unsere Aufmerksamkeit gefangen, bevor wir ein Gespräch beginnen konnten.

Ladies, für unsere Pediküre und Maniküre braucht ihr nicht aus dem Haus zu gehen! NailNow liefert euch alles Nötige direkt an die Tür. Unser patentiertes Gerät ertastet Unebenheiten bis zum Nagelbett. Stellt einfach die Maschine an, platziert die Finger oder Zehen auf der markierten Oberfläche und unser Sensorpinsel mit Farbdüsen erledigt den Rest. Bei lästigen Hautrissen hilft unsere Spezialcreme: Kurz die Finger eintunken, und die Nagelhaut löst sich ganz natürlich auf. Nie wieder lästige Farbkleckse beim Nageldesign, kein Termindruck oder Wartezeiten! Wahrer Luxus beginnt bei euch zu Hause.

Ich schaltete den Bildschirm stumm, als ein zweiter Werbefilm begann.

»Tut mir leid, dass ich so nervös war«, sagte Becky.

»An deiner Stelle würde ich keine Schauspielkarriere anstreben«, ließ ich sie wissen, »aber trotzdem vielen Dank.«

Sie strahlte mich an. »Jederzeit. Es war mir eine Ehre. Du bist berühmt, wusstest du das?«

Ich schaute aus dem Fenster auf die leeren Straßen. »Klar. Wie man sieht, kann ich mich vor Fans kaum retten.« Dann blickte ich wieder Becky an und lächelte. »Du hast meine Frage beim Empfang nie beantwortet. Wie lange gehörst du schon zu den Aussteigern?«

Auf ihrer Stirn erschien eine besorgte Falte. Ich erinnerte mich noch gut daran, wie ich mich selbst gefühlt hatte, als ich am DS-System zu zweifeln begann. Zuerst war ich sicher gewesen, dass mit mir etwas nicht stimmen konnte. Ich hatte gehofft, dass ich eines Tages aufwachen würde und diese lächerliche Animosität einfach verflogen war. Mein ganzes Leben hatte ich damit verbracht, auf Zehenspitzen zu gehen und bloß keine tieferen Eindrücke zu hinterlassen. Dabei wollte ich eigentlich nichts sehnlicher, als der Welt meinen Stempel aufzudrücken und mir selbst zu beweisen, dass ich existierte. Leider konnte es ziemlich einsam werden, wenn man sich entschloss, seinen eigenen Weg zu gehen. Da hatte man nicht viele Mitläufer.

»Ich bin seit einem Jahr dabei«, sagte Becky. »Genauer gesagt, seit dem Empfang damals. Du hast mir Justin Solvi und seine Freunde gezeigt, weißt du noch?«

»Du erinnerst dich an Justin?«, fragte ich.

»Ich werde nie vergessen, wie sexy er aussah.«

Darüber musste ich grinsen. »Was hat dich dazu gebracht, mit ihnen Kontakt aufzunehmen?«

»Du und deine Mutter. Ich habe gehört, wie ihr über das Thema geredet habt, und bin neugierig geworden. Also habe ich mich im Netz umgesehen. Vor allem wollte ich Jungs kennenlernen, die so sind wie Justin. Das war am Anfang schon Grund genug«, erklärte sie. »Ich habe dir damals nachgeschaut, als du mit ihm und seinen Leuten aus der Tür gegangen bist, und wäre euch am liebsten hinterhergelaufen. Ihr wart auf der falschen Seite und trotzdem hat es sich total richtig angefühlt.«

»Jedenfalls bin ich beeindruckt, dass du mit solchen Tricks durchkommst. Dein Vater ist doch fast so ein Kontrollfreak wie meiner.«

Betty setzte ein schiefes Lächeln auf. »Mein Dad hält mich für das perfekte Töchterchen. Es ist doch viel leichter, die Kinder anderer Eltern zu verurteilen, als zu merken, was im eigenen Haus abgeht. Je näher man etwas vor der Nase hat, desto weniger sieht man es. Außerdem gehe ich etwas subtiler vor als du«, fügte sie hinzu. »Ich habe nicht vor, gleich das ganze System zu stürzen, sondern hänge einfach nur einmal die Woche mit Aussteigerjungs herum, weil ich gerne flirte.«

»Und dafür hast du meinen vollen Respekt«, sagte ich. »Also nehme ich an, dass heute kein Liebesfilm-Marathon im Kino läuft?«

Sie warf mit ein breites Lächeln zu. »Doch, aber da gehen wir nicht hin. Wir haben etwas Besseres vor«, sagte sie.

Als wir aus der Stadtbahn stiegen, hatte es angefangen zu regnen. Harte Tropfenschauer attackierten den Stoff unserer Jacken. Schon die ganze Zeit, seit ich nach Corvallis zurückgekehrt war, hatte es ungewöhnlich oft geregnet. Der Willamette River, der durch das Stadtzentrum floss und bis in den Nachbarstaat Washington reichte, hatte seit Jahren nicht mehr so viel Wasser geführt. Teile von Oregon waren bereits überschwemmt.

Wir hasteten im Laufschritt zwei Häuserblocks entlang, wobei wir den Pfützen auf dem Gehweg ausweichen mussten, und erreichten schließlich unser Ziel. An einem Backsteingebäude hing ein großes Neonschild mit der Aufschrift *Kino*. Ich flüchtete mich unter das schwarze Vordach, wo ich stehen blieb und auf die Filmposter starrte, die für alte Klassiker warben. Fast ehrfürchtig ließ ich meine Finger über die Glaskästen wandern. Die Stars waren schon lange tot, aber ihre Geschichten lebten weiter. Vielleicht war es tatsächlich möglich, alte Ideen zu recyceln und in neuer Form zurückzubringen.

Wir betraten das Foyer, schüttelten das Wasser aus unseren Jacken und stampften mit den Füßen. Tropfenschauer landeten auf dem raufaserigen Teppichboden. Ein gelangweilter Verkäufer stand hinter einem Glastresen mit Popcorn und Süßigkeiten. Wir nickten ihm zu, und ich wollte schon in Richtung seines Ticketschalters gehen, als Becky mich am Arm zu einem Notausgangsschild zog. Wir kamen an den Toiletten vorbei und erreichten eine Tür, auf der in verblichenen weißen Lettern *Zugang nur für Personal* stand. Dahinter befand sich ein Treppenhaus. Ich blieb unschlüssig stehen. Die Metallstufen mit dem dünnen Geländer und der Schimmelgeruch von abblätternder Wandfarbe versetzten mich zurück ins DCLA. Für einen Moment bekam ich Zweifel an meinem blinden Vertrauen. Woher sollte ich wissen, auf wessen Seite Becky wirklich stand?

»Was ist das hier?«, fragte ich.

»Komm schon, wir sind gleich da«, munterte Becky mich auf. Zögernd folgte ich ihr zwei Treppen nach oben. Sie schob eine schwere Metalltür auf und ich hörte Menschen schreien.

Mein Puls begann zu rasen, und meine Armmuskeln spannten sich an, bis mir klar wurde, dass die Leute nur lautstark ein Fußballspiel anfeuerten, das auf den Wandschirmen lief.

»Hier ist der Kinosaal, von dem ich gesprochen habe«, sagte sie. »Er ist vor allem ein Treffpunkt für Aussteiger. Deshalb wird er nicht offiziell beworben.«

An allen Wänden der Sportbar befanden sich Bildschirme, die vom Boden bis zur Decke reichten, und auf jedem davon wurde ein anderes Fußballmatch gezeigt. Die Spieler waren größer als ich, sodass ich fast das Gefühl hatte, zwischen Riesen auf dem Spielfeld herumzulaufen.

Am hinteren Ende des Raumes standen zwei Billardtische, und in der Mitte befand sich ein wuchtiger Tresen aus Eichenholz. In den Bierkrügen und Gläsern, die über der Bar aufgehängt waren, spiegelte sich das gelbliche Licht der Deckenlampen. Ein paar Leute hatten sich um Tische versammelt und schauten den Spielen zu, während sie sich aus Snack-Körben bedienten und aus altmodischen Bierhumpen tranken.

Ich zog das Haargummi aus meinem Pferdeschwanz, sodass mir die pinkfarbene Mähne über die Schultern fiel. »Wieso machst du aus diesem Hobby so ein Geheimnis?«, fragte ich Becky, während wir zum anderen Ende des Raums schlenderten. »Kannst du deinen Eltern nicht einfach erzählen, dass du gerne Fußball guckst?«

Sie lachte. »Meine Mutter hat vielleicht nichts dagegen, dass ich mit ein paar Mädchen in romantische Filme gehe. Aber eine Sportbar voller männlicher Wesen? *Damit* hätte sie definitiv ein Problem.« Wir kamen an einem Tisch mit vier Teenagern vorbei, die sich allesamt nach uns umdrehten.

»Ich darf kein Live-Date haben, bevor ich mit der Schule fertig bin«, erklärte Becky. »Mein Vater behauptet, bis dahin hätte ich keine Ahnung, wie es im Leben zugeht.«

»Maddie!«, rief eine bekannte Stimme, und bevor ich mich umdrehen konnte, hatte sich Clare schon in einer Knuddelattacke auf mich geworfen. Sie war berüchtigt dafür, unbemerkt aus dem Hinterhalt anzugreifen. Dann schnappte sie sich eine meiner Haarsträhnen und starrte darauf, als würde sie pures Gold in den Händen halten.

»Wow, ich liebe deinen Look!«

»Echt?«, fragte ich und fuhr mit den Fingern durch meine Mähne.

»Sehr krass. Ich wette, dein Vater war begeistert«, fügte sie hinzu.

Ich beobachtete, wie Riley lässig auf Becky zuschlenderte und ihr den Arm um die Taille legte. Ihr Vater würde sie umbringen, wenn er davon erfuhr. Über Clares Schulter hinweg sah ich Gabe, Molly und Scott an einem runden Tisch sitzen. Ich war so erleichtert, endlich wieder unter Menschen zu sein, dass mir selbst Scotts arrogante Miene nichts ausmachte.

Clare zog mich zu den anderen und ich setzte mich auf den Platz neben sie. Alle lächelten und grüßten, bis auf Scott, der anscheinend immer noch sauer auf mich war. Dann gesellten sich auch Becky und Riley dazu und rückten ihre Stühle eng aneinander.

Ich wollte unbedingt erfahren, was während der Zeit meines Hausarrests passiert war. »Wo wohnt ihr denn im Moment alle?«, fragte ich. Clare begann zu erzählen, dass sie ebenfalls in die Stadt zurückgekehrt war und bei einer Freundin schlief, doch Scott unterbrach sie.

»Wenn hier jemand mit Neuigkeiten rausrücken sollte, dann ja wohl du«, sagte er, und am Tisch wurde es schlagartig still. Sämtliche Blicke richteten sich auf mich.

»Was willst du wissen?«, fragte ich.

Er breitete die Hände aus. »Natürlich, was du herausgefunden hast. Hat dein Vater erwähnt, wie es mit den Centern weitergehen soll? Was ist mit der landesweiten Abstimmung über das DS-Gesetz? Wird er dir Bescheid geben, wenn endlich ein Datum feststeht?«

Seine Feindseligkeit überrollte mich wie eine Hitzewelle. Aber ich hatte nicht vor, mich einschüchtern zu lassen, besonders nicht von einem so genannten *Freund*. Ich wusste kaum, was mich wütender machte: sein Bombardement aus Fragen oder die Tatsache, dass ich keine Antworten darauf hatte.

»Das Datum wird vorher öffentlich bekanntgegeben«, sagte ich. »So steht es schließlich im Gesetz.«

Scott nahm seine Brille ab und rieb sich über die Augen. »Die gesetzliche Frist beträgt nur drei Tage«, verbesserte er mich. »Was bedeutet, dass wir praktisch keine Zeit haben, Proteste zu organisieren und Wähler zu erreichen.«

Diese Neuigkeit ließ mich einen Moment lang vergessen, wie sehr Scott mir auf die Nerven ging. »Können sie damit durchkommen?«, fragte ich.

Riley nickte. »Das Wahlkomitee trifft sich zwar regelmäßig, um die Abstimmung vorzubereiten, gibt aber das Datum nicht bekannt. Dadurch soll verhindert werden, dass wir rechtzeitig einen Protest organisieren.«

»Sie zögern die Bekanntgabe so lange wie möglich hinaus, damit wir nicht in der Hauptstadt einrücken und ihnen einen medienwirksamen Kampf liefern können«, sagte Scott.

Molly nickte. »Um unsere ganzen Kontakte zu mobilisieren, brauchen wir mindestens einen Tag, und einen weiteren für die Anreise. Bis wir unsere Leute in Washington zusammengetrommelt haben, ist die Abstimmung schon vorbei. Kein Massenprotest, also keine Medienaufmerksamkeit – eigentlich ist es reine Zeitverschwendung, überhaupt mit dem Organisieren anzufangen.«

Ich starrte auf die kupferne Tischplatte, die im Dämmerlicht fast rosa schimmerte. Glasabdrücke und verschüttete Tropfen bildeten ein verworrenes Muster darauf. »Warum reist ihr nicht jetzt schon nach Washington?«, fragte ich. »Campiert irgendwo, baut eine Zeltstadt und seid im richtigen Augenblick vor Ort?«

Scott schüttelte den Kopf. »Die Polizei würde den Platz räumen. Aber das wäre kaum nötig, weil es schon ausreichen würde, den Termin einfach immer weiter nach hinten zu schieben. Vielleicht ein Jahr oder mehr, bis unser Camp sich von selbst auflöst. Also bleibt uns nichts anderes übrig, als Informationen zu sammeln und bereit zu sein, wenn es so weit ist. – Oder das Datum rechtzeitig von einem Insider zu bekommen.«

Ich nickte bei diesem Wink mit dem Zaunpfahl. »Okay, ich bemühe mich.«

»Hat dein Vater schon angefangen zu reden?«, fragte Scott.

»Nein«, musste ich zugeben. Er sackte zurück auf seinen Stuhl. Erst jetzt fiel mir auf, wie erschöpft er aussah. Ich wusste, dass er der Hauptverantwortliche für den Wahlprotest war.

»Hör zu, ich habe einen Plan«, sagte ich. »Deshalb bin ich schließlich nach Hause gekommen. Aber zuerst muss ich ein paar Leute rekrutieren.«

»In der Villa deines Vaters?«

»Du würdest überrascht sein. Manchmal steht Hilfe einfach vor der Tür«, sagte ich und dachte an Becky. Kurz war ich in Versuchung, Scott wissen zu lassen, dass ich Dad mit meinem Sender orten konnte. Doch etwas hielt mich zurück. Wahrscheinlich seine aggressive Fragerei.

Riley berührte meinen Arm. »Justin ist gerade gekommen«, sagte er und hielt mir eine Nachricht auf seinem Phone entgegen.

Ich wirbelte herum und schaute zur Tür.

»Er ist in der unteren Etage«, erklärte Riley, schob seinen Stuhl zurück und stand auf.

»Im Romanzen-Kino?«, fragte ich.

»Na ja, nicht ganz«, sagte er.

»Im Keller gibt es einen Tanzclub«, ließ Clare mich wissen und warnte: »Kein harmloser Club Nino.«

»Versprochen?«, grinste ich. Den virtuellen Teenagertreff in L. A. hatte ich noch lebhaft in Erinnerung.

»Hier geht es ein bisschen ... handfester zu«, antwortete sie. Also folgte ich ihr, Riley, Becky und Gabe. Nur Scott und Molly blieben zurück.

»Kommt ihr nicht mit?«, fragte ich die beiden.

Molly rümpfte die Nase. »Ich bin nicht in der Stimmung, begrapscht zu werden. Der ganze Keller ist eine brodelnde Hormonsuppe.«

»Und das soll schlecht sein?«, grinste Gabe.

»Alle sind total verschwitzt«, sagte Molly. »Das ist eklig.«

»Nein, das ist Partystimmung!«, sagte Clare, doch Molly zog ihren Rollkragen höher ans Kinn und wedelte mit der Hand, damit wir endlich verschwanden.

Drei Treppen tiefer hörte ich Technomusik durch die Türritzen schallen und die Bässe ließen den Boden erzittern.

»Der Club ist etwas gewöhnungsbedürftig«, warnte Clare

mich. »Es gibt ihn schon seit Jahren, weil hier so ziemlich der einzige Ort in Corvallis ist, wo die Leute ...«

»... sich begrapschen können«, vollendete Riley ihren Satz.

»... menschlich sein dürfen«, sagte Clare.

Als wir hineingingen, mussten sich meine Augen erst an die Dunkelheit gewöhnen. Schwarzlicht warf neonfarbene Blitze auf die Kacheldecke und glänzende, verschwitzte Haut. Der Kellerraum war eine einzige Tanzfläche, abgesehen von einer schmalen Bar an der Wand zwischen den altmodischen Lautsprecherboxen. Der Tresen sah aus wie ein grober Werkzeugtisch und dahinter standen Flaschenkisten und silberne Kühlboxen. An einer anderen Wand waren dick gepolsterte Ledersofas platziert, allerdings saß kaum jemand darauf.

In dem engen Raum befanden sich ungefähr zwanzig Gäste, die ihn ohne Probleme füllten. Die feuchte, schwere Luft roch nach Salz und Haut, vermischt mit dem schwer beschreibbaren Geschmack von Adrenalin. Der ganze Keller diente nur einem einzigen Zweck, nämlich dem Tanzen. Die dröhnende Technomusik überrollte uns und brachte meinen Brustkorb zum Beben. Ich spürte den Rhythmus bis in meinen Kiefer pulsen. Zum Reden war es zu laut, aber mir wurde schnell klar, dass man hier auch nicht sprechen sollte. Oder denken. Einfach nur fühlen. Wenn man ein paar Sinne über Bord wirft, schärfen sich die übrigen.

Viele Mädchen trugen Miniröcke und enge Tops, die zum Teil auch noch hochgeknotet waren, damit man ihren Bauch sah. Von den Jungs hatten die meisten ihre Shirts ganz ausgezogen. Schweiß glänzte auf ihren Armen und Schultern. Ihre Konturen schienen zu flackern, weil das Discolicht die Szene blitzartig erleuchtete.

Ich schaute mich nach Justin um, bis Clare mich anstieß und an dem Tanzgewühl vorbei auf ein Sofa weiter hinten zeigte. Ich strengte meine Augen an, doch der Raum war noch immer zu dunkel für mich.

»Da ist Justin«, schrie Clare.

Ich nickte und setzte mich in Bewegung. Auf der Tanzfläche schlängelte ich mich um Paare herum und strengte mich an, nicht zu starren, denn alle schienen wild zu knutschen. Ich war selbst überrascht, dass ich mich dabei nicht unbehaglich fühlte. Aber die Szene wirkte normaler als die letzte Woche in meinem Elternhaus.

Als ich mich dem Sofa näherte, erkannte ich Justin. Er trug ein rotes T-Shirt mit ausgefransten Ärmeln und strich sich gerade durch das Haar, sodass es wild abstand. In einer Hand hielt er ein Glas mit Alkohol und beugte sich zu dem jungen Mann neben sich, um ihm etwas ins Ohr zu schreien. Dann wanderte sein Blick mit der üblichen Schärfe durch den Raum, als könnte er Dinge sehen, für die wir anderen blind waren. Seine Intensität hatte mir am meisten gefehlt. Justin machte immer den Eindruck, als würden seine Augen ein größeres Farbspektrum einfangen, inklusive Infrarot, Radarwellen und Luftströmungen … eben alles, was für uns Normalos unsichtbar war oder über das unser Blick leer hinwegglitt. Die Szene wurde für mich sofort noch intensiver und aufregender, weil er sie so wahrnahm. Ich liebte das Gefühl, hier zu sein, mittendrin.

Der Typ schrie eine Antwort zurück, doch im selben Moment richtete sich Justins Blick schlagartig auf mich, als hätte er meine Anwesenheit gespürt.

Mein Magen zog sich zusammen und zuckte nervös. Justin lächelte nicht. Er winkte mir nicht zu. Er schaute mich einfach nur mit seinem Laserblick an. Neben ihm auf dem Sofa war noch ein Platz leer, und er hob die freie Hand, um sie lässig auf die Couchlehne zu legen.

Ich ging durch die Menge auf ihn zu und setzte mich. Das Sofapolster sank unter meinem Gewicht zusammen, sodass unsere Schultern sich berührten. In der warmen Dunkelheit schienen sich die übrigen Leute plötzlich in Luft aufzulösen. Ich sah nur noch Justins erhitzten Körper und seine weichen Lippen, fühlte nichts als seine heißen Fingerkuppen, die meinen Nacken entlangfuhren und meine Schultern massierten.

Ich lehnte mich näher an ihn heran. »Wir müssen reden«, schrie ich über die Musik hinweg.

Er beobachtete die Bewegung meiner Lippen und lächelte. Dann beugte er sich vor, als wolle er mich küssen, näherte sich aber stattdessen meinem Ohr. »Sollten wir uns für die schweren Themen nicht erst aufwärmen?«, fragte er. »Damit wir uns keinen Krampf holen.«

Mit einem aufreizend coolen Lächeln lehnte er sich wieder zurück. Mein Blick wanderte zu seinem Shirt, dessen Ärmel an den Schultern hochgeschoben waren. Ich streckte die Hand aus, schob meine Finger unter den Stoff und ließ sie langsam über seinen Arm nach unten wandern. Sein Atem ging sichtbar schneller. Auf gewisse Art fühlte es sich an, als würden wir beide jetzt schon ganze Bände sprechen. Wir brauchten keine Worte, um uns zu versichern, dass zwischen uns alles in Ordnung war.

Der Typ auf dem Nachbarplatz rief etwas, Justin schaute zur Seite und nahm seinen Arm von meiner Schulter. Stattdessen griff er nach meiner Hand, die neben seinem Bein lag. Er redete mit seinem Nachbarn, ohne dass ich ein Wort verstehen konnte. Ich lehnte mich auf dem Sofa zurück, schloss die Augen und überließ mich meinen Gefühlen. Justins Finger umschlossen meine Hand – eine ganz einfache, alltägliche Geste –, doch die Berührung war fast wie ein elektrischer Schock. Ich konnte mich auf nichts anderes konzentrieren. Seine Fingerkuppen tänzelten über meine Haut, streichelten und tippten eine unhörbare Botschaft. Ab und zu drückte er meine Hand, als wolle er mir etwas Besonderes mitteilen. Seine Finger schienen eine ganze Konversation mit mir zu führen. Er brachte mich zum Lächeln. Er machte mich wahnsinnig.

Ich setzte unser geheimes Gespräch auf meine Weise fort. Ein

Druck meiner Hand hieß: Ich bin froh, hier bei dir zu sein. Eine Berührung der Fingerkuppen hieß: Ich habe dich vermisst. Er rieb seinen Daumen langsam über meine Knöchel, um mir zu erzählen, dass er jeden Zentimeter an mir liebte. Ich sagte mit einem Händedruck, dass ich viel lieber allein mit ihm wäre. Er erwiderte den Druck und war ganz meiner Meinung.

Im Grunde schienen wir uns beide die gleiche Botschaft zu senden. *Ich bin froh, dass zwischen uns alles okay ist.* Ein intensiveres Gespräch hatte ich vermutlich noch nie.

Ich schaute mich um und sah Riley und Becky auf der Tanzfläche, wo sie fast miteinander verschmolzen. Mit gehobenen Augenbrauen beobachtete ich, dass sich Clare und Gabe zwischen allen Leuten ausgiebig küssten. Wirklich überrascht war ich davon nicht.

Das Sofapolster kam plötzlich in Bewegung, als der Typ neben Justin aufstand. Bevor ich auch nur blinzeln konnte, hatte Justin mich auf die Füße gezogen. Der Boden vibrierte unter meinen Sohlen. Der Rhythmus pulste durch meine Glieder und massierte jede Anspannung aus meinen Armen und Beinen. Ich wurde zu Wasser, geschmeidig und formbar. Hier war ich endlich ganz ich selbst. Justin führte mich auf die Tanzfläche, und ich versuchte, nicht auf die anderen Paare zu starren, die ihre Hüften aneinanderrieben und mit Händen, Lippen und Zungen über nackte Haut wanderten. In Shirt und Jeans war ich total overdressed. Justin schmiegte sich an mich und zog meine Arme um seine Taille.

»Ich dachte, Tanzen ist nicht dein Ding«, rief ich. Sein Blick war brennend intensiv, und anstatt mir zu antworten, vergrub er den Kopf an meiner Schulter, sodass seine Lippen mein Ohr berührten. Ein weiteres Signal brauchte ich nicht. Ich suchte seinen Mund und presste meinen dagegen. Seine Hände wanderten tiefer und wir begannen ein neues Gespräch, das noch weniger für die Öffentlichkeit bestimmt war.

Das Publikum war mir egal.

Ich vergrub die Hände in seinen Haaren, er zerrte meine Ärmel hoch, bis die Schultern frei lagen. Meine Fingernägel gruben sich in seine Haut.

Mir war alles egal.

Aufrecht zu stehen, wurde zu anstrengend, also sanken wir auf ein freies Sofa an der hinteren Wand. Ich kniete über ihm, und die Haare fielen mir übers Gesicht, sodass er meine pinkfarbene Mähne erst beiseiteschieben musste, um an meine Lippen zu kommen. Die Welt verschwamm um uns herum. Ich vergaß die Musik, die Leute und die Zeit. Vermutlich waren sie immer noch da, aber der Keller schien nur aus weißem Rauschen zu bestehen. Alles trat in den Hintergrund, bis ich mit Justin ganz allein war.

Ich konnte selbst nicht glauben, was ich hier anstellte. Wenn ich ähnliche Szenen in den virtuellen Clubs oder in Filmen sah, wo Paare sich in aller Öffentlichkeit berührten, hatte es mich immer abgeschreckt. Ich hatte mich geärgert, dass sie ihr Gefummel nicht in einem privaten Rahmen erledigen konnten. Aber jetzt verstand ich, warum man jede flüchtige Gelegenheit ergriff, für den Fall, dass man keine weitere Chance bekam. Vielleicht hatten sich diese Paare nur kurz gefunden. Vielleicht wussten sie, dass sie sich bald wieder trennen mussten, und ließen einfach ihren Gefühlen freien Lauf. Genau das wollte ich jetzt tun. Und danach jeden Tag ein bisschen mehr. Einfach loslassen. Alles abschütteln, was mich festhielt. Den Ballast abwerfen und mich für die Liebe öffnen. Love is all you need.

Ganz egal, ob öffentlich oder nicht.

Kapitel Acht

Die dunkle Betonwand drückte kalt gegen meine nackten Arme. Ich lehnte im Flur vor dem Clubkeller und Justin hatte sich an mich gepresst. Er stützte eine Hand an der Wand ab, während die andere meine Taille umklammerte. Seine Stirn berührte meine.

»Ich habe dich vermisst«, flüsterte ich.

»Ich liebe dich«, antwortete er.

»Ich liebe dich auch.«

Vor allem hatte ich diesen Zustand vermisst, diese Lebendigkeit, als würde ich endlich aus einer Betäubung erwachen. Die meisten Menschen in meinem Leben schienen zu wollen, dass ich wie hypnotisiert und im Halbschlaf herumlief, damit ich mich leichter kontrollieren ließ.

»Endlich berührst du mich wieder«, sagte ich. Seit ich vor zwei Monaten aus dem Center entkommen war, hatte Justin kaum gewagt, mich anzufassen. Doch heute ließ er sich ebenfalls gehen.

Er nickte mit der Stirn an meiner und stieß den Atem aus, als sei er genauso erleichtert wie ich. »Tut mir leid, ich hatte Angst«, gab er zu. »Ich war besorgt, dass ich dich überfordere und du in Schockstarre verfällst.« Er ließ seine Lippen über meine Wange nach unten wandern, bis sie meinen Hals berührten.

»Hör auf, so übervorsichtig zu sein«, sagte ich. »Du bist echt die letzte Person, die ich auf Abstand halten will.«

Er lehnte sich ein bisschen zurück, damit er mich anschauen konnte. »Aber genau das tust du doch, oder?« Ich sah seinem

Blick an, wie sehr ihn die Trennung schmerzte. Er hatte die Hoffnung noch nicht aufgegeben, dass ich mit ihm kommen würde.

»Ich habe einen Plan«, sagte ich.

»Maddie …«

In diesem Moment kam Becky um die Ecke und unterbrach uns. Ich blinzelte verwirrt, als sei sie aus dem Nichts in meinen Traum hineingestolpert.

»Da seid ihr ja«, sagte sie. »Meine Mutter fragt, wo ich so lange bleibe. Wir müssen los.«

Ich nickte und warf einen Blick auf Justin. Seine Hand umklammerte weiterhin meine Taille und machte keine Anstalten loszulassen. Ich gab ihm einen schnellen Kuss, bevor ich mich aus seinem Griff wand und Becky zur Tür folgte. Beim Hinausgehen schaute ich mich noch einmal um. Er lehnte an der Wand, hatte die Hände in den Taschen vergraben und sah mir hinterher. Sein Gesicht war erhitzt, seine Haare ein wildes Durcheinander und seine Augen brannten. Ich konnte immer noch die Wärme seiner Haut spüren. Durch die Tür zu gehen, war so ziemlich das Schwerste, was ich in meinem ganzen Leben tun musste.

»Ihr hattet also euren eigenen Romantik-Marathon«, bemerkte Becky, die mir gegenüber im Bahnabteil saß.

Ich knabberte verlegen an meinem Daumennagel und wurde rot. Gleichzeitig schwebte ich noch immer im siebten Himmel. Ich schaute nach draußen in die Nacht und bewunderte, wie das silberne Mondlicht alles verwandelte. Selbst die nassen Plastikblätter sahen aus wie Kunstwerke.

»Tut mir leid, so benehme ich mich sonst nicht«, murmelte ich. »Keine Ahnung, was plötzlich über mich gekommen ist.«

»Du musst dich nicht entschuldigen«, sagte sie. »Ich finde, ihr beide seid ein fantastisches Paar. Mit euren Genen bekommt ihr bestimmt einen Haufen superkluger, superhübscher Superheldenkinder.«

Ich lachte und streckte die Beine im Abteil aus, bis meine Füße fast Beckys Sandalen berührten. Mein ganzer Körper war so entspannt, als hätte man meine Muskeln und Sehnen in Wackelpudding verwandelt. »Ich glaube, davon sind wir noch meilenweit entfernt.«

»Wie soll die Sache mit euch denn weitergehen? Ich meine, wenn man bedenkt, wer dein Vater ist?«

Ich wurde abrupt aus meinen Tagträumen gerissen. »Darüber versuche ich lieber nicht nachzudenken.«

Sie schaute mich ernst an. »Aber vielleicht solltest du das. Jeder kann sehen, wie verliebt ihr seid. Trotzdem kommt es mir irgendwie ... masochistisch vor, sich ausgerechnet mit der Person einzulassen, die man nie haben kann.«

»Wir werden schon eine Lösung finden«, sagte ich kurz. Meine Stimmung schlug plötzlich in Ärger um. Wieso glaubte sie, dass sie mir gute Ratschläge erteilen konnte? Andererseits wehrte ich mich vielleicht nur dagegen, weil ich die Wahrheit nicht hören wollte. Sie hatte schließlich nicht ganz unrecht. Ich ließ meinen Kopf gegen das Sitzpolster sinken. Mein Körper war noch immer wohlig warm, meine Wangen gerötet, meine Haut erhitzt. Bei Justin zu sein, war wie eine Droge, die mich high machte. Ich konnte mich Hals über Kopf hineinstürzen und den Funkenregen genießen, der mich innerlich zum Glühen brachte. Jedenfalls so lange, bis ich mich wieder von ihm löste. Am liebsten hätte ich mich weiter an diesem Gefühl festgeklammert. Ich wollte nicht über den Absturz nachdenken, der jedes Mal unweigerlich folgte. Dazu liebte ich den Kick viel zu sehr.

Also hielt ich mich an Justins Lebensmotto: Ich hörte auf zu grübeln und konzentrierte mich aufs Fühlen. Heute wollte ich nicht denken. Ich wollte nicht zweifeln. Ein einziges Mal wollte ich mein Gehirn abschalten und mich so lange wie möglich dem perfekten Moment hingeben.

Am nächsten Morgen kam ich die Treppe herunter und blieb abrupt stehen, als ich die Stimme meines Vaters aus der Küche durch den Flur hallen hörte. Zuerst dachte ich, er sei wieder zu Hause, und sackte innerlich zusammen. Dann wurde mir klar, dass er nur per Bildschirm mit meiner Mutter chattete.

»Sie war die ganze Zeit mit Becky zusammen«, hörte ich Mom sagen.

Vorsichtig schlich ich mich durch den Flur näher.

»Trotzdem hatten wir uns auf etwas anderes geeinigt«, widersprach mein Vater.

»Wir haben uns überhaupt nicht *geeinigt*. Ich bin der Meinung, dass es Maddie guttut, aus dem Haus zu kommen. Wenn du Regeln aufstellen willst, dann musst du bei deiner Familie bleiben und sie selbst durchsetzen.«

»Ich kann hier nicht weg, Jane.«

»Tja, ich spiele in unserem Zuhause nicht den Wachdienst. Du bist derjenige, der Maddie an die kurze Leine nehmen will, also sorg gefälligst selbst dafür. Ich bin einfach nur froh, sie wieder bei mir zu haben, Kevin. Mir ist egal, warum sie zurückgekommen ist und wie lange sie bleibt. Ich betrachte jeden Moment als Geschenk und versuche nicht, sie mit Gewalt festzuhalten. Das hat schließlich noch nie funktioniert.«

»In ein paar Tagen bin ich wieder zurück«, sagte Dad. »Dann reden wir weiter.«

Er beendete das Gespräch und der Wandschirm schaltete zu den Morgennachrichten um. Meine Mom wandte sich mir zu, als ich in die Küche kam.

»Hallo«, begrüßte sie mich. Ich war nicht sicher, ob ich ihr danken oder mich für gestern entschuldigen sollte, und sagte überhaupt nichts. Mom füllte die Stille, indem sie meine Wahlmöglichkeiten fürs Frühstück aufzählte.

Ich setzte mich und verfolgte die Polit-Interviews aus Portland und Washington, in denen es ausnahmsweise einmal um die baldige Abstimmung ging. Die Reporter sprachen davon, als würde das Ergebnis längst feststehen. Worte wie *Opposition*, *Widerstand* oder *öffentliche Diskussion* kamen gar nicht erst vor. Genauso gut hätten wir unsichtbar sein können. Die Medien führten nur eine Geisterdebatte.

»Ich hätte beinah vergessen, dir dieses Jahr deine Bücher zu überreichen«, sagte Mom. Zu jedem meiner Geburtstage bekam ich von ihr zehn echte Bücher geschenkt. Das hatte sich zwischen uns zu einer Tradition entwickelt. Sie stand auf und kam kurz darauf mit einer Stofftasche zurück, aus der sie nacheinander die kostbaren Bände zog. Mom berührte sie so vorsichtig wie antike Kunstwerke und breitete sie nebeneinander auf dem Tisch aus.

Ich schaute mir jedes einzeln an und strich mit den Fingern über die glatten, farbigen Einbände. Einige Coverbilder waren so schön, dass man sie gerahmt an die Wand hängen könnte. Ich blätterte durch zwei Gedichtbände, eine Krimiserie und eine Autobiografie.

»Das hier mag ich besonders«, sagte meine Mutter und zeigte mir ein Kinderbuch namens *The Missing Piece*. »Die Botschaft ändert sich jedes Mal, wenn man es liest. Es kommt immer darauf an, wo man im Leben gerade steht. Deshalb schaue ich mir das Buch fast jedes Jahr wieder an. Ich habe ein eigenes Exemplar.«

Ich betrachtete die schlichten Schwarz-Weiß-Zeichnungen im Inneren. Zwischen den Texten war viel freier Platz, so als ob die Leser dort gedanklich ihre eigenen Vorstellungen und Interpretationen einfügen sollten. Das gefiel mir. Schließlich bestand unser Leben immer aus Leerstellen und ungeschriebenen Seiten, die darauf warteten, gefüllt zu werden.

»Und hier ist mein absoluter Favorit«, sagte Mom und hielt mir ein dickes gebundenes Buch in Großformat entgegen. »Ein Bildband über Oregon«, erklärte sie und beugte sich über mich, um selbst darin zu blättern. »Fotografien von heute werden mit

Aufnahmen aus dem vorigen Jahrhundert verglichen. Ich dachte, das würde dir gefallen.«

Ich bewunderte den Stapel aus meinen neuen besten Freunden. »Danke«, sagte ich.

»Wie war der Film?«, wollte meine Mutter wissen und setzte sich.

»Was für ein Film?«, fragte ich. *Oh, verdammt.* »Ach so, *den* Film meinst du.« *Verdammt, verdammt.* »Sehr ... unterhaltsam.«

Ich kaute an meinen Fingernägeln. Für spontane Lügen hatte ich überhaupt kein Talent. Besonders, wenn ich eigentlich der Meinung war, dass meine Mutter die Wahrheit verdient hatte. »Wir waren nur in einer harmlosen Sportbar, Mom. Dort wurde Fußball geguckt und getanzt. Sonst nichts. Kein Aufruhr, keine Polizei. Na ja, und es gab ein paar Jungs.«

Meine Mutter atmete langsam durch die Nase aus.

»Bitte erzähl Beckys Eltern nichts davon. Ihr Vater bringt es wahrscheinlich fertig und sperrt sie in ein Umerziehungscenter, wenn sie einen Jungen auch nur ansieht.«

Sie nahm einen Schluck Tee. »War Justin auch da?«

Ich nickte. »Ja, Mom. Mein Freund Justin war auch da.«

Für einen Moment huschte ein Lächeln über ihr Gesicht, doch sie wurde schnell wieder ernst.

»Ihr seid also offiziell zusammen?«

»Ja, und wir meinen es beide ziemlich ernst. Erzähl mir jetzt bitte nicht, dass du von mir enttäuscht bist. Ich weiß doch, dass du Justin magst. Wann immer du ihn siehst, kannst du dir das Lächeln nicht verkneifen.«

Sie schwieg und starrte auf die Tischplatte.

»Ich war ehrlich zu dir, jetzt bist du an der Reihe«, sagte ich.

»Mir war klar, dass ihr nicht ins Kino geht. Im Gegensatz zu Margaret Thompson habe ich Erfahrung mit rebellischen Teenagern.«

Ich musste grinsen. »Wieso hast du mich denn gehen lassen?«

»Weil ich jeden Morgen beim Aufwachen nur einen Wunsch habe, nämlich dass ich eines Tages meine Familie wiederbekomme. Ich habe Joe an die digitale Welt verloren und deinen Vater an seine Karriere. Du bist ständig kurz davor durchzubrennen, weil du unseren Lebensstil nicht erträgst ... was ich dir nicht einmal übel nehmen kann. Aber für mich ist Weglaufen keine Lösung. Schließlich habe ich Verpflichtungen. Kann sein, dass ich mit deinem Vater nicht immer einer Meinung bin, trotzdem liebe ich ihn immer noch. Er ist ein guter Mensch und ein guter Ehemann.«

Ich dachte darüber nach. »Was tut man denn, wenn man gegensätzliche Ansichten hat, obwohl man sich liebt?«

Sie seufzte. »Man einigt sich darauf, sich nicht zu einigen. Die Hauptsache ist doch, dass man sich trotzdem gegenseitig respektiert. Erst wenn man die Achtung voreinander verliert, hat man ein echtes Problem. Glücklicherweise ist das bisher nicht passiert. Ich kann deinen Vater auch mit seinen Zukunftsvisionen immer noch respektieren.«

»Weiß Dad, wo ich gestern Abend war?«

Sie nickte. »Zumindest weiß er, dass du gegen seinen Willen ausgegangen bist. Er war furchtbar wütend.«

»Was hast du ihm gesagt?«

»Nur, dass du mit Becky im Kino warst. Ich bin nicht sicher, ob er mir die Geschichte abgenommen hat, aber ich weigere mich, für ihn die Gefängniswärterin zu spielen. Du bist volljährig. Wenn er sich so darüber aufregt, kann er nach Hause kommen und selbst mit dir reden. Ich habe nicht vor, dich auf Schritt und Tritt zu überwachen, Maddie. Meinetwegen kannst du tun und lassen, was du willst, solange dein Vater aus dem Haus ist.«

Ich starrte sie verblüfft an. Also hatte ich eine Verbündete.

»Du bist auf meiner Seite«, stellte ich fest.

Sie betrachtete mich mit traurigem Blick. »Wieso bist du nach Hause gekommen, Maddie?«, wollte sie wissen. »Um deinen Vater schlecht aussehen zu lassen? Um ihn als Ungeheuer abzustempeln und seine Karriere zu ruinieren?«

Ich schüttelte den Kopf. »Mom, ich bin nach Hause gekommen, weil ich im Grunde dasselbe will wie du. Nämlich eine heile Familie. Das hat schon lange nicht mehr funktioniert und wir driften immer weiter auseinander. Ich könnte mich jetzt hinsetzen und jammern, dass unsere Familie nicht mehr ist wie früher. Oder ich kann aktiv werden und etwas dagegen tun.«

Sie nickte und ihre Augen füllten sich mit Tränen. Ihr Kinn zitterte, doch sie riss sich zusammen. »Ich habe Angst, Maddie«, sagte sie und flüsterte fast, als würde sie mir ein Geheimnis verraten. »Ich habe Angst, dass dein Vater ins Gefängnis muss, wenn die ganze Wahrheit über die Center ans Licht kommt. Ich weiß, dass er etwas verbirgt, selbst vor mir. Im Moment trifft er sich wöchentlich mit Anwälten – deshalb ist er auch so oft nicht zu Hause. Sie planen bereits seine Verteidigungsstrategie. Zu mir sagt er immer nur, dass er mich beschützten will.« Sie schüttelte den Kopf. »Aber Schutz bedeutet für ihn inzwischen nur noch, Geheimnisse zu haben. Das kann ich nicht länger ertragen.«

»Wir finden schon eine Lösung«, sagte ich. »Du hast niemanden von deiner Familie wirklich verloren. Joe liebt dich immer noch. Genau wie wir alle.«

Ihre Stimme war tonlos, als sie antwortete. »Ich spreche nur alle paar Monate mit ihm und dann durch einen Bildschirm. Das kann man doch nicht als Liebe bezeichnen. Ich will am Leben meiner Kinder teilhaben und nicht nur ein Digitalprofil sein, mit dem sie Updates austauschen, wenn es gerade passt. Das genügt mir nicht. Bei dir weiß ich wenigstens, dass eine engere Beziehung möglich ist. Ich brauche einfach menschlichen Kontakt.« Meine Mutter schaute aus dem Küchenfenster, dessen Vorhänge nur offen standen, wenn sich mein Vater auf Reisen befand. »Ich bin so froh, dass ich wieder einen freien Blick nach draußen habe, seit du hier bist. Am liebsten würde ich in unserem ganzen Leben endlich die Fenster aufreißen.«

»Ich verspreche dir, dass ich immer in der Nähe bleibe«, sagte ich und meinte es in diesem Moment wirklich so. Die Traurigkeit in ihrem Blick war kaum auszuhalten. Vielleicht konnte ich nicht alle Probleme für meine Mutter lösen, doch zumindest konnte ich sie unterstützen. Sie war immer für alle anderen da … und niemand für sie.

Hier mit meiner Mom zu sitzen kam mir wie ein Geschenk vor. Früher hatte ich die Tage gezählt, an denen ich ihrer Nähe entkommen konnte, aber jetzt genoss ich ihre Gesellschaft in vollen Zügen. Oft nehmen wir Menschen oder Dinge erst dann richtig wahr, wenn wir von ihnen getrennt werden. Wieso sind wir so blind für alles, was sich direkt vor unserer Nase befindet?

»Du bist erwachsen«, stellte meine Mutter fest. Sie streckte die Hand über den Tisch und strich mit den Fingern meine Wange und das Kinn entlang. »Für Eltern ist das schwer zu begreifen. Man hat das Gefühl, als hätte man nur kurz geblinzelt, und schon sind die Kinder groß geworden.«

Ich lächelte und fragte mich, ob mein Vater wohl der gleichen Meinung war. Mom schien meine Gedanken zu lesen.

»Dein Vater liebt dich wirklich. Im Moment steht er nur extrem unter Druck. Mehr, als du dir vorstellen kannst. Gib ihm ein bisschen Zeit, okay?«

»Glaubst du denn, seine Aufgaben werden irgendwann weniger stressig?«, fragte ich.

»Das hoffe ich jedenfalls. Ich habe mich damals in ihn verliebt, weil er so engagiert und enthusiastisch war. Er wollte unbedingt die Welt verbessern. Nicht viele Menschen haben diesen Ehrgeiz. Aber jetzt schau dir die Realität an«, sagte sie und zeigte auf unsere riesige, perfekte, leere Villa. »Er ist nie hier.«

»Clare hat einen Lover«, trällerte ich, als ich in die Bahn sprang und mich neben sie setzte. Gestern Abend im Club hatte ich sie gefragt, ob wir uns treffen könnten, denn ich brauchte ihre Hilfe.

Ihr Gesicht erstrahlte. »Ich war schon das ganze Jahr heimlich in ihn verschossen.«

Wir saßen so dicht, dass unsere Beine sich berührten. Das diesige Regenwetter draußen hüllte alles in eintöniges Grau. Man konnte kaum aus dem Fenster sehen.

»Warum hast du nichts davon erzählt?«, fragte ich.

»Weil du am Anfang noch im Center warst. Nicht gerade die beste Gelegenheit, so etwas anzusprechen.«

»Stimmt, ich kann mir eine romantischere Umgebung vorstellen. Außer man hat eine Vorliebe für Keller und bröckelnde Tunnel.«

Sie nickte. »Ich wäre mir ein bisschen egoistisch vorgekommen, wenn ich dir von meiner großen Liebe vorgeschwärmt hätte, während du dich mit täglicher Psychofolter herumschlagen musstest.«

»Sehr nett von dir«, sagte ich trocken.

»Er zieht diesen Sommer nach Portland«, fügte sie beiläufig hinzu.

Mir klappte die Kinnlade herunter. Clare und ich hatten eigentlich geplant, uns nach der DS-Abstimmung eine Wohnung in Portland zu suchen. Wir wollten eine Zweier-WG aufmachen.

»Das ging ja schnell.« Ich war selbst überrascht, wie eifersüchtig mich der Gedanke machte. Clare hatte es verdient, glücklich zu sein.

Sie nickte. »Wenn man den Richtigen findet, sollte es schnell gehen. Das ist jedenfalls meine Meinung. Eine gute Beziehung läuft wie von selbst. Wenn sie zu viel Arbeit macht, ist sie die Mühe nicht wert.« Sie brach ab, als sie meine Miene sah. »Sorry«, sagte sie und zeigte mit dem Finger auf mich, »aber schließlich versuche ich auch nicht, Superman zu daten.«

»Schon klar«, sagte ich und brachte ein Lächeln zustande. Ihre Bemerkung war mir unter die Haut gegangen und rumorte in meinem Kopf herum. Ich stellte mir vor, einfach jemanden zu treffen, bei dem es funkte, und sich in eine Beziehung zu stürzen. Flirten, ins Kino gehen, zusammen kochen. Das Timing passt, beide fühlen das Gleiche, man hat ähnliche Ziele im Leben. Die Schwiegereltern *mögen* ihn tatsächlich. Wäre doch nett.

»Na ja, und Gabe will ja auch nicht gleich mit uns zusammenziehen. Er hat ein paar Jungs aus Portland kennengelernt, bei denen er wohnen kann.«

Sie hakte ihren Arm bei mir unter und begann darüber zu plaudern, wie viel Spaß es machen würde, wenn wir alle in derselben Nachbarschaft versammelt wären – ich, Gabe und Justin. Ich versuchte, mir die Zukunft vorzustellen, die Clare für uns ausmalte, aber bei mir war sie entschieden undeutlicher.

»Justin kommt doch auch nach Portland, oder?«, fragte sie. »So war das jedenfalls mal gedacht.«

»Wir haben nicht darüber gesprochen. Er hat ein volles Jahr gebraucht, um überhaupt zuzugeben, dass er mich mag«, erinnerte ich sie. »Justin lebt lieber im Hier und Jetzt. Ich glaube nicht, dass er weiter als eine Woche in die Zukunft plant.«

Bei näherem Nachdenken hatten Justin und ich es noch nicht einmal geschafft, ein richtiges Date zu haben.

»Manche Menschen sind es wert, für sie zu planen«, sagte Clare.

»Ja, ich glaube, das ist ihm auch klar«, sagte ich zu seiner Verteidigung. »Aber wir reden über solche Themen eben nur, wenn sie tatsächlich anstehen. Warum sollten wir über eine nebulöse Zukunft sprechen? Das ist doch nutzlose Wahrsagerei. Justin findet, dass die meisten Leute ständig Pläne machen, aber nie dazu kommen, sie in die Tat umzusetzen. Außerdem läuft im Leben sowieso nichts wie geplant, also kann man den Versuch auch gleich sein lassen.«

Je länger ich mir selbst zuhörte, desto klarer wurde mir, dass ich nur krampfhaft die Stille füllte, weil ich auf Clares Fragen keine Antwort hatte.

»Ja, Justin kann ganz schön impulsiv sein«, stimmte Clare zu. »Wenn du willst, dass er irgendwo vor Anker geht, wirst du wohl selbst dafür sorgen müssen.«

Ich spürte leichte Verärgerung. Das Gefühl war wie ein Kitzeln, das sich von meiner Brust bis in den Magen ausbreitete. »Was meinst du damit?«

»Ich meine, dass ihr beiden euch dringend zusammensetzen und einmal über das große, fiese Angstwort reden solltet.«

Ich verzog das Gesicht. »*Heirat*? Äh. Nicht wirklich, oder?«

Sie lachte. »Nein, nicht Heirat. Sondern *Zukunft*. Wenn man etwas zusammen plant, ist das wie … wie ein Sicherheitsnetz für die Gefühle. Selbst falls sich alles plötzlich ändert, kommt man besser zurecht, weil man wenigstens eine grobe Skizze hat, an die man sich halten kann.«

»Eine Sicherheitsnetz für die Gefühle … gefällt mir«, sagte ich. Auf Freundschaft traf diese Beschreibung wohl genauso zu. Clare ermunterte mich, den großen Sprung zu wagen, und hielt gleichzeitig den Rettungsschirm für den Notfall bereit.

Die Bahn kam ächzend zum Stehen und meine beste Freundin und ich hüpften auf den Bürgersteig.

»Also, was machen wir jetzt?«, fragte sie und versuchte, sich meinen schnellen Schritten anzupassen.

»Einen spontanen Hausbesuch«, sagte ich und hielt den Blick auf die Straße gerichtet. Clare blieb ruckartig stehen. Ich schaute mich über die Schulter zu ihr um. »Hey, das ist doch nicht dein erstes Mal«, meinte ich. »Ich dachte, dir macht so etwas nichts aus.«

»Hast *du* schon einmal versucht, bei jemandem zu klingeln?«, fragte sie und wirkte so nervös, dass ich unwillkürlich stehen blieb.

»Nein«, sagte ich.

»Weiß die Person, dass du kommst?«

Ich schüttelte den Kopf. »Wie gesagt, ich wollte spontan vorbeischauen.«

Sie blickte mich an, als hätte ich den Verstand verloren. »Maddie, das ist total irre. Man kann heutzutage nicht einfach bei jemandem vor der Tür stehen. Dafür wird man verhaftet.«

Ich schob ihre Bedenken mit einer Handbewegung beiseite. »Du und die anderen Aussteiger machen so etwas doch ständig.«

Sie schüttelte den Kopf. »Nein, wir knüpfen zuerst digital Kontakt und testen, ob wir willkommen sind. Wir checken die Person, sammeln Background-Informationen. Erst dann riskieren wir ein Live-Treffen. So wie bei dir.«

»Ich kann ihn nicht kontaktieren«, ließ ich sie wissen. »Mein Vater überwacht immer noch alles, was ich online tue. Mach dir keine Sorgen. Er kommt schon damit klar, wenn wir plötzlich vor der Tür stehen.«

Sie setzte sich wieder in Bewegung. »Du kennst ihn also?«, fragte sie.

»Na ja, so in der Art. Er hat vor vier Jahren zu meinen Online-Freunden gehört.«

Sie schaute mich fragend an. »Wieso bist du plötzlich so interessiert an ihm?«, wollte sie wissen.

»Nicht an ihm persönlich, sondern an seinen Beziehungen. Du wirst schon sehen«, sagte ich. »Ehrlich, was soll groß passieren? Er kann höchstens Nein sagen.«

Sie hob die Augenbrauen und folgte mir widerwillig die Straße entlang bis in eine Sackgasse, an deren Ende ein kleines, etwas schäbiges Holzhaus mit gelb gestrichenen Wänden stand. Grüner Algenbelag hatte sich in die Ritzen gesetzt und das Dach war von pelzigem Moos überwuchert.

Die Bäume und das Gras im Vorgarten waren fahlgrün und brauchten dringend eine neue Farbschicht. Unkraut schob sich durch Risse im Plastikrasen. Ich marschierte auf die Eingangsstufen zu und drückte energisch auf den orange leuchtenden Klingelknopf. Clare hielt sich lieber weiter in der Nähe der Straße auf. Nach einem Moment erklang die scharfe Stimme einer Frau durch die Sprechanlage.

»Was wollt ihr?«

»Hallo, ich würde gerne mit Jax reden?«, sagte ich mit meiner besten harmlosen, kein bisschen stalkermäßigen Stimme.

Ein paar Sekunden vergingen. »Hier wohnt kein Jax. Verschwindet!«, sagte die Frau. Der Lautsprecher verstummte mit einem Knacken.

Ich schaute mich zu Clare um, die ihre Hände in den Jeanstaschen vergraben hatte und sich bemühte, nicht zu grinsen. Sie stellte sich an meine Seite und ich drückte wieder auf die Klingel.

»Wenn du noch einmal diesen Knopf anrührst, rufe ich die Polizei«, kläffte die Stimme. »Verschwindet von meinem Grundstück. Das gilt für euch beide!«

»Wir sind mit Jax befreundet«, protestierte Clare.

»Ich habe doch gesagt, er wohnt hier nicht mehr. Keine Ahnung, wo zur Hölle er jetzt steckt. Schickt ihm doch eine Nachricht, ihr Freaks.«

Wieder verstummte die Sprechanlage. Clare zuckte mit den

Schultern und die Geste sagte deutlicher als Worte: Ehrlich, was hast du denn erwartet? Sie wollte sich gerade umdrehen, als die Eingangstür mit einem Klicken aufging.

Große braune Augen unter filigranen Wimpern blickten vorsichtig durch den Spalt. Sie blieben an meiner Frisur hängen und wurden sofort weniger misstrauisch. Eine junge Frau öffnete die Tür. Sie hatte eine Kurzhaarfrisur, die kaum bis an die Ohren reichte, und trug eine blaue Trainingshose und ein passendes Schlabbershirt. Sogar ihre Socken waren blau. Dem Aussehen nach war sie ein Stück älter als wir. Ich schätzte sie auf nicht ganz dreißig.

»Wer zum Teufel seid ihr?«, fragte sie. »Welcher Idiot kommt auf die Idee, unangekündigt bei einem zu Hause aufzutauchen? Seid ihr nicht ganz dicht?«

»Vermutlich«, stellte Clare fest. Dann schaute sie mich an und spöttelte: »Ich fürchte, das Haarfärbemittel ist durch deinen Schädel gesickert und jetzt hast du einen Hirnschaden.«

»Ich dachte, die Polizei steht vor der Tür«, sagte die junge Frau.

»Wohnt Jax hier?«, fragte ich.

»Weiß er, dass du nach ihm suchst?«, umging sie die Antwort mit einer Gegenfrage.

Ich seufzte und schüttelte den Kopf. »Nein, weil ich digital keinen Kontakt aufnehmen kann. Mein Computer und mein Telefon werden überwacht.«

Sie verdrehte die Augen und stöhnte. »Oh, das glaube ich jetzt nicht. Du wirst auch abgehört? Kann mein Cousin nicht mal eine normale Person in seinem Freundeskreis haben?«

Clare und ich wechselten einen Blick und schauten dann wieder die Frau an. *Wenigstens laufen wir nicht mitten am Tag im Schlafanzug herum*, hätte ich am liebsten bemerkt.

Die Tür ächzte beim Öffnen so laut, als sei sie seit Jahren nicht benutzt worden und habe eingerostete Muskeln. Die Frau gab den Weg frei, damit wir hereinkommen konnten. Ich betrat das Wohnzimmer und fühlte mich, als sei ich direkt in einem Computerspiel gelandet. Der Boden, die Decke und sämtliche Wände bestanden aus Bildschirmen, über die ein Chaos von plappernden Köpfen und bunten Werbefilmen flackerte. Im Zimmer standen ein paar Sessel und Stühle verteilt, aber sie waren einander nicht zugewandt, sondern auf verschiedene Wandschirme gerichtet.

Das Bilderdurcheinander war so überwältigend, dass ich meine Augen schließen musste, damit mir nicht schwindelig wurde. Ein Dutzend verschiedene Sendungen lief gleichzeitig und wetteiferte um meine Aufmerksamkeit. Mein Gehirn konnte den Lärm nicht in einzelne Tonspuren aufspalten und die ganzen flackernden Lichter waren noch schlimmer. Mir fiel kaum noch ein, was ich sagen wollte, denn jedes Mal, wenn ich den Mund aufmachte, kam mir ein neuer Werbespot oder Videoclip dazwischen.

Kaufen Sie unsere erstaunliche Kuschelmaschine! Ein absolutes Muss für jede Familie! Der Stoff unseres Kuschelroboters besitzt elektronische Sensoren, die Berührungen spüren und darauf reagieren. Er eignet sich perfekt für Kinder, die umarmt und gehalten werden wollen, und kann sogar vorlesen! Zeitmangel? Stress? Rückenschmerzen? Die Kuschelmaschine übernimmt für Sie! Ihre Kinder bekommen so viele Stunden liebevoller Zuwendung, wie sie brauchen. Als Extra bieten wir auch Modelle in Erwachsenengröße ...

Ein Staubfinder kam um die Ecke gerollt und begann, den Teppich um uns herum zu säubern. Er war ungefähr so groß wie ein Flipscreen. Zu Hause hatten wir das gleiche Modell. Man brauchte die Maschine nur anzustellen und sie bewegte sich eigenständig mithilfe von Sensoren durch die Räume. Für unsere Villa brauchte sie ungefähr zwei Stunden, dann war alles staubfrei. Baley jagte dem Ding mit Begeisterung hinterher. Die Maschine war ihr Spielkamerad in unserem leblosen Haus. Zwar hatten wir Baley einen Roboterhund geschenkt, als sie noch ein Welpe war, aber sie spielte lieber Fangen mit dem Staubfinder.

Die junge Frau beugte sich herunter und drückte auf den Ausknopf, als das Gerät ihr gegen die Füße fuhr.

Ich massierte mir die Stirn. »Könntest du die Bildschirme einen Augenblick abschalten?«, bat ich.

Sie murmelte ein paar Befehle. Die meisten Sendungen liefen weiter, aber ein Teil wurde angehalten und die Lautstärke heruntergefahren. Ich atmete erleichtert auf. Endlich konnte ich wieder denken.

»Also, können wir Jax sprechen?«, fragte ich, doch die Frau schaute mich nicht einmal an. Sie war von einem Videoclip abgelenkt.

»Wartet«, murmelte sie dann und verschwand am Ende des Flurs um eine Ecke.

»Wer ist der Typ überhaupt?«, wollte Clare wissen.

»Ein Aussteiger«, sagte ich.

Clare schaute zur Decke hoch, wo gerade ein übergroßer Werbefilm für einen virtuellen Strandurlaub lief.

»Bist du sicher?«, fragte sie und blickte sich ungläubig im Raum um. »Und er wohnt hier?«

Die Frau kam in Schneckentempo zurück ins Wohnzimmer und zeigte auf eine Glastür, die hinter einem Digitalvorhang verborgen lag. »Geht da durch und folgt dem Gartenweg. Falls ihr in Zukunft noch mal auftaucht, klingelt direkt bei ihm.« Sie richtete ein paar weitere Befehle an die Bildschirme, wobei sie eine Art Computersprache benutzte. Sofort erreichte die Lautstärke wieder den vorherigen Level.

Ohne Abschied schlurfte sie durch den Flur davon. Clare und ich gingen zu der Glastür und öffneten sie vorsichtig, damit der Digitalvorhang nicht verrutschte. Draußen auf der Veranda blieben wir erst einmal verblüfft stehen. Der ganze Garten war dicht mit Kiefern bepflanzt. Ich kam mir vor, als würde ich in einer Waldlandschaft stehen, wie ich sie von Bildern her kannte. Vor der Ära der Plastikparks hatte es solche Baumgruppen wohl auch in Städten gegeben. Die Kiefern waren noch jung und hatten recht dünne Stämme, aber sie waren echt. Am Ende der Äste saßen Büschel aus frischen Nadeln, die aussahen, als hätte man sie in neongrüne Farbe getaucht. Ich berührte die Spitzen, die weich waren wie Federn. In der Luft lag ein frischer, würziger Duft.

Als ich durch die Bäume hindurchschaute, entdeckte ich ein Gartenhaus, das anscheinend als Atelierwohnung diente. Links und rechts davon sah ich zwei Wandgemälde an einem blickdichten Zaun. Ich musste lächeln, weil ich die Motive erkannte. Damals vor vier Jahren hatte ich die gleichen Bilder online bewundert. Sie zeigten täuschend echte Landschaften. Ich sah die berühmten Vulkangipfel der ›Drei Schwestern‹, die mitten in Oregon standen, und den höchsten Punkt des Küstengebirges bei Corvallis, der Marys Peak genannt wurde. Alle Szenen waren Panoramaansichten aus großer Höhe. Zwischen den Gemälden waren Bänke aufgestellt, die aus halbierten Baumstämmen gezimmert waren. Das Ganze erinnerte mich an Eden, nur im Miniaturformat.

Ein Mosaikpfad führte durch das Wäldchen bis zur Atelierwohnung. Er bestand aus Strandgut, rund gewaschenen Glasscherben in Blau und Grün, bunten Kieseln, zerbröseltem Backstein und sogar Muschelstücken. Ich mochte kaum meinen Fuß darauf setzen. Am liebsten hätte ich den Pfad nur angestarrt. Ich war hingerissen, dass jemand sich die Zeit nahm, selbst den Erdboden in ein Kunstwerk zu verwandeln.

Plötzlich packte Clare mich am Arm und riss die Augen auf. Ich schaute in die Richtung, in die sie so fasziniert starrte. Ein Junge in unserem Alter stand vor der Tür des Gartenhauses. Er war groß und schlank, trug ein weißes T-Shirt und eine dunkelgrüne kurze Hose. Seine Haare waren schwarz, genau wie seine Augen in dem südländisch braunen Gesicht. Ich war Jax nie persönlich begegnet.

»Macht ihr öfter Besuche ohne Vorwarnung?«, fragte er.

»Das ist ein Hobby. Wir versetzen gerne Leute in Panik«, sagte ich grinsend.

Er kam die Eingangsstufen herunter und ging auf uns zu. »Madeline Freeman«, stellte er fest. »Endlich treffen wir uns persönlich.«

»Hallo, Jax«, sagte ich und stellte ihm Clare vor. Sie nutzte die Gelegenheit, auf Tuchfühlung zu gehen, und schüttelte ausgiebig seine Hand. Dann rutschte sie auf einem der Glasstücke aus und kippte vornüber gegen seine Brust. Ich verbiss mir das Lachen. Jax stützte sie an den Schultern und sie schien absolut nichts gegen den Körperkontakt zu haben, sondern strahlte sonnig übers ganze Gesicht.

Ich merkte, dass sich meine Hände wie von selbst hinter meinem Rücken verschränkten, um nicht ebenfalls in Versuchung zu kommen.

»Sorry, dass wir dich einfach überfallen. Das ist so eine Macke von uns«, sagte ich.

Er zuckte mit den Schultern. »Für eine Invasion heißer Mädels steht meine Tür immer offen«, scherzte er.

Ich ignorierte das Kompliment, obwohl er selbst ein ziemlicher Hingucker war. Er hatte das italienische Flair, das sein Nachname Viviani versprach. Seine Augen waren so dunkel, dass man die Pupillen kaum erkennen konnte, und das schwarzbraune Haar trug er an den Seiten kurz geschnitten und oben lang.

Ich zeigte auf das heruntergekommene gelbe Haus hinter uns. »Wo sind wir denn da gerade gelandet?«, fragte ich.

»Oh, du meinst das digitale Tor zur Hölle. Da wohnt meine Cousine.« Er nickte in Richtung des Ateliers. »Ich bin hier eingezogen, nachdem man mich vor einem Centeraufenthalt gerettet hat. Sie ist meine Tarnung.«

»Das heißt, du bist immer noch abgetaucht?«, fragte ich.

»Na ja, seit meinem achtzehnten Geburtstag muss ich mich

nicht mehr verstecken. Ich bin freiwillig geblieben. Das Haus ist sicher und ich lasse andere hier unterschlüpfen. Da ich der einzige Mieter bin, fällt es nicht auf.«

»Wie lange kennt ihr beide euch eigentlich schon?«, wollte Clare wissen.

Ohne den Blick von mir abzuwenden, sagte er: »Ich habe Madeline vor vier Jahren getroffen. Sie war mein erstes Date.«

»War ich nicht«, protestierte ich. »Wir hatten nur zusammen eine Museumsführung«, erläuterte ich Clare, während wir uns auf einer der Holzbänke niederließen. »Und zwar mit einer ganzen DS-Kunstklasse.«

»Aber du warst mit mir essen!«, beharrte Jax auf seinem Standpunkt.

»Bloß, dass es leider nichts zu essen gab«, sagte ich lachend und fügte zu Clare gewandt hinzu: »Die ganze Tour war natürlich online.« Ich war selbst überrascht, wie gut ich mich daran erinnerte. »Wir haben uns über das virtuelle Café lustig gemacht.«

Jax lächelte. »Dann hast du dich in das System eingehackt und einen Monet mit Graffitis verziert. Wer noch nie einen Monet mit hüpfenden Einhörnern gesehen hat, dem fehlt es eindeutig an Kultur.«

Ich musste wieder lachen. »Der Museumsführer war davon weniger begeistert. Er hat mich rausgeschmissen«, sagte ich.

Jax' Blick landete auf meiner Schulter und mir wurde klar, dass er meine Haare studierte. »Interessante Farbwahl«, sagte er.

»Danke.«

»Das ist wohl deine Fackel der Freiheit?«, erkundigte er sich.

Wider Willen musste ich schon wieder lachen. »Die Haartönung stand online auf Platz 2 bei ›Produkten, mit denen du deinen Vater schocken kannst‹.«

»Ich wette, Piercings waren Nummer 1«, meinte er.

»Nein, ich glaube, das waren Schwangerschaftstests«, gab ich trocken zurück. Diesmal erntete ich einen Lacher von ihm.

»Nicht zu vergessen ein echtes Tattoo«, schlug Jax vor.

»Damit kann ich bereits dienen.« Grinsend hielt ich mein Handgelenk in die Höhe, denn auf diese Gelegenheit hatte ich nur gewartet.

Er riss die Augen auf, als er das Vogelsymbol erkannte, das er vor vier Jahren für mich gezeichnet hatte. Fasziniert setzte er sich neben mich und ergriff meinen Arm. Ich nutzte die Gelegenheit, von der Seite sein Gesicht zu studieren. Obwohl wir uns online unterhalten hatten, kannte ich nicht einmal seine echte Stimme. Ich hatte nicht gewusst, dass sie ein bisschen kratzig klang und dass Jax immer in hohem Tempo redete. Ich hatte nicht gewusst, dass seine Augen unter den dichten Wimpern fast schwarz waren oder dass seine Lippen eher hellbraun wirkten statt rot wie bei Justin. Ich hatte die Kerbe in der Mitte seiner Oberlippe nie gesehen, genauso wenig wie die vereinzelten Sommersprossen auf seiner Nase.

Als ich einen Blick auf Clare warf, stellte ich fest, dass sie uns neugierig beobachtete. Ein kleines Lächeln erschien auf ihrem Gesicht.

»Wow«, sagte Jax, der immer noch das Tattoo bewunderte.

»Das Symbol hat total gepasst«, bekannte ich.

Unsere Blicke trafen sich. »Wie hast du mich gefunden?«, wollte er wissen. Dabei hielt er immer noch sanft mein Handgelenk umfasst.

»Du hast wieder angefangen, Kunstwerke online zu stellen.«

»Schon, aber nicht unter meinem richtigen Namen«, stellte er fest.

Ich löste meinen Arm aus seinem Griff. »Niemand malt so wie du«, sagte ich. »Deine Bilder sehen immer aus, als würdest du ein paar Hundert Meter hoch im Himmel schweben, während du sie entwirfst. Als würdest du fliegen. Ich habe noch nie etwas Ähnliches gesehen. Nachdem du fast im Center gelandet wärest, ist deine Galerieseite aus dem Netz verschwunden. Aber vor ein paar Wochen begannen hier und da wieder Werke von dir aufzutauchen und ich habe deinen Stil sofort erkannt. Ich wusste, dass du der Künstler warst, auch unter Pseudonym. Also habe ich deinen Online-Namen zu dieser Adresse zurückverfolgt.«

»Ich bin beeindruckt«, sagte er und lächelte, woraufhin ich mich instinktiv entspannte … und zwar mehr, als mir lieb war. Mir fiel auf, dass sein Lächeln nicht nur bis zu den Mundwinkeln reichte. Es erfasste sein ganzes Gesicht bis zu den gekräuselten Lachfältchen an den Augen. Dadurch wirkte er unglaublich jung, obwohl ich wusste, dass er älter war als ich. Mühsam räusperte ich mich.

»Wir sind nicht aus Spaß hier, sondern aus einem wichtigen Grund«, sagte ich und wechselte das Thema.

Er streckte die Beine aus und legte lässig die Füße übereinander. »Klingt langweilig«, sagte er.

Ich lehnte mich vor und stützte die Ellbogen auf die Knie. »Mich interessiert die Aktion, für die du verhaftet werden solltest. Ich habe ein bisschen nachgeforscht. Dir ist es gelungen, eine Datei mit den Namen aller Jugendlichen zu erstellen, die in den Centern gefangen gehalten wurden.«

Er nickte. »Ich hatte ein paar Freunde, die zur Umerziehung geschickt wurden. Deshalb wollte ich Hilfe für sie organisieren. Nach dem Center-Aufenthalt ist es ja fast unmöglich, an sie heranzukommen. Der Staat verpasst ihnen eine neue Identität, sodass man sie nicht mehr finden kann.«

Ich begann ihm ausführlich zu erzählen, was im DCLA vor sich gegangen war. Wie man mich und die anderen Jugendlichen durch Gehirnwäsche und Psychofolter umprogrammieren wollte.

»Das Center in L. A. haben wir vor zwei Monaten gestürmt und befreit«, sagte ich. »Über die übrigen wurde eine Aufnahmesperre verhängt.«

Jax schaute auf seine Hände, die auf den Knien ausgestreckt lagen. »Davon habe ich schon gehört«, sagte er. »Ich weiß, dass sie Gehirnwäsche anwenden. Schließlich hatte ich Kontakt zu einigen der Opfer und habe versucht zu helfen. Aber die Datei existiert nicht mehr. Zumindest habe ich sie nicht aktualisiert, seit ich damals aufgeflogen bin.«

»Schon, aber vermutlich haben andere Leute damit weitergemacht, als du von der Bildfläche verschwunden bist. Ich wette, du könntest die nötigen Informationen aufspüren.«

»Wieso erstellt ihr nicht eure eigene Liste?«, fragte er. »Übrigens wollen die Jugendlichen, die im Center waren, fast nie mit jemandem reden. Auf meine Kontaktaufnahme haben die meisten gar nicht reagiert.«

»Genau das ist unser Problem«, meldete Clare sich zu Wort. »Wenn sie aus den Centern entlassen werden, wollen sie nichts mehr mit uns zu tun haben und blocken jeden Kontakt ab. Wir haben zu wenige Leute, um ihre Online-Spuren zu verfolgen. Seit der Aufnahmesperre ist es noch schwieriger geworden, weil alle Namen für die Dauer des Rechtsstreits der Geheimhaltung unterliegen. Und die Jugendlichen, die entlassen werden, verschwinden danach entweder in einem Rehabilitationsprogramm oder werden mit ihren Familien umgesiedelt.«

»Du hast damals ein Programm entwickelt, mit dem man die Namen aus dem Datenverkehr fischen kann«, sagte ich. »Wir müssten ganz von vorne anfangen und bräuchten dazu Monate. Mit deinen Verbindungen könntest du denselben Job wahrscheinlich in ein paar Tagen erledigen. Glaub mir, damit wärest du für uns ein echter Held.«

Er lachte. »Ich gehöre aber nicht mehr zu ›euch‹«, sagte er. »Sorry, da ist nichts zu machen.«

»Heißt das, du kannst nicht helfen … oder du willst es nicht?«, drängte ich.

Jax erhob sich und sein entspanntes Lächeln wich einer verschlossenen Miene. »Die Datei gibt es nicht mehr. Sie wurde gelöscht. Bestellt eurer Revoluzzertruppe, dass sie aufhören soll, mich deshalb zu belästigen.« Er hielt abwehrend die Hände hoch. »Ich bin raus aus der Sache.«

Jetzt stand ich ebenfalls auf. »Ich hätte nicht gedacht, dass du der Typ bist, der einfach so aufgibt. Erinnerst du dich an den Tag, als wir uns kennengelernt haben? Du hast gesagt, ich soll gefälligst selber denken und meine Meinung vertreten. Du hast behauptet, unser ganzes Leben sei verlogen. Deshalb hast du überhaupt mit dem Malen angefangen. Deine Kunst sollte den Menschen zeigen, wie die Wirklichkeit aussieht.« Ich machte eine Pause und holte tief Luft. »Das hat mich inspiriert«, sagte ich. »Du warst die erste Person in meinem Leben, die mich wirklich berührt hat.«

Er starrte mich an, fast ohne zu blinzeln.

»Also willst du uns nun helfen? Oder gehst du lieber auf Nummer sicher und mauerst dich hier ein? Das klingt nämlich *echt* langweilig.« Ich bemerkte, dass ich ihn anschrie. Ergeben hob ich die Hände und versuchte es stattdessen mit einer demütigen Bitte. »Ich brauche deine Hilfe, Jax. Bitte, hilf mir.«

Seine Augen verengten sich, und er trat einen Schritt näher, sodass ich zu ihm hochblicken musste. Von seinem Körper ging eine überwältigende Energie aus. Ich erwartete, dass er ebenfalls die Kontrolle verlieren und zurückschreien würde. Stattdessen musterte er mich aufmerksam und mit kritischem Blick. Als er die Hand ausstreckte, zuckte ich automatisch zurück, doch er strich mir nur sanft eine Haarsträhne aus den Augen. Ich schaute in sein Gesicht und begann mich zu beruhigen. Seine Miene sagte mir, dass ich mich dringend bremsen sollte, weil wieder einmal meine Wassernatur mit mir durchging und die Strömung drohte, mich in die Tiefe zu reißen.

»Du kannst ganz schön energisch werden«, sagte er.

Ich seufzte. »Ja, ich weiß.«

»Dabei dachte ich immer, du gehörst zu den Leuten, die sich einfach nur treiben lassen«, stellte er fest.

Ich funkelte ihn an. »Damals war ich vierzehn. Und du kanntest mich doch überhaupt nicht.«

»Wer hat dich denn so streitlustig gemacht? Ist das Center daran schuld?«

»Daran ist niemand schuld.«

Ich schaute zur Seite, weil sein Blick mich durchdrang und nach Wegen in mein Inneres zu suchen schien. Abwehrend trat ich zurück und bat Clare, ihre Nummer an Jax zu senden.

»Falls du deine Meinung änderst, melde dich bei uns«, sagte ich knapp.

Ich machte auf dem Absatz kehrt, ohne mich noch einmal umzusehen oder zu verabschieden. Wortlos marschierte ich durch den Garten und den Pfad entlang, der an dem gelben Haus vorbeiführte. Ich öffnete den Metallriegel des Zauns und Clare ließ ihn hinter uns wieder zuschnappen.

Ein paar Minuten gingen wir schweigend die Straße entlang. Die Luft war warm und feucht, als würde es bald regnen. Eine graue Wolkendecke schob sich über den westlichen Horizont und verhüllte das Küstengebirge.

Langsam machte sich ein schlechtes Gewissen in mir breit.

»Ich war zu hart zu ihm, oder?«

Clare griff nach meiner Hand und drückte sie kurz. »Deine anfeuernden Reden sind manchmal ein bisschen ruppig.«

»Ja, ich weiß«, sagte ich und presste mir die Hand vor die Stirn. »Manchmal wünsche ich mir deine Geduld. Aber ich werde einfach so *wütend*.«

Clare dachte darüber nach. »Du nimmst alles sehr persönlich«, stellte sie fest. »Was nicht unbedingt schlecht ist. Aber dir ist hoffentlich klar, dass Jax nicht gegen *dich* ist.«

»Mit der sanften Tour kommt man im Leben nicht weit«, murmelte ich.

Sie nickte. »Deshalb bist du eher für die Arschtritt-Methode.«

Clares Phone meldete sich mit einem Piepton und sie schaute auf den Bildschirm. Dann zeigte sie mir die Nachricht.

»Sieht so aus, als durftest du bei ihm ruhig die Peitsche zücken«, stellte sie fest. Der Text stammte von Jax.

Okay, Madeline. Ich werde dir helfen. Unter einer Bedingung. Triff dich morgen mit mir. Allein.

Am nächsten Morgen stand ich ein Stück von unserem Haus entfernt an der Straße, wo Jax mich für das Treffen hinbestellt hatte. Ein ZipShuttle bog um die Ecke und kam vor mir zum Stehen.

Ich öffnete die Tür, und Jax rutschte zur Seite, damit ich neben ihm Platz nehmen konnte. Stattdessen setzte ich mich lieber gegenüber hin. Das Shuttle hatte ungefähr die Maße eines Kleinwagens, sodass Jax mit seinen langen Beine fast den ganzen Platz ausfüllte. Er zog sich die Kopfhörer aus den Ohren und schaltete sein Phone aus. Wie er mir mitteilte, war er mitten in einem Podcast-Hörbuch. Dann begann er mir lang und breit von der Fanfiction für eine SciFi-Serie im Fernsehen vorzuschwärmen. Ich war genervt, weil er einen Moment wie diesen mit belanglosem Gerede füllte.

Überhaupt waren mir Jax und seine ganze Ausstrahlung irgendwie zu … grell. Er trug eine quietschgelbe Regenjacke und dazu blaue Turnschuhe mit orangefarbenen Schnürsenkeln, die geradezu um Aufmerksamkeit bettelten. Seinen Small Talk brachte er mit solcher Lässigkeit an, als würden wir jeden Tag zusammen in einem ZipShuttle sitzen. Ihm fehlte Justins intensiver Blick für alles in der Umgebung, seine ständige Aufmerksamkeit, die jede Kleinigkeit wahrnahm, abwägte und speicherte. Jax bemerkte nur, was direkt vor ihm lag. Darauf konzentrierte er sein Interesse voll und ganz. Und im Moment war ich das.

Ich schaute aus dem Fenster auf grauen, weichen Wolkenhimmel. Als Jax endlich aufhörte, über seine schräge Nerd-Serie zu brabbeln, richtete ich den Blick wieder auf ihn.

»Wieso willst du dich unserer Gruppe nicht anschließen?«, fragte ich.

»Weil ich kein Workaholic bin«, gab er zurück und grinste. Der Punkt ging an ihn, denn ich konnte ihm schlecht widersprechen. »Versteh mich nicht falsch, ich mag es zu arbeiten und der DS-Lebensstil ist total bescheuert. Aber ab und zu muss man sich doch entspannen dürfen. Ich habe gerne Spaß am Leben.«

»Wir doch auch«, sagte ich. »Genau darum kämpfen wir schließlich.«

Er neigte den Kopf zur Seite. »Schon, aber ihr wisst eben nicht mehr, wie man mit dem Kämpfen aufhört. Ich war bei ein paar Aussteiger-Treffen. *Die Anti-DS braucht Dich. Für eine bessere Zukunft!*«, sagte er spöttisch mit Kasernenhofstimme. Meine Lippen zuckten. »Ich kapiere ja, was ihr wollt. Aber das muss man mir nicht jeden Tag mit Gewalt reinwürgen.«

»Du willst also gar nichts mit uns zu tun haben?«

»Ich will bloß nicht, dass jemand mir Vorschriften macht. Genau deshalb konnte ich die Digital School nie leiden. Die ganzen Regeln haben mich erdrückt. Aber die Aussteiger laufen doch genauso ihren Anführern hinterher. Ich will einfach nur mein eigenes Ding durchziehen. Manchmal«, sagte er und lehnte sich verschwörerisch näher, sodass ich das Glitzern in seinen Augen sehen konnte, »habe ich sogar Lust, einfach gar nichts zu tun.«

»Klingt faszinierend«, scherzte ich.

»Hast du schon einmal probiert, gar nichts zu tun? Das ist schwerer, als man denkt. Schließlich gibt es so viele Ablenkungen. Aber ich kenne kein besseres Gefühl auf der Welt. Am liebsten würde ich es in Flaschen abfüllen und jedem Menschen eine tägliche Dosis verpassen. Dann wäre das Leben gleich viel angenehmer.«

»Ja, ich weiß, was du meinst«, sagte ich.

Vor dem Fenster zog eine Geisterstadt an uns vorbei. Überall waren geschlossene Geschäfte. Ich erinnerte mich noch schwach daran, wie Corvallis in meiner Kindheit ausgesehen hatte. An der Hauptstraße lagen Läden aneinandergereiht, bevor das Einkaufen digitalisiert worden war. Ich wusste noch, wie Mom manchmal mit Joe und mir zu einem Spielzeugladen in der Innenstadt gebummelt war. Er war immer voller Kinder, Eltern, Spielsachen und Musikinstrumente gewesen, die man anfassen konnte. Wir hatten in einem Café Pause gemacht, wo es Trinkschokolade und Mürbegebäck gab. Die Kekse waren mit Schokolade und bunten Streuseln überzogen gewesen. Dann hatten wir uns einen Sitzplatz draußen gesucht, wo ich dem langsam dahinströmenden Fluss zuschauen konnte. Überall blühten Gärten und die Stadt war voller Geräusche: Schritte von Spaziergängern und das dichte Gewühl an Ampelkreuzungen. Die Erinnerungen waren verschwommen wie ein Traum, und mehr Gewicht hatten sie wohl auch nicht. Aber wenn man sich nicht vorsah, konnten sie trotzdem auf die Seele drücken wie ein Ballast aus Steinen. Also konnte ich an der Vergangenheit festhalten oder versuchen, sie zu vergessen, als würde ich Kiesel von einer Brücke in den Fluss plumpsen lassen. Aber ich wollte nicht loslassen. Ich wollte meine Erinnerungen behalten und am liebsten wieder lebendig machen. Ob es wohl möglich war, die Vergangenheit zurückzuholen?

Vielleicht war ich nicht anders als die Leute, die sich krampfhaft an alte Traditionen klammerten. Auch sie wollten vermutlich nur an ihren Lieblingserinnerungen festhalten und sie wieder und wieder erleben.

Ich begann Jax von dem Bildband zu erzählen, den meine Mutter mir geschenkt hatte. Bestimmt konnte er damit etwas anfangen.

»Das Buch heißt *Damals und Heute*«, sagte ich. »Fotografien von Corvallis, wie es jetzt aussieht, werden mit der Stadt vor hundert Jahren verglichen. Man sieht Parks voller Menschen, Straßen voller Autos und Schaufenster voller Waren.«

»Und heute?«, fragte er.

»ZipShuttles. Einen leeren Plastikrasen. Digitale Werbetafeln. Geschlossene Läden in der Innenstadt. Auf keinem einzigen Foto ist ein Mensch zu sehen.« Ich schaute wieder aus dem Fenster. Wie seltsam, dass diese Stadt zwar makellos aussah, aber dadurch völlig leblos wirkte. Vor lauter Perfektion hatte sie ihre Persönlichkeit verloren. Alles war funktional und industriell designt, doch was fehlte, war ein bisschen künstlerisches Chaos. Corvallis hatte keine Seele mehr.

Jax lehnte sich zurück und schaute ebenfalls aus dem Fenster. »Das wäre doch ein tolles Studienthema«, sagte er. »›Damals und heute.‹ Wenn ich einen Kurs anbieten könnte, würde ich untersuchen, was sich in den letzten fünfzig Jahren alles verändert hat.«

Er fragte mich, welche Fächer ich belegen wollte, und ich zählte sie auf. Digitalrecht, Computerethik … und einen Kunstkurs. Es war angenehm, offen über meine Zukunftswünsche reden zu können, ohne Angst haben zu müssen, dass sie gleich in der Luft zerrissen wurden.

»Ich will Anwältin werden«, erklärte ich.

Jax nickte. »Das kann ich mir gut vorstellen«, sagte er. »Du hast ein Talent dafür, Leute anzuschreien, bis sie in Schuldgefühlen ertrinken.«

»Du meinst, ich kann sehr überzeugend sein«, grinste ich.

»Tja, schließlich bin ich hier, stimmt's?«

Unser Shuttle fuhr die gewundene Straße am Willamette River entlang. Normalerweise sah man hier große, steinige Sandbänke, doch in diesem Frühjahr erreichte das Wasser fast die Uferböschung. Stachelige Brombeerbüsche wucherten überall, als sei der Fluss von einem natürlichen Stacheldrahtzaun abgeschottet.

»Wieso haben wir eigentlich nicht die Stadtbahn genommen?«, wollte ich wissen.

»Weil keine Linie das Gebiet anfährt, zu dem wir unterwegs sind«, sagte er und zeigte auf Hochhaustürme in der Ferne. »Das Fabrikviertel.«

Vor uns war ein Großstadtdschungel aus Metall aufgetaucht. Eng zusammengedrängte Bürofassaden und Schornsteine bildeten ein geometrisches Muster, das sich scharfkantig gegen die dickbäuchigen grauen Wolken abhob. Das Fabrikviertel lag am Südrand von Corvallis und wurde deshalb von meinen Eltern abfällig als der Südslum bezeichnet. Ich war noch nie dort gewesen. Man brauchte einen Ausweis mit speziellem Zugangscode, um hineinzukommen.

Als hätte Jax meine Gedanken gelesen, zog er zwei ID-Karten aus der Tasche seiner gelben Jacke und ließ sie vor meinem Gesicht baumeln.

Im Fabrikviertel arbeiteten Leute, die ihre Jobs nicht von zu Hause aus erledigen konnten. Es gab immer noch Aufgaben, für die menschliche Arbeitskraft und persönlicher Input gebraucht wurden. Als wir uns in einem Zickzackkurs den Metall- und Kunststofffabriken näherten, quollen Dampfwolken und Abgase aus Röhren in zehn Stockwerken Höhe. Sie sahen aus wie ein riesiges Lungensystem. Wir kamen an Hochhausfarmen vorbei, die einen Teil der Lebensmittelversorgung von Corvallis übernahmen, da nicht alles importiert werden konnte. Hier am Rande des Fabrikviertels befand sich außerdem das Willamette Krankenhaus. Zwar wurden die meisten ärztlichen Visiten heutzutage virtuell erledigt, zum Beispiel die Zahnvorsorge und der Routinecheck durch den Hausarzt. Doch für Notfälle oder komplizierte Behandlungen wurden immer noch Krankenhäuser gebraucht. Wir kamen an der Langdon Street vorbei, wo es den einzigen Gemüsegroßhandel der Stadt gab. Daneben befand sich ein überdachtes Fußballfeld. Früher hatte Corvallis eine halbprofessionelle Mannschaft gehabt, die dort spielte. Dad hatte uns einmal ins Stadion mitgenommen, als ich noch klein war. Doch nach 28M wurden die meisten Sportarten digitalisiert. Die Leute hatten Angst davor, sich an einem Ort zu versammeln, weil Menschenmassen ein leichtes Ziel boten. Genau wie das Arbeitsleben wurde auch der Sport in die virtuelle Welt verlagert. Zwar gab es noch professionelle Teams, aber fast nur in Übersee. Überall sonst hatten die Sportsimulationen den Sieg davongetragen. Von Boxkämpfen bis zu Autorennen wurde alles nur zwischen Videospielern ausgefochten. Die größten Talente unter ihnen wurden gefeiert wie früher Spitzenathleten.

Das ZipShuttle hielt an einem bewachten Kontrollposten vor der Einfahrt zum eigentlichen Fabrikareal. Jax scannte unsere ID-Karten an einem Bildschirm und das Metalltor öffnete sich mit einem elektrischen Summen. Dahinter lag der einzige Stadtteil, in dem noch klassisch gearbeitet wurde, voller Lagerhäuser für den Versandhandel, Lebensmittelcenter für das Sortieren und Verschicken von Fertignahrung, Kleidungshersteller und sogar Fabriken, die Sauerstoff in die Luft pumpten, um die fehlenden Grünpflanzen in der City zu ersetzen.

Die Luft war so dunstig, dass man kaum hindurchschauen konnte: eine Mischung aus dem Nebel, der von der Küste hereinzog, und dem Dampf und Smog der Fabriken.

»So sieht es hier morgens immer aus«, erklärte Jax. »Am Nachmittag werden die Sauerstoff-Ventilatoren angestellt und die ganzen Abgase rausgepumpt.«

Das Gebiet war von Bahnschienen für Güterzüge durchzogen wie von einem Adernnetz. Zehn verschiedene Linien trafen sich hier und verzweigten sich in alle Richtungen. Entlang des Flusses reihten sich Lagerhäuser dicht an dicht, bis sie im Nebel verschwanden. Auf riesigen Abstellflächen warteten Container auf den Transport. Überall sah man Männer und Frauen in braunen und grauen Arbeitsuniformen. Sie strömten aus eisernen Hallentoren und hievten mit groben Arbeitshandschuhen Waren hin und her. Eine erschöpfte, drückende Energie hing wie eine Rußwolke in der Luft. Menschen standen vor Betongebäuden und rauchten, tranken Kaffee und aßen Butterbrote, die sie aus einheitlich braunen Stoffbeuteln zogen. Manche der Arbeiter unterhielten sich.

Ständig ratterten Güterzüge mit dumpfem Maschinengrollen vorbei und ließen den Boden wie bei einem Erdbeben erzittern. Wir durchfuhren einen Block voller brauner Hochhäuser mit winzigen schwarzen Fensteröffnungen. Die Gebäude waren so nah aneinander gebaut, dass sie sich aufeinander zu stützen schienen.

»Hier leben die Fabrikarbeiter«, sagte Jax und erklärte, dass man sich von dem wenigen Geld für solche Jobs meistens nur Mietwohnungen am Stadtrand leisten konnte. Zwischen den Hochhäusern lagen alte Autoparkplätze, die in ›Parks‹ umgewandelt worden waren, indem man ein paar Bänke und Plastikbäume in massigen Töpfen aufgestellt hatte. Vereinzelt saßen dort Männer und Frauen, sie aßen oder tranken alleine und starrten auf ihre Bildschirme. Nirgends sah ich Kinder herumlaufen. Trotz der Menschen wirkte alles bedrückend leblos.

Meine Wohngegend kam mir dagegen vor wie ein grünes Paradies. Wenigstens hatten wir Kunstrasen in unserem Park, keinen verblichenen Beton. Die Bewohner hier schlurften mit gesenkten Köpfen herum, als würden sie über einen Gefängnishof gehen.

»Kein Wunder, dass sich die Leute in virtuelle Welten flüchten«, sagte ich. »Manchmal kann die Wirklichkeit echt Scheiße sein.«

Als unser ZipShuttle hielt, musste ich den Kopf nach hinten beugen, um das beigefarbene Gebäude vor uns in Augenschein nehmen zu können. Die obersten Etagen verloren sich im dicken grauen Dunst, sodass der Wolkenkratzer in die Unendlichkeit zu ragen schien. *Seamor Medizinforschung* stand in schwarzen Blockbuchstaben über dem Eingang.

Wir stiegen aus dem Shuttle und atmeten die kühle Luft ein, die einen unangenehmen Beigeschmack aus Gas und Plastik enthielt. Ich folgte Jax zu einem digitalen Gebäudeplan neben dem Eingang. Auf der anderen Straßenseite stand ein Lastwagen, aus dem Kisten voller Kunststoffplatten ausgeladen wurden. Sie waren anscheinend dazu gedacht, ein außer Betrieb genommenes Gleisbett aufzufüllen.

Jax scrollte mit dem Finger die Namensliste am Gebäudeplan entlang, bis er Dr. Luc Viviani erreichte, und klickte darauf.

»Beginnen Sie die Anlieferung nach dem Piepton«, forderte uns eine weibliche Stimme auf.

»Ich beantrage ein persönliches Treffen«, sagte Jax in die Sprechanlage.

Ein paar Sekunden vergingen, während der Computer diese Information verarbeitete. Dann erschien auf dem Bildschirm ein rotes Ampelmännchen als Zeichen, dass wir stehen bleiben sollten. »Der Firmensitz der *Seamor Medizinforschung* hat eine erhöhte Sicherheitsstufe. Alle Live-Kontakte sind im Voraus anzumelden und brauchen eine Sondergenehmigung.«

Jax antwortete dem Computer mit einem genervten Stöhnen. »Du machst mich echt fertig, Bridget«, sagte er in die Sprechanlage.

»Bridget?«, fragte ich.

Er schaute mich an. »So nenne ich alle weiblichen Computerstimmen. Weil das der Name meiner kleinen Schwester ist und sie mir genauso auf die Nerven geht.«

Der Computer fuhr fort: »Bitte, stellen Sie einen mündlichen Antrag. Sie erhalten die Antwort in den nächsten achtundvierzig Stunden. Vielen Dank.«

Jax seufzte. »Tja, dann müssen wir uns wohl auf die altmodische Weise Zutritt verschaffen.«

Ich schluckte. In ein medizinisches Forschungslabor einzubrechen, überschritt definitiv die Grenze, die mein Vater mir gesetzt hatte. Das war's dann also mit unserem neuen Vertrauensverhältnis.

Jax schaute sich auf dem Boden um und hob einen flachen Stein auf, der im rissigen Beton steckte. Er blickte an dem Gebäude hoch und zählte die Fenster. Als er sein Ziel gefunden hatte, warf er den Stein, sodass dieser gegen die Scheibe klirrte und wieder nach unten plumpste. Gleich darauf erschien das Gesicht eines Mannes am Fenster, der wie eine ältere Version von Jax aussah. Er hatte die gleichen dunklen Augen, schwarzen Haare und das breite Lächeln. Allerdings trug er ein Ziegenbärtchen, das mit grauen Strähnen durchsetzt war.

Er öffnete das Fenster und winkte zu uns hinunter.

»Bridget ist mal wieder bockig!«, rief Jax.

»Okay, kommt hoch«, sagte sein Vater. Die Tür sprang mit einem Summen auf, sodass Jax und ich die Eingangshalle betreten konnten. Wir standen auf einem Fußboden aus schwarzem Marmor, umgeben von weißen kahlen Wänden. Wir stiegen in den Aufzug und Jax drückte den Knopf für die dritte Etage.

»Dein Vater arbeitet hier?«, fragte ich.

Jax nickte. »Er ist Wissenschaftler. Ich glaube, seine Forschungen dürften dich interessieren.«

Wir traten mit einem Klopfen ins Büro und Dr. Viviani kam uns entgegen, um uns zu begrüßen. Sein Händedruck war fest und seine Finger waren kühl. Die dunkelbraunen Augen schauten mich durch eine Nickelbrille hindurch einladend an. In seinen schwarzen Haaren befanden sich bereits graue Strähnen. Er umarmte Jax mit einem stolzen, väterlichen Blick, der mir bekannt vorkam. So schaute Dad immer meinen Bruder Joe an, wenn er mal zu Besuch auftauchte.

Überrascht stellte ich fest, dass auf den Büroregalen echte Papierbücher standen. Der Schreibtisch war mit Akten und Kaffeebechern bedeckt. Im ganzen Raum duftete es nach Espresso und ich bemerkte in einer Ecke eine altmodische Kaffeemaschine. Eine weitere Tasse auf dem Tisch enthielt Stifte und bunte Marker.

Dr. Viviani holte zwei Faltstühle hinter einem Pflanzenkübel hervor. »Ich bekomme selten Besuch«, erklärte er. »Wie läuft das Kunstgeschäft?«, fragte er Jax.

»Es kommt in die Gänge«, gab sein Sohn zur Antwort.

Jax klappte die Stühle auseinander und entstaubte sie mit seinem Jackenärmel, bevor er mir einen Platz anbot. Wir setzten uns, und Dr. Viviani kreiselte auf seinem Drehstuhl herum, damit er uns anschauen konnte. Das enge Büro wirkte überraschend gemütlich. Ich konnte mir nicht helfen … wie von selbst streckte ich die Hand aus und berührte die grünen Spitzen der Topfpflanze. Beeindruckt stellte ich fest, dass die Blätter echt waren.

»Ich bin etwas altmodisch«, erklärte Dr. Viviani, der meine Überraschung bemerkt hatte, und warf mir ein Lächeln zu.

»Nicht zufrieden mit den Sauerstofffabriken?«, fragte ich scherzend, und er lachte.

»Ich habe noch nie viel von Imitationen gehalten«, sagte er. »Der natürliche Sauerstoff von Pflanzen ist gesünder, das belegen wissenschaftliche Studien.«

Sein Büro hatte keinen Wandschirm, und auf dem Tisch stand ein geradezu antikes Notebook, das nicht einmal angeschaltet war. Der Computer verschwand fast hinter Stapeln von Büchern und Papieren und war anscheinend seit einer Ewigkeit nicht benutzt worden. Mir fielen einige bekritzelte Notizzettel auf. Dr. Viviani schrieb tatsächlich mit der Hand.

»Ich dachte, Sie sind ein Forscher?«, fragte ich und schaute mich nach Reagenzgläsern, Laborkitteln und anderen Hinweisen um, dass hier medizinische Wissenschaft betrieben wurde. Aber ich sah nur bunte Fotos von Sonnenaufgängen sowie ein Landschaftsgemälde, das offensichtlich von Jax stammte.

»Er ist Neurowissenschaftler«, erklärte Jax, und ich verzog den Mund, weil ich automatisch ans Center denken musste.

»Ist das ein Problem?«, fragte Dr. Viviani, der über meine Reaktion amüsiert schien.

»Sorry, ich wollte nicht unhöflich sein. Ich habe nur schlechte Erfahrungen mit Leuten wie Ihnen gemacht … also, Ihrer Fachrichtung«, sagte ich.

Er legte den Kopf schräg und musterte mich mit einem durchdringenden Blick, der mir von Jax bekannt vorkam.

»Sie war in einem Umerziehungscenter«, erklärte Jax an meiner Stelle.

»Ah, ich verstehe«, sagte er. »Nun, Menschen faszinieren mich nun einmal. Deshalb studiere ich sie. Um zu sehen, was sie im Innersten zusammenhält.«

»Nur schade, dass Ihre Forschung sie dafür erst auseinandernehmen muss«, murmelte ich ziemlich feindselig.

»Madeline, er ist auf unserer Seite«, sagte Jax und knuffte meinen Arm. Als ich den Kopf zu ihm umwandte, hatte er wieder seine unbekümmerte Miene mit dem Ansatz eines Lächelns aufgesetzt.

»Madeline Freeman«, sagte Dr. Viviani. »Ich hatte schon das Gefühl, dass ich dich von irgendwoher kenne. Nur die Haarfarbe ist anders.«

»Sie kennen mich?«, fragte ich.

Sein Lächeln wurde blasser. »Ich hatte in der Vergangenheit mit deinem Vater zu tun.« Er verschränkte die Arme über der Brust. »Womit habe ich mir denn einen persönlichen Besuch verdient?«, fragte er und schaute zwischen Jax und mir hin und her.

»Madeline will mich für die Protestbewegung rekrutieren.«

Diesmal verzog sein Vater den Mund. »Jax, du hast mir doch versprochen, damit aufzuhören. So hat unsere Abmachung gelautet. Ich dachte, du wolltest dich diesen Herbst bei einer Hochschule einschreiben?«

»Erst, wenn es Live-Unterricht gibt«, sagte Jax.

»Dieses Thema haben wir doch schon ausführlich diskutiert«, stellte sein Vater fest. »Das wird niemals passieren.«

»Tja, ich glaube eben nicht, dass man Leuten per Bildschirm helfen kann. Dafür muss man tiefer gehen. Also wie soll ein Computerprogramm mir das Nötige beibringen?«

Sein Vater stieß einen Seufzer aus. »Schon gut«, sagte er. »Solange du glaubst, dass du Menschen hilfst, unterstütze ich dich dabei. Das war schließlich immer meine einzige Bedingung.« Ich schaute Jax ein bisschen neidisch an und wünschte, mit meinem Vater ließe sich genauso leicht reden.

»Wo wir gerade davon sprechen, Leuten zu helfen«, sagte Jax. »Erzähl Madeline von deinen Patenten.«

Ich betrachtete seinen Vater interessiert und er nickte in Richtung des Notebooks.

»Ich habe den Computerbildschirm entworfen, auf den du jedes Mal schaust, wenn du Unterricht in der Digital School hast.«

»Den Bildschirm?«, wiederholte ich.

Er nickte. »Noch vor zwanzig Jahren litten viele Computernutzer unter Augenproblemen, Kopfschmerzen, Migräneanfällen, Kurzsichtigkeit. Man konnte beweisen, dass der direkte Lichteinfall von Computern und Wandschirmen die Sehfähigkeit beeinträchtigt. Wenn man länger als acht Stunden am Tag auf einen Bildschirm starrt, werden die Fotorezeptoren dadurch regelrecht verbrannt.«

Ich hob die Augenbrauen. »Davon habe ich noch nie gehört«, sagte ich.

Er lächelte. »Nein, natürlich nicht. Die Forschungen wurden nie öffentlich bekanntgemacht. Kannst du dir vorstellen, was passiert wäre, wenn die Leute herausgefunden hätten, dass Bildschirme sie krank machen?«

»Die Digital School hätte sich nicht durchsetzen können«, meinte ich.

»Unsere gesamte Wirtschaft wäre in die Knie gegangen«, sagte er und lehnte sich auf seinem Bürostuhl zurück. »Unser Alltag besteht aus Bildschirmen. Kein Service, keine Ware, kein Handel kommt mehr ohne Computer und Multimedia aus. Hier geht es um ein Geschäft in Milliardenhöhe, um das Fundament unserer Gesellschaft. Die Forschungsergebnisse hätten zur schlimmsten Wirtschaftskrise aller Zeiten führen können. Ohne Technologie ist unser Land am Ende.«

»Deshalb wird das DS-System in den Medien nie kritisiert«, stellte ich fest.

Er zeigte wieder auf das Notebook. »Ich wurde beauftragt, mit einem Team zusammen einen Bildschirm zu entwickeln, der weniger Schaden anrichtet als das bisherige hintergrundbeleuchtete Display. Das neue Produkt wurde zusammen mit dem DS-Programm eingeführt. Ich habe die klinischen Studien geleitet, bei denen die Prototypen getestet wurden.«

»Also haben Sie das Problem beseitigt?«, vermutete ich.

Er zuckte mit den Schultern. »Ich habe es ein bisschen eindämmen können. Am gesündesten ist und bleibt reflektiertes Licht. Darauf sind unsere Sehorgane eingerichtet. In der Natur wird Licht normalerweise von Objekten zurückgeworfen und erst dann vom Auge aufgefangen. Aber Computerbildschirme leuchten uns direkt ins Gesicht, ohne Umwege. Deshalb verursachen sie Kopfschmerzen, trockene Augen und allgemeine Erschöpfung. Wir sind körperlich überfordert.«

Ich blickte auf seinen Schreibtisch. »Benutzen Sie deshalb so viel Papier?«, fragte ich.

»Ja, Bücher und Aktenordner sind mir lieber. Ich muss beruflich viel lesen und ziehe es vor, dafür reflektiertes Licht zu benutzen. Meine Augen sind schließlich auch nicht mehr die jüngsten.«

»Erzähl ihr von deiner Studie vor sechs Jahren«, sagte Jax. »Über die DS-Sucht.«

Dr. Viviani räusperte sich. »Die Studie wurde nie veröffentlicht. Die Fachzeitschriften haben sie mit der Begründung abgelehnt, dass ich sie nicht hinreichend wissenschaftlich untermauern kann.« Er machte eine wegwerfende Handbewegung. »Also habe ich sie zurückgezogen.«

Man merkte ihm an, dass er das Thema am liebsten fallen lassen wollte, aber ich war bereits zu fasziniert. »Warum haben Sie nicht dagegen protestiert?«

Er stieß seufzend die Luft aus. »Weil ich tatsächlich nicht genug Beweise hatte. Und bevor ich daran etwas ändern konnte, wurden mir die Gelder für weitere Studien gestrichen. Um meine Theorie glaubwürdig abzusichern, hätte ich längere Forschungen anstellen müssen, deren Finanzierung ich mir aber nicht leisten konnte.«

»Vielleicht wollte man nicht, dass Sie Beweise liefern?«, vermutete ich.

»Nur eine Handvoll Leute hat die Studie zu sehen bekommen.« Sein Blick huschte zu Jax. »Bist du deshalb hier? Um mit mir über einen schon lange begrabenen Forschungsartikel zu diskutieren?«

Jax lehnte sich auf seinem Klappstuhl vor. »Vielleicht will ich dich auch rekrutieren, Dad.«

Sein Vater gab ein hüstelndes Lachen von sich. »Das kannst du vergessen.«

»Aber du hast die Digital School immer abgelehnt«, sagte Jax und kam damit zu dem Grund, warum wir hier waren. Er wandte sich an mich und erklärte: »Mein Vater gehörte zu einer Medizinervereinigung, die vor zehn Jahren gegen das DS-Gesetz gekämpft hat. Er war der Vorsitzende des Fachkomitees.«

Dr. Viviani nickte. »Ich habe die Ansicht vertreten, dass die DS einen extremen Suchteffekt erzeugen und uns von der Technologie abhängig machen würde, ohne die Chance, uns jemals wieder zu befreien.« Er hielt einen Moment inne und schaute mir in die Augen. »Bestimmt hatte dein Vater nur die besten Absichten, Madeline.«

»Trotzdem haben Sie versucht, ihn aufzuhalten.«

Er hob abwehrend die Hände. »Ich habe nicht vor, für oder gegen ihn Stellung zu beziehen. Seit mein Bildschirm auf den Markt kam, habe ich nicht mehr für die DS gearbeitet.«

»Ich wollte meinen Vater nicht verteidigen«, stellte ich klar. »Schließlich arbeite ich gegen ihn und sein System. Lässt sich tatsächlich beweisen, dass die DS körperliche Schäden hervorruft?«

Er nickte. »Ja, auf jeden Fall. Aber davon will niemand etwas wissen. Ganz ehrlich, ich finde euren Widerstand bewundernswert, aber nach meiner wissenschaftlichen Meinung ist es längst zu spät.«

»Was?«, fragten Jax und ich gleichzeitig.

»Unsere ganze Bevölkerung ist längst abhängig. Schaut euch doch auf der Welt um. Ist euch klar, wie schwer es ist, gegen eine Sucht anzukommen? Wir sind alle online, und um uns aus der Virtualität wieder auszukoppeln und den Bürgern ein Leben ohne DS zu ermöglichen, bräuchte man ein landesweites Entzugsprogramm. Eine Sucht zu diagnostizieren ist ja nur der erste und leichteste Schritt. Natürlich könnte man einfach den Stecker ziehen, aber das echte Problem liegt darin, dass die Leute zugeben müssten, was mit ihnen los ist. Für einen erfolgreichen Entzug muss man vor allem bereit sein, sich zu ändern.«

Bei seinen Worten lief mir ein Frösteln über die Arme. »Sie glauben wirklich, dass es eine Sucht ist?«

Er nickte. »Ich bin mir sicher. Unser Gehirn hat sich verändert. Die ersten Anzeichen gab es vor fünfzig Jahren, zu Beginn des digitalen Zeitalters. Das Übermaß an Technologie hat zu veränderten Hirnwellenmustern und zur Bildung neuer Synapsen geführt. Ich glaube nicht, dass der Ausstieg aus der Virtualität, für die ihr kämpft, tatsächlich funktionieren wird.«

Ich sackte auf meinem Stuhl zusammen. »Aber Menschen sind dafür geschaffen, sich an Veränderungen anzupassen«, argumentierte ich. »Das ist unsere größte Stärke im Kampf ums Überleben. Nur deshalb haben wir es in der Evolution so weit geschafft.«

»Wir verändern uns nur bei extremem Druck durch die Umwelt«, widersprach Dr. Viviani. »Wenn wir keine andere Wahl haben.«

Ich wollte mehr über seine Forschungen wissen. »Wie können Sie beweisen, dass wir süchtig sind?«, fragte ich.

Er nahm die Brille ab und legte sie auf den Tisch. »Ich habe mich in meinen Studien auf vier Sorten von Hirnwellen konzentriert: Alpha, Beta, Theta und Gamma. Unser Gehirn ist ständig aktiv, selbst wenn wir schlafen, doch das Wellenmuster ändert sich. Daran können wir unter anderem feststellen, in welchem emotionalen Zustand sich die Testperson befindet.«

Ich nickte. Seine Beschreibung klang ähnlich wie die Center-Manipulationen mithilfe von MindReadern.

»Langwellige Zustände wie Alpha und Theta sind wichtig für unsere psychische Gesundheit. Sie bekämpfen Angst, Stress und Nervosität. Aber heutzutage sind wir so schnell getaktet, dass wir diese Frequenzen nicht mehr einsetzen. Dadurch verliert unser Gehirn allmählich die Fähigkeit, sie überhaupt zu produzieren. Unser Denken befindet sich ständig auf der Überholspur und gleichzeitig wird es immer oberflächlicher. Intuition oder kritisches Denken sind auf dieser Ebene kaum möglich. Die einzigen Hirnwellen, die wir bei den meisten Menschen heutzutage messen können, gehören zur Beta-Kategorie. Diese hohen, aufgeregten Frequenzen brauchen ständige Stimulation. Sie geben uns Energie, ungefähr wie eine Dosis Koffein, aber ohne das Gegengewicht aus dem langwelligen Bereich führen sie nach einer Weile zu innerer Unruhe und Anspannung. Da wir andauernd mit Stimulationen überschüttet werden, ist der Beta-Zustand zu unserer Normalität geworden, was durchaus auch Vorteile hat. Wir fühlen uns energiegeladen und haben eine höhere Konzentrationsfähigkeit, sogar unser Bedürfnis nach sozialer Vernetzung wächst. Insgesamt wäre es zu einfach, von einer Sucht zu sprechen. Man kann sagen, unsere Gehirne wurden komplett neu verdrahtet, sodass sie nicht mehr ohne die ständige Stimulation auskommen.«

Das war fast mehr, als ich verarbeiten konnte. »Gibt es einen Weg, das Problem zu lösen?«, fragte ich.

»Genau dafür wurde ich von der *Seamor Medizinforschung* angeworben. Ich arbeite zurzeit an einem Beruhigungsmittel, das unserem Gehirn helfen soll, wieder langwellige Frequenzen zu produzieren.«

»Und wenn das Medikament auf den Markt kommt …«

»Dann dürfte es der Firma einen Milliardenverdienst bescheren. Ich gehe davon aus, dass sich das Mittel zu einer der üblichen Nahrungsergänzungen entwickelt, ungefähr wie die täglichen Vitamintabletten. Die Drogerien sind bereits interessiert. Wenn es nicht als Medikament vermarktet wird, sondern als Fitnessprodukt, wirkt es gleich viel harmloser und versetzt die Bevölkerung nicht in Panik.« Er lächelte schief. »Fast alle Nahrungsergänzungsmittel, die wir heutzutage nehmen, doktern an Problemen herum, die unsere Regierung unter den Tisch kehren möchte. Schließlich gibt es nichts Ansteckenderes als Panik.«

»Okay, nur damit ich das richtig verstehe«, sagte ich. »Anstatt das DS-System weiterhin zu bekämpfen, heilen Sie jetzt seine Symptome?«

»Ich tue einfach, was ich kann, um Menschen zu helfen«, gab er zur Antwort.

Ich warf einen Blick auf Jax, der in sich hineingrinste, als würde er dieses Streitthema schon zur Genüge kennen.

»Ach ja?«, sagte ich. »Für mich sieht es so aus, als ob Sie alles nur schlimmer machen.«

»Mir würde ja doch niemand zuhören«, protestierte Dr. Viviani.

»Was wäre, wenn wir helfen würden, Ihre Studie zu finanzieren?«, schlug ich vor. »Wir könnten außerdem dafür sorgen, dass die Ergebnisse in Umlauf kommen.«

»Ich würde nichts lieber tun, als meine Forschungen wieder aufzunehmen. Aber so etwas ist enorm teuer.« Er breitete fatalistisch die Hände aus. »Ich richte meine Arbeit danach aus, woher das Geld kommt. Schließlich habe ich eine Familie zu versorgen. Jeden Tag, wenn ich in mein Büro komme, bin ich dankbar, dass wir nicht im Fabrikviertel wohnen müssen. Aber falls ich meine Stelle verliere, wäre es gut möglich, dass wir hier enden.«

Ich schlug meine Beine übereinander und lächelte. »Vielleicht kenne ich Leute mit genug Geld, um Ihnen ein Forschungsstipendium zu finanzieren. Würden Sie die Studie dann zu Ende bringen?« Ich wusste, dass Justins Familie sich regelmäßig in die Bankkonten der Digital School Corporation hackte und Mittel und Wege finden würde, ihm das Nötige zu überweisen.

Jax' Vater stand auf und schloss die Bürotür. Dann lehnte er sich vor und heftete seine schwarzen Augen auf mich.

»Von wie viel Geld sprechen wir?«

Das ZipShuttle brachte uns zurück zu Jax' Wohnung. Der Nachmittag hatte mich gleichzeitig aufgekratzt und erschöpft. Ich kam mir vor wie nach einem emotionalen Hürdenlauf. Einerseits war ich begeistert, dass Jax' Vater mit uns zusammenarbeiten wollte, andererseits war es frustrierend, meinen eigenen Dad im Vergleich zu sehen. Außerdem wurde mir allmählich klar, wie viel Arbeit wir noch vor uns hatten. Ich kam mir vor, als hätte ich einen Berggipfel bezwungen, nur um den nächsten, höheren in der Ferne zu sehen. Mein Leben drohte zu einem endlosen Gipfelstreben zu mutieren, und das wollte ich auf keinen Fall. Schließlich sah ich an meiner Familie, welche Folgen so ein Lebensstil hatte.

Als das ZipShuttle zum Stehen kam, nahmen wir den Gartenpfad zu Jax' Wohnung. Er wollte mir sein Atelier zeigen. Über eine Eingangstreppe kamen wir in einen Raum, der bis auf eine einzige Schrankwand völlig leer war. Alle übrigen Wände waren schlicht weiß. Auch die Schrankfächer und Regale waren weiß gestrichen, nur die schwarzen Metallgriffe an den Schubladen bildeten eine Ausnahme. Es gab keine Fenster.

»Die Wände lassen sich wie eine riesige Leinwand benutzen«, erklärte Jax.

»Hier arbeitest du an deinen Bildern?«

»Schon, aber das ist nicht mein einziger Job«, sagte er. »Ich zeige dir, was ich meine.«

Er öffnete ein paar Schrankfächer, holte Farbtöpfe in Rot, Blau, Grün und Gelb heraus und schraubte die Deckel auf. Ein säuerlich-feuchter Geruch stieg mir in die Nase. Dann wühlte er in einer der Schubladen herum, bis er eine Handvoll Pinsel gefunden hatte. Jeder davon hatte eine andere Größe und Form, ungefähr wie ein Haufen Leute mit ganz verschiedenen Persönlichkeiten.

In eine Tischplatte war ein Spülbecken eingelassen. Jax nahm einen Metallbecher von dem Abtropfgitter daneben und stellte die Pinsel hinein.

Als er ein weiteres Schrankfach öffnete, bemerkte ich, dass Zitate und Sprüche innen auf das Holz gekritzelt waren. Ich las ein paar davon.

Beim Malen kommen die besten Gedanken. Allen anderen kann man nicht trauen.

Warum gibt es keine natürliche Selektion für Arschlöcher?

Wenn wir in der Außenwelt zurechtkommen wollen, müssen wir zuerst in unser Inneres schauen.

Ich öffnete ein weiteres Schrankfach und fand dort das Wort *Flugvermögen.* Darunter stand eine Definition. *Die angeborene Fähigkeit, die Schwerkraft zu ignorieren und sich durch Willenskraft in die Luft zu erheben.*

Ich betrachtete die ganzen Utensilien auf der Tischplatte und fragte: »Hast du Kunst als Kurs belegt?«

Er schüttelte den Kopf. »Nach dem Haftbefehl bin ich nicht an die DS zurückgekehrt. Wenn du malen willst, hast du zwei Möglichkeiten«, sagte er und schaute mich an. »Als Künstler kann man entweder abbilden, was man sieht oder was man fühlt. Du musst selbst herausfinden, was für dich funktioniert.«

Ratlos starrte ich auf die leeren Wände.

»Ich male nur das, was ich sehe«, sagte er. »Deshalb habe ich mich auch in der DS nie wohlgefühlt. Mir kam nichts davon greifbar und real vor. Ich glaube an Dinge, die ich sehen, anfassen und selbst erleben kann. Aber so etwas kann mir die virtuelle Welt nicht bieten. Dort sehen wir eigentlich gar nichts. Also, was ist echt und was nicht? Wo finde ich die Wahrheit?« Er war mit den Pinseln fertig und zeigte mir, wo ich Mischpaletten, Wasser und Putzlappen herbekam.

»Das hier ist meine Art, therapeutisch mit Jugendlichen zu arbeiten, die aus einem Center kommen. Dort haben sie nichts gesehen, was real war. Sie brauchen einen neuen Zugang zur Wahrheit. Ihr ganzes Denken ist unter Lügen begraben. Ich weiß, dass im Center gefälschte Erinnerungen eingepflanzt werden. Die bringen wir hier ans Tageslicht.«

Ich lehnte mich vor und betrachtete die dicke Farbe in den Näpfen, die im Lampenlicht glänzte wie Wasserpfützen in der Sonne.

»Probier es einfach«, sagte er. Ich strich mit den Fingern über die Pinsel und bewunderte die Quasten, von denen einige weich und nachgiebig waren, andere kräftig und widerborstig. »Du bist doch ganz heiß darauf«, neckte er.

Ich lächelte. Tatsächlich klang es enorm verführerisch.

»Ich habe noch nie echte Farbe benutzt«, sagte ich.

»Keine Sorge, du hast den Dreh bald raus.«

Er nahm einen Pinsel mit breitem Griff, tauchte ihn in rote Farbe und drückte ihn mir in die Hand. Das Rot tropfte den Griff herunter und über seine Finger.

»Betrachte es als Event«, sagte er. »Denk nicht über das Ergebnis nach. Dann entsteht das Bild von ganz allein.«

Ich nahm den Pinsel in die Hand und musterte die knallige Farbe. Sie hob sich feuerrot gegen die schwarze, symmetrische Linie aus Borsten ab.

»Zum Malen brauche ich Musik«, sagte ich.

»Geht mir genauso.« Er öffnete ein weiteres Schrankfach und stellte den Player an, der darin verborgen war.

»Darf ich dir Vince vorstellen?«

»Vince?«, fragte ich.

Jax klopfte freundschaftlich auf einen Lautsprecher. »Mein bester Kumpel.« Er warf mir einen warnenden Blick zu. »Er weigert sich, Country zu spielen«, informierte er mich. »Das ist seine einzige felsenfeste Regel.«

Jax drückte die Play-Taste und ein harter Beat wummerte aus den Lautsprechern. Ein Sänger rappte uns seinen Text entgegen. Jax hob fragend die Augenbrauen und ich nickte.

»Perfekt«, sagte ich. Jax drehte die Lautstärke auf, zog die Tür hinter sich zu und ließ mich allein. Ich stellte mich vor die kahle Wand und schleuderte aus dem Handgelenk eine Portion Farbe darauf, die wie roter Regen auf die Fläche pladderte. Dann hörte ich auf zu denken und ließ meinen Körper bestimmen.

Ich malte ein Meer, das sich in einen Tsunami verwandelte. Ich malte einen schmalen Riss im Boden, der zu einer gewaltigen Kraterspalte anwuchs und einen Erdrutsch aus Felsen und Bäumen in die Tiefe schleuderte. Ich malte eine Bergkette, die in einem Gas- und Lavaausbruch explodierte, und Schäfchenwolken, die sich zu Wirbelstürmen und Tornados formten. Ich malte Gewitterblitze, die in den Boden einschlugen und Buschfeuer entzündeten. Ich benutzte nur die reinen Farben, die er mir hingestellt hatte, weil ich zu ungeduldig war, sie erst zu mischen.

Die Welt ist kein sicherer Ort. Das Wetter kann von einem Moment zum anderen umschlagen. Also warum sollte unser Leben anders sein? Risiken sind nun einmal ein Teil unseres Daseins. Diese Botschaft können wir überall in der Natur lesen. Menschen sind dazu geschaffen, etwas zu wagen. Möglich, dass wir daran zerbrechen, zerschellen, haltlos durch das Leben wirbeln, doch am Ende driften wir zurück ins stille Auge des Sturms, weil das einfach in unserer Natur liegt. Wir müssen uns nur den Elementen anvertrauen, zu denen wir gehören.

Ich begann, an der Zimmerdecke entlang ein Banner aus Worten zu zeichnen. *Warnung des Gesundheitsministers: Beim Schwim-*

men können Sie ertrinken. Beim Laufen können Sie stürzen. Große Höhen sind gefährlich, denn sie verführen zum Springen. Menschen sind gefährlich, denn sie haben scharfe Kanten. Halten Sie die Klinge immer nach außen und schneiden Sie vom Körper weg. Wahren Sie den nötigen Sicherheitsabstand.

Ich fühlte mich wie eine Windallegorie auf einem historischen Gemälde, die mit ihrem Sturmatem alles durcheinanderwirbelt und eine perfekte Welt in Trümmer legt. Während ich mein seltsames Werk betrachtete, wurde mir klar, was ich bisher alles in mir verschlossen hatte. Ich hatte gar nicht gemerkt, dass sich in meinem Inneren ein regelrechter Orkan zusammenbraute. Jetzt spürte ich meine Wassernatur gegen die Ufer peitschen und wünschte mir endlich ruhige See und einen stillen Hafen.

Ich drehte mich um, als Jax den Raum betrat. Manchmal gab es Momente, da sagte man unbewusst mehr, als man wollte. Man merkte zu spät, dass man seine Schutzschilde gesenkt hatte. Zur Abwechslung war man einmal ganz man selbst. Und schon war irgendjemand durch die Abwehr geschlüpft. So etwas war gleichzeitig erschreckend und befreiend. Aber das Risiko musste man wohl eingehen, wenn man ein Leben außerhalb des Bildschirms führte. Plötzlich konnte jeder sehen, wie durchgeknallt man war.

Die Musik wummerte noch immer. Jax' Blick wanderte über die bemalten Wände und nahm alles urteilslos auf. Er verstand, wie persönlich die Bilder waren. Genauso gut hätte ich ihm mein Tagebuch in die Hand drücken können, sodass er alle meine Gedanken, Zukunftspläne und Schwächen sah.

»Wunderschön«, sagte er und lächelte mich auf eine Weise an, bei der sich mein Magen zusammenzog.

Ich schaute auf das Riesengemälde und nickte. »Mein bestes Werk.«

Er drehte die Musik leiser, hielt plötzlich eine Kamera in den Händen und begann die Wände zu fotografieren. Manche Teile zoomte er näher heran, bevor er abdrückte. Ich hatte noch nie gesehen, wie jemand einen echten Fotoapparat benutzte. Als er fertig war, schnappte ich mir das Gerät, und es fühlte sich in meinen Händen genau richtig an. Mir gefiel, dass ich die Linse manuell einstellen konnte, um das Ergebnis zu kontrollieren. Ich nahm Jax ins Visier, und er verzog keine Miene, als ich ihn vor einem lodernden Waldbrand ablichtete.

»Wenn man geknipst wird, muss man lächeln«, sagte ich und richtete die Kamera wieder auf sein Gesicht.

Er griff nach dem Apparat, doch ich hielt ihn außerhalb seiner Reichweite.

»Ich lasse mich nicht gerne fotografieren«, sagte er und wirkte zum ersten Mal, seit wir uns kannten, völlig ernst.

»Nur ein kleines Lächeln«, neckte ich ihn.

»Nein, das mache ich auf Fotos nie. Meine Zähne sind peinlich.«

»Was?« Ich starrte auf seinen Mund, aber er presste die Lippen zusammen.

»Nmm-mm.« Er schüttelte den Kopf und wich mit dem Oberkörper aus, als ich nach seinem Arm greifen wollte.

»Was stimmt denn nicht mit deinen Zähnen?«, wollte ich wissen.

»Ich habe vorne in der Mitte eine Lücke«, sagte er. »Die sieht total bescheuert aus.«

Er öffnete nun doch den Mund, sodass ich die winzige Zahnlücke sehen konnte. Ich fand sie niedlich. Und sexy. »Das ist doch originell«, sagte ich.

»Das ist ein Loch. Zwischen meinen Zähnen. Ist dir klar, wie viel Essensreste da ständig feststecken?«

Ich lachte und er schnappte mir die Kamera aus den Händen, wobei seine Finger einen Moment lang meine streiften. Sein Blick verfing sich in meinem. Etwas Unsichtbares geriet zwischen uns in Bewegung, obwohl wir uns nicht rührten.

Anscheinend brauchte man nicht einmal Hände, um sich jemandem zu nähern oder ihn auf Abstand zu halten, Augen genügten vollkommen. Jax setzte diesen Effekt ein und zog mich unwiderstehlich an.

Plötzlich war er mir viel zu nah. Die Spitzen unserer Turnschuhe berührten sich fast. Ich wich einen Schritt zurück.

»Hast du heute Abend schon was vor?«, fragte er.

»Heute tue ich mal gar nichts«, sagte ich. »Eifersüchtig?«

Ich grinste, doch Jax ließ sich nicht auf das Geplänkel ein und schaute mich nur an. »Wie wäre es mit Heimkino?«, fragte er. »Ich habe alle Filme mit Simon Pegg. Nichts toppt britischen Humor. Die Schauspieler reden so schnell, dass sie dabei fast nuscheln, und an den Akzent muss man sich gewöhnen, aber das Ergebnis ist verdammt genial.«

Während dieses Wortschwalls starrte ich ihn nur an.

»Du meinst … ein … Date?«, stammelte ich.

»Sieht. So. Aus«, stammelte er amüsiert zurück. Ich wurde knallrot. »Man muss britischen Humor nicht mögen«, fuhr er fort. »Natürlich könnte ich den Respekt vor dir verlieren und dich für eine traurige, gescheiterte Existenz halten, aber fühl dich nicht unter Druck gesetzt.«

»Jax, ich bin … ich kann nicht. Ich habe einen Freund«, sagte ich.

Er schaute mich eher verwirrt als überrascht an. »Wirklich?«

Bei seiner Reaktion runzelte ich die Stirn. War es so schwer zu glauben, dass jemand an mir interessiert war?

»Dann bring ihn doch mit«, bot Jax an. »Ich lade noch ein paar andere Leute ein und wir machen uns zusammen einen coolen Filmeabend.«

Bei dem Gedanken, mit Justin beim Heimkino herumzuhängen, musste ich laut lachen. Als ob er dazu Zeit hätte. Die Vorstellung war so absurd, dass mir das Lachen gleich wieder verging. Ich fragte mich, ob in Justins Leben jemals so viel Ruhe einkehren würde, dass er eine ganze Kinofilmlänge herumsitzen konnte, ohne politische Absichten zu verfolgen.

Jax beobachtete meine wechselnden Reaktionen. »Ihr habt schon Pläne, oder?«

»Nicht wirklich«, sagte ich. »Eigentlich machen wir keine Pläne.«

»Was soll das denn heißen?«

»Ich meine, wir haben eher eine Fernbeziehung und sehen uns selten.«

Sein Blick war frustriert. Er schaute mich an, als sei ich ein fremdsprachiges Buch, das er nur halb verstand. Ich wich zur Tür zurück.

»Danke, dass du mich deinem Vater vorgestellt hast. Ich melde mich.« Hastig drehte ich mich zum Ausgang um und schaute dann doch noch einmal über die Schulter. »Und ganz nebenbei, Simon Pegg ist toll. Aber der genialste britische Comedystar aller Zeiten ist immer noch John Cleese.«

Auf der Bahnfahrt nach Hause rumorte ein Gedanke in meinem Kopf. Ich zog mein Tagebuch aus der Tasche, kaute auf der Füllerkappe herum und begann zu schreiben. Irgendwo musste ich mein schlechtes Gewissen ja abladen.

31. Mai 2061

Zuerst ist mir kaum aufgefallen, welchen Effekt du auf mich hast, weil die Veränderung so winzig war. Aber manchmal haben kleine Ursachen die größte Wirkung, weil wir das Leben plötzlich aus einer neuen Perspektive sehen.

Mir fällt das Atmen leichter, wenn du bei mir bist.

Viele Leute wirken auf mich genau umgekehrt. Sie nehmen mir den Atem, bis ich nur noch nach Luft schnappen kann. Sie wirken durch ihre bloße Gegenwart erstickend. Die andere Sorte von Menschen ist seltener. Sie fühlen sich an wie eine frische Brise und reiner Sauerstoff. Sie blasen Leben in mich hinein, besonders wenn ich mir gerade vorkomme wie eines dieser schlappen Ballonwindspiele in manchen Vorgärten.

Anscheinend wird das Atmen mit den Jahren immer schwerer. Seltsam, oder? Wir wurden mit einer Fähigkeit geboren, aber je älter wir werden, desto mehr müssen wir uns anstrengen. Unser erster Atemzug als Baby rettet uns buchstäblich das Leben. Wir pressen das Wasser aus unseren Lungen, bis sie sich entfalten, und füllen unsere Brust auf einen Schlag mit Luft. So beginnt unsere Zeit auf Erden: mit einem enormen, wunderbaren Atemzug. Wir heißen die Welt willkommen, indem wir sie in uns aufsaugen. Das ist unsere erste unabhängige Handlung, unser einfachster Instinkt.

Und was passiert dann? Im Laufe des Lebens wird unser Atem immer kürzer. Angestrengt, nervös, erschreckt, flau, panisch. Manchmal vergessen wir völlig zu atmen, bis wir uns schwach und schwindelig fühlen. Es gibt

Übungsvideos, die Erwachsenen beibringen, wie man richtig atmet. Das ist doch ein seltsamer Gedanke. Welche Erfahrungen im Leben führen wohl dazu, dass wir nicht mehr voll und tief Luft holen können?

In deiner Nähe ist alles anders. Ich bin entspannt. Zufrieden. Mein Atem beginnt tief im Zwerchfell und dehnt meinen ganzen Brustkorb aus. Dann lasse ich ihn langsam entweichen, weil es keinen Grund gibt, sich zu hetzen oder zu sorgen.

Du hilfst mir beim Atmen.

Ein größeres Kompliment könnte ich dir kaum machen.

Aber warum habe ich dabei ein schlechtes Gewissen? Ist es denn falsch, mich so zu fühlen?

Ich hockte in meinem Bett und las ein Buch. Mir gefiel das Geräusch der Seiten, die beim Umblättern wie Laub raschelten. Ein aufgeschlagenes Buch sieht immer aus, als würde es die Arme ausbreiten, um dich zu umarmen, wenn du es an die Brust drückst. Ich liebte den Geruch der steifen Seiten. Sie verströmten eine Mischung aus Druckertinte und altmodischem Warenhausaroma.

Jemand klopfte und ich rief: »Herein«.

Als sich die Tür zögernd öffnete, erwartete ich meine Mutter und schaute zuerst gar nicht auf. Sie würde schon von selbst etwas sagen. Doch alles blieb still, sodass ich schließlich den Kopf hob. Zu meiner Überraschung stand Justin im Zimmer.

»Hi«, sagte er lässig, als sei alles ganz normal. Dabei wirkte er hier völlig deplatziert. In meinem ganzen Leben hatte noch kein männliches Wesen mein Zimmer betreten. Na ja, abgesehen von meinem Bruder und meinem Dad, was nicht gerade die gleichen Gefühle erzeugte.

Sein Haar war zerzaust, als sei er zu unserem Haus gerannt, aber so sah seine Frisur immer aus. Er trug eine schwarze Stoffjacke, die kuschelig weich wirkte, und eine Jeans. Sein Anblick weckte sofort das Bedürfnis, draußen zu sein und etwas zu tun. Justin verkörperte alles, was mir fehlte, vor allem meine Freiheit.

»Wie bist du ins Haus gekommen?«

Er breitete die Arme aus und grinste. »Oh, das was ganz einfach. Ich bin aus einem Flugzeug auf euer Dach gesprungen, habe die Alarmanlage ausgeschaltet, bin durch einen Lüftungsschacht gekrochen, habe die Überwachungsfunktion deines Computers gekappt, bin wieder nach draußen geschlichen, um mich durch ein Dachfenster abseilen zu können … und hier bin ich.«

Ich hob eine Augenbraue.

»Also eigentlich habe ich an der Haustür geklopft und deine Mutter hat mich hereingelassen. Verrückt, oder?«

»Du wusstest, dass mein Vater nicht in der Stadt ist«, stellte ich fest.

Er nickte. »Genau. Und deine Mom lässt sich leicht um den Finger wickeln. Ich habe ihr einen selbst gebackenen Apfelkuchen mitgebracht, da konnte sie mich nicht rausschmeißen.«

Ich klappte mein Buch zu und ließ es auf den Schoß sinken. »Du hast einen Kuchen gebacken?«

Er schlenderte durch mein Zimmer und betrachtete die Wandschirme. »Na ja, eigentlich Rileys Mutter. Bei denen übernachte ich im Moment. Aber ich habe entscheidend am Entstehungsprozess mitgewirkt«, sagte er und grinste mich an. »Das Geheimnis ist, dass man den Teig mit Eiweiß bestreicht und Zimt darüber streut, bevor man ihn in den Ofen schiebt. Dadurch wird die Kruste besonders knusprig.«

»Du bist nicht Justin, oder?«, fragte ich. »Mit wem spreche ich gerade?«

»Mit einem Freund aller sinnlichen Freuden«, lächelte er und sofort überflutete Hitze mein Gesicht und wanderte Brust und Arme hinunter. Er hatte wieder diesen Blick auf mich gerichtet, der in meinem Körper ein Flammenmeer auflodern ließ und mein Blut zum Kochen brachte.

Justin vollendete seinen Rundweg durch mein Schlafzimmer und musterte eingehend die virtuellen Wandgemälde.

»Ich wusste gar nicht, dass du eine Künstlerin bist«, sagte er.

Verlegen schaute ich einen Moment zu Boden. So hatte mich noch nie jemand genannt.

»Wer hat dir das beigebracht?«, wollte er wissen.

»Meine Freundin, die jahrelange Langeweile.«

Er lachte. »Stimmt, du hattest Zimmerarrest seit ... äh, deiner Geburt?«

»Durch Isolation lernt man eine Menge«, sagte ich, als müsste ich meine alte Freundin verteidigen. »Jedenfalls in kleinen Dosen.«

»Wieso machst du das?«, fragte er und drehte sich zu mir um. Ich verstand nicht, was er meinte. »Manche Leute fangen an zu musizieren, andere treiben Sport. Wieso hast du dir gerade das Malen ausgesucht?«

Darüber hatte ich noch nie nachgedacht. Doch nach allem, was Jax mir gezeigt hatte, fiel mir die Antwort nicht schwer. »Ich glaube, für mich ist das eine Art Therapie«, sagte ich und zeigte auf die Wandschirme. »Ich habe gelernt, dass Träume die Mauern verschwinden lassen können, die mich einsperren. Wenn ich schon nicht physisch fliehen kann, dann wenigstens in Gedanken.«

Er nickte. »Weißt du, manchmal erinnerst du mich an den Marianengraben.«

»Den was?«, wollte ich wissen.

»Das ist der tiefste Teil des Meeres. Über 11 000 Meter. Man könnte den Mount Everest hineinpacken und hätte noch Platz übrig. So bodenlos kann der Ozean sein. Kein Mensch war jemals dort unten. Selbst mit der heutigen Technik ist es unmöglich, ein bemanntes Tauchgerät in diese Tiefe zu bringen, weil der Druck tödlich wäre.«

Ich lächelte. Mir war klar, was er sagen wollte. Man kann Dingen und Menschen nicht wirklich auf den Grund gehen. Selbst wenn wir versuchen, einander zu enträtseln, kommen wir nie ganz unten an.

»Ich male bloß, um den Kopf freizubekommen«, sagte ich.

In meinem Zimmer gab es ein Bücherregal, auf dem die Geburtstagsgeschenke von meiner Mom versammelt waren. Justin las die Titel einen nach dem anderen. Ich sortiere die Bücher jedes Jahr neu, manchmal alphabetisch, nach dem Genre oder sogar nach der Umschlagfarbe. Ein paar Bände, deren Gestaltung mir besonders gut gefiel, stellte ich mit dem Cover nach vorne auf.

Ich betrachtete Justin und bewunderte den Farbkontrast, den er erzeugte. Mein Zimmer war in warmes gelbes Lampenlicht gehüllt und voller sanfter Pastellfarben: hellgrünes Bettzeug und ein weißer Teppichboden, auf den der Widerschein der Wandgemälde fiel. Justin dagegen wirkte wie ein kräftiger, dunkler Pinselstrich. Vielleicht hatte ich die ganze Zeit nach einem Kontrast gesucht. Nach einem Menschen, der sich von meiner gewohnten Welt abhob und sofort den Blick auf sich zog, weil er sich von allem und jedem unterschied, was ich kannte.

Er setzte sich neben mich auf das Bett. Ich starrte seine Hand an, die zum Greifen nah neben mir lag. *Auf meinem Bett.* Am liebsten hätte ich auf den Pausenknopf gedrückt, um den Moment festzuhalten. Ihn hier sitzen zu sehen, war fast unvorstellbar.

»Ich wette, du hättest nie gedacht, dass ich einmal hier sitzen würde«, sagte Justin, als hätte er meine Gedanken gelesen.

»Doch schon. Aber dabei war immer mindestens eine Schusswaffe auf deine Stirn gerichtet.«

Er grinste und ergriff meine Hand. »Ich möchte, dass du heute Abend zu Scott mitkommst. Wir haben wichtigen Besuch in der Stadt und ich will ihn dir vorstellen.«

Ich schaute auf meine Hand, die von seiner regelrecht verschluckt wurde. Dann dachte ich an das Gespräch mit Clare bei der Bahnfahrt. Ich starrte Justin in die Augen, als wollte ich aus einer Kristallkugel voller Nebelschleier die Zukunft ablesen. »Ist dir aufgefallen, dass wir noch nie ein richtiges Date hatten?«

Er zog die Augenbrauen zusammen. »Ehrlich? Kann ich mir nicht vorstellen. Wir sind seit über einem Jahr zusammen.«

»Und waren fast immer im ›Kampf oder Flucht‹-Modus«, erinnerte ich ihn.

»Stimmt«, meinte er.

»Ich will mich ja nicht beschweren«, sagte ich, »aber zumindest könnten wir mal darüber nachdenken.«

Justin drückte seine Lippen auf meine Hand und ließ sie über jeden Fingerknöchel einzeln wandern. Am liebsten hätte ich die Tür hinter ihm geschlossen und erst am nächsten Morgen wieder geöffnet. Ich wollte die Welt aussperren und allein mit ihm sein. Mir kam es vor, als würde zwischen uns etwas zu Ende gehen, wie ein schleichender Abschied. Das Gefühl machte mir Angst. Heute wollte ich Justin ganz allein für mich.

Justin wirkte hin- und hergerissen zwischen meinen Wünschen und den Bedürfnissen aller anderen, die an ihm zerrten. Ich kam mir egoistisch vor. Als seine Freundin sollte ich ihn unterstützen. Ich wollte schließlich ein Leben voller Freiheit, Inspiration und greifbarer Realität ... also durfte ich nicht ausgerechnet den Menschen beschränken, der dafür entschlossener kämpfte als jeder andere.

Ich nahm seine Hand und zog ihn vom Bett. »Okay, lass uns gehen«, sagte ich.

Wir saßen nebeneinander in der Bahn und fuhren zu Scotts Wohnung.

»Geht es bei dem Treffen um die DS-Abstimmung?«, wollte ich wissen.

»Nicht direkt. Dafür ist Scott allein zuständig«, antwortete er.

»Ich glaube, die Sache stresst ihn ziemlich«, bemerkte ich.

Justin nickte. »Leider kann ich ihm im Moment nicht wirklich helfen. Meine erste Priorität ist Richard Vaughn. Wenn wir ihn hinter Gitter bringen können, haben wir eine echte Chance, das DS-System zu stürzen.«

»Das heißt, die Proteste rund um die Abstimmung sind dir nicht wichtig?«, fragte ich.

Er zuckte mit den Schultern. »Als PR ist das natürlich super. Wie eine riesige Werbekampagne für unsere politischen Ziele.«

Ich betrachtete seine gelassene Miene. »Du glaubst nicht daran, dass wir die Abstimmung gewinnen, oder?«

»Nein«, antwortete er ohne Zögern. »Wir haben nicht die Spur einer Chance.«

Mir fiel die Kinnlade herunter. »Wieso machen wir uns dann die Mühe, die ganzen Aussteiger zusammenzutrommeln?«

»Weil wir uns nicht kampflos geschlagen geben wollen. Virtuelle Schulen gibt es schon seit über fünfzig Jahren, aber am Anfang hatte man noch eine Wahl. Erst vor zehn Jahren wurde die Digital School gesetzlich verankert, und deshalb ist diese Abstimmung die erste überhaupt. Wenn wir jetzt nicht lautstark protestieren, bekommen wir vielleicht nie wieder eine Gelegenheit. Wir können nicht gleich das feindliche Fort stürmen, aber vielleicht ein paar Mauern zum Bröckeln bringen. Einzelne Steine herausschlagen, bis irgendwann das ganze Gebäude in sich zusammenfällt.«

»Das reicht mir nicht«, sagte ich. »Genauso gut könnten wir gleich aufgeben.«

Er lächelte. »Na ja, ich bin eben ein Realist.« Er drückte seine Lippen auf meine Haare, doch ich stieß ihn weg.

»Ich bin zurück nach Hause gekommen, um die DS endgültig zu besiegen«, ließ ich ihn wissen, »und nicht, um dem Widerstand mein ganzes restliches Leben zu verschreiben.«

»Ich bin offen für Vorschläge, Maddie.« Er legte seine Hand auf mein Bein dicht über dem Knie, und sofort huschten meine Gedanken zurück zu unserer Clubnacht vor ein paar Tagen. Inzwischen kam es mir vor, als sei das schon Monate her.

»Wie viele Anhänger haben wir?«, fragte ich.

»Nach den letzten Zahlen von Scott schätze ich, dass ungefähr fünf Millionen für uns stimmen werden.«

»Wow, das ist beeindruckend«, sagte ich.

Er machte eine wegwerfende Handbewegung. »Das ist ein kleiner Anfang, mehr nicht.«

»Klein? Wir sprechen hier von *fünf Millionen* Menschen. Könntest du mal ein paar Sekunden lang positiv denken?«

Er lachte. »Ja, schon, aber im Moment denke ich vor allem praktisch. Die gesamte USA hat mehr als vierhundert Millionen Einwohner. Also unterstützen uns ungefähr zwei Prozent. Das ist nicht gerade viel. Wenn dir ein Arzt mitteilen würde, dass die Wahrscheinlichkeit, eine Krankheit zu überleben, zwei Prozent betrüge, wärst du nicht so optimistisch.«

Er lehnte sich vor und fuhr fort: »Zurzeit gehen ganze einhundert Millionen Jugendliche zwangsweise zur Digital School, aber wir kommen kaum an sie heran. Wenn jemand uns zu deutlich unterstützt, sitzt er bald darauf in einem Center. Die meisten Schüler wissen nicht einmal, dass es uns gibt. Das ist unser Hauptproblem.«

»Ja, ich kann mich erinnern, dass du so etwas schon letztes Jahr gesagt hast. Mit euren bisherigen Methoden habt ihr die Grenze des Machbaren erreicht.«

»Genau. Ich meine, natürlich ist es ein tolles Gefühl, wenn man Leute rettet und für den Widerstand rekrutiert. Aber damit kratzen wir das System doch kaum an. Für jeden Unterstützer, den wir gewinnen, verlieren wir gleichzeitig einen anderen. Die reale Welt scheint jeden Tag ein bisschen mehr in sich zusammenzuschrumpfen. Sobald eine Website oder Nachricht, die wir ins Netz stellen, zu viel Aufmerksamkeit bekommt, wird sie geblockt. Und da unsere Zielgruppe fast nur noch online lebt …«

»… sind wir am Arsch«, beendete ich seinen Satz. Er widersprach mir nicht. »Deshalb war es dir so wichtig, mich auf eure Seite zu ziehen.«

»Am Anfang war das der Hauptgrund, stimmt. Wir wollten an die Schulakten deines Vaters herankommen und seine Kontaktdaten benutzen, um eine Info-Lawine auszulösen, die das DS-System unter sich begräbt.«

»Haben wir denn überhaupt noch eine Chance?«, fragte ich.

Er nickte. »Ich glaube, wenn bekannt würde, wozu Vaughn das System die ganze Zeit missbraucht hat, könnte die öffentliche Meinung umschwenken. Deshalb bin ich ihm ja auch auf den Fersen.«

»Würde es euch weiterhin helfen, wenn ihr die Listen von meinem Vater hättet und alle Schüler der DS kontaktieren könntet? Oder ist es dafür zu spät?«

Justin schüttelte den Kopf. »Maddie, das ist doch egal. Weil es das Risiko nicht wert ist. Ich will nicht, dass du wieder geschnappt wirst.«

»Oh, zu schade …«

Er schaute mich mit schmalen Augen an. »Wieso?«

»Weil das einer der Hauptgründe war, weshalb ich wieder bei meinen Eltern eingezogen bin.«

Kapitel Dreizehn

»Wie trennt man die Leute von ihrer geliebten Technologie?«, überlegte Clare laut und trommelte mit der Spitze ihres Turnschuhs gegen den Rand eines Beistelltisches.

Wir hockten alle zusammen in Scotts Wohnzimmer. Ingesamt waren wir ein gutes Dutzend Leute von der Anti-DS-Fraktion. Justin hatte das Treffen organisiert, damit wir Shawn kennenlernen konnten, der für die Proteste an der Ostküste zuständig war. Um die Vorbereitungen besser koordinieren zu können, war der Widerstand in vier Regionalgruppen aufgeteilt worden. Justin hatte die Leitung an der Westküste, Shawn an der Ostküste, und dann gab es noch den Süden und den Mittleren Westen bis zur Nordgrenze. Die vier Distriktleiter trafen sich monatlich, um alles aufeinander abzustimmen.

Shawn war älter als der Rest von uns, schon über dreißig, und gekleidet wie ein Manager. Er trug ein blaues langärmeliges Hemd, eine dunkelbraune Stoffhose und polierte schwarze Schuhe. Die meisten von uns waren in Flipflops gekommen. Für uns waren schon Socken ein Kleidungsstück zu viel.

Inzwischen war es elf Uhr abends, und wir hatten so viel Kaffee getrunken, dass wir regelrecht high waren. Überall auf den Tischen standen leere Wasserflaschen und halbleere Pizzakartons herum.

»Das hat bisher noch niemand geschafft«, antwortete Scott auf Clares Frage. »Die Technik gewinnt immer.«

»Dann muss man die Technik eben zum Verschwinden bringen«, schlug Gabe vor.

»Wir könnten ein Computervirus entwickeln«, überlegte ich. »Wenn es sich landesweit verbreitet, wäre das wie der Schwarze Tod im Cyberland.«

»Wurde schon versucht«, sagte Shawn. »Und es hat eher ausgesehen wie ein Schnupfen, so schnell wurden Antikörper dagegen gebastelt.«

»Die DS-Funktürme auszuschalten, haben wir auch schon probiert. Keine tolle Idee«, meinte Justin und wir tauschten ein Lächeln aus.

»Man könnte eine Atombombe weit oben in der Atmosphäre zünden, sodass durch den EMP die ganze Elektrotechnik zusammenbricht«, überlegte ich.

Molly verdrehte die Augen. »Wir wollen die Welt verbessern, nicht in eine Apokalypse stürzen«, sagte sie.

Clare nickte. »Die Krankenhäuser müssten schließen, Millionen von Menschen würden sterben … das würde uns nicht unbedingt Sympathiepunkte bringen.«

»Nicht zu vergessen das kleine Problem, dass wir Plutonium auftreiben müssten und tödliche Strahlung freisetzen würden«, fügte Shawn hinzu.

»Die Leute haben doch eine panische Angst vor Krankheiten«, sagte Gabe. »Wir könnten eine Studie verbreiten, in der steht, dass Computer lebensgefährliche Blutgerinnsel im Gehirn verursachen können.«

»Leider lässt sich das nicht nachweisen. Computer sind nicht ansteckend«, sagte Scott.

»Justin, hast du eine Idee?«, fragte Clare.

Sofort schauten wir zu ihm herüber, als ob er die Antwort auf sämtliche Fragen hätte. Im Prinzip glaubten wir das sogar. Anders als der Rest von uns hatte er den ganzen Abend kaum gesprochen, sondern nur zugehört.

»Taten sagen mehr als Worte«, meinte er jetzt. »Man muss den Leuten vorleben, was wir meinen, um sie zu inspirieren. Und Einschüchterungstaktiken benutzt die Gegenseite schon genug. Deshalb stecken wir ja in diesem Schlamassel. Seid einfach ehrlich, und zeigt den Leuten, dass sie eine Wahl haben. Wenn sie einen Lebensstil sehen, der sich radikal von ihrem unterscheidet, verunsichert sie das. Sie beginnen Fragen zu stellen. Also müsst ihr Antworten für sie bereithalten. Helft ihnen zu erkennen, dass ihr Leben mehr bieten kann als immer nur den Einser-Level.«

»Einser-Level?«, fragten Clare und ich gleichzeitig.

»Das haben meine Eltern mir beigebracht«, erklärte er. »Wann immer ich sie sah, haben sie mich eine Liste von Einsern bis Zehnern aufstellen lassen. An was wir uns am Ende unseres Lebens erinnern, sind die Zehner-Momente.«

»Wie funktioniert denn so eine Bewertung?«, fragte Shawn.

»Man schaut sich an, was man jeden Tag getan hat und wie viel Bedeutung es hatte. Sagen wir mal, du hast die ganze Zeit vorm Wandschirm gesessen und dir Streams angeschaut. Deine Lieblingsserie von vorne bis hinten, alle sieben Staffeln. Welchen Wert hätte das?«

»Für mich ist das eine klare Zehn«, sagte Scott, »zumindest wenn die Serie gut ist.«

»Okay«, meinte Justin, »aber welche Bedeutung hat dieser Tag? Was hast du *getan*?«

»Ich hatte jede Menge Spaß«, sagte Riley.

»Für *dich* war es toll, stimmt. Aber ist dein persönlicher Spaßfaktor wirklich so wichtig? Hast du damit auch anderen etwas gegeben? Welche Bedeutung hatte dieser Tag ganz allgemein?«

»Na ja, dann ist es nur ein Einser«, sagte Riley stirnrunzelnd.

»Sagen wir mal, du spielt den ganzen Tag im Netz«, fuhr Justin fort.

»Hey, bloß weil du bei Computerspielen so grottenschlecht bist, musst du sie nicht runtermachen«, sagte Scott.

Justin grinste. »Schon gut, aber welche Bedeutung haben sie für andere? Kann man damit ein Leben verändern?«

»Worauf willst du eigentlich hinaus?«, fragte Scott.

»Betrachten wir es einmal von einer anderen Seite. Welche Highlights gab es in den letzten sechs Monaten für euch? Woran erinnert ihr euch spontan?«

»Wie ich euch alle kennengelernt habe«, sagte Gabe.

»Die Geburtstagsfeier für Maddie«, meinte Clare.

»Meine letzte Prüfung, in der ich die Gauß'sche Verteilungskurve ausgehebelt habe, indem ich eine perfekte Punktzahl bekam«, sagte Molly. Wir alle stöhnten.

»Die Befreiung des DCLA.« Ich lächelte.

»Okay«, sagte Justin. »So sieht für euch ein Zehner-Level aus. Wieso?«

Wir zählten verschiedene Gründe auf: Weil wir etwas Selbstloses getan hatten. Weil wir zu anderen Menschen eine Verbindung aufbauen konnten. Weil wir die Leute herausgefordert hatten.

»Genau, ihr habt etwas bewegt. Einser-Level machen Spaß, sie sind problemlos und toll zum Entspannen. So etwas braucht man ab und zu. Aber wenn man auf sein Leben zurückblickt, gibt es andere Momente, die wirklich erfüllend waren, oder? Also muss man sich entscheiden, womit man seine Zeit eher verbringen will. Mit Einsern oder mit Zehnern.« Er zuckte mit den Schultern. »Meine Eltern haben mir beigebracht, darüber nachzudenken. Als ich klein war, haben wir uns zusammengesetzt und unsere neuesten Zehner verglichen. Das wurde fast eine Art Wettbewerb. Ziemlich schnell hatten wir kaum noch Einser in unserem Leben.«

»Danke für die Aufmunterung. Jetzt komme ich mir vor wie ein stinkfauler Loser«, sagte Riley.

»Ja, wir wissen doch längst, dass du uns alle toppst«, stichelte Clare.

Justin grinste. »Ich meine nur, wir sollten die Leute daran erinnern, sich mehr Zehner zu gönnen.«

Ich schlenderte in das Gästezimmer, das Scott in ein Büro umgewandelt hatte, und sah Molly am Schreibtisch sitzen. Sämtliche Wandschirme liefen gleichzeitig, sodass ich mir vorkam wie in einem Computerspiel. Molly überflog gerade einige Dokumente auf dem Schirm vor sich. Ich hockte mich auf das Sofa neben ihrem Tisch und zog die Füße unter meinen Po.

»Kennst du zufällig einen Jax Viviani?«, fragte ich.

Sie nickte. »Natürlich. Er ist fast so bekannt wie du dafür, die DS-Elite auf die Palme zu bringen.« Sie wandte mir den Kopf zu. »Jax Viviani hat eine Software erstellt, um automatisch die Namen aller Jugendlichen zu sammeln, die aus einem Center entlassen wurden. Die Informationen wurden während des Online-Transfers zwischen verschiedenen Regierungsstellen abgezweigt. Keine Ahnung, wie er das geschafft hat ... wir konnten den Programmiercode bis heute nicht duplizieren.«

»Okay, aber was hältst du von *ihm*?«, fragte ich.

»Am besten gar nichts. Wir haben es aufgegeben, mit ihm zu reden. Er ist ein Abtrünniger.«

»Was soll das denn heißen?«

Sie drehte ihren Stuhl zu mir herum und schaute mich an. »Er ist einer von den Typen, die uns benutzen und dann hängen lassen. Wir haben ihn vor ein paar Jahren gerettet, als die Polizei ihn ins Center bringen wollte. Solche Abfangaktionen machen wir nicht aus reiner Nächstenliebe. Wir gehen davon aus, dass die Leute sich uns hinterher anschließen. Das ist Teil unserer Rekrutierungsarbeit.«

»Was ist passiert?«, fragte ich neugierig.

»Tja, nichts Besonderes. Er hat sich in seinem Gartenhaus versteckt, kam zu ein paar Treffen, und dann hat er sich nicht mehr blicken lassen. Wie ich gehört habe, therapiert er jetzt

Leute. Das ist doch ein Witz«, sagte Molly. »Was weiß er denn darüber, wie man Menschen hilft? Der Typ hat ja nicht mal eine abgeschlossene Ausbildung.«

Ich lächelte in mich hinein. »Vielleicht kann ich ihn rekrutieren«, sagte ich und Molly hob überrascht eine Augenbraue. »Zumindest versuche ich es. Allerdings habe ich Justin noch nichts davon erzählt. Bisher weiß nur Clare darüber Bescheid. Ich will keine falschen Hoffnungen wecken, bevor mir Jax tatsächlich die Software gibt, die wir brauchen.«

Sie lachte. »Gib dir keine Mühe, das haben wir jahrelang versucht. Wir haben ihm sogar Geld angeboten. Er hat gesagt, wenn wir ihn noch einmal belästigen, macht er sein Gartenhaus ganz zur Sperrzone, statt weiter Flüchtlinge aufzunehmen.«

Molly drehte sich wieder zu dem Wandschirm um und tippte darauf. Ein Livestream-Video von Scotts Küche erschien. Als Nächstes klickte Molly die übrigen Räume in der Wohnung an.

»Wo steckt Scott denn bloß?«, murmelte sie. »Er sollte mir doch Shawns neue Rekrutenliste bringen.« Sie entdeckte ihn hinten in einer Ecke des Wohnzimmers und zoomte ihn näher heran. »Er sollte sich mal wieder rasieren«, bemerkte sie, und ich konnte nur zustimmen, denn der Bart an seinem Kinn sah wie ein zerrupftes Stoppelfeld aus.

Molly regelte die Lautstärke hoch, sodass wir die Gespräche im Wohnzimmer hören konnten. Das Treffen ging langsam seinem Ende entgegen. Clare und Gabe saßen eng aneinandergeschmiegt auf einer Couch und unterhielten sich, während ihre Füße sich immer wieder leicht berührten. Scott tippte auf seinem Flipscreen herum. Justin und Shawn hockten auf einer zweiten Couch und diskutierten.

»Kann man uns im Wohnzimmer auch hören?«, fragte ich.

Molly schüttelte den Kopf und zoomte näher heran, sodass wir das Gespräch zwischen Shawn und Justin auffingen.

»Wo wohnst du denn zurzeit?«, fragte Shawn.

»Mal hier, mal da«, sagte Justin und bekam ein schiefes Grinsen zur Antwort.

»Das soll ja eine faszinierende Gegend sein.«

»Für manche passt es«, gab Justin zur Antwort.

»Hast du schon mal darüber nachgedacht, sesshaft zu werden?«, fragte Shawn.

Ich tippte auf den Wandschirm, zoomte heraus, und das Gespräch verklang.

»Okay, schalte das aus«, sagte ich. »Man belauscht keine Leute.«

»Tja«, sagte Molly, »was glaubst du denn, wozu wir diese Bildschirme haben? Nichts geht über ein bisschen Spionage. Nennen wir es eine Feldstudie, schließlich bin ich Forscherin.« Sie zoomte wieder näher ran und die Mikrofone fingen die Fortsetzung des Gesprächs auf.

»Also, was meinst du?«, fragte Shawn. »Bist du dabei?«

Justins Gesicht wirkte ungewöhnlich angespannt. Wider Willen lehnte ich mich näher zum Bildschirm und hörte zu.

»Wieso denn gerade die Ostküste?«, fragte Justin.

»Weil es einfach mehr Sinn macht, alle Koordinatoren an einem Platz zu versammeln«, sagte Shawn. »Wenn wir quer durchs Land verteilt sind, macht das die Arbeit nur schwerer. Die DS-Abstimmung ist unsere Chance, in die Nachrichten zu kommen, und dann müssen wir schnell handeln, bevor die Aufmerksamkeit wieder nachlässt. In nächster Zeit müssen wir eben alle zweihundert Prozent geben.«

Justin verschränkte die Arme vor der Brust und dachte darüber nach. »Das heißt, wir sollen mal eben umziehen?«

Molly und ich schauten uns an.

»Das hier ist echt nicht in Ordnung«, flüsterte ich.

»Schsch!«, machte Molly, und wir lehnten uns beide noch etwas näher vor, um bloß nichts zu verpassen.

»Ich finde, wir sollten weiter verteilt bleiben und uns auf die einzelnen Regionen konzentrieren.«

»Aber wieso?«, jaulte Shawn. »Haben wir das nicht schon die letzten zehn Jahre gemacht? Und was hat es uns gebracht?«

»Menschen brauchen lokale Vorbilder, denen sie folgen können. Klein anzufangen und stetig zu wachsen ist eine gesündere Strategie als plötzlich in Größenwahn zu verfallen«, argumentierte Justin.

Shawn lehnte sich zurück und ließ sich tiefer in das Couchpolster sinken. Er runzelte die Stirn und begann zu sticheln: »Hast du ein Problem mit der anderen Hälfte der USA? Haben wir zu viel Tempo für euch Sonnyboys aus dem Westen?«

»Die Digital School hat ihre Zentrale in Portland«, erinnerte ihn Justin. »Hier bei uns.«

»Okay, aber sonst ist Portland nicht gerade der Nabel der Welt. Wir brauchen unsere vereinte Schlagkraft da, wo am meisten los ist. Megan und Cedar haben schon zugestimmt. Ich weiß wirklich nicht, warum du dich so sperrst.«

Justin trommelte mit den Fingern auf seinem Oberschenkel herum, während er sich den Vorschlag durch den Kopf gehen ließ. Ich hatte das Gefühl, als würde mein Herz im gleichen nervösen Rhythmus schlagen.

»Ist für den Umzug schon ein Datum geplant?«, fragte er.

»Ja. Nämlich sofort«, sagte Shawn. »Wenn du willst, kannst du gleich mit mir zurückfahren. Eine Unterkunft für dich haben wir auch.« Er zog die Brauen zusammen, als Justin weiterhin zögerte. »Wieso muss ich dich erst überreden? Was hält dich denn hier fest?«

Mein Gehirn bekam fast einen Krampf.

Justin breitete die Hände aus. »Ich kann nicht einfach abhauen, und zwar wegen einer ganz speziellen Person«, sagte er. Meine Lungen nahmen ihre Arbeit wieder auf. Ich schaute Molly an und wir lächelten.

»Vaughn«, sagte Justin. »Bis er hinter Gittern ist, gehe ich nirgendwo hin.«

Shawn und ich stießen einen genervten Seufzer aus.

»Reality-TV war auch schon mal besser«, knurrte ich. »Schalte den lahmen Mist aus.«

»Nein, warte«, sagte Molly und fasste nach meinem Arm.

»Außerdem gibt es noch einen zweiten Grund«, fuhr Justin fort. »Ich kann Maddie jetzt nicht allein lassen.«

»Yeah, Baby!«, rief ich und klatschte mit Molly ab, als habe unsere Lieblingsmannschaft gerade ein Tor geschossen.

»Vielleicht sollte ich Popcorn holen?«, meinte sie. »Die Show kommt langsam in Schwung.« Wir wandten uns wieder dem Bildschirm zu und warteten auf Shawns Reaktion.

Er lachte. »Maddie Freeman? Also sind die Gerüchte wahr.« Er lachte noch lauter, und ich hatte plötzlich den Drang, ihm seine virtuelle Nase einzuschlagen.

»Was ist daran so witzig?«, wollte Justin wissen.

»Witzig ist noch untertrieben. Das ist doch total verrückt, Justin. Was denkst du dir dabei?« Er senkte die Stimme, und ich streckte den Hals, um nichts zu verpassen. »Oder benutzt du sie nur wegen ihrer familiären Kontakte?«

Aus meiner Kehle drang ein Geräusch, das an ein Fauchen erinnerte. Ich hob schon die Hand, um dem Pixelgesicht eine zu klatschen, doch Molly hielt mich zurück.

»Als ich sie rekrutiert habe, hatte ich es tatsächlich auf ihre Familie abgesehen«, gab Justin zu. »Glaubst du, ich bin freiwillig in die Sache reingerutscht?«

»Dann hör eben damit auf.«

Justin machte ein amüsiertes Geräusch. »Zu spät.«

»Hör zu, du musst dich von ihr lösen. Madeline Freeman an die Ostküste mitzunehmen, ist unmöglich. Dann hätten wir ihren Vater auf den Fersen. Viel zu riskant. Tut mir leid, wenn du verknallt bist, aber darüber musst du eben hinwegkommen.«

Justin lachte. »Verknallt ist ein zu schwaches Wort.«

»Erst vor einem Jahr hast du mir versichert, dass dein Leben dem Kampf gegen das DS-System gilt.«

Justins Augen waren hart. »Daran hat sich nichts geändert.«

»Gut. Dann sage ich dir jetzt ganz deutlich, dass wir dich brauchen, und zwar sofort. Du kannst nicht gleichzeitig mit deinem Job verheiratet sein und genug Zeit für jemanden anderes haben. Schau dir doch an, was deine Eltern mit dir gemacht haben.«

»Arschloch«, murmelte Molly.

»Nehmen wir einmal an, wie durch ein Wunder gewinnen wir die Abstimmung«, fuhr Shawn fort. »Alle deine Träume werden wahr, wir können Schulen eröffnen und Live-Unterricht organisieren … Du glaubst vielleicht, dass der politische Kampf deine Zeit auffrisst, aber warte mal ab, bis du tatsächlich bekommst, was du dir wünschst. Dann fängt die Arbeit nämlich erst richtig an.«

Shawn stand auf. Er hob seinen Rucksack vom Fußboden und holte einen Flipscreen heraus. »Ich kenne dich viel zu gut. Einer Herausforderung konntest du noch nie widerstehen. Und mehr ist dieses Mädchen nicht für dich. Sie hat den Reiz des Verbotenen und deshalb bist du hinter ihr her. Überrascht mich kein bisschen. Aber willst du wirklich alles wegwerfen, für das du dein Leben lang gearbeitet hast, nur um einem Girlie mit rosa Haaren nachzulaufen?«

»Nur dank ihr haben wir eine Chance, sämtliche Center des Landes zu schließen. Also solltest du dem Girlie ein bisschen mehr Respekt entgegenbringen«, sagte Justin mit schmalen Lippen.

Shawn schaltete den Flipscreen an und stellte ihn auf den Tisch. »Wir haben gleich eine Konferenzschaltung mit Megan und Cedar. Aber jetzt mal ehrlich, ich kann es mir nicht leisten, dich zu verlieren. Du bist das Herz des Widerstands. So viel

Feuer wie du hat sonst keiner. Wenn du wegen dieses Mädchens ausbrennst, wäre das eine Tragödie, Mann.«

Molly drückte auf den Ausknopf und schaute mich an. Ich ließ mich zurück gegen die Sofalehne sinken und starrte zu Boden. Shawns letzte Bemerkung fraß sich durch meinen Kopf, bis mein Gehirn an den Rändern zu glimmen schien.

»Maddie, es wird sich schon alles einrenken.«

Ich nickte, doch Mollys Stimme kam wie aus weiter Ferne. Ihre Worte drangen nicht wirklich zu mir durch, sondern trieben nur sinnlos vorbei. Ich schaute auf die Uhr. Es waren nur noch ein paar Minuten bis Mitternacht. »Ich muss los«, sagte ich und stand auf. Im Flur hielt ich nicht einmal an der Wohnzimmertür, um mich zu verabschieden, sondern marschierte schnurstracks die Treppe hinunter. Draußen umfing mich wohltuend die kühle Nachtluft.

Ich musste daran denken, was Clare gesagt hatte. Über ein Sicherheitsnetz für die Gefühle. Hatte sie damit recht gehabt? Oder planten die meisten Leute viel zu viel und klammerten sich an Zukunftsvorstellungen fest, mit denen sie am Ende doch immer falschlagen? Das Leben bestand aus Überraschungen. Umwege gaben uns eine neue Richtung. Pläne waren dagegen machtlos.

Ich musste endlich die Illusion aufgeben, dass ich mein Leben in der Hand hatte. Echte Kontrolle bildete man sich nur ein. Vielleicht galt das auch für die Liebe.

Ich stand unter der gläsernen Kuppel einer Bahnhaltestelle, die vor Regen schützte und stattdessen Digitalwerbung auf mich niederprasseln ließ. Von der Bilderflut wurde mir ganz schwindelig, also ging ich wieder nach draußen. Ich erhaschte mein Spiegelbild im schwarzen Glas eines Gebäudes und betrachtete es, als hätte ich diese absonderliche Person noch nie gesehen. Scharf modellierte Wangenknochen und eine Himmelfahrtsnase waren eine sichtbare Warnung vor zu viel Temperament. Die Augen waren groß und weit geöffnet, um keine Kleinigkeit zu übersehen. Mein Blick wanderte an mir herunter, zu dem schwarzen Kapuzenshirt und der dunklen Jeans. Ich hatte achtzehn Jahre damit verbracht herauszufinden, wer ich eigentlich war und was ich wollte. Ich starrte auf meine pinkfarbenen Haare, die selbst im nebeligen Wetter wie ein Leuchtfeuer strahlten. Erst als ich aufgehört hatte, so verkrampft nach meinem Ich zu suchen, hatte es langsam Gestalt angenommen.

Ich stülpte mir die Kapuze über und zog sie eng um mein Gesicht. Dadurch fühlte ich mich gleich besser. Mein Sichtfeld wurde schmaler und ich musste weniger wahrnehmen. Weniger fühlen. Genau das wollte ich im Moment. Selbst in der realen Welt brauchte man manchmal die Möglichkeit zur Flucht.

Ich stieg aus der Bahn, und die kühle Nacht umfing mich. Als ich tief die frische Luft einatmete, roch ich wie immer einen Hauch des Plastikaromas von Bäumen und Gras. Die Bahn sauste davon und alles war still, bis auf ein dunkles Brummen wie von einem laufenden Motor. Ich schaute über die Schulter und stellte fest, dass vor dem Häuserblock ein schwarzer Wagen geparkt stand. Obwohl die Scheinwerfer ausgestellt waren, hatte der Fahrer den Motor angelassen. Unbehaglich zog ich die Schnüre meiner Kapuze enger und hielt den Kopf gesenkt. Ich überquerte hastig die Straße und steuerte auf mein Zuhause zu, das noch ein Stück entfernt lag. Alle meine Sinne arbeiteten auf Hochtouren. Dann hörte ich, wie knirschend eine Autotür geöffnet wurde. Mein Herz hämmerte mir gegen die Rippen.

»Halt!«, rief ein Mann hinter mir.

Sofort schossen mir drei Möglichkeiten durch den Kopf: *Lauf. Schrei um Hilfe. Renn zurück und spring bei der nächsten Bahn auf.* Ich folgte meinem ersten Impuls und meine Füße flogen förmlich über den Asphalt. Hinter mir hörte ich stampfende Schritte.

»Nicht schießen!«, rief jemand. »Ohnmächtig nützt sie uns nichts.«

Ich jagte an dunklen Häusern vorbei und versuchte zu denken. Unsere Villa war keine Option, denn die Leute wussten garantiert, wo ich wohnte. Vielleicht war ich die ganze Zeit beschattet worden, seit ich nach Corvallis zurückgekehrt war. Der

Gedanke machte mich so wütend, dass ich fast meine Angst vergaß, und meine Füße bewegten sich mit jedem Schritt schneller und entschlossener. Ich stellte mir vor, mein Vater sei hinter mir her und würde mich jagen, was mich dazu antrieb, das Brennen in meinen Muskeln zu ignorieren.

Ließ mein Vater mich etwa immer noch beschatten? *Der Peilsender genügt ihm nicht, er muss auch noch Spione auf mich ansetzen? Hält er mich wirklich für so eine Bedrohung?*

Ich rannte parallel zu den Bahnschienen und ein leichter Regen setzte ein. Meine Tarnkleidung aus schwarzer Jeans und dunklem Kapuzenpulli war mein einziger Vorteil. Die Schritte blieben nicht zurück, kamen aber auch nicht näher. Ich rannte weiter die Straße entlang und hörte das Rattern eines herannahenden Güterzuges. An der nächsten Kreuzung blinkte schläfrig ein gelbes Warnlicht. Als ich hastig zurückschaute, sah ich zwei Männer gefährlich nah hinter mir. Einer schrie wieder, ich solle stehen bleiben, doch das gab meinen Füßen nur neuen Antrieb. Ich sah mich erneut um, und die beiden hatten aufgeholt. Zugscheinwerfer blendeten mich und ich ergriff meine Chance. Ich rannte an dem gelben Warnlicht vorbei. Die Zugpfeife schrillte und brachte meine Ohren zum Klingeln, während ich mit einem Sprung über die Gleise setzte.

Der Luftzug wehte mir die Kapuze vom Kopf und eine blendend grelle Lichtwand schien meinen Körper für einen Moment gefangen zu halten. Ich drückte meine Augen zu, bevor ich auf dem Plastikrasen landete, der jenseits der Gleise lag. Der Aufprall war so hart, dass ich mich überschlug. Ich rutschte ein ganzes Stück auf dem nassen, glatten Kunststoff entlang, bevor ich die Fersen in den Boden graben konnte und zum Halten kam.

Der Zug donnerte vorbei und zog eine unendliche Reihe von Waggons hinter sich her, die mir etwas Zeit verschafften, sodass ich wieder zu Atem kommen konnte. Ich hielt nach Verletzungen Ausschau und zuckte zusammen, als ich klebriges Blut an meinem Knie bemerkte. Das Kunstgras hatte ein Loch in meine Jeans gebrannt und die Haut um meine Kniescheibe aufgescheuert. Ich atmete scharf durch die Zähne ein, um nicht zu stöhnen, während ich Plastikhalme aus der offenen Wunde zog. Dann wischte ich mein Knie so gut wie möglich sauber und erhob mich wieder auf die Füße. Der zerrissene Jeansstoff klebte an der Wunde fest und rieb bei jeder Bewegung darüber. Humpelnd entfernte ich mich von den Schienen und versuchte, mir einen Plan einfallen zu lassen. Die Straße war natürlich menschenleer, doch in dem daran angrenzenden Wohnblock leuchteten Fenster wie wachsame Augen, die meinen Weg verfolgten. Ich vermied sorgfältig Gärten und Privatgrundstücke, um keinen Einbruchsalarm auszulösen. Diese Lehre war mir vom letzten Jahr noch gut in Erinnerung geblieben.

Ich schlug einen Bogen und hielt nach etwas Ausschau, das mir bekannt vorkam. Wie peinlich, dass meine eigene Nachbarschaft mir völlig fremd war. Ich kannte keinen einzigen Menschen in der Gegend und auch keine möglichen Verstecke. Außerdem war mir vom Sturz so schwindelig, dass ich die Orientierung verloren hatte und nicht einmal wusste, in welche Richtung ich mich bewegte. Straßenschilder gab es kaum, höchstens an Bahnübergängen, schließlich gingen die Leute ja fast nie raus. In der Ferne hörte ich einen Motor aufheulen. Ich entschloss mich, bei den Schienen zu bleiben und einfach weiterzulaufen. Vielleicht konnte ich ein ZipShuttle rufen oder Justin kontaktieren.

Ich schlurfte durch das Gras des Bahndamms, als plötzlich ein Wagen mit gleißenden Scheinwerfern hinter der nächsten Ecke hervorschoss. Das Auto hielt direkt auf mich zu. Jetzt erfasste mich pure Panik. Mein Vater konnte diese Leute nicht geschickt haben. Sonst würden sie mich nicht so rücksichtslos verfolgen, dass mein Leben in Gefahr geriet.

Ich rannte wieder los, ohne auf mein schmerzendes Knie zu

achten. Gleichzeitig suchte ich den Himmel nach einem der neongrünen Strahler ab, mit denen die Rufhäuschen der Zip-Shuttle markiert waren. Damit könnte ich mich zurück zu Scott bringen lassen oder wenigstens den Notruf drücken. Die letzten Waggons des Güterzugs rauschten vorbei und gaben viel zu früh den Weg frei. Obwohl ich keine fremden Schritte gehört hatte, legte sich plötzlich ein Arm um meine Taille und riss mich zu Boden.

Ich drehte mich herum und sah im Licht einer Straßenlaterne das hasserfüllte Gesicht von Paul über mir. Seine Hände hielten meine Arme an die Seiten gedrückt, sodass ich sie nicht bewegen konnte. Ich stieß ihm mit aller Kraft das Knie zwischen die Beine. Mit einem Aufheulen ließ er mich los und rollte sich auf dem Boden zusammen. Kaum hatte ich mich aufgerappelt und war zurückgewankt, packte mich ein weiteres Paar Hände.

Ich wollte schreien, doch jemand presste mir einen feuchten Lappen auf den Mund.

»Okay, ich hab sie«, knurrte eine Stimme. Ich schaute zu einem Mann hoch, den ich noch nie zuvor gesehen hatte, und seine dunklen Augen starrten mich an. Hilflos atmete ich den scharfen Dunst von Ammoniak und Alkohol ein. Meine Lungen wehrten sich hustend dagegen, denn jeder Atemzug brannte meine Kehle entlang und brachte meine Augen zum Tränen. Schon spürte ich, wie meine verkrampften Muskeln sich entspannten und ich in dem Stahlgriff des Mannes weich wie Pudding wurde.

Ich wäre zu Boden geglitten, hätte er mich nicht energisch festgehalten. Er zog mich über die Straße, sodass meine Füße auf dem Asphalt entlangschleiften. Mir fiel es immer schwerer, die Augen offen zu halten. Meine Augenlider waren so nutzlos wie der Rest meines Körpers und bald konnte ich vor lauter Schwindel auch nicht mehr den Kopf hochhalten. Pauls Gesicht verschwamm in meiner Erinnerung wie eine Halluzination.

Ich hörte den schnurrenden Motor eines teuren Autos, diesmal in direkter Nähe, und wurde auf einen Sitz verfrachtet. Die Tür klappte hinter mir zu. Zwei Männer platzierten sich auf beiden Seiten, sodass ich mich kaum rühren konnte. Ich roch ihr Aftershave vermischt mit dem Geruch von Schweiß und Sitzleder.

Mein Kopf war so schwer, dass er hin- und herschwankte wie bei einem Baby und dann nach vorne fiel. Mir kam es vor, als hätte man mir Bleigewichte an die Stirn geheftet.

»Los!«, befahl eine Männerstimme und der Wagen setzte sich mit quietschenden Reifen in Bewegung.

»Wir müssen uns beeilen. Uns bleiben höchstens drei Minuten, bis sie das Bewusstsein verliert.«

Diese Stimme erkannte ich, denn sie hallte immer noch in meinen Erinnerungen nach. Der scharfe Tonfall ließ mich zusammenzucken wie bei einem Messerstich.

»Vaughn?«, hörte ich meine lallende Stimme. Jeder Laut schien wie zäher Honig auf den Boden zu tropfen.

Ich konnte kaum noch denken. Zuerst glich mein Gehirn einer abwehrend geballten Faust. Dann gab es ganz plötzlich nach und alles strömte heraus. Dabei hatte ich meine Privatsphäre immer mit solcher Anstrengung verteidigt. Doch nun brachen meine innersten Gedanken aus mir heraus wie ein Rudel Käfigtiere, denen man das Gatter geöffnet hat. Ich wollte ihnen nachjagen und sie zurückrufen.

»Madeline.« Seine Stimme waberte um mich herum und kroch in mich hinein wie ein krabbelndes Insekt. Meine Gedanken stoben in alle Richtungen davon. Sie preschten Berggipfel empor, verbargen sich in tiefen Spalten und wuchernder Dunkelheit. Sie flohen und verschwanden. Mein Kopf prallte zurück gegen die Lehne, als wir um eine Ecke bogen.

»Wir können sie nicht mehr lange bei Bewusstsein halten«, sagte eine Männerstimme neben mir, die mich an Paul erinnerte. Meine Halsmuskeln waren zu schwach, um den Kopf zu wenden und ihn anzuschauen. Er klebte eine Elektrode an meine Stirn und beobachtete Messlinien auf einem Bildschirm vor uns.

»Sag mir, was dein Vater vorhat«, befahl Vaughn.

Meine Augenlider fielen zu, doch ich zwang sie wieder auf. *Mein Vater?* Ich war mir nicht sicher, ob ich laut sprach. Meine Stimme klang schwerelos und weit entfernt. Sie echote schleppend zu mir zurück.

»Für wen arbeitet dein Vater?«, fragte er drängend.

»Für Sie«, murmelte ich. »Er arbeitet für Sie.«

»Natürlich, aber für wen sonst?«

»Für niemanden«, nuschelte ich. Mein Mund war ganz trocken, und ich versuchte, mir die Lippen zu befeuchten, doch meine Zunge fühlte sich wie Schmirgelpapier an.

»Wie heißen seine Kontaktleute bei den Aussteigern?«

Seine Fragen ergaben keinen Sinn. »Er bekämpft die Aussteiger. Er war immer gegen uns.«

»Fang schon an zu reden, Madeline!«, schrie er mich an. »Was weißt du darüber?«

»Nichts. Es gibt keine Kontaktleute.«

»Sie scheint die Wahrheit zu sagen«, hörte ich eine andere Stimme. »Oder die Dosis war so stark, dass sie sich an nichts mehr erinnert.«

»Wen kennt dein Vater auf eurer Seite?«, verlangte Vaughn zu wissen. »Wen benutzt er als Verbindung? Dich, Madeline?«

»Nein. Wir streiten uns ständig. Er traut mir nicht.« Ich schüttelte träge den Kopf und spürte nichts als Erschöpfung und Verwirrung.

»Antworte mir!«, brüllte Vaughn. »Ich muss wissen, was dein Vater plant.«

Doch meine Stimmbänder waren zu rau und meine geschwollene Zunge schien meinen ganzen Mund auszufüllen. Ich konnte kein Wort mehr herausbringen.

»Sie weiß gar nichts«, knurrte Paul. »Soll ich sie erledigen?«

»Wir brauchen sie lebend, bis wir die Informationen aus ihr herausgeholt haben. Wo ist das nächste Labor?«, fragte Vaughn.

Plötzlich erfüllte ein grelles weißes Licht die Rückscheibe des Wagens und erleuchtete Vaughns Gesicht auf dem Beifahrersitz. Seine eisblauen Augen hatten einen irren Glanz, als er auf das Auto hinter uns starrte.

Das gedämpfte Geräusch zweier Schüsse ertönte, und der Wagen bockte, als wären wir zu schnell über eine Bodenwelle gefahren.

»Die Hinterreifen sind platt«, fluchte der Fahrer. Wir rasten in Schlangenlinien auf den Bürgersteig zu und er trat hart auf die Bremse. Ich wurde gegen den Vordersitz geworfen. Das Nächste, was ich bewusst wahrnahm, war die aufgerissene Tür neben mir. Ich wollte nach draußen schlüpfen, doch mein Körper gehorchte mir nicht. Er sackte haltlos zur Seite, als würden meine Muskeln aus Wasser bestehen. Doch ein Paar Hände fing mich auf. Ich kannte diese Hände. Ich kannte diese Stimme.

»Keine Sorge, ich habe dich«, sagte Justin.

Wie? Wie ist das möglich?, fragte ich und konnte nicht unterscheiden, ob ich die Worte gedacht oder laut ausgesprochen hatte.

»Molly!«, rief Justin. »Jemand muss sie medizinisch durchchecken.«

Er gab weitere Befehle und ich hörte eilige Schritte und Stimmen von allen Seiten. Autoreifen quietschten, Metalltüren öffneten sich und schlugen wieder zu. Dann heulte ein Motor auf und ein Fahrzeug raste davon.

»Verdammt! Riley, kannst du uns einen anderen Wagen ordern?«, rief Justin über die Schulter. »Molly, du bleibst hier bei uns.«

»Justin, du musst hinter ihm her!«, hörte ich Scott.

»Nein, ich kümmere mich um Maddie.«

»Das war Vaughn«, rief Molly. »Verfolgt ihn gefälligst!«

»Würdest du dich bitte auf Maddie konzentrieren?«, blaffte Justin sie an. »Jemand soll ihre Mutter holen.«

Meine Augen funktionierten nicht richtig. Ich war nicht einmal sicher, ob sie offen oder geschlossen waren. Justin trug mich in den Armen. Meine Füße baumelten in der Luft und federten auf und ab.

»Wie lange ...?«, war das Einzige, was ich hervorbrachte. Immerhin konnte ich meine Augenlider so weit öffnen, dass ich durch einen Schlitz sah, wie Justin sich mit einem Headset ausstaffierte und hastig zu sprechen begann.

»Ich habe sie«, sagte er. »Vaughn hat sie unter Drogen gesetzt.« Nach einer kurzen Pause fuhr er fort: »Ich weiß nicht. Wir haben sie noch nicht vollständig untersucht.«

Er legte mich sanft auf die Rückbank eines Autos, ließ mich aber nicht los. Ich spürte, wie seine Hände zitterten, während er mich festhielt.

»Versuchen Sie nicht, mich herumzukommandieren!«, fauchte er. »Das war ein einmaliger Gefallen. Und ich habe es für Maddie getan, nicht für Sie.«

Molly saß auf meiner anderen Seite und fühlte mit den Fingern meinen Puls. Ich schmiegte mich in Justins Arme, während sich der Wagen in Bewegung setzte.

Nach einer Weile nuschelte ich den Satz, der durch meinen Kopf hämmerte.

»Wie lange arbeitest du schon für meinen Vater?«

Damit war meine letzte Energie verbraucht und ich fiel in ein dunkles Nichts.

Kapitel Fünfzehn

Als ich erwachte, umgab mich ein unbekannter Geruch, der an Zitrus- oder Orangenaroma erinnerte. Etwas Kaltes, Feuchtes schlängelte sich meinen Hals entlang, und ich stieß es weg. Dann leckte eine bekannte Zunge über meine Wange, begleitet von einem kläglichen Winseln.

»Baley«, stöhnte ich, schob ihre Nase beiseite und öffnete blinzelnd die Augen. Ich lag auf einer braunen Ledercouch in einem fremden Zimmer. Durch eine Fensterfront schaute man auf eine grüne Baumgruppe. Zuerst hielt ich den Anblick für eine Simulation, bis ich die Holzbänke und Wandmalereien erkannte. Ich wühlte mich aus einem Schlafsack und starrte auf meine zerrissene Jeans und den weißen Verband um mein Knie. Als ich das Bein streckte, fühlte es sich ganz steif an.

Meine Mutter kam mit einem Frühstückstablett ins Zimmer, auf dem sich ein Teller voll Toast und eine aufgeschnittene Orange befanden.

»Was ist passiert?«, fragte ich. »Und was tust du hier?«

Sie beugte sich über mich, strich mir sanft ein paar Haarsträhnen aus dem Gesicht und überprüfte auf typisch mütterliche Art meine Temperatur, indem sie ihre Lippen einige Sekunden gegen meine Stirn presste. Ihr Atem verfing sich in meinen Haaren und fühlte sich unendlich beruhigend an. Als ich noch klein war, hatte Mom mir erzählt, dass ein Kuss alle Schmerzen lindern konnte. Wann immer ich eine Erkältung oder Grippe hatte, könnte sie die Krankheit mit ihren Lippen heilen. Ich glaubte ihr jedes Wort. Die Vorstellung, dass Menschen uns mit ihrer Liebe retten können, war wohl immer noch zu schön, um sie aufzugeben. Jedenfalls hatte ich nie ganz aufgehört, daran zu glauben. Eine alberne Angewohnheit ... oder vielleicht meine größte Stärke.

Nun schaute ich verwirrt und verkatert zu ihr hoch. Meine Gedanken bewegten sich so schwerfällig, als müssten sie gegen Flutwasser anschwimmen. Ich richtete mich auf und schaute mich in Jax' Atelierwohnung um. Baleys Krallen klackten gegen den Holzboden, und als ich ihr mit Blicken folgte, sah ich Justin in der Tür stehen. Er beugte sich zu unserer Hündin herunter, um sie zu kraulen, und Baley wand sich vor Wonne wie eine rollige Katze.

»Hi«, sagte Justin. Sein Blick war warm, aber auch ein wenig vorsichtig, als hätte er Sorge, dass jede kleinste Aufregung mich überfordern könnte. Um genau zu sein, benahm er sich wie zu meiner Center-Zeit nach einer Gedächtnislöschung.

»Anscheinend ist was passiert, an das ich mich nicht erinnere, stimmt's?« In Gedanken war ich wieder in Scotts Wohnung, doch weiter als bis zur Bahnfahrt reichte mein Gedächtnis nicht.

Jax, Clare und Scott kamen nacheinander herein. Clare und Scott blieben scheu an der Tür stehen, nur Jax marschierte auf mich zu und drückte mir einen Teebecher in die Hand, in dem noch der Beutel schwamm. Unsere Blicke trafen sich gleichzeitig mit unseren Fingerkuppen. Seine Hand fühlte sich fast so warm an wie der dampfende Becher.

Alle starrten mich stumm und verlegen an. Ich kam mir vor wie eine Irrenhauspatientin auf Familienbesuch. Jax hockte sich neben mich auf die Couch und meine Mutter setzte sich auf die andere Seite. Sie bat Jax, mir das Frühstückstablett vom Tisch zu reichen, und er stellte es zwischen uns hin.

»Wie fühlst du dich?«, fragte er.

»Als hätte man mein Gehirn in eine Salatschleuder gesteckt«, sagte ich und nippte an dem grünen Tee.

Während ich nach dem ersten Stück Toast griff, begann Justin mir zu erklären, was passiert war.

»Du wurdest gestern Nacht verfolgt. Kannst du dich an etwas davon erinnern?«, fragte er.

Ich kniff die Brauen zusammen und versuchte angestrengt, mein Gedächtnis in Gang zu bringen. Dann schüttelte ich langsam den Kopf.

»Warum hast du denn bei Scott nicht Bescheid gesagt, dass du gehst?«, wollte er wissen. »Wir hätten dich mit dem Auto nach Hause gebracht.«

Ich schaute zu Boden. An den Grund für meinen abrupten Aufbruch erinnerte ich mich sehr gut, aber jetzt war kaum der passende Moment, darüber zu diskutieren.

»Man hat dir eine Wahrheitsdroge verpasst«, sagte Justin und ich blickte wieder hoch.

»Vaughn?«, fragte ich und er nickte. Ich ließ meinen Kopf gegen die Sofalehne sinken. »Verdammt, wie ich den Typen hasse.« Ein paar Erinnerungssplitter blitzen auf: ein schwarzer Wagen an der Bahnhaltestelle … ein halsbrecherischer Sprung über die Schienen … Alles andere verschwand im Nebel.

»Habt ihr ihn erwischt?«, fragte ich.

Justin schüttelte, sichtlich angespannt, den Kopf. »Leider hatte er für Rückendeckung gesorgt, falls etwas schieflief.«

Ich reimte mir allmählich die Nacht zusammen, doch ein Detail blieb unklar.

»Wie konntest du mich rechtzeitig finden?«

Genau in diesem Moment überflutete mich die Erinnerung an Justin, wie er mich auf der Rückbank platzierte. Auch der Zorn kehrte zurück, und mein Blick brachte Jax dazu, mir sicherheitshalber den Tee aus der Hand zu nehmen. Er dachte wohl, sonst würde ich den Becherinhalt über meinen Schoß kippen … oder ihn nach Justin werfen. Mein Herz krampfte sich zusammen. Ich schleuderte die Decke von meinen Beinen und sprang auf. Die plötzliche Bewegung ließ einen stechenden Schmerz durch mein Knie fahren.

»Wie lange arbeitest du schon für meinen Vater?« Ich zeigte mit einem anklagenden Finger auf Justin und meine Stimme hallte durch den Raum.

Sein Blick war ruhig. »Tue ich nicht.«

»Lüg mich gefälligst nicht an!« Ich dachte an unsere erste Begegnung zurück, als mir klar geworden war, dass Justin meine Nähe nur gesucht hatte, um an meinen Vater heranzukommen. War es möglich, dass die beiden schon so lange heimlich zusammenarbeiteten?

»Habe ich dich jemals beschwindelt?« Sein Blick forderte mich heraus, ihm ein einziges Beispiel zu nennen. Ich warf einen kurzen Seitenblick auf meine Mutter, die uns aufmerksam beobachtete.

Die Hände in die Hüften gestemmt, sagte ich zu Justin: »Du bist also zufällig aus dem Nichts aufgetaucht, um mich zu retten. Sehr praktisch. Ich will nicht undankbar klingen, aber schließlich kennt nur mein Dad mein Peilsendersignal.«

»Und in diesem Fall war das eine gute Sache«, stellte Justin fest. Seine Stimme war immer noch ruhig wie ein stiller, tiefer See. »Er hat dir das Leben gerettet.«

»Also *bist* du auf seiner Seite?«

Justin trat einen Schritt näher und hielt mir die Hand entgegen. »Nein, Maddie. Ich kann nicht glauben, dass du mich das erst fragen musst. Dein Vater hat mich gestern Nacht angerufen. Er hat gesehen, wie dein Signal wilde Haken schlug, und wusste, dass etwas nicht stimmte. Dann hat er mich durch die Straßen dirigiert, damit ich dich finden konnte.«

Ich dachte darüber nach. »Wie ist er an deine Nummer gekommen?«, fragte ich. »Die ist doch nirgendwo gespeichert.«

»Tja, deine Entführung hat mich ein bisschen zu sehr abgelenkt, um ihm diese Frage zu stellen.« Justin hob entnervt die Hände. »Wir reden hier von deinem Vater. Wahrscheinlich bekommt er seine Informationen direkt vom FBI, oder er hat Magier, die für ihn die Zauberstäbe schwenken … wer weiß das schon? Kevin Freeman findet doch immer alles heraus.«

Ich glaubte ihm. Trotzdem ergab die ganze Sache keinen Sinn. »Tut mir leid«, sagte ich, »aber wieso hat er dich angerufen und nicht die Polizei?«

»Ich glaube, dein Vater hat aufgehört, den Behörden zu vertrauen. Vielleicht wollte er zeigen, dass er jetzt mir vertraut.«

Ich setzte mich wieder hin und starrte dumpf auf die Zimmerwand. Zwischen den Regalen hing ein Spiegel mit Mosaikrahmen. Lauter zerbrochene Teile, die zusammen ein perfektes Muster ergaben.

»Er vertraut dir?«, fragte ich.

»Ich glaube schon«, meinte Justin. »Taten sagen mehr als Worte, oder?«

»Und … ist das Vertrauen gegenseitig?«, meldete sich nach langem Schweigen meine Mutter zu Wort und sah Justin an.

»Nein«, sagte er. »Ist es nicht.«

Dann fuhr er fort, mir alles zu erklären. Er hatte Mom und Baley vorsichtshalber abholen lassen, falls unser Haus überwacht wurde. Man konnte schließlich nicht wissen, was Vaughn plante. »Deshalb werdet ihr hierbleiben, bis wir Vaughn aufgespürt haben.«

Ich schaute mich in der Atelierwohnung um und mein Blick fiel auf Jax. »Wir sollen hier übernachten?«

»Das ist der sicherste Ort in der Stadt«, sagte Justin.

Sein Phone gab ein Piepen von sich und gleichzeitig ertönten die Klingeltöne von Clare, Scott und meiner Mutter. Alle schauten auf die Bildschirme und Justin hob die Augenbrauen. Meine Mutter und Clare zogen ein Gesicht, als hätte es ihnen die Sprache verschlagen.

»Vaughn? Haben sie ihn geschnappt?«, fragte ich. Meine Mutter schüttelte den Kopf und Clare nagte an ihrer Unterlippe. Scott starrte sein Phone an, als müsse er die Nachricht erst entschlüsseln, damit sie Sinn ergab.

»Was ist los?«, drängte ich.

»Die Abstimmung über das DS-Gesetz soll am Freitag stattfinden«, sagte meine Mutter. Sie las den Nachrichtenartikel, der auf ihrem Bildschirm erschien war, laut vor. »Die Wahlzentrale wird sich genau wie der Hauptsitz der Digital School Corporation in Portland befinden. Dort wird sich entscheiden, ob der virtuelle Unterricht landesweit gesetzlich verankert bleibt oder ob in Zukunft die einzelnen Bundesstaaten ein Entscheidungsrecht haben. Bei der Abstimmung erhält daher jeder Bundesstaat zwei Stimmen. Wirtschaftsfachleute erwarten eine hundertprozentige Zustimmung zu dem bestehenden Gesetz. Die Digital School wurde vor sechzehn Jahren von Kevin Freeman entwickelt und hat sich seitdem als eines der erfolgreichsten Unterrichtssysteme der Menschheitsgeschichte erwiesen. Weltweit haben vierzehn Länder die Digital School eingeführt, jedoch ist sie bisher nur in den USA gesetzliche Pflicht. Im internationalen Vergleichstest belegen amerikanische Schüler den ersten Platz. Falls die Abstimmung erfolgreich verläuft, kann das DS-System für zehn weitere Jahre unverändert bestehen bleiben.«

Sie ließ die Hand mit dem Phone sinken.

»Aber wir haben heute schon Mittwoch«, sagte Clare.

»Wo steckt Dad?«, fragte ich meine Mutter mit bebender Stimme und den Tränen nahe. »Er hat mir sein Wort gegeben, dass wir vorher miteinander reden würden.«

Meine Mutter sah fast so geschockt aus, wie ich mich fühlte. »Es tut mir leid, Maddie. Dein Vater hat keine Kontrolle darüber, was die Behörden entscheiden. Ich bin sicher, dass er tut, was in seiner Macht steht.«

»Bisher hat er überhaupt nichts getan!«, stieß ich hervor. Ich sprang auf und stürmte zur Seitentür, weil ich am liebsten nur laut schreien wollte. Als ich durch den Wald stampfte, trug meine Energie mich einfach weiter. Mosaiksteine knirschten unter meinen Sohlen, während ich auf das Gartentor zuging.

»Lass uns darüber reden«, sagte Justin, als er mich einholte.

»Ich will, dass du mich nach Hause fährst«, sagte ich, ohne den Blick vom Tor zu wenden.

»Das ist keine ...«

»Jetzt gleich«, verlangte ich.

Er überholte mich und versperrte mir den Weg nach draußen. Wütend funkelte ich ihn an.

»Wir wissen nicht, ob es dort sicher ist«, sagte Justin mit angespannter Miene.

»Geh mir aus dem Weg. Bitte.«

Er musterte mich. Eine steile Falte bildete sich auf seiner Stirn, aber er kannte mich zu gut, um mir etwas verbieten zu wollen. »Okay«, sagte er.

Auf der Straße wartete ein blauer Lieferwagen. Justin öffnete die Tür, und erst auf dem Beifahrersitz stellte ich fest, dass Scott, Clare, meine Mutter und Jax uns gefolgt waren. Sie stiegen allesamt hinten ein.

Im Wagen herrschte während der Fahrt totale Stille. Die allgemeine Anspannung entlud sich in nervösem Fußwippen und Fingertrommeln. Was würde in den zwei Tagen bis zur Abstimmung wohl noch passieren? Mein Blick war starr auf das Autofenster geheftet und meine Hände lagen krampfhaft gefaltet in meinem Schoß. Die ganze Zeit ging mir wie ein Mantra der Satz durch den Kopf: *Er kann mich nicht verraten haben. Er kann mich nicht verraten haben.*

Als der Lieferwagen zum Stehen kam, sprang ich als Erste heraus. Justin hastete hinter mir her zur Eingangstreppe wie mein persönlicher Leibwächter.

»Ich bin sicher, dass er mir etwas hinterlassen hat«, sagte

ich. »Irgendwo im Haus muss eine Botschaft sein.« Ich weigerte mich zu glauben, dass mein Vater kaltblütig sein Versprechen brechen würde. Mein verletztes Ego verlangte nach einem Beweis, dass er mich liebte … oder dass ich ihm wenigstens nicht gleichgültig war. Mit brennenden Augen öffnete ich die Haustür, ging hinein und hielt Ausschau nach einer Nachricht von Dad. Der Eingangsflur war steril wie immer, das glänzende Laminat fleckenlos rein. Ich rannte nach oben zu meinem Zimmer und riss die Tür auf. Mein Bett war ordentlich gemacht, der Teppich frisch gesaugt. Jedes Kissen befand sich korrekt an seinem Platz. Keine Nachricht. Ich schaltete die Wandschirme an, um dort nach einer Botschaft zu suchen, und scannte meinen Fingerabdruck ein. Nichts. Danach ging ich systematisch alle anderen Wandschirme im Haus durch. Meine Hand zitterte, während ich sie einen nach dem anderen anschaltete. Nichts.

Ich stürmte durch die obere Etage, während sich kalte Wut von meiner Brust bis in die Fingerspitzen ausbreitete. Das Schlafzimmer meiner Eltern war so riesig, dass man darin zwanzig Betten hätte unterbringen können. Ich suchte überall, aber nichts war verändert worden.

Schließlich machte ich kehrt und trottete langsam wieder die Treppe hinunter, während ich mir mein Gehirn zermarterte. Die anderen standen im Flur und schauten zu mir hoch. Ich beachtete sie kaum. Für den größten Depri-Moment meines Lebens wollte ich kein Publikum.

Als Letztes durchsuchte ich Dads Büro, wo er mehr Zeit verbrachte als in jedem anderen Raum des Hauses. Ich umrundete seinen Schreibtisch aus Eichenholz, hinter dem er zu thronen pflegte. Am liebsten hätte ich hier alles zerschlagen, angefangen mit den goldgerahmten Urkunden und protzigen Auszeichnungen der Digital School Corporation.

Ich setzte mich an seinen Schreibtisch und zog die oberste

Schublade auf, weil sie als Einzige unverschlossen war. Doch darin lagen bloß DS-Broschüren.

Ich schaute hoch und stellte fest, dass mir die anderen ins Büro gefolgt waren.

»Es tut mir leid, Maddie«, sagte Justin. »Ich weiß, wie gerne du ihm vertrauen wolltest.«

Als mein Blick auf meine Mutter fiel, kam mir plötzlich eine letzte Idee. Ich rannte noch einmal in mein Zimmer und durchsuchte den Bücherschrank. Auf der Unterseite eines Regals klebte ein blauer Post-it-Zettel. Die Nachricht war handgeschrieben, in kursiven, altmodischen Buchstaben.

Maddie, ich habe nur versucht, dich vor der Welt zu behüten.
Manchmal ist Unwissenheit der beste Schutz, denn die Wahrheit
ist ein dorniger Pfad. Es tut mir leid. – Dad

Ich las den Zettel zwei Mal, bevor ich ihn so fest in der Hand zusammenknüllte, dass mir die Finger wehtaten.

»Ich hasse ihn!«, schrie ich in mein leeres Zimmer und meine Stimme hallte den Flur entlang. »Ich hasse ihn.«

Als ich die Treppe herunterstürmte, war ich so wütend, dass ich kaum noch klar gucken konnte. Ich brauchte frische Luft. Hier drinnen fühlte es sich an, als sei jeder Atemzug vergiftet. Ich fummelte an dem Riegel der Terrassentür herum, bis ich ihn endlich aufbekam, und marschierte nach draußen. Dort blieb ich einen Moment lang stehen und hielt nach der Sonne Ausschau, doch die verbarg sich hinter dicken, grauen Wolken. Das schien sie in letzter Zeit ständig zu tun.

Alles war von Anfang an sinnlos gewesen. Ich hatte Wochen damit verschwendet, zu Hause festzusitzen, und zwar ohne jeden Zweck. Und mein Vater hatte das die ganze Zeit gewusst. Er hatte nie vorgehabt, mir zu helfen. Sein einziges Ziel war es gewesen, mich zu isolieren und von dem Einfluss meiner Freunde abzuschneiden, damit ich in seinem goldenen Käfig gefangenblieb.

Die anderen waren mir in den Garten gefolgt. Niemand sagte ein Wort.

Am liebsten hätte ich vor Frustration geschrien. Was ich jetzt brauchte, war ein Punchingball. Ich wollte alles um mich herum in Stücke reißen.

Scott schaute sich übertrieben nervös um. »Hat vielleicht jemand ein Beruhigungsmittel dabei?«, fragte er nur halb im Scherz. »Oder eine Pille gegen weibliche Hysterie?« Clare gab ihm einen Klaps auf den Hinterkopf.

Mit wütendem Blick starrte ich auf die Plastikrosen und Rankenpflanzen voller Kunststoffblüten. Unser Garten war von einem hohen braunen Zaun umgeben, damit wir bloß niemanden zu sehen brauchten oder zu menschlichem Kontakt gezwungen wurden. Ich tigerte auf dem weichen Rasen herum und hätte am liebsten jeden einzelnen Halm aus dem Boden gerissen. Die anderen auf der Terrasse beobachteten mich wie eine tickende Zeitbombe. Ich beachtete sie kaum, weil ich zu sehr mit mir selbst beschäftigt war.

Was sollten diese ganzen künstlichen Blumen? Sie hatten doch keinen Sinn. Wir benutzten den Garten sowieso nicht. Niemand von uns hielt sich draußen auf. Wozu also die falsche Idylle? Warum taten die Leute naturlieb, wenn ihnen alles Natürliche zuwider war? Ich war umgeben von Lügen. Dieser ganze schöne Schein war doch nur Bockmist.

Mein Finger streifte einen dicken Plastikdorn, und ich starrte auf den Rosenbusch, der am dichtesten bei der Terrasse stand. Mir fiel ein, was mein Vater gesagt hatte, als er mich vor ein paar Wochen hier draußen stehen sah. *Fass den Busch nicht an. Alle anderen sind in Ordnung.*

Ich konnte selbst nicht ganz glauben, was mir plötzlich durch den Kopf schoss, und schaute auf die zerknüllte Nachricht in meiner Hand. *Die Wahrheit ist ein dorniger Pfad.* Hastig beugte ich mich herunter und begann die roten Terrakottasteine zu entfernen, die den Boden um den Plastikbusch herum niederhielten. Ich warf sie achtlos zur Seite.

»Ähm, was macht sie da?«, hörte ich Clare fragen.

»Ist das wirklich der Moment, um ein bisschen zu gärtnern, Maddie?«, meinte Scott.

Sie wurden von meinen wild durcheinanderschreienden Gedanken übertönt.

Ich zerrte an der Plastikplane, die den Busch umgab. Mein Vater hatte sie mit Metallstiften verankert, doch ich riss so lange daran, bis sie sich löste. Darunter kam Kunsterde zum Vorschein. Ich vergrub die Finger darin, fühlte das kühle, glatte Substrat und schippte es mit den Händen zur Seite. Dann riss ich die festgetackerten Plastikwurzeln aus dem Boden und warf sie daneben. Erst als ich echten, kalten Erdboden berührte, kam ich zur Ruhe und hörte auf.

Dabei kam ich mir vor, als hätte ich etwas lange Verlorenes wiedergefunden.

Ich atmete tief durch und versuchte, die Gefühle unter Kontrolle zu bringen, die durch meine Adern fluteten und mich zum Handeln zwingen wollten. Als ich aufschaute, blickte ich geradewegs in die Augen von Jax. Er war der Einzige in der Gruppe, der lächelte, und sofort fühlte ich mich besser. Ich brauchte jemanden, der mir bestätigte, dass ich normal war ... oder wenigstens mit meiner Verrücktheit nicht allein dastand.

Ich hatte die Hände immer noch im Erdboden vergraben. Das Gefühl war so beruhigend, dass ich sie gar nicht wieder herausziehen wollte. Aus der Hocke schaute ich zu meiner Mutter hoch.

»Ich glaube, ich hasse Dad doch nicht«, sagte ich leise.

»Ja, ich weiß«, sagte sie.

Meine Augen füllten sich mit Tränen. »Am liebsten würde ich

ihn hassen«, stellte ich fest, »aber ich kann nicht. Obwohl ich schon so lange wütend auf ihn bin. Für Hass reicht es einfach nicht.«

»Dann lass das Gefühl los«, sagte meine Mutter. »Dein Vater ist nicht der Feind. Und auch nicht Vaughn. Unser größter Feind ist immer die blinde Wut, Maddie.«

Ich zog die Hände aus dem Boden und betrachtete die dunkle Erde, die unter meinen Fingernägeln steckte und sie grau färbte. Schweißperlen standen auf meinen Armen. Ich holte tief Luft und schaute auf einen schmalen Streifen blauen Himmel, der sich durch die Wolkendecke kämpfte.

»Maddie«, sagte Justin in diesem Moment. Sein Blick war nicht auf mich gerichtet, sondern auf den Boden zu meinen Füßen.

Aus dem Erdhügel, den ich angehäuft hatte, ragte die Ecke eines weißen Umschlags hervor. Anscheinend hatte ich ihn in meinem manischen Buddelanfall herausgewühlt. Ich starrte auf die weiße Plastikhülle, die unter dem braunen Erdstaub schimmerte.

Mit zitternden Fingern zog ich den Umschlag aus der Erde und wischte ihn sauber. Ich warf einen Blick auf Justin, während ich die Hülle aufriss. Alles schien endlich an seinen richtigen Platz zu rücken, noch bevor ich den Brief meines Vaters aufschlug und las.

Die Luft war still. Nicht der leiseste Windhauch war zu spüren. Es gab nur das Sonnenlicht, meinen Atem und meinen wilden Herzschlag. Als ich den Umschlag öffnete, fand ich ein Blatt aus echtem Papier darin. Altmodisches, dickes Pergament mit gebräuntem Rand. Die elegante Handschrift meines Vaters füllte das Blatt.

Madeline,

ich war mir sicher, dass du diese Nachricht finden würdest. Schließlich brauche ich dir nur etwas zu verbieten, und schon glühst du vor Eifer, es zu tun. So warst du immer, und ich muss zugeben, dass mich diese Eigenschaft beeindruckt.

Mit fünfzehn Jahren hast du eine Datei gestohlen, die dir Zugang zu Millionen von Namen und Kontaktadressen gab, zu sämtlichen DS-Schülern im ganzen Land. Mir ist klar, dass du und deine Freunde noch heute darauf brennen, wieder an diese Informationen zu kommen. Hiermit überreiche ich dir also das Geschenk zu deinem Schulabschluss: die aktuelle Liste. Ich vertraue darauf, dass du sie klug anwendest.

Ich drehte den Umschlag um und schüttelte ihn leicht. Zwei Speichersticks fielen heraus. Auf einem stand in weißen Blockbuchstaben ›DS‹. Fassungslos starrte ich darauf. Der Stick lag in meiner Hand wie ein kleiner schmaler Kiesel. Auf dem zweiten war keine Beschriftung. Ich schaute wieder auf den Brief und las weiter.

Ich habe eine Bitte an dich, da ich davon ausgehe, dass ihr die aufgelisteten Personen am Tag der Abstimmung kontaktieren werdet. Auf dem zweiten Stick befindet sich eine Ansprache von mir. Würdet ihr sie bitte ebenfalls verbreiten? Ich werde dieselbe Rede direkt nach Verkündung des Wahlergebnisses halten, will aber sichergehen, dass jeder sie hören kann. Da ich bezweifle, dass die Medien sie tatsächlich senden werden, verlasse ich mich auf euch. Die Nachricht ist mit einer Zeitschaltung versehen, sodass sie nur ein einziges Mal abgespielt werden kann und nicht schon vor der Abstimmung. Du wirst mir also vertrauen müssen, Maddie.

Ich habe dir so vieles zu erklären. Hoffentlich bekomme ich eines Tages die Chance dazu.

In Liebe, dein stolzer Vater

Wir saßen mindestens eine Stunde im Garten und nahmen Dads Brief auseinander, lasen ihn ein Dutzend Mal, versuchten geheime Bedeutungen in den Worten zu finden. Zur Abwechslung schien mein Vater jedoch mit offenen Karten zu spielen. Scott überprüfte den Stick und fand wie versprochen die Liste mit den Kontakten. Jetzt hatten wir Zugang zu über hundert Millionen Menschen. Wie es weiterging, lag in unserer Hand.

»Glaubst du, er will das DS-System stürzen?«, fragte Clare.

»Wenn er das wollte, hätte er jederzeit die Gelegenheit gehabt«, sagte ich. »Schließlich gehört ihm das Programm, oder?«

»Nein, es gehört der Regierung«, sagte Justin.

»Wenigstens haben wir jetzt die Liste«, meinte Clare.

»Aber zu welchem Preis«, erinnerte uns Scott. Wir alle schauten auf den schwarzen unbeschrifteten Speicherstick, der in der Mitte des Gartentisches lag, als hätten wir Angst, ihn auch nur anzufassen.

»Kannst du versuchen, ihn zu knacken?«, fragte Justin.

Scott schüttelte den Kopf. »Garantiert ist er so programmiert, dass der Inhalt sich selbst zerstört, wenn man daran herumpfuscht. Dann ist von der Botschaft nichts mehr übrig.«

»Wir könnten einfach entscheiden, die Ansprache nicht zu verschicken«, schlug Clare vor.

Ich blickte Hilfe suchend meine Mutter an.

»Tut mir leid, ich habe keine Ahnung«, sagte sie.

»Auf jeden Fall hat dein Vater einen Plan«, sagte Justin, »den er anscheinend schon seit langer Zeit ausbrütet. Es wäre allerdings nett zu wissen, auf wessen Seite er wirklich steht.« Er zeigte auf den Stick. »Die Botschaft könnte sein letzter Schachzug sein, um uns öffentlich schlechtzumachen und unsere Wahlerfolge zu sabotieren. Wollen wir so ein Risiko eingehen?«

Ich nahm den Stick und drückte ihn Clare in die Hand. »Bring ihn zu Molly«, entschied ich. »Sag ihr, sie soll dafür sorgen, dass der Inhalt verbreitet wird.«

»Du meinst …?«, fragte meine Mutter.

»Ich vertraue Dad«, sagte ich. »Außerdem hat er uns gegeben, was wir wollten, nämlich die Kontaktlisten.«

»Du kannst deinen Vater doch aufspüren, oder? Das gibt uns vielleicht einen Hinweis«, meinte Scott.

Meine Mutter riss überrascht die Augen auf. »Was?«

Ich lachte. »Stimmt. Ich zeige es dir«, sagte ich und bat Scott, das Navi auf seinem Phone zu öffnen. Ich scannte mein Handgelenk mit dem Peilsender und wir suchten nach dem Signal am anderen Ende der Funkverbindung. Mein Vater befand sich in Salem, nur dreißig Meilen entfernt von uns.

»Warte mal«, sagte Scott und zoomte näher heran. »Sein Signal kommt vom DCS. Das ist ein kleines Umerziehungscenter, das einzige in ganz Oregon. Hat nur ungefähr achtzig Insassen.«

»Wieso sollte er sich gerade für dieses Center interessieren?«, fragte Mom.

»Vielleicht kennt er jemanden, der dort arbeitet«, meinte Clare. »Wahrscheinlich sucht er nach Beweisen für die Gerichtsverhandlung.«

»Oder vielleicht vernichtet er Beweise, die ihn selbst belasten«, meinte Scott.

Mein Herz pochte hart gegen meine Rippen. »Mein Vater arbeitet nicht mit den Centern zusammen«, protestierte ich durch zusammengebissene Zähne. »Er ist kein Mörder.«

»Immerhin hat er einen Schüler getötet«, erinnerte Scott mich.

»Um das Leben anderer Kinder zu retten.«

»Tja, genau das passiert in den Centern, oder?«, meinte Scott. »Man rettet Millionen unschuldiger Kinder, indem man die Unruhestifter um die Ecke bringt.«

»Hör auf!«, brüllte ich ihn an und warf mich nach vorne, doch Jax hielt mich am Handgelenk fest. »Nimm das zurück, Scott.«

»Hört beide auf«, sagte Jax. »Wir sind doch auf derselben Seite.«

»Es tut mir leid«, meinte Scott. »Aber dein Vater verkörpert seit einer Ewigkeit alles, was ich verabscheue. Da kann ich ihm nicht auf die Schnelle vergeben und sein Fan werden. Schließlich hat er eine Welt aufgebaut, die ich kaum ertrage. Und er ist ja nicht *mein* Vater.«

»Anstatt hier herumzustreiten und zu rätseln, was Kevin Freeman vorhat, könnten wir doch einfach hinfahren und es herausfinden«, meinte Jax.

Scott und ich drehten uns beide um und starrten ihn an.

»Hinfahren?«, wiederholten wir.

»Bis Salem brauchen wir kaum eine halbe Stunde«, sagte Jax.

»Aber vielleicht hat er Polizeibegleitung«, gab meine Mutter zu bedenken.

»Dann macht es bloß mehr Spaß«, meinte Justin, der bereits aufgesprungen war. »Na, bist du bereit?«, fragte er mich.

Das herausfordernde Funkeln in seinen Augen reichte, damit ich gleich Feuer und Flamme war. Außerdem wollte ich Scott beweisen, dass er unrecht hatte. Ein moralischer Sieg war noch besser, wenn man ihn dem Verlierer unter die Nase reiben konnte.

Ich starrte auf die beiden Speichersticks, die geduldig auf ihren Einsatz warteten. Jetzt war nicht länger der Moment für Grübeleien, sondern für Taten.

»Okay, los geht's«, sagte ich.

Kapitel Siebzehn

Justin, Jax, Scott und ich standen vor dem Elektrozaun, der das Umerziehungscenter Salem abschottete. Im Vergleich zu dem gesichtslosen beigefarbenen Hochhaus des DCLA, in dem ich sechs Monate lang eingesperrt gewesen war, erinnerte das Center Salem mit seiner Kolonialarchitektur an einen regelrechten Herrensitz. Im Mittelpunkt des Hofes stand dramatisch ein hoher Burgturm, der den Eindruck machte, als würden unsichtbare Wächteraugen von dort auf das Grundstück spähen. Verrostete Ziergitter umgaben vernagelte Fenster.

Wir standen ungefähr hundert Meter entfernt und starrten mit einer Mischung aus Faszination und Abscheu auf das altertümliche Gebäude.

»Früher war das eine Irrenanstalt«, erklärte Scott. »Dann wurde es zu einem Krankenhaus umgebaut, musste aber bald wieder schließen, weil das Personal in Scharen kündigte. Die Leute haben behauptet, es würde in den Lagerräumen spuken.«

Jax nickte. »Ich habe gehört, da drinnen gibt es noch einen alten Autopsieraum und ein Krematorium, wo die Asche von verstorbenen Insassen in Urnen gelagert wird.«

Die Backsteinmauern waren weiß gestrichen, doch an vielen Stellen war die Farbe abgeblättert und das ursprüngliche Rot schimmerte hindurch, wodurch das Gebäude auf morbide Art lebendig wirkte. Man dachte unwillkürlich an Blut, Knochen und einen langsam verrottenden Körper. Kletterpflanzen rankten sich wie dürre Arme und Finger an den Wänden empor. Die ganze Atmosphäre war geisterhaft und verstörend. Am gruseligsten war allerdings der Gedanke, dass hinter den Wänden noch immer Menschen eingeschlossen waren.

»Bist du sicher, dass sich hier ein Center befindet?«, fragte ich.

Justin zeigte auf einen der hinteren Gebäudetrakte. Dort waren die hohen Bogenfenster entfernt und die Öffnungen zugemauert worden. »Ich glaube, nur dieser Teil ist noch in Betrieb«, sagte er.

Der Himmel war grau und die schwüle Luft ließ mir das Haar feucht am Gesicht kleben. Der Kunstrasen zwischen uns und dem Gebäude war voller moderiger Pfützen. Um uns herum standen lauter tote Bäume: graue Gestalten mit Gerippen aus Zweigen und strähnig herabhängendem Moos.

»Der Untergrund ist immer noch von Katakomben durchzogen«, sagte Scott. »Sie wurden früher als Wege für die Insassen benutzt, damit sie oben niemand zu sehen bekam.«

»Von diesem Ort kriege ich eine Gänsehaut«, sagte ich und schloss den Reißverschluss meines Mantels bis zum Hals. »Hat sich mein Vater schon von der Stelle gerührt?«

Scott schüttelte den Kopf. Wir standen bereits eine gute Stunde am Südende des Geländes herum. Mein Vater befand sich am Nordende in einer Seitenstraße, nur einen Häuserblock vom Eingang entfernt. Aus unserem Blickwinkel konnte man jedoch nur die Zufahrt und den bewachten Zaun sehen.

»Da rührt sich was!«, sagte Jax. Wir alle schauten zur Straße, wo jetzt ein weißer Transporter erschien. Der Wagen hatte hinten keine Fenster und an der Seite waren die Scheiben schwarz getönt.

»Okay, nicht dein Vater«, stellte Scott fest und zeigte auf die Navikarte, »aber er ist auch unterwegs.« Wir drängten uns näher und beugten uns über Scotts Bildschirm, wo ein gelbes Strichmännchen sich auf die Zufahrt zubewegte.

Wir wagten uns näher heran und duckten uns hinter eine Reihe hässlicher Baumstümpfe, die ungefähr fünfzig Meter von der Straße entfernt standen. Plötzlich sahen wir hinter dem Transporter eine schwarze Limousine auftauchen und beschleunigen.

»Vorhang auf für Mr Freeman«, sagte Scott grinsend. Wir beobachteten gebannt, was sich auf der Zufahrt abspielte.

Der Transporter fuhr an den Straßenrand, um Dads Limousine vorbeizulassen, doch stattdessen bremste sie direkt dahinter. Beide Wagen blieben stehen. Ich warf einen Blick auf Justin und Jax, die nur Augen für das Geschehen hatten, und spürte mein Herz einen Trommelwirbel schlagen.

Zwei Männer verließen den Transporter, dann riss ein dritter von innen die Heckklappe auf und sprang ebenfalls heraus. Mein Vater stieg währenddessen ungerührt aus seiner Limousine. Er trug seinen üblichen schwarzen Businessanzug. Ihm folgte der muskulöse Chauffeur, der mindestens den doppelten Taillenumfang meines Vaters hatte. Sein massiger Oberkörper wirkte selbst aus fünfzig Metern Entfernung einschüchternd. Bei seinem Anblick fühlte ich mich gleich ein bisschen besser.

»Sind sie bewaffnet?«, fragte ich.

Justin und Scott zoomten die Szene mit ihren Phones näher heran. »Ich kann keine Waffen sehen«, sagte Justin.

Mein Herz pochte heftig. Ich starrte auf den Transporter, als könne ich mit Laserblick durch seine Metallwände schauen. »Glaubt ihr, sie bringen neue Jugendliche ins Center?«

»Dann gäbe es mehr Sicherheitsmaßnahmen«, meinte Scott. »Für mich sieht das eher harmlos aus. Wahrscheinlich eine Warenlieferung.« Er begann auf seinem Phone herumzutippen. »Am besten überprüfe ich das Nummernschild und sehe, was dabei herauskommt.«

Ich rückte einen Schritt von ihm ab. Mein Vater hatte bestimmt nicht für ein bisschen Small Talk angehalten. Und er würde seine Zeit nicht damit verschwenden, sich hier mit harmlosem Lieferpersonal zu treffen.

Der Fahrer des Transporters führte Dads Chauffeur zur Heckklappe und öffnete sie. Ich schluckte, als er im Inneren verschwand.

»Lasst uns runtergehen«, sagte ich und schaute zwischen Justin und Jax hin und her. »Da stimmt doch etwas nicht.«

Jax nickte und wollte mir folgen, doch Scott hielt mich am Arm zurück. »Anscheinend führen sie eine Inspektion durch«, sagte er. »Das ist kein Grund zum Eingreifen. Wir sind hier, um deinen Dad auszuspähen, und nicht, um ihm zu helfen. Schließlich haben wir immer noch keine Ahnung, ob er unsere Hilfe wert ist.«

Ich wollte gerade widersprechen, als zwei der Männer meinen Vater packten und vom Transporter wegstießen. Der dritte sprang aus dem Heck und warf die Klappe zu, bevor der Chauffeur aussteigen konnte. Alle rannten auf den Straßengraben zu.

»Dad!«, schrie ich und sprintete im Zickzack um Baumstümpfe herum, am Elektrozaun entlang und in Richtung der Zufahrt. Mein Herzschlag übertönte sogar das Summen der Hochspannungsdrähte.

»Maddie!«, rief Justin hinter mir her. Im gleichen Moment explodierte etwas im Inneren des Transporters. Weitere Detonationen folgten, die den Wagen regelrecht in Stücke rissen. Das Dach wurde von einer orangefarbenen Stichflamme in die Höhe geschleudert und eine wabernde Feuerwolke hüllte das ganze Fahrzeug ein. Rauchschwarze Nebelschwaden schwebten durch die Luft und sahen bizarr schön aus, bevor sie zu Boden sanken und sich verflüchtigten.

Ich hatte mich zusammengeduckt und mein Gesicht vor der Hitzewelle der Explosion abgeschirmt.

Als sich der Rauch verzog, kamen die Männer wieder auf die Beine. Mein Vater erhob sich aus dem Schutz seiner Limousine. Er hatte sich also noch rechtzeitig in Sicherheit bringen können.

»Dad!«, rief ich wieder. Justin und Jax hatten mich inzwischen eingeholt und wir rannten auf das Wrack des Transporters zu. Pfützen spritzten um unsere Füße, als wir eilig durch den morastigen Kunstrasen wateten.

Mein Vater kam hinter seinem Auto hervor und wollte auf das brennende Wrack zustürzen. Doch einer der Männer trat ihm in die Rippen, sodass er gegen den Kofferraum geschleudert wurde. Dads Hinterkopf prallte auf das Metall und er rutschte seitlich zu Boden. Justin blieb lange genug stehen, um einen Schuss abzufeuern. Der Angreifer brach in die Knie und sackte neben meinem Vater zusammen.

Meine Schuhe waren so durchnässt, dass sie sich bleischwer anfühlten, doch ich rannte mit aller Kraft.

Die übrigen Männer hatten nun ebenfalls Waffen gezogen und zielten auf uns. Justin erwischte einen von ihnen, aber ein zweiter näherte sich bereits meinem Vater, der sich gerade schwerfällig vom Boden erhob. Inzwischen hatte Justin ein Lauftempo drauf, mit dem er mich lässig überholte.

Der Fahrer nahm meinen Vater ins Visier, doch Justin schoss ihm die Waffe aus der Hand und feuerte sofort noch einmal. Der Mann fiel rücklings zu Boden, wo er mit ausgebreiteten Armen liegen blieb.

Wir rutschten den Abhang zur Straße hinunter und ich packte meinen Vater am Arm.

»Dad«, sagte ich. Er starrte mich mit aufgerissenen Augen an, in denen noch immer der Schock stand. Dann richtete er den Blick auf den brennenden Transporter. Das Feuer zischte und rumorte wie ein lebendiges Wesen, während sich das Stahlskelett in der sengenden Hitze kreischend verzog und zu schmelzen begann.

»Dad, wir müssen hier weg. Sofort«, sagte ich und zog ihn hinter mir her.

»Haben Sie den Schlüssel?«, fragte Justin und zeigte auf die Limousine.

»Steckt in der Zündung«, murmelte mein Vater, ohne den Blick von den Flammen wenden zu können.

»Was mit Ihrem Chauffeur passiert ist, tut mir leid, aber wir können nicht hierbleiben«, sagte Justin. Er warf einen Blick auf das Wrack und befahl durch sein Phone: »Scott, komm runter und sieh zu, ob du etwas herausfinden kannst. Und schick uns einen Helfer zum nächsten Bootsanleger.« Er öffnete die Beifahrertür. »Los jetzt!«

Ich kletterte auf die Rückbank und schob meinen Vater vor mir her. Jax setzte sich vorne neben Justin, der den Wagen anwarf. Er wendete und raste mit quietschenden Reifen die Straße entlang. Lose Steine prasselten gegen das Bodenblech.

Mein Vater erwachte blinzelnd aus seiner Betäubung und schien erst jetzt wahrzunehmen, was um ihn herum geschah. »Wie kommst du hierher, Maddie?«, fragte er.

Ich hielt mein Handgelenk in die Höhe. »Du hättest mir eben nicht verraten sollen, dass das Signal in beide Richtungen funktioniert. Erzähl mir jetzt nicht, du wärst überrascht.« Bevor er darauf antworten konnte, fuhr ich fort: »Wieso hast du mich angelogen? Und sogar Mom?« Ich bebte immer noch am ganzen Körper. Obwohl ich viele Gründe hatte, meinen Vater zu hassen, verwandelte mich allein die Vorstellung, ihn fast verloren zu haben, in ein zitterndes Nervenbündel.

»Ich hatte einen Tipp bekommen, dass Vaughn illegale Labore benutzt, um Drogen für die Center herzustellen«, erklärte mein Vater. »Dieser Spur sind wir nachgegangen. Ich konnte deiner Mutter nichts davon erzählen. Und auch sonst niemandem.«

»Warum? Du hättest uns sagen sollen, was du planst!«

»So einfach ist die Sache nicht. Ich habe versucht, euch nicht mit in diesen Sumpf hineinzuziehen.«

Justin raste um eine Kurve, und ich klammerte mich an den Türgriff, um nicht gegen die Scheibe geworfen zu werden.

»Sorry«, sagte Justin.

»Du hast mit Vaughn zusammengearbeitet, oder? Jahrelang die Augen zugemacht und es einfach geschehen lassen.«

»Nein, Maddie. Das schwöre ich bei meinem Leben.« Er schaute mich an, und in seinen dunklen Augen lag ein flehender Ausdruck, den ich noch nie zuvor gesehen hatte. Etwas in ihm schien sich zu lösen, als würde eine verkrampfte Faust sich endlich öffnen. »Ich habe die Digital School bekämpft, seit sie zum Gesetz erhoben wurde. Seit zehn Jahren bin ich auf eurer Seite.«

Kapitel Achtzehn

»Was?«, schrie ich ungläubig über den Lärm des Motors hinweg. Justin schoss mit 150 km/h durch die Stadt, und wir wirbelten eine Staubfahne auf, als er um eine scharfe Kurve schlitterte. Mein Vater umklammerte krampfhaft den Sicherheitsgurt.

»Könntest du bitte ein bisschen langsamer fahren, Justin?«, rief er.

»Gerne. Sobald ich die Typen hinter uns abgeschüttelt habe«, gab Justin zurück und zeigte mit dem Daumen über seine Schulter. Ich blickte durch die Heckscheibe und stellte fest, dass uns kaum einen Häuserblock entfernt ein Lieferwagen verfolgte.

Für einen Moment kreuzten sich die Blicke von Justin und meinem Dad im Rückspiegel. Beide hatten die gleiche störrische Miene aufgesetzt. Mein Vater wurde als Erster schwach und auf seinen Lippen erschien ein Lächeln.

»Du gibst nie auf, oder?«, fragte er Justin.

Eine Antwort war nicht nötig, denn der Schleuderkurs um die nächste Ecke war Antwort genug. Jax sagte überhaupt nichts, sondern starrte nur geradeaus und wünschte sich vermutlich fieberhaft, er hätte mich nie getroffen.

»Du bist genau wie deine Eltern«, bemerkte Dad.

Justins Züge verhärteten sich und er funkelte meinen Vater im Rückspiegel an. »Woher wollen ausgerechnet Sie das wissen?«, schoss er zurück. Dann versteiften sich seine Schultern, als hätte er gerade eins und eins zusammengezählt.

»Allerdings ist selbst dein Vater nicht ganz so ein Sturkopf wie du«, setzte Dad hinzu.

»Soll heißen, Sie kennen ihn«, stellte Justin fest.

Mein Vater nickte. »Ich war sein Trauzeuge.«

Justins Gesicht wirkte wie aus Stein gemeißelt und seine Finger umkrampften das Lenkrad.

»Davor waren wir am selben College in Arizona. Haben uns ein Zimmer geteilt. Wir sind schnell enge Freunde geworden und haben eine Art Studentenclub gegründet. Abends saßen wir immer in einem bestimmten Pub zusammen und gaben uns deshalb feierlich den Namen ›Bruderschaft der McMinns‹. Dein Vater und ich waren beide entschlossen, die Welt zu verändern. Man könnte sagen, wir hatten eine Menge gemeinsam.«

Ich schaute zwischen den beiden hin und her. »Und Mom?«, fragte ich.

»Sie war ebenso eng mit Elaine befreundet. Die beiden hatten die gleichen Hobbys: Gärtnern, Wandern, Campen ... Erst als wir Kinder bekamen, haben wir uns nicht mehr so häufig gesehen.« Er schaute Justin an. »Ich kann mich noch erinnern, wie aufgelöst dein Vater war, als du als kleiner Junge ins Lagerfeuer gefallen bist. Er hat gemeint, damit hast du wohl bewiesen, dass du feuerfest bist.«

Mein Magen rebellierte ... und zwar nicht nur wegen Justins Fahrweise. Die Wahrheit war so überwältigend, dass sie meinen Geist überschwemmte, Dämme durchbrach und mich ganz schwindelig zurückließ. Justin starrte meinen Vater im Spiegel an.

»Interessant, wie Sie mit Freunden umgehen«, bemerkte er.

Mein Vater funkelte ihn an. »Ach ja? Ich habe den beiden geholfen, aus dem Gefängnis zu flüchten. Ich habe ihnen eine neue Identität in Eden verschafft, damit sie nicht hingerichtet werden.«

»Und wieso haben meine Eltern davon nie etwas erwähnt?«, wollte Justin wissen.

»Weil ich es ihnen verboten habe«, sagte mein Vater. »Das war für uns alle am sichersten.«

»Jetzt warte mal einen Moment. Du warst die ganze Zeit auf unserer Seite?«, fragte ich.

Mein Vater nickte. Wir erreichten eine Schotterstraße, die am gewundenen Flussbett des Willamette River entlangführte, und Justin ging ein bisschen vom Gas. Ich schaute mich um und stellte fest, dass der Lieferwagen verschwunden war.

»Die Digital School war kaum ein Jahr alt, da begann ich schon meine Meinung zu ändern. Man konnte bereits erkennen, in welche Richtung sich alles entwickeln würde.«

»Aber wieso hast du das Programm trotzdem weiterlaufen lassen?«, fragte ich.

»Als ich am Anfang einen Geldgeber für mein Projekt brauchte, fand ich nur Richard Vaughn. Leider riss er in kurzer Zeit alles an sich. Ich hatte nie geplant, die Digital School gesetzlich zu verankern. Eigentlich sollte sie bloß eine zusätzliche Wahlmöglichkeit sein, eine sichere Alternative. Aber nach 28M waren die Leute so in Panik, dass sich das System verselbstständigt hat. Die Digital School wurde als ein Allheilmittel betrachtet.«

»Und Sie haben es einfach weiterlaufen lassen«, wiederholte Justin.

Mein Dad runzelte die Stirn. »Um gegen das DS-System vorgehen zu können, brauchte ich weiterhin eine Führungsposition. Sonst hätte ich überhaupt keinen Einfluss mehr gehabt.«

»Und wie bist du dagegen vorgegangen?«

Er schaute mich direkt an. »Mithilfe deiner Mutter. Hast du dich nie gefragt, warum wir beide so gegensätzliche Standpunkte vertreten, was die virtuelle Welt angeht? Sie hat dich immer ermutigt, alles zu hinterfragen. Wir wollten dich beide auf deinem Weg unterstützen, aber mir waren die Hände gebunden. Ich konnte nie ehrlich mit dir reden. Im Grunde saß ich genauso in der Falle wie du.«

»Warte mal, willst du behaupten, du hast die ganze Zeit mit Mom unter einer Decke gesteckt?« Die Welt vor den Fenstern verschwamm und die Felslandschaft schien sich mit dem grauen Fluss zu vermischen, als zu viele Gedanken gleichzeitig auf mich einstürmten und mein Gehirn überluden.

»Nicht ganz. Aber ich teile ihre Meinung, dass das DS-System zu weit geht. Dieser Überzeugung war ich schon seit Langem, nur hatte ich nicht die Macht, etwas dagegen zu tun. Dann wurde mir irgendwann klar, dass ich die entscheidende Person vielleicht direkt vor der Nase hatte. Nämlich dich. Ich habe beide Augen zugedrückt, damit du Justin kennenlernen konntest. Genauer gesagt habe ich ihm erlaubt, dich aufzuspüren. Ich wollte, dass ihr beide euch trefft. Weil mir klar war, dass du dich dem Widerstand anschließen würdest.«

Ich schüttelte den Kopf, als seine Worte zu mir durchdrangen. »Das heißt, du hast mich *benutzt*?« Meine Stimme wurde lauter. »Wenn du die Digital School für einen Fehler hältst, dann schließ sie doch einfach!«

»Das kann ich nicht. Erst recht nicht mehr, seit es das DS-Gesetz gibt. Meine einzige Chance war, bis zur Abstimmung an der Spitze zu bleiben. Hätte ich mein Amt niedergelegt oder wäre entlassen worden, dann hätte Richard mich einfach mit einer seiner Marionetten ersetzt. Dadurch wäre mir jede Möglichkeit genommen worden, mich einzumischen. Ich musste meinen Posten unbedingt bis zur Abstimmung behalten. Nur so habe ich eine Chance, das DS-System wieder abzuschaffen.«

In meinen Gedanken drehte sich alles. »Aber … wie du mich immer behandelt hast … du hast mich seit Jahren kleingehalten und mir ständig erzählt, wie falsch ich liege.«

Er senkte bedauernd den Blick. »Das tut mir leid, Maddie. Mir blieb nichts anderes übrig.«

»Wieso?«

»Weil unser Haus abgehört wird. Sämtliche Wandschirme werden überwacht. Seit du so spektakulär das Gesetz gebrochen hast, stehst nicht nur du unter Beobachtung, sondern auch ich. Alle meine Online-Texte werden mitgelesen, unsere Telefonverbindungen sind angezapft. Seit deinem fünfzehnten Lebensjahr leben wir in einem gläsernen Käfig. Jeder falsche Schritt von mir wäre aufgefallen. Ich hätte versuchen können, dich heimlich einzuweihen, aber das Risiko war einfach zu groß.«

Empört funkelte ich ihn an. »Also hast du mich lieber die ganze Zeit angelogen?« Ich rieb mir mit den Händen durchs Gesicht. Zu viele widersprüchliche Gefühle tobten durch meinen Kopf. Erleichterung, Wut, Bitterkeit und Hoffnung. Bei diesem Mischmasch konnte ich keinen klaren Gedanken fassen. »Du hättest mich einweihen können. Und vor allem Mom.«

»Ich habe versucht, euch zu beschützen.«

»Indem du uns alles verschweigst? Wir haben das Recht, uns um dich Sorgen zu machen, schließlich sind wir eine Familie! Das gehört nun mal dazu, oder? Man redet miteinander, stützt sich gegenseitig, teilt Sorgen und Glück. Man ist einfach füreinander da.«

»Das Risiko konnte ich nicht eingehen. Ihr durftet beide nichts davon wissen. Nur so wart ihr außer Gefahr. Falls man euch einem Verhör unterziehen würde, konntet ihr mit gutem Gewissen die Wahrheit sagen.«

»Du hast zugelassen, dass man mich in ein Center steckt! Vaughn hätte mich fast umgebracht!«

»Ich habe alles versucht, um dich davor zu retten«, gab er aufgebracht zurück. »Beim ersten Mal habe ich den Widerstand informiert, dass du verhaftet wurdest. Nur deshalb konnten sie dich rechtzeitig abfangen. Beim zweiten Mal war der Fall schon offiziell bei der Polizei gelandet und ich konnte nicht mehr eingreifen. Stattdessen habe ich versucht, ein Treffen mit Richard zustandezubringen. Als er mich abblitzen ließ, bin ich unangemeldet im Center aufgetaucht. Du weißt selbst, was diese Taktik für Folgen hatte.«

Ich dachte darüber nach und musste zugeben, dass er vielleicht recht hatte. Die ganze Zeit hatte ich geglaubt, er wolle mich von sich stoßen. Dabei hatte er mich anscheinend nur auf den richtigen Weg drängen wollen.

»Du warst der einzige Mensch, der mir die Stirn geboten hat«, sagte er. »Weil du genauso stur sein kannst wie ich. Deshalb begann ich zu glauben, dass du meine stärkste Verbündete im Kampf gegen das DS-System werden könntest.«

Plötzlich tauchte der Lieferwagen wieder hinter uns auf. Er kam den Hügel heruntergeschlittert und rammte fast unseren Kofferraum. Justin trat das Gaspedal durch. Der Lieferwagen bremste mit durchdrehenden Rädern. Eine Wolke aus Staub und Schotter wirbelte auf, doch schon hatte der Fahrer die Kontrolle zurückgewonnen. Er setzte uns mit aufheulendem Motor nach. Die Stoßstange traf unser Heck, und der Aufprall schleuderte uns auf den Sitzen nach vorne.

Justin hatte keine Chance, von der Schotterstraße abzuweichen. Unser Auto bretterte durch Schlaglöcher und bockte so wild, dass wir mit den Köpfen gegen das Dach prallten. Ich klammerte mich an der Sitzlehne vor mir fest und mein Vater stützte sich notdürftig ab, indem er eine Hand gegen die Tür presste.

Der Lieferwagen versuchte, uns zu überholen, doch die Straße war zu eng. Wieder rammte er uns von hinten, und Justin schrie in sein Headset, dass er sofort wissen musste, wo genau der Bootsanleger war.

Der Weg näherte sich dem Fluss immer mehr. Bald trennte uns nur eine schmale Felskante von dem Wasser unter uns. Als die Schotterstraße ein bisschen breiter wurde, nutzte der Lieferwagen die Gelegenheit und raste los. Beim Überholen erwischte er unser Heck, sodass wir aus der Spur geschleudert wurden. Eine Bodenwelle ließ das Auto von der Straße abheben.

Zwei Atemzüge lang erlebte ich Folgendes: Wir segelten über einen Felsvorsprung. Flogen auf dunkelblaue Wellen zu. Landeten mit einem harten Aufprall. Verschwanden unter einer Wand aus Wasser.

Kapitel Neunzehn

Wir wurden ruckartig vor und zurück geworfen, als das Auto im Fluss landete. Die Strömung ergriff die Vorderräder und riss den Wagen mit sich.

Zuerst konnte ich vor Schock nur verständnislos blinzeln. Meine Hand suchte nach dem Türgriff und zerrte daran, aber nichts geschah.

»Mach die Zentralverriegelung auf!«, schrie ich, als das Wasser durch die Bodenritzen zu sickern begann.

Mein Vater versuchte ebenfalls vergeblich, nach draußen zu kommen.

»Die ist offen!«, schrie Justin zurück.

Ich machte einen neuen Versuch. »Aber hier rührt sich nichts.«

»Das liegt am Wasserdruck«, sagte Jax mit heiserer Stimme.

»Können wir die Scheiben kaputt schießen?«, fragte ich.

»Das Glas ist kugelsicher«, sagte Justin.

Inzwischen umspülte das Wasser meine Füße in kleinen Wellen, die aussahen, als würden sich Schlangen über den Boden ringeln. Zischend blubberte immer mehr herein. Kalte Münder knabberten an meinen Knöcheln und wanderten gierig meine Unterschenkel hoch.

Ich schaute Justin an. »Kann dein Auto nicht fliegen oder sich selbst zerlegen oder sonst etwas?«

»Wenn alle ruhig bleiben, können wir es schaffen«, sagte Jax.

Ruhig bleiben. Sehr witzig. Die Kühlerhaube unseres Wagens wurde nach unten gezogen und das Wasser stieg uns bis zu den Knien.

»Kannst du schwimmen?«, fragte mich Jax und ich schüttelte den Kopf. »Wie ist es mit Ihnen?«, wendete er sich an meinen Vater.

Dad schien sich in einer Art Schockstarre zu befinden und fixierte das Wasser auf der Windschutzscheibe. Dann brachte er immerhin ein Nicken zustande.

»Wir können die Türen nicht öffnen, weil der Wasserdruck von außen dagegen presst. Also müssen wir warten, bis das Auto ganz gesunken ist«, sagte Jax. Justin nickte zustimmend.

»Also bis der Druck innen so groß ist wie außen?«, fragte ich.

»Genau. Dann sollten die Türen aufgehen«, meinte Justin.

»Sie sollten …«, murmelte ich.

»Nein, sie werden«, sagte Jax bestimmt.

Als das Wasser zum ersten Mal über meinen Schoß schwappte, gab ich ein schmerzhaftes Keuchen von mir. Meine Füße waren schon zu taub, um etwas zu fühlen. Hilflos presste ich die Hand gegen die Fensterscheibe, als könnte ich sie herausdrücken. Die Panik hatte mich fest im Griff.

»Ist das nur eine Theorie aus dem Physikunterricht oder bist du dir sicher?«, fragte ich.

»Ich bin mir sicher. Versprochen«, sagte Jax. Er schaute über die Schulter zu mir herüber. »Wahrscheinlich sind wir eine gute Minute unter Wasser, bevor es funktioniert. Halt einfach die Luft an. Erst, wenn du in Panik gerätst, hast du ein Problem. Konzentrier dich darauf, möglichst lange nicht auszuatmen.«

Ich keuchte erneut, als das Wasser gegen meine Brust schwappte und meinen ganzen Körper erstarren ließ. Die Kälte fühlte sich an wie tausend Nadelstiche. Inzwischen war die Windschutzscheibe völlig unter Wasser. Schlammige Dunkelheit umgab uns, als würden wir bei lebendigem Leibe von einer

Riesenschlange verschluckt. Das Monster schubste uns spielerisch hin und her wie einen leckeren Kauknochen.

Ich schnappte bereits jetzt verzweifelt nach Luft. Meine Lippen bebten und ich wollte mit den Fäusten gegen die Scheibe schlagen. Stattdessen presste ich sie nur gegen das Glas.

»Bleib ganz ruhig«, sagte Justin, doch seine Stimme klang ebenfalls zittrig. Er drehte sich zu meinem Vater um, damit Dad auch wirklich zuhörte, und sagte zu ihm: »Keine Sorge, alles geht gut. Sobald wir aus dem Wagen heraus sind, wird uns die Strömung packen. Versuchen Sie nicht, dagegen anzuschwimmen – sonst verschwenden Sie nur unnötig Energie. Lassen Sie sich flussabwärts tragen und steuern Sie dabei ganz langsam aufs Ufer zu. Jax, wenn du durch die Tür bist, schnapp dir Maddie.« Justin wandte sich wieder zu mir um. »Lass dich von ihm mitziehen und wehr dich nicht, sonst wird es für euch beide nur unnötig schwer.«

Das Wasser reichte uns jetzt bis zum Hals. Das Auto war so weit abgesunken, dass die ersten Tropfen an der oberen Abdichtung der Windschutzscheibe hereinperlten.

Ich zerrte wieder am Türgriff. Noch immer rührte sich nichts.

Das Auto war nun vollständig versunken und begann sich um die eigene Achse zu drehen.

»Tief einatmen«, sagte Justin. »Füll deine Lungen bis zum Rand, Maddie.« Weiter kam er nicht, denn eine Welle schlug über seinem Kopf zusammen.

Mir reichte das Wasser bis zum Kinn und kitzelte an meinen Mundwinkeln. Ich schickte ein Stoßgebet zum Himmel und versuchte wieder erfolglos, die Tür zu öffnen.

Mit gestrecktem Hals hechelte ich verzweifelt das letzte bisschen Luft in mich hinein. Dads Hand fand meine und drückte sie fest. Meine tauben Finger konnten die Geste kaum erwidern.

»Wir schaffen das schon«, flüsterte er. Seine Lippen waren bläulich angelaufen und zitterten beim Sprechen. Alle möglichen Gedanken wirbelten durch meinen Kopf, doch die meisten kreisten um das Thema Luft. Wie kostbar sie war und dass ich sie immer als selbstverständlich hingenommen hatte.

»Es tut mir alles so leid, Maddie«, sagte er. »Du weißt, dass ich dich liebe, oder? Und deine Mutter und Joe? Das weißt du doch?«

Er hielt meinen Blick fest und wartete auf meine Antwort, als würde sein Leben davon abhängen. Mein Körper war so unterkühlt, dass er in Kältestarre fallen wollte, und ich atmete in kurzen, angestrengten Stößen. Immerhin bekam ich ein zitteriges Nicken zustande.

Das Wasser verschluckte den letzten Zentimeter Luft und mein Vater drückte seine freie Hand gegen die Tür. Man konnte ihm die Verzweiflung ansehen. Vor meinen Augen verschwamm alles zu einem Graublau, das Licht von oben trieb langsam davon. Ein Schwall Luftblasen drang meinem Vater aus der Nase, und mir war klar, dass er die Nerven verloren hatte. Er ließ meine Hand los und rüttelte an der Tür, schob mit aller Kraft dagegen, doch nichts rührte sich. Wahrscheinlich waren erst fünf Sekunden vergangen, obwohl es sich wie Minuten anfühlte. Meine Lungen begannen zu brennen und wollten mich zum Ausatmen zwingen. Doch dadurch würde der Drang, wieder Luft zu holen, nur noch quälender werden. Am liebsten hätte ich geschrien. Die dunkle, eiskalte, klaustrophobische Enge zerrte an meinen Nerven. Krampfhaft presste ich die Lippen zusammen und hielt durch. Die Bewegungen meines Vaters wurden langsamer. Mir war klar, dass uns kaum noch Zeit blieb.

Mit meinem ganzen Gewicht stemmte ich mich gegen die Tür. Vergeblich. Mein schmerzender Körper trieb mir Tränen in die Augen, und unwillkürlich öffnete ich den Mund zu einem Hilfeschrei. Natürlich verlor ich dadurch nur den kostbaren Rest an Sauerstoff. Mit einem allerletzten Stoßgebet rammte ich meine Schulter gegen die Tür, während der Drang, nach Luft zu schnappen, mich stöhnen ließ. Endlich spürte ich, dass der Riegel aufklickte. Ich drückte mit aller Kraft, aber gleichzeitig atmete ich doch ein, sodass Wasser meine Lungen füllte. Hustend würgte ich es heraus, fast gleichzeitig strömte neues nach. Ich schlug um mich, doch meine Hände griffen nur Wasser, das widerstandslos durch meine Finger rann, als würde ich gegen einen Geist kämpfen. Der Druck auf meiner Brust war unerträglich. Genauso gut hätte ich unter dem Auto liegen können, das mich langsam zerquetschte. Ich rang nach Atem und durchpflügte mit den Händen das Wasser, um irgendwo Luft zu finden.

Warum hatte ich Justin nicht wenigstens ein letztes Mal gesagt, dass ich ihn liebte? Und meinem Vater?

Wütend kämpfte ich gegen die Tür an. Der kostbare Sauerstoff befand sich fast zum Greifen nahe und der Fluss schien mich zu verhöhnen. Ich sah Sonnenlicht von oben in die Tiefe wabern. Der Lichtstreif war wie eine rettende Hand, die ich nicht erreichen konnte.

Plötzlich schwang die Tür auf und ein Arm griff durch das schlammige Wasser nach mir. Jax packte mich an der Taille, wir stießen uns ab und tauchten auf. Als unsere Köpfe die Wasseroberfläche durchbrachen, keuchten wir beide nach Sauerstoff. Ich spuckte Mundladungen voller Wasser aus, die aus der Tiefe meiner Brust hochquollen. Meine Lungen schrien nach mehr, und ich hechelte krampfhaft, während ich gleichzeitig das Restwasser auswürgte, das in Hals und Nase steckte. Jax hielt mich an Brust und Taille umfasst, sodass ich mich an seiner Schulter festhalten und wie eine Boje treiben lassen konnte. Trotzdem sank ich tiefer und geriet in Panik. Ich trat wild mit den Beinen um mich. Jax tat sein Bestes, mich stillzuhalten, doch ich riss uns beide einen Moment lang unter Wasser. Während Jax darum kämpfte, uns zu stabilisieren, rief er mir beruhigende Worte zu.

»Ich habe dich«, versicherte er mir. »Halt dich einfach nur

an mir fest.« Wir husteten und würgten beide. Mir wurde klar, dass wir immer noch ertrinken konnten, falls wir das Ufer nicht erreichten.

Gewaltsam zwang ich meine Beine zur Ruhe, und Jax umschlang wieder meine Taille. Ich klammerte mich an ihm fest wie an einem Rettungsfloß. Mit einem Arm paddelnd bewegte er uns langsam in Richtung Ufer. Ich suchte mit den Augen die Wasseroberfläche ab und stellte fest, dass Justin ein Stück vor uns schwamm und schon fast das Ziel erreicht hatte.

Mit ganzer Kraft schob mich Jax über die Uferkante und tauchte dabei selbst wieder unter Wasser. Er gab meinen Beinen einen Schubs, sodass ich mich über den Felsrand ziehen konnte. Dann ergriff ich seine Hand und half ihm ebenfalls ans Ufer.

Mein Blick suchte hektisch die Landschaft nach meinem Vater ab. In der Ferne sah ich das schwarze Limousinendach wie einen glänzenden Seehundrücken an der Wasseroberfläche dümpeln. An den Rand des Daches klammerte sich die bleiche Hand meines Vaters, der nur mühsam den Kopf über die Wellen gestreckt hielt.

Bevor ich einen Schrei ausstoßen konnte, hatte sich Justin schon wieder ins Wasser geworfen und schwamm ihm nach. Jax und ich erklommen währenddessen das felsige Steilufer. Wir hielten uns an Gestrüpp und Steinen fest und kletterten nach oben, bis wir einen sandigen Fußpfad erreichten. So schnell ich konnte, lief ich am Fluss entlang, den Blick auf meinen Vater gerichtet.

»Dad, halt durch!«, schrie ich, denn Justin näherte sich dem Auto bereits. Mein Vater kämpfte darum, seinen Mund über Wasser zu halten.

Als Justin kaum fünf Meter entfernt war, überschwemmten die Wellen meinen Vater vollständig. Ich stieß ein entsetztes Keuchen aus. Vielleicht war dieser verzweifelte Überlebenskampf das Letzte, was ich von ihm sehen würde. Auch Justin tauchte ab und endlose Sekunden vergingen. Beide blieben verschwunden und ich begann hilflos zu weinen.

Am liebsten wäre ich vom Steilufer wieder in den Fluss gesprungen. Ich war kurz davor, doch Jax hielt mich zurück. Vergeblich kämpfte ich gegen ihn an. Er hielt meine Arme eng an den Körper gepresst und zwang mich, bei ihm auf dem Pfad zu bleiben, während ich mich weinend in seiner Umklammerung wand und mit den Händen gegen seine Brust trommelte. Ich vergrub das Gesicht in seinem Shirt, das von der Tauchaktion ganz zerrissen war.

Dann hörte ich Rufe, und als ich aufschaute, hielt Justin den Kopf meines Vaters mühsam über Wasser. Er bewegte sich langsam auf die andere Seite des Flusses zu. Dad hing schlaff in seinen Armen, während Justin versuchte, gegen die Strömung anzupaddeln und sie gleichzeitig zu nutzen, um Kraft zu sparen. Ich sah meinen Vater husten, um das Wasser aus seinen Lungen zu bekommen.

Mit Riesenschritten lief ich neben ihnen her, bis sie das gegenüberliegende Ufer erreicht hatten. Dann blieb ich stehen und japste vornübergebeugt nach Atem. Erleichtert winkte ich den beiden über den Fluss hinweg zu. Sie hatten sich gute hundert Meter entfernt auf den Boden fallen lassen.

Klitschnass wie ich war, hätte ich eigentlich frieren müssen, doch das Adrenalin unterdrückte jedes Kälteempfinden. Ich schaute Jax an, dessen Lippen ganz blau waren. Auf unseren Gesichtern spiegelte sich die gleiche Mischung aus Schock und Erleichterung, als wir uns anlächelten.

Ich schälte mich aus meiner durchweichten Jacke und wrang mein T-Shirt aus, so gut es ging.

»Alles okay mit dir?«, fragte Jax und ich nickte. Er schaute den Fluss entlang, doch die Limousine war bereits außer Sicht.

»Es lebe der DS-Unterricht. Meine Theorie hat gestimmt«, sagte er mit einem Seufzer.

»Deine Theorie? Soll das heißen, du warst dir nicht sicher?«, fragte ich schrill.

Er schüttelte den Kopf. »Rein physikalisch hat es Sinn gemacht«, stellte er fest.

Ich verzog das Gesicht und wusste nicht, ob ich Jax lieber ohrfeigen oder umarmen sollte. Allerdings hätte sein halbnackter Zustand das Umarmen ein bisschen peinlich gemacht. Sein Shirt hing zerfetzt von einer Schulter und durch diverse Risse konnte man Brustmuskeln sehen, die sicher nicht vom Pinselschwingen stammten.

Am anderen Flussufer knieten Justin und mein Vater im Schlamm und versuchten, wieder zu Atem zu kommen. Ein Motorengeräusch ertönte in der Ferne und mein Rücken versteifte sich. Ich wartete auf ein Zeichen von Justin, dass wir fliehen sollten. Doch er winkte einem Boot zu, das sich langsam flussaufwärts arbeitete. Für mich sah es aus wie eine alte Fähre, auf der bestimmt hundert Leute Platz gehabt hätten. Justin gab dem Mann am Steuer ein Signal.

»Ich glaube nicht, dass das Schiff hier anlegen kann«, meinte Jax. »Dazu ist es zu groß.« Dann sahen wir, dass der Bootsmann einen Jetski vom Heck löste und damit zum Ufer fuhr.

Justin ließ meinem Vater den Vortritt. Ich schaute zu, wie Dad sich auf den Arm des Mannes stützte und hinter ihm auf den Jetski kletterte.

Die Sonne warf ein paar Strahlen durch die Wolken und wärmte meine Haut wie eine Heizdecke. Sogar meine tauben Finger begannen wieder aufzutauen. Ich setzte mich auf den Pfad neben Jax und spürte den warmen Sand unter meinen Händen.

»Bereust du schon, dass du zugestimmt hast, mir zu helfen?«, fragte ich ihn. Er schaute mich mit seinen dunklen Augen an. Seine Arme waren mit Gänsehaut überzogen.

»Soll das ein Witz sein? Dann hätte ich doch die ganze Action verpasst«, meinte er lächelnd.

»Danke«, sagte ich.

Er schaute den Fluss entlang. »Eine Wassernatur wie du sollte echt besser schwimmen können«, scherzte er. Mein Lächeln verpuffte. Woher kannte er mich so gut, dass er mich auf die gleiche Art einschätzen konnte wie Elaine?

Ich hatte schließlich keine Online-Profile mehr. Niemand konnte meine Interessen, Vorlieben, Kontakte, Gruppen, Fotos und Verbindungen durchstöbern. Ich hatte mein Profilbild und meine Statussprüche seit Ewigkeiten nicht geändert. Ich wählte sorgfältig aus, wen ich in mein Leben ließ, statt aller Welt zu erlauben, mir ständig über die Schulter zu schauen. Bei Justin hatte ich fast ein Jahr gebraucht, um ihn wirklich kennenzulernen, aber so viel Mühe war ein Mensch doch wohl wert. Natürlich hatte ich mich auch erst durch seine ganzen Schichten und Schutzmauern arbeiten müssen.

Ich sah, wie mein Vater zusammen mit dem Bootsmann auf die Fähre zutuckerte. Da plötzlich stellten sich sämtliche Haare auf meinen Armen auf. Ich fuhr kerzengerade hoch und sah mich nach allen Seiten um. Im Gebüsch weiter hinten raschelte etwas. Jax hatte das Geräusch auch gehört und war aufgesprungen.

Mein Kopf fuhr herum, und ich sah zwei Männer, die auf uns zugelaufen kamen und dabei Sträucher und Felsen übersprangen. Sie waren ganz in Schwarz gekleidet und ähnelten lebenden Schatten.

Jax zog mich hoch und ich kam unsicher auf die Füße. So schnell wir konnten, liefen wir den Pfad entlang. Einer der Typen holte uns im Nu ein. Er wollte mich packen, doch Jax drehte ihm den Arm auf den Rücken.

»Lauf«, rief er mir zu.

Gleich darauf hatte sich schon der zweite Typ auf ihn geworfen. Bevor Jax sich wehren konnte, landete die Faust des Mannes krachend in seinem Gesicht. Ich wollte ihm zur Hilfe eilen, doch der erste Angreifer hielt mich an den Armen zurück. Dann traten beide Jax brutal in die Rippen. Er sackte in die Knie und rang nach Luft. Auf seinem Gesicht war viel zu viel Blut. Wo kam das alles her? Eine rote Pfütze sammelte sich in dem Sand unter ihm.

»Hört auf damit!«, schrie ich.

Ein Motor heulte auf, und ich sah, dass der Jetski in unsere Richtung raste. Im gleichen Augenblick spürte ich ein Paar Handschellen an meinen Armen zuschnappen.

Jax wurde genauso gefesselt und unsanft auf die Füße gezogen. Mit dem Unterarm wischte er sich das Blut von den Lippen. Ich konnte nur hilflos den Mann anstarren, der ihn festhielt.

»Möchtest du auch bald so aussehen, oder kommst du freiwillig mit und steigst in den Wagen?«, fragte er mit einem bösartigen Grinsen.

Sie zerrten uns durch das Gebüsch einen kleinen Hügel hinauf. Als ich über die Schulter blickte, stellte ich fest, dass der Jetski mit meinem Vater und dem Bootsmann gerade das Flussufer erreicht hatte. Justin war nun ebenfalls im Wasser und schwamm gegen die starke Strömung auf uns zu.

Oben auf dem Hügel parkte ein fensterloser grauer Lieferwagen. Die Männer öffneten die Hinterklappe und durchsuchten uns hastig. Sämtliche Technik wurde in einem schwarzen Beutel verstaut. Der erste Typ entdeckte in Jax' Hosentasche ein altertümliches Klappmesser. Er steckte die Waffe ein und warf den Beutel auf den Fahrersitz. Gleichzeitig riss der andere mich herum, sodass ich mit dem Gesicht gegen den Wagen gepresst wurde, zwang meine Beine auseinander und fuhr mit einem Scanner über meinen Körper.

Dann schubste er mich vorwärts, bis ich im Lieferwagen landete. Ich konnte gerade noch meine Beine einziehen, bevor die Hinterklappe vor meinen Füßen zugeknallt wurde. Der Motor dröhnte auf und die Reifen fraßen sich in den Sandweg. Wir setzten uns so ruckartig in Bewegung, dass ich gegen die Metalltür geschleudert wurde.

Jax packte meine Hand und zog mich neben sich auf den Boden. Die schmalen Luftschlitze in den Seiten des Transporters ließen etwas Licht herein, sodass ich Jax Umrisse erkennen konnte.

»Bist du in Ordnung?«, fragte ich.

»Ich fühle mich garantiert besser, wenn meine Nase wieder eingerenkt ist«, sagte er.

»Jax …«

»Mir geht es gut, ehrlich.«

Er stützte sich an der Tür ab, und ich legte mich zwischen ihn und einen leeren Metallschrank, an dem ich mich festhalten konnte, während der Lieferwagen wild schaukelte.

»Sie haben uns alles abgenommen«, sagte ich. »Jetzt haben wir keine Chance, Hilfe zu rufen.«

Meine Augen gewöhnten sich an die Dunkelheit, und als ich Jax anschaute, hatte er die seinen geschlossen und atmete bewusst langsam. Ich wusste nicht, ob er Schmerzen hatte oder sich nur konzentrierte.

Er lehnte den Kopf zurück gegen die Außenwand und betastete seinen Nasenrücken. Seine Augenwinkel zuckten bei der Berührung. Dann drückte er beide Daumen gegen die Nasenflügel und ruckte das Nasenbein in seine ursprüngliche Position. Ich hörte ein lautes Knacken. Unwillkürlich zuckte ich ebenfalls zusammen, und als ich meine eigene Nase berührte, schien sie gleich mit zu schmerzen.

Er ließ sich zusammensacken und lachte. »Wow, das ist schon viel besser.«

Ich konnte nicht glauben, dass er noch Humor aufbrachte. »Die Lage ist ziemlich schlimm, oder?«, flüsterte ich.

»Ich hatte in meinem Leben bessere Momente.«

»Irgendwelche genialen Pläne?«, fragte ich.

»Aber immer doch«, sagte Jax.

Der Lieferwagen hielt an und der Motor verstummte. Wir lauschten in angespanntem Schweigen auf einen Hinweis, wo wir uns befanden. Doch ich hörte nur Jax' tiefe, gleichmäßige Atemzüge. Dann flogen die Türen auf und blendendes Licht flutete herein. Ich wollte meine Augen mit dem Arm abschirmen, aber eine Hand packte mich und riss mich aus dem Wagen.

»So treffen wir uns wieder«, hörte ich die unverwechselbare Stimme von Richard Vaughn dicht an meinem Ohr. »Wenn du am Leben bleiben willst, leistest du diesmal keinen Widerstand.«

Stolpernd lief ich neben Vaughn her, der mich mitschleifte. Ich blinzelte gegen die grelle Beleuchtung an und stellte fest, dass wir uns auf einem kleinen Flughafen befanden. Wir überquerten das Rollfeld und bewegten uns auf ein Transportflugzeug zu, das bereits auf der Startbahn wartete. Das donnernde Motorengeräusch war so laut, dass meine Trommelfelle vibrierten. Ich schaute mich nach anderen Leuten um, sah aber nur eine Zementwüste, die in der Sonne briet. Ein paar leere Flugzeuge parkten vor weißen, fensterlosen Hangars. Als ich einen Blick über die Schulter warf, sah ich Jax neben seinem Kidnapper hertrotten und starr auf die Transportmaschine schauen.

Meine feuchte Kleidung schlackerte im Wind und peitschte gegen meine Haut.

Vaughn hob mich auf eine Rampe, die in den hinteren Teil des Flugzeugs führte, und ich kletterte durch die Luke in den engen Raum. Es gab nur vier Sitzplätze und fast so wenig Platz wie in dem Lieferwagen. Vielleicht waren die Wände früher verkleidet gewesen, aber jetzt war das blanke Metall freigelegt, sodass man überall Kabel und Drähte sah. Ich ließ mich auf einen der Ledersitze fallen und Jax nahm einen halben Meter neben mir Platz. Nur ein paar von der Decke hängende Kabel trennten uns. Vaughns Leibwächter schnallte uns fest und fummelte an den v-förmigen Sicherheitsgurten herum.

Ich blickte aus einem der kleinen Fenster und hoffte, dass in der Ferne ein Auto auftauchen würde. Doch sosehr ich meine Augen anstrengte, weit und breit rührte sich nichts außer ein paar Staubfahnen auf der Piste.

Ich warf einen Blick auf Jax, der mich kaum bemerkte, weil er intensiv die Ausstattung des Flugzeugs musterte. Er betrachtete alles um uns herum mit dem forschenden Blick eines Innenarchitekten. Vaughn setzte sich mir gegenüber und durchbohrte mich mit seinen eisblauen Augen.

»Diesmal begleite ich dich lieber persönlich«, sagte Vaughn. »Um sicherzugehen, dass du mir nicht wieder durch die Finger rutschst.«

»Ich fühle mich geehrt«, murmelte ich.

Jax beobachtete schweigend, wie die Rampe langsam hochfuhr und die Hecktür sich schloss. Ihm entging keine Bewegung von Vaughn und seinen Männern, als würde er jede Kleinigkeit für später aufzeichnen. Ich fragte mich, was er wohl sah. Für meine Augen saßen wir einfach nur in der Falle.

Vaughns Leibwächter nahm einen beigefarbenen Telefonhörer von der Wand und sagte kurz: »Wir sind startklar«, bevor er wieder auflegte.

Das Flugzeug setzte sich auf der Piste in Bewegung. Vaughn schlug die Beine übereinander und ließ seine schlanken Hände auf den Knien ruhen. Ein breites Lächeln überzog sein Gesicht. Das Rattern der Räder auf der Rollbahn verwandelte sich in ein schwereloses Gleiten, als wir vom Boden abhoben und in die Lüfte stiegen. Ich blickte aus dem Fenster ein letztes Mal auf den leeren Flugplatz unter uns. Weit und breit war keine Rettung in Sicht.

»Warum machen Sie das?«, rief ich über das Motorengeräusch hinweg. »Sie haben doch längst verloren, kapieren Sie das nicht? Ihr Spiel ist schon seit drei Monaten aus. Seit wir beweisen konnten, dass sie Kinder mit Psychodrogen foltern. Und inzwischen wissen wir auch über Ihre illegalen Labore Bescheid.«

»Nichts ist aus, Ms Freeman«, sagte er.

Ich zwang mich zu einem überlegenen Lächeln. »Man wird Sie verhaften, sobald das Flugzeug auf dem Boden aufsetzt.«

Vaughn ignorierte meine Drohung und grinste. »Ich habe dich auserwählt, an einer neuen Studie teilzunehmen, Madeline. Seit Jahren arbeite ich an einer neuen Sorte von Psychopharmaka, und wenn ich damit deinen unbeugsamen Willen brechen kann, funktioniert es garantiert bei jedem.«

Hilflos warf ich einen Seitenblick auf Jax. Er starrte Vaughn ins Gesicht und sein Mund war zu einer geraden Linie zusammengepresst.

»Fremde Erinnerungen in den Gehirnen von Jugendlichen zu verankern, hat langfristig nichts gebracht. Aber mit der neuen Technik kann ich Gedanken jetzt sogar löschen. Ich kann dein Gedächtnis und deine Weltsicht völlig umprogrammieren.«

»Haben Sie schon mal den Begriff ›unethische Forschung‹ gehört?«, meldete Jax sich zu Wort.

Vaughn sah ihn mit schmalen Augen an. »Ethik ist der natürliche Feind jeden Fortschritts. Was Ethik mit der freien Wissenschaft anstellt, kommt schon einer Vergewaltigung gleich.«

»Wie soll Ihre neue Drogen denn verhindern, dass Sie ins Gefängnis wandern?«, fragte ich.

»Wenn ich sie erst in den Centern verbreitet habe, kann ich über zehntausend Jugendliche als Zeugen der Verteidigung aufrufen. Dagegen werden eure paar befreiten DCLA-Insassen mit ihren Behauptungen nicht ankommen. Zumal sie offensichtlich von radikalen Aussteigern korrumpiert wurden. Niemand traut eurer Seite. Aber die ganze Nation vertraut mir und meinem Programm.«

»Das wird nicht funktionieren«, sagte ich.

Vaughn lachte. »Deine Meinung kann mir egal sein. In ein paar Tagen werdet ihr beide ebenfalls zu meinen Gunsten aussagen.«

»Falls Sie nicht vorher auffliegen und verhaftet werden«, warnte ihn Jax.

»Keine Chance«, sagte Vaughn zuversichtlich. »Die Regierung ist auf meiner Seite, nicht auf eurer.«

»Aber Justin kann Sie immer noch rechtzeitig aufspüren«, sagte ich.

»Genau, wie können Sie sicher sein, dass nicht ein Empfangskomitee von fünfzig Leuten auf uns wartet, sobald das Flugzeug landet?«, meinte Jax.

Vaughn warf dem Leibwächter einen Blick zu. »Die beiden wurden doch wohl gescannt?«

Der Mann schaute seinen Boss mit offenem Mund an. »Nein, nur das Mädchen. Von dem Jungen haben Sie nichts gesagt, also habe ich ihn bloß durchsucht. Wir waren schließlich ein bisschen in Eile. Glauben Sie wirklich, dass von ihrer Truppe jeder einen Peilsender trägt?«

Ich funkelte Jax an, als sei ich wütend auf ihn. »Wieso hast du nicht den Mund gehalten?«

Vaughn blickte zwischen uns hin und her und konnte sich nicht entscheiden, ob wir blufften. »Scannen Sie den Jungen auch«, sagte er schließlich. »Falls er einen Sender im Körper trägt, können wir das Problem sehr einfach loswerden.« Er legte die Hand auf den Hebel, mit dem die Flugzeugtür geöffnet wurde.

Der Leibwächter drückte einen roten Knopf über sich an der Decke, um den Sicherheitsgurt während des Fluges lösen zu können. Mit der einen Hand zog er seine Pistole, in der anderen hielt er den Scanner. Als er sich aufrichtete und auf uns zukam, berührte sein Kopf fast die Decke. Ein Kabel streifte sein Gesicht und er schaute für eine Sekunde beiseite. Im selben Moment schwang Jax die Arme mit den Handschellen hoch und hieb die Faust gegen den roten Sicherheitsknopf über seinem eigenen Sitz.

Ich sog die Luft ein. Falls Jax nicht richtig getroffen hatte, waren wir so gut wie tot.

Die Verriegelung löste sich klickend, er schlüpfte mit einer fließenden Bewegung aus dem Sicherheitsgurt und streckte die Beine aus, sodass der Leibwächter darüber fiel. Die Pistole schlitterte ihm aus der Hand. Jax fing sie auf und nahm Vaughn ins Visier, bevor dieser seine eigene Waffe ziehen konnte. Der Betäubungsschuss traf Vaughn am Hals und wurde vom Motorenlärm überdeckt. Auch der Leibwächter kam nicht mehr rechtzeitig auf die Füße. Jax schoss ihn in den Rücken, sodass er vor uns zusammenbrach.

Ungläubig blinzelnd betrachtete ich die beiden bewusstlosen Männer. Jax kniete bereits neben dem Leibwächter und durchsuchte ihn. Am Gürtel des Mannes hing ein röhrenförmiges Metallstück, das Jax an sich nahm. Ich erkannte einen Laserschlüssel. Er richtete das Gerät auf meine Handschellen und sie öffneten sich. Dann reichte er mir den Schlüssel und ich befreite ihn ebenfalls. Hastig drückte er den roten Knopf über mir und ich schlüpfte aus dem Sicherheitsgurt. In der Hosentasche des Leibwächters befanden sich ein Phone sowie das gestohlene Klappmesser. Jax nahm sich sein Eigentum zurück und schrieb auf dem Phone eilig eine Nachricht. Dann brach er mitten im Tippen ab.

»Verflixter Mist. Ich weiß keine einzige Nummer auswendig«, sagte er, lachte verlegen und schaute mich an.

»Du kannst die Nachricht an meine Mutter schicken«, schlug

ich vor. »Und sie kann meinem Vater Bescheid sagen.« Ich gab Jax ihre Nummer, er tippte die Nachricht zu Ende und schob das Phone hinter einen Wust aus Kabeln. Dann warf er einen Blick auf den Wandschirm, der unsere Flughöhe anzeigte. Wir befanden uns 3300 Meter über dem Boden.

»Hilf mir mal, die Typen hier wegzuschleppen«, sagte er.

Jax nahm die Arme des Leibwächters, ich die Beine, und dann beförderten wir den massigen Körper auf einen Sitz, wo Jax ihn festschnallen konnte. Seine Hände schienen genau zu wissen, was sie taten, als hätte er so etwas schon tausend Mal gemacht. Vaughn kam als Nächstes an die Reihe.

»Wieso machst du dir die Mühe mit den Sicherheitsgurten?«, fragte ich.

»Wirst du gleich sehen«, sagte er.

Mit der gleichen Routine schnappte er sich ein kompliziertes Riemengeschirr von der Wand bei der Einstiegsluke, schlüpfte hinein und zog es an Beinen, Schultern und über der Brust straff. Dann schaute er mich an und ein kleines Grinsen erschien auf seinem Gesicht.

»Oh, nein«, murmelte ich. In diesem Moment wurde mir klar, woher er die Inspiration für seine Gemälde in Vogelperspektive hatte.

»Du wolltest schließlich einen genialen Plan«, sagte er und winkte mich zu sich. Nervös trat ich näher, sodass wir uns fast berührten. Getrocknetes Blut war um seinen Mund und die Nase verschmiert.

»Wir haben doch meine Mutter informiert«, sagte ich, um Zeit zu schinden. »Mein Vater hat immer noch den Peilsender. Bestimmt schicken sie Hilfe.«

»Willst du wirklich hier sitzen bleiben und abwarten, ob du damit recht hast?«

Ich warf einen Blick auf Vaughn. Selbst im Betäubungsschlaf sah er aus, als würde er angriffslustig die Zähne fletschen.

Ich presste die Lippen zusammen.

Jax legte die Hände auf meine Hüften und drehte mich herum. Dann befestigte er schwarze Riemen über meinen Schultern und klickte einen Gurt über meiner Brust zu. Seine Hände arbeiteten schnell und geschickt. Er zog alles straff, bis wir eng aneinandergeschmiegt dastanden und ich seine Atembewegungen an meinem Rücken spürte.

»Vertrau mir«, sagte er. »Ich habe das schon hundert Mal gemacht.« Er reichte mir eine Schutzbrille von dem Haken an der Wand, wo vorher das Geschirr gehangen hatte. Gehorsam setzte ich sie auf.

»Da draußen ist es windig«, warnte er mich. »Und sehr kalt.«

Ich schluckte. »Brauchen wir in dieser Höhe keine Atemmasken?« Nachdem ich gerade erst dem Erstickungstod entkommen war, hatte ich keine Lust, das Erlebnis zu wiederholen.

»Nein, wir kommen klar«, sagte Jax.

Er drückte den Notfallhebel bei der Rampe herunter, doch ein rotes Lämpchen signalisierte, dass der Ausstieg gesperrt war. Jax klappte sein Messer auf und fummelte an ein paar Drähten herum. Dann nahm er ein dickes Bündel grüner Kabel in die Hand und schnitt sie mit einem Ruck durch. Die Luke öffnete sich einen Spalt und der plötzliche Luftzug hätte uns fast umgeworfen. Glücklicherweise hatte Jax einen Metallgriff an der Decke gepackt und hielt uns beide fest.

Ich lehnte mich vorwärts und schaute durch den Spalt am Boden. Draußen sah ich nichts als endlosen Himmel.

»Schau nicht nach unten!«, schrie Jax mir zu. Der Wind zerrte an meiner Schutzbrille und peitschte mir die Haare ins Gesicht.

»Aber ...«

»Halt die Arme eng an den Seiten, wenn wir springen.«

Ich ballte meine zitternden Hände zu Fäusten. Das Flugzeug machte eine scharfe Wendung, sodass wir näher auf die offene Luke zuschlitterten. Mit einem Schrei hielt ich mich an einem Kabel fest.

»Fertig?«, fragte er und wir taumelten noch näher an den Rand des Abgrundes heran.

»Nein!«, rief ich ganz ehrlich und rüttelte an den Riemen über meiner Brust, um ihre Haltbarkeit zu testen. Mein Verstand sagte mir, dass der Plan blanker Wahnsinn war. Doch gleichzeitig klopfte mein Herz in wilder Vorfreude, was mich selbst am meisten überraschte.

»Spring einfach los wie Superman. Jetzt!« Wir kugelten gemeinsam aus dem Flugzeug und fielen in den stürmischen Himmel.

»Oh, Schei...«

Meine Stimme wurde vom Wind erstickt, der in meinen geöffneten Mund fegte und mit 250 Stundenkilometern meine Kehle herunterrammte. Ich schaute zurück auf die Türluke des weißen Flugzeugs, das hinter uns schnell kleiner wurde. Meine Hände streckten sich hilflos danach aus, um es zurückzuholen.

Wie von selbst drehte sich mein Körper, als wir durch die Luft segelten, sodass mein Kopf nach unten gerichtet war. Meine Arme breiteten sich aus, so als wollte ich das Firmament umarmen. Der Himmel war majestätisch und unendlich. Sein Sturmwind peitschte mit atemberaubender Kraft um mich herum. Er brüllte mir in den Ohren wie ein Raubtier, doch sein Geschmack war unvergleichlich süß.

Ich öffnete die Augen und sah eine sanfte grüne Fläche weit unter mir.

»Gleich spürst du einen Ruck«, warnte mich Jax. Ich war enttäuscht, weil es mir vorkam, als seien wir nur ein paar Sekunden lang gefallen. »Mach dich bereit!«, schrie er und der Fallschirm öffnete sich mit einem lauten, schnappenden Geräusch, als sich die Luft darin verfing. Mein Körper wurde nach oben gerissen und für einen Moment waren wir schwerelos. Absolute Stille umgab uns wie im Auge eines Sturms. Ich fühlte das Blut durch mich hindurchpumpen und die Atemluft in meinen Lungen explodieren. Mir kam es vor, als würden mir Flügel wachsen, und zum ersten Mal in meinem Leben war ich völlig frei, ohne Einschränkung, ohne Gitterstäbe. So mussten sich Elementarteilchen bei der Kernspaltung fühlen. Die Welt dehnte sich kilometerweit in alle Richtungen aus und ich war ihr Mittelpunkt. Alles an diesem Moment war grenzenlos perfekt.

Dann begannen wir wieder zu stürzen, und der Fallschirm warf raschelnd Falten, während er gegen den Wind ankämpfte.

»Verdammter Mist«, murmelte Jax hinter mir und zerrte an den Riemen, die nach oben führten. »Ehrlich jetzt?«

»Was ist los?« Ich schaute hinauf und stellte fest, dass sich der Fallschirm vorne eindellte.

»Das Ding hat sich nicht richtig geöffnet«, sagte Jax. Wir wurden immer schneller, während der neonorange Stoff um die Kordeln eierte.

Ich blickte zu Boden, doch seltsamerweise hatte ich in diesem

Moment keine Angst. Die Erde wirkte so still und friedlich, im Gegensatz zu dem heillosen Chaos, das sie aus der Nähe war. Es gab schlimmere Arten, sein Leben zu beenden.

»Ich trenne den Fallschirm ab«, sagte Jax. »Wir haben einen Ersatz. Das bedeutet, dass wir ein paar Sekunden lang in den freien Fall zurückkehren, aber das ist kein Problem. Okay?«

Ich nickte. Was hatte ich schon für eine Wahl?

Jax schnitt die Leinen des verdrehten Schirms durch, und sofort breiteten wir die Arme aus, als wollten wir auf der Luft gleiten. Menschen hatten einen Fluginstinkt, wer hätte das gedacht? Ich blinzelte dem Boden entgegen, der schnell näher raste. Jetzt sah ich nicht länger eine sanfte, samtgrüne Fläche. Was auf uns zukam, war eine scharfkantige Landschaft aus Gebäuden und hartem Beton.

Der Fall dauerte viel zu lange. Ich fühlte, wie Jax hinter mir herumfummelte. Als ich dieses Mal an meinen Schuhspitzen vorbei sah, wurde mir klar, dass sich zwischen meinem Körper und dem Boden nur eine Knautschzone aus Haut befand. Gerade wollte ich losschreien, da wurde ich vom Griff einer gigantischen Hand gepackt und mit einem Ruck wieder nach oben gezogen.

Aber der Boden näherte sich immer noch viel zu schnell.

»Die Landung wird hart«, sagte Jax.

Er ließ den Fallschirm hin- und herschwingen, um etwas Zeit zu gewinnen, und unser Sturz verlangsamte sich. Das Mosaik aus Häusern, gesprenkelt mit Stadtbahnen und winzigen Bäumen, wirkte wie das Miniaturmodell einer Stadt. Jax hielt auf eine Rasenfläche zu.

Als wir auftrafen, streckte ich die Beine aus und versuchte auf den Füßen zu bleiben. Doch der Erdboden war im Gegensatz zum Element Luft so unbarmherzig hart, dass ich ins Stolpern kam und umgeworfen wurde. Dabei riss ich auch Jax mit. Wir überschlugen uns ein paar Mal, schleuderten Plastikrasen zu allen Seiten und verwickelten uns hoffnungslos im Fallschirm.

Ich versuchte, mich aus den Leinen zu entwirren, die uns aneinanderfesselten. Jax' Arm steckte unter meiner Schulter fest, und er wand sich hin und her, um freizukommen. Dafür war mein Bein unter seinem begraben. Wir bildeten ein seltsames menschliches Knäuel. Schließlich gelang es Jax, sich von mir herunterzurollen, sodass wir uns aufsetzen konnten. Seine langen Beine umspannten meine Hüften, während er unsere Geschirre voneinander löste. Dann wich er ein Stück zurück und ich starrte nach oben in den durchscheinenden Himmel. Was für ein unglaublicher Gedanke, dass ich eben noch durch seine kalte, azurblaue Umarmung gefallen war. Ich ließ mich auf den Rücken sinken und wartete darauf, dass sich mein Herzschlag beruhigte und mein Atem langsamer wurde.

»Coole Landung«, sagte ich.

»Coole Bruchlandung«, verbesserte er. »Aber gar nicht übel für dein erstes Mal«, fügte er in einem blasierten Tonfall hinzu, als würde er die Technik eines Flugschülers bewerten.

»›Spring einfach los wie Superman‹?« Ich schaute Jax an. »*Das* war mein ganzes Training?«

Er stieß ein Lachen aus und dann konnte er nicht wieder aufhören. Jax lachte aus voller Kehle und mit bebenden Schultern, was so ansteckend war, dass mir bald selbst die Tränen aus den Augenwinkeln liefen. Wir hatten uns diese Erleichterung redlich verdient.

»Du hättest dir wenigstens ein modernes Vorbild aussuchen können«, sagte ich. »Superman ist geradezu antik. Haben sie ihm nicht vor Ewigkeiten den Gnadentod verpasst?«

Jax zog die Brauen zusammen und blickte beleidigt. »Der Mann aus Stahl stirbt nie! Er ist unbesiegbar und der größte Superheld, den es je gab«, verkündete er. Dann stand er auf, um den Clipverschluss des Fallschirms zu öffnen, der immer noch um uns herum ausgebreitet lag. Das Neonorange verriet unsere Position so deutlich, als würden wir Rauchzeichen geben. Jax ballte den Stoff zusammen und stopfte ihn in seinen Rucksack. Die Fetzen seines T-Shirts flatterten im Wind.

Ich löste sitzend das Geschirr und rieb meine Schultern an den Stellen, wo die Riemen in die Haut geschnitten hatten. »Superman ist schon okay«, sagte ich.

»Schon okay?«, echote Jax und starrte mich an.

»Er trägt kniehohe rote Stiefel und eine blaue Strumpfhose«, sagte ich. »Das ist nicht gerade meine Vorstellung von einem Helden.«

»Diese *Strumpfhose* ist ein Hightech-Anzug, der den Luftwiderstand verringert und die Aerodynamik verbessert.«

»Was meinst du, rasiert er sich dafür die Beine?«

Jax schüttelte ungläubig den Kopf. »Ich kann nicht glauben, dass du Superman disst.« Er begann an den Fingern aufzuzählen, warum ich total falsch lag. »Der Mann kann Hitzestrahlen aus seinen Augen schießen. Er kann mit seinem Atem ganze Gebäude umblasen.« Jax fuchtelte wild mit den Armen. »Er kann sogar mit Überlichtgeschwindigkeit fliegen.«

»Ja schon, aber er ist einfach zu perfekt«, hielt ich dagegen. »Das ist langweilig. Ich meine, seine einzige Schwäche ist ein seltenes Gestein? Jetzt mal ehrlich. Auch Superhelden brauchen Schwachpunkte.«

»Und wer fällt dir da ein?«

»Zum Beispiel Miss Martian«, sagte ich.

Jax schaute mich mit einem kleinen Grinsen an. »Du weißt, wer Miss Martian ist?«

»Klar, weil unter den Superhelden nämlich niemand an sie rankommt, obwohl sie von den Fans immer übersehen wird«, sagte ich. Während ich mich vom Boden aufrappelte und Plastikgras von meiner Kleidung klopfte, zählte ich ihre atemberaubenden Talente auf. »Sie kann Gedanken lesen, sich unsichtbar machen und fliegen. Außerdem kann sie ihre atomare Dichte ändern, wenn sie durch Wände gehen will.«

»Aber sie ist grün«, sagte Jax, als würde ich das nicht wissen. »Und Marsianer sind leicht zu besiegen. Dafür braucht man nur Feuer.«

Ich warf ihm einen Blick zu. »Wie gesagt, jeder braucht eine Schwachstelle.« Ich betrachtete die menschenleeren Überreste einer alten Grundschule vor uns. Auf dem verblichenen Namensschild am Eingang stand RIVERVIEW, obwohl weit und breit kein Fluss zu sehen war, sondern nur eine große verdorrte Rasenfläche. Unsere Füße knirschten auf dem Plastikgras, das aussah, als hätte es seit Jahren keinen neuen Farbanstrich bekommen. Hier und da schoben sich sogar echte Halme hindurch. Sie erinnerten an entschlossene Siedler, die um ihre Landrechte kämpften. Der Spielplatz neben der Schule war mit einem Gitterzaun verbarrikadiert. Zwei Schaukeln schwangen wie von Geisterhand im Wind hin und her und die Metallketten gaben ein gelangweiltes Klirren von sich.

Ich schaute blinzelnd zum endlosen blauen Himmel hinauf und erinnerte mich an das atemberaubende Gefühl, gleichzeitig zu fallen und getragen zu werden. Das weiße Flugzeug war nirgends zu entdecken.

»Glaubst du, unsere Flucht hat funktioniert?«, fragte ich.

Er zuckte mit den Schultern. »Wahrscheinlich kann Vaughn die Nachricht an deine Mutter zurückverfolgen«, meinte Jax. »Ich würde sagen, wir haben aus einer schlechten Lage das Beste gemacht.«

»Wie lange kennst du dich schon mit Flugzeugen aus?«, wollte ich wissen.

»Seit ich denken kann«, sagte Jax. »Mein Vater hat einen Pilotenschein. Ich bin gewissermaßen in Flugzeugen aufgewachsen.«

Ich folgte ihm über die dürre, stachelige Rasenfläche und war im Nachhinein erstaunt, wie weich das Grün von oben gewirkt hatte. Kein Wunder, dass Leute beim Fallschirmspringen high wurden. Vom Himmel konnte man einiges lernen. Mir hatte er beigebracht, dass Freude die Angst besiegen konnte. Wenn man sich ins Leere fallen ließ, standen einem alle Richtungen offen.

»Wieso warst du so sicher, dass sich die Luke mitten im Flug öffnen lässt?«, fragte ich Jax.

»Weil bei Transportflugzeugen vorgeschrieben ist, dass sie eine Fallschirmausrüstung für den Notfall haben«, sagte er unbekümmert.

»Du machst dir nicht viele Sorgen, oder?«

Er schüttelte den Kopf. »Nein, wozu auch? Totale Zeitverschwendung. Hilft kein bisschen.«

Ich nickte und wünschte mir seine mentale Disziplin.

»Fallschirmspringen hat mir noch nie Angst gemacht«, sagte Jax. Er musterte die Straße vor uns, während ich sein Gesicht von der Seite betrachtete. »Da macht es mich schon eher nervös, hier auf dem Boden zu stehen. Falls mich der freie Fall irgendwann umbringt … tja, ich kann mir Schlimmeres vorstellen, als mit einem letzten perfekten Blick auf die Welt zu sterben.«

Ich zog die Brauen zusammen und schaute zur Seite. Manchmal beunruhigte es mich, wie nahtlos unsere Persönlichkeiten zusammenpassten.

Wir durchquerten ein Wohngebiet, das zuerst aus leblosen Einfamilienhäusern bestand, dann aus hohen Mietblocks. Die Sonne ging langsam unter. Sie verschwand hinter einer gewitterigen Wolkenwand, die wie dicker Rauch über einer Hügelkette im Westen aufstieg. Bald würde es wieder regnen.

Ich musterte Jax, der mich mit jeder Minute unseres Zusammenseins mehr faszinierte. Er kam mir vor wie eines dieser Bücher, die mit jedem Kapitel spannender werden, bis man sie gar nicht mehr weglegen kann. So fühlte sich wohl der Beginn einer neuen Freundschaft an: Wenn man einem Menschen begegnete, von dessen Story man nie genug bekam.

»Du kennst dich hier aus«, stellte ich fest.

»Zumindest weiß ich, dass wir in Eugene sind«, sagte Jax. »Ich habe ein paar Gebäude aus der Luft erkannt.«

Ich fuhr mir mit der Zunge über die aufgesprungenen Lippen. Mein Körper fühlte sich ausgedörrt an und ich hatte Hunger. Wir mussten dringend Justin kontaktieren … und dann eine Dusche auftreiben. Wenigstens war meine Kleidung von dem 250-km/h-Ganzkörperföhn trocken geblasen worden.

Jax zeigte die Straße hinunter. »Ich kenne hier jemanden, der uns vielleicht helfen kann.«

Ich betrachtete ihn neugierig. »Woher weißt du, in welcher Straße wir sind?«

»Weiß ich nicht«, sagte er, »aber das Gebäude kann man kaum übersehen. Selbst aus dreitausend Metern Höhe.«

Mein Blick folgte seinem Finger, der geradeaus zeigte. Ein paar Häuserblocks entfernt stand eine alte Kirche in gotischem Stil. Zwei vergoldete Türme ragten in den Himmel und glitzerten weit sichtbar im Licht des Sonnenuntergangs. Bunte Glasfenster in gelbgoldenen Farben umrahmten ein hohes Portal.

Als wir näher kamen, hörte ich Klaviermusik. Eine einfache Melodie aus strahlenden Akkorden. Der Wind trug die Töne zu uns herüber, gefolgt von Gesang. Die Stimmen gehörten Kindern, was mich überrascht stehen bleiben ließ. Ich drehte mich im Kreis, um festzustellen, wo sie herkamen, und bemerkte ein halb geöffnetes Fenster am Versammlungssaal der Kirche. Im Innenraum bewegten sich Menschen.

»Die Musik ist live«, stellte ich fest. Jax stand neben mir auf dem Fußweg, am Rand des Kirchplatzes. Bei näherem Hinhören klang es wie eine Chorprobe. Die Stimmen waren hell und klar wie Glocken. Ich hatte noch nie singende Kinder gehört und empfand eine seltsame Nostalgie.

»Ich dachte, die Kirchen wären alle ins Netz umgezogen«, sagte ich.

»Stimmt, für eine Weile«, antwortete Jax. »Nach 28M wollten sich die Leute nicht in größeren Gruppen versammeln. Aber langsam ändert sich das wieder.«

Der Weg zum Portal war mit Bodenstrahlern gesäumt, was ungewöhnlich war, denn normalerweise wurden Eingänge eher versteckt oder abgesperrt, als sie für Besucher einladend zu gestalten.

Ich überquerte den Rasen und schaute durch eines der Fenster. Ungefähr ein Dutzend Kinder stand auf einer Bühne mit weinrotem Teppichboden. Ein junger Mann saß hinter dem Klavier und ein weiterer dirigierte den kleinen Chor. Auf den Bankreihen saß eine Handvoll Erwachsener und hörte zu. Ich sah, dass einige Kinder sich an den Händen hielten. Zwei Jungen hatten sich kumpelhaft den Arm um die Taillen gelegt. Ein kleines Mädchen rannte um die Bühne herum und sang, während sie ein Kuscheltier hinter sich herschleifte.

Ich starrte auf die Szene und das offene Lächeln der Kinder, die alle völlig ins Singen vertieft waren. Meine Gefühle waren zweischneidig, schmerzhaft scharf und gleichzeitig butterweich. Warum hatte ich so etwas bisher nicht erleben dürfen? Wie war es möglich, dass ich noch nie Kindergesang gehört hatte? Ich hatte mein ganzes Leben eingesperrt verbracht und war von menschlichem Kontakt abgeschottet worden. Schon früh hatte man mir beigebracht, dass Händchenhalten und Umarmungen außerhalb der Familie sich nicht gehörten.

Musikunterricht fand heutzutage ausschließlich virtuell statt. Auch Instrumente lernte man selbstverständlich online. Statt glatte Tasten, harte Saiten und weiche Trommelhäute unter den Fingern zu spüren, klickte man auf Icons und Markierungspunkte auf einem Bildschirm. Die Stimmen, die mir hier live entgegenschallten, fühlten sich so greifbar und lebendig an. Ihr Klang wurde von Kehlen und Lippen geformt, hob und senkte sich hallend in dem Kirchenraum wie ein Tanz der Moleküle.

Ich sah voller Bedauern, was ich verpasst hatte, doch gleichzeitig war ich erleichtert, dass es so etwas auf der Welt noch gab.

Jax und ich setzten uns draußen auf eine Bank und hörten zu.

»Du warst schon früher hier?«, fragte ich, und Jax nickte. »Wie hast du diesen Ort entdeckt?«

Er blickte auf seine Hände und zuckte mit den Schultern, als sei es nicht der Rede wert. »Na ja, das war so ein Projekt von mir. Vor ein paar Jahren, bevor ich auf die Umerziehungsliste kam, habe ich nach Dingen gesucht, die uns von Computern unterscheiden. Ich nannte meine Sammlung ›Das Experiment: Mensch‹. Deshalb habe ich überhaupt angefangen, bei den Aussteigern rumzuhängen. Sie waren wenigstens zu Live-Kontakten bereit. Als Teil des Projekts habe ich untersucht, aus welchen Gründen die Leute heute noch das Haus verlassen.« Er warf mir einen Blick zu. »Rate mal, was auf Platz eins stand.«

Ich zuckte mit den Schultern. »Unterhaltung?«, nahm ich an. »Kinofilme?«

Er schüttelte den Kopf. »Das bekommt man auch zu Hause geliefert. Die Leute sitzen lieber vor ihren Wandschirmen als in einem Kinosaal.«

»Musikkonzerte? Restaurants?«, rätselte ich weiter.

»Religion«, sagte er. »Das ist fast der einzige Grund, für den Menschen immer noch vor die Tür gehen und sich treffen.«

Ich schaute überrascht auf die Kirche. »Ehrlich? Das hätte ich nie gedacht«, sagte ich.

»Ging mir genauso«, stimmte Jax zu.

»Wie bist du darauf gekommen?«

»Ich habe mir die öffentlichen Verkehrsmittel näher angeschaut. Die Statistiken sind allgemein zugänglich. Man kann sehen, wie viele Leute zu welchen Uhrzeiten eine bestimmte Bahnstrecke benutzen. Dabei sind mir Häufungen aufgefallen. Gruppen von Leuten hatten anscheinend ein gemeinsames Ziel. Als ich den Pendelverkehr herausnahm und mir nur die Wochenenden und Zeiten nach Arbeitsschluss ansah, blieben trotzdem noch solche Brennpunkte übrig. Also habe ich angefangen, na ja …«

»… die Leute zu stalken?«, beendete ich seinen Satz.

»Genau. In Wirklichkeit bin ich ein Serienkiller, der in acht Staaten gesucht wird. Hatte ich das nicht erwähnt?« Er grinste mich an. Dann schaute er auf das hölzerne Kirchenportal mit dem Spitzbogen. »Ich habe einfach dieselben Bahnlinien genommen und geschaut, wohin die Menschen unterwegs waren.«

»Gehst du denn selbst zur Kirche?«, fragte ich.

Er schüttelte den Kopf. »Ich habe keine bestimmte Religion. Man könnte es eher ein Hobby nennen. Ich war schon in Baptistentempeln, katholischen Kirchen, Synagogen, einer Moschee und einem buddhistischen Schrein. Mir gefällt es, den Leuten dort zuzuschauen, weil mich die Atmosphäre inspiriert. Für eine Weile koppeln sie sich vom ständigen Datenstrom ab. Man könnte sagen, ihnen geht es nicht um Information, sondern um Transformation.«

Plötzlich öffnete sich die Kirchentür und Familien kamen in Grüppchen herausspaziert. Kinder hopsten den Weg entlang und verabschiedeten sich lauthals voneinander. Väter trugen ihre Sprösslinge auf den Schultern. Die Szene wirkte wie aus einem Film: viel zu perfekt, happy und einstudiert. So konnte die Wirklichkeit nicht aussehen.

Jax stand auf, als das letzte Elternpaar an uns vorbeigeschlendert war. Ein Mann wollte gerade die schwere Kirchentür hinter sich zuziehen. Er hatte eine rote Mappe unter dem Arm und ein kleines Mädchen mit blonden Zöpfen schmiegte sich an seine Seite. Ich erkannte den Dirigenten, der den Gesangsunterricht geleitet hatte.

»Hi, Pete«, sagte Jax und fing ihn vor der Tür ab. Der Mann drehte sich um und blinzelte ungläubig, als er das zerrissene Shirt und die schlammige Kleidung sah.

Gleich darauf lächelte er Jax warm entgegen, wobei sein Mund halb hinter einem buschigen schwarzen Bart verborgen war. Von meinem Sitzplatz aus hörte ich, dass er eine scherzhafte Bemerkung über Bruchlandungen machte. Die beiden unterhielten sich einige Minuten, dann kamen sie den Weg entlang auf mich zu.

Ich erhob mich von der Bank und Jax stellte uns gegenseitig vor. Als ich Pete die Hand entgegenhielt, schüttelte er sie kräftig. Seine Finger waren so rundlich wie der Rest von ihm.

»Klingt, als könntet ihr Hilfe gebrauchen«, bot er an.

Ich nickte. »Vor allem müssen wir ein paar Leute anrufen«, sagte ich.

Er kratzte sich am Hinterkopf. »Die Kirche hat zwar ein Telefon, aber nur im Küsterbüro. Dafür habe ich leider keinen Schlüssel. Am besten versucht ihr es bei der Apartmentanlage ein Stück die Straße herunter. Da könnt ihr auch ein Zimmer für die Nacht mieten.« Er kratzte sich wieder den Kopf. »Ein richtiges Hotel gibt es in der Stadt nicht, soweit ich weiß.«

Ein Hotel? Ich hatte noch nie die Nacht in einem gemieteten Zimmer verbracht. Mein Vater war der Meinung, Hotels seien gefährlich. Er fand es unnatürlich, wenn Fremde so nah beieinander schliefen.

»Bei uns kommen heute ein paar Freunde zum Abendessen vorbei. Ihr seid auch herzlich eingeladen«, bot Pete an.

Ich nickte zögernd, doch die Vorstellung, mit unbekannten Leuten an einem Abendbrottisch zu sitzen, überforderte mich. Ich konnte mir nur allzu gut den Small Talk ausmalen: Hattet ihr einen schönen Tag? *Eher abenteuerlich*. Wie seid ihr denn in Eugene gelandet? *Tja, gelandet ist das richtige Wort.*

»Danke, aber wir brauchen nur jemanden, der uns abholt und nach Hause bringt«, sagte ich. Bestimmt suchte Justin schon die Gegend ab. Schließlich konnte mein Vater mich mit dem Peilsender orten. Sie würden jeden Moment aufkreuzen.

»Dann bekommst du wenigstens ein neues Shirt von mir«,

sagte Pete zu Jax. »Wir haben noch ein paar von einer Kleiderspenden-Aktion übrig.« Er verschwand mit dem kleinen Mädchen in der Kirche und kam kurz darauf mit einem T-Shirt heraus, das er Jax überreichte. Der Stoff war schrill rosa. »Sorry, das war das Einzige in deiner Größe«, sagte er.

Als Jax das Shirt entfaltete, kam der Aufdruck ›I ♥ Oregon‹ zum Vorschein. Der Schriftzug prangte auf Brusthöhe über einer Landkarte mit den Staatsgrenzen.

»Perfekt«, sagte Jax.

Plötzlich meldete sich das Mädchen zu Wort. »Ich will auch Verkleiden spielen!«, sagte sie. Wir beide schauten zu ihr herunter. Sie zerrte auffordernd an Jax' Arm.

»Ich bin ein totaler Fan vom Verkleiden spielen«, ließ Jax sie wissen, »aber leider müssen wir gleich los.« Als ich ihn anschaute, musste ich fast lachen, denn er sah wirklich enttäuscht aus.

»Ich kann deinen Nabel sehen«, stellte die Kleine fest und zeigte auf sein altes zerrissenes Oberteil.

Er kniete sich hin, sodass ihre Augen auf gleicher Höhe waren. »Wir sind ein paar wilden Pumas begegnet«, sagte er. »Vier Stück auf einmal.« Sie riss die Augen auf und umklammerte seine Hand.

»Komm spielen!«, forderte sie ihn hartnäckig auf. »Du auch«, fügte sie hinzu und zeigte mit ihrem winzigen Finger auf mich.

Jax hob die Augenbrauen und warf mir einen amüsierten Blick zu, während ich das kleine Mädchen anstarrte, als sollte ich ein Alien begrüßen. Die größten, tiefblausten Augen, die ich je gesehen hatte, schauten hoffnungsvoll zurück. Wie sollte ich da widerstehen?

»Wir kommen ein anderes Mal zurück und spielen mit«, versprach ich.

»Darf ich deine Perücke aufsetzen?«, fragte das Mädchen und zeigte auf meine Haare.

Ich strich mir mit den Händen über den Kopf. »Äh …«

»Kerstin, lass uns reingehen«, sagte Pete und hob sie hoch.

»Danke für deine Hilfe«, meinte Jax.

»Du weißt doch, dass du immer willkommen bist. Aber jetzt solltet ihr wirklich los.« Er schaute zum Himmel, der von sternenloser Dunkelheit überzogen war. »Für heute Abend wurde ein heftiger Sturm vorausgesagt.«

Wir folgten der Straße, wie Pete uns geraten hatte, und kamen an Hochhäusern voller Büros und Wohnungen vorbei. Über uns zogen sich gläserne Fußgängerstege kreuz und quer durch den Himmel wie ein riesiges Labyrinth.

Als ich Jax darauf aufmerksam machte, erklärte er: »Sämtliche Gebäude im Zentrum sind miteinander verbunden. Die Brücken wurden gebaut, nachdem es ein Attentat mit einer Autobombe gab. Jetzt muss niemand mehr auf die Straße gehen.«

Ich musterte die gläsernen Röhren. Sie sahen aus wie ein Tunnelsystem für Labormäuse.

Schließlich erreichten wir die Apartmentanlage. Ein Neonschild an der Tür verkündete ›Zimmer frei‹. Wir betraten den Eingangsbereich, in dem verstreut einige Tische und Metallstühle standen. Eine ganze Wandseite war mit blinkenden Essensautomaten zugestellt, dazwischen befand sich eine digitale Snacktheke. Jax scrollte sich durch das Anmeldeprogramm am Empfang und auf dem Bildschirm leuchtete unsere Zimmernummer auf. Als Türschlüssel wurde sein Fingerabdruck registriert. Ich schaute zu, wie Jax die Übernachtungskosten von seinem Konto abbuchen ließ.

»Können wir den Computer benutzen, um jemanden zu kontaktieren?«, fragte ich.

»Nein, dafür ist er nicht vorgesehen. Aber in unserem Zimmer sollte es einen Flipscreen geben«, sagte Jax.

Die Hotelzimmer befanden sich allesamt im Erdgeschoss. Wir gingen den Flur entlang bis zu unserer Tür, wo Jax seinen

Daumen gegen das Schlüsselsymbol drückte. Dann betraten wir ein winziges Apartment. Im Wohnzimmerbereich stand ein Sofa vor dem einzigen Fenster. Der Blick fiel auf zwei einbetonierte Plastikbäume am Straßenrand. Es gab eine Miniküche und ein Schlafzimmer am Ende des kurzen Flurs.

Jax setzte sich auf das Sofa und klappte den Flipscreen auf, der auf dem Couchtisch wartete. Währenddessen steuerte ich auf das Bad zu. Ich hatte zwar nicht vor, hier die Nacht zu verbringen, aber ich konnte definitiv eine Dusche gebrauchen.

Mühsam zerrte ich eine Bürste durch mein verfilztes nasses Haar. Als ich aus der Badezimmertür trat, folgten mir Dampfschwaden, und der Duft von Seife und Shampoo waberte durch den Flur. Jax saß an einem Tisch in der engen Küche und trommelte mit den Fingern auf die Kunststoffplatte. Meine Nase und meine Wangen waren von unserem Outdoor-Abenteuer immer noch gerötet, während Jax sommergebräunt aussah. Er hatte sich das Blut aus dem Gesicht gewaschen, doch seine Oberlippe war geschwollen. Unter seinem rechten Auge bildete sich ein halbmondförmiger Bluterguss. Er trug weiterhin das rosa T-Shirt, was ihm seltsamerweise eine besonders maskuline Ausstrahlung gab.

»Neuigkeiten?«, fragte ich.

Er schüttelte den Kopf. »Mein einziger Kontakt ist Scott, und der hat bisher nichts von sich hören lassen.«

Er stand auf, und sein Blick wanderte einen Moment über meine nassen Haare, bevor er hastig wegschaute. Ich spürte, wie ich errötete.

Um meine Schmuddelkleidung zu verteidigen, sagte ich: »Hey, ich kann doch nichts dafür, dass Pete mir kein niedliches rosa Shirt gegeben hat.«

Jax lächelte nur, und es wirkte etwas schief, als hätte ich eine Pointe verpasst. Ein paar Sekunden gingen im Schneckentempo dahin.

»Das Bad gehört ganz dir«, bot ich an und winkte in Richtung Flur.

»Zuerst das Essen, dann die Hygiene«, entschied er. »Wenn ich nicht bald was in den Magen bekomme, kippe ich um.« Er klemmte sich den Flipscreen unter den Arm.

Ich nickte und legte die Hand auf meinen leeren Magen, der prompt zu knurren begann.

Als ich ihm in den Hotelflur folgte, ließ der Bewegungsmelder die Deckenlampen aufflammen. Weißes Neonlicht rieselte auf uns herab. Ich konnte kaum noch die Füße heben. Der Tag forderte seinen Tribut, und meine Augenlider sanken von selbst nach unten, als wollten sie sich gemütlich zum Schlafen legen.

Im Eingangsraum war alles still bis auf das Summen der Neonlampen und Bildschirme. Ich folgte Jax zu der Snackbar, deren gläserne Bestelltheke von blauen Leuchtdioden umrahmt war. Wir setzten uns auf zwei Barhocker und ließen die Finger über die Menüauswahl gleiten. Genervt betrachtete ich pixelige Bilder von Fastfood mit Rating-Sternchen, als müsste ich erst 487 Rezensionen lesen, bevor ich mich an so etwas Exotisches wie Käsenudeln wagte.

»Ich bin echt froh, dass ich sechshundert Meinungen zu überbackenem Toast abrufen kann«, bemerkte Jax. »Sonst hätte ich keine Ahnung, wie so etwas schmeckt.«

Ich grinste. »Was hältst du von dem Spiel ›Finde das ekligste Gericht‹?«, schlug ich vor. »Ich bin zuerst dran.« Nachdem ich die Nachtische überflogen hatte, entschied ich mich für den Milchshake aus Fertigkaffeepulver.

»Hab ich schon mal probiert. Überraschenderweise schmeckt das Zeug ziemlich gut«, sagte Jax. Er vertiefte sich ebenfalls in das Menü, und ich beobachtete die blauen Lichtreflexe, die von den Leuchtdioden auf seine Haut gezeichnet wurden.

»Meine Wahl sind die tiefgefrorenen Tacos mit fragwürdiger Fischfüllung«, sagte er. Ich verzog das Gesicht und unterdrückte ein Würgen. Meine Füße baumelten vom Barhocker und klopften einen gleichmäßigen Rhythmus gegen die Theke.

»Die Spaghetti Bolognese sehen aus wie zermanschte Gehirnmasse. Ehrlich«, sagte ich.

»Hast du schon mal LeckerLotion probiert?«, fragte er und ich schüttelte den Kopf. »Da gibt es fast jede beliebige Geschmackssorte.« Er zeigte mir die Auswahl auf dem Bildschirm. Das Zeug erinnerte an Götterspeise und konnte anscheinend nach absolut allem schmecken: Käsekuchen mit Schokolade oder Steak mit Kartoffelpüree und brauner Sauce.

»Woraus wird das hergestellt?«, fragte ich.

»Glaub mir, das willst du gar nicht wissen«, meinte Jax. »Ich tippe auf recyceltes Plastik.«

Ich spielte mit dem Optionsprogramm herum und versuchte, einen überbackenen Käseschokoladensteakmuffin zu bestellen. Der Computer reagierte mit einer Fehlermeldung. Jax starrte mich an.

»Zensur wurde extra für Leute wie dich erfunden«, meinte er.

»Danke«, sagte ich mit einem sonnigen Lächeln. Er lächelte zurück und die funkelnden Lichter spiegelten sich in seinen Augen. Mein Magen machte einen Hüpfer. Hastig schaute ich weg und konzentrierte mich wieder auf den Bildschirm. Wie konnte ich hier rumhängen und Spaß haben? Wir waren schließlich nicht auf Ferientour. Aber Jax hatte ein erstaunliches Talent, mich abzulenken. Ich musste schleunigst Justin finden und zusehen, dass ich nach Portland kam.

Wir gaben unsere Bestellungen ein und weniger als eine Minute später erschienen unter der Glasscheibe zwei gefüllte Teller und unsere Getränke. Die Theke klappte auf, sodass wir das Essen herausnehmen konnten. Bevor wir den ersten Bissen in den Mund stecken konnten, wurden wir bereits mit Rating-Fragen bombardiert. Eine Stimme säuselte: *Möchten Sie eine Rezension schreiben? Bitte, benoten Sie Ihre Menüwahl. Bitte, benoten Sie den Service und die Wartezeit. Bitte, benoten Sie die Verpackung. Bitte, benoten Sie diese Umfrage …*

»Gibt es auch eine ›Halt die Klappe‹-Funktion?«, fragte ich.

»Wollen wir lieber draußen essen?«, schlug Jax vor.

»Absolut«, sagte ich. Wir nahmen unsere Tabletts und spazierten bis ans Ende des Gebäudes, wo zwischen zwei Kunstbäumen eine Bank stand. Ich setzte mich und beobachtete, wie ein Mann am Ende der Straße einer Frau aus einem ZipShuttle und in einen Rollstuhl half. Er ließ sie vorsichtig auf den Sitz sinken und breitete eine Decke über ihrem Schoß aus. Dann hielt er ihr eine Flasche mit Strohhalm hin, damit sie trinken konnte. Er gab ihr einen Kuss und rieb ihre Hände, bevor er sie auf eines der Wohnhochhäuser zuschob. Während ich seiner liebevollen Fürsorge zuschaute, fragte ich mich, ob Dad wohl das Gleiche für Mom machen würde. Schwer vorstellbar. Als Nächstes versuchte ich, Justin und mich in solch einer Szene zu sehen.

Ich musterte Jax, während er aß. Wenn man bedachte, wie gerne er unter Menschen war, ergab ein Detail aus seiner Vergangenheit keinen Sinn.

»Ich habe gehört, du bist ein Abtrünniger«, ließ ich ihn wissen. Er schaute mich an und lachte.

»Ein Abtrünniger?«, wiederholte er spöttisch und legte sein Sandwich zur Seite. »Ist das die Aussteigerbezeichnung für ›Arschloch‹?«

»Dafür hält dich bei uns niemand, okay? Im Grunde bist du doch wie wir.«

Sein Lächeln verschwand, und seine Miene wurde ernst, als hätte ich ihn beleidigt. Dabei meinte ich es als Kompliment.

»Bin ich nicht«, sagte er. »Ihr lebt doch nur für eure Mission. Wahrscheinlich macht ihr bei euren Treffen solche Gruppenmotivationsübungen, reckt gemeinsam die Fäuste in die Luft und schreit ›Jeder kann ein Held sein‹! Ich dagegen … tja, ich bin einfach nur ein Freak.«

Bevor ich widersprechen konnte, kam er mir zuvor und hielt die Hand hoch.

»Keine Sorge, ich habe mich daran gewöhnt«, sagte er. »Ich denke zu viel über seltsamen Kram nach. Heutzutage kann man in Sekunden jede Information abrufen, aber dadurch verlernt man das Wichtigste, nämlich sich zu wundern. Das Wundern ist die Mutter der Fantasie ... Totale Information ist stinklangweilig. Da fehlt einfach die Spannung.«

»Hast du mal ein Beispiel?«, fragte ich.

»Hm, ein Beispiel.« Er überlegte einen Moment und schaute sich auf der Suche nach Inspiration in der Gegend um. »Spinnen sind interessant. Ich frage mich, ob sie Ohren haben. Können Spinnen hören?«

Darüber musste ich erst einmal nachdenken. »Ich glaube nicht. Aber ich bin einer Spinne noch nie so nah gekommen, um nachzuschauen«, gab ich zu.

»Eben, und deshalb kannst du dir nicht sicher sein«, meinte er. »Vielleicht haben sie ein fantastisches Gehör. Vielleicht sind sie superintelligent. Spinnen sitzen doch immer an der Decke und starren auf uns herunter. Könnte sein, dass sie unsere Gespräche belauschen. Deshalb sind sie immer so verdächtig still. In Wirklichkeit planen sie die Übernahme der Weltherrschaft.«

Er schaute mich mit aufgerissenen Augen an und fuhr fort: »Alle glauben, dass eines Tages die Roboter die Macht übernehmen oder Zombies oder Werwölfe. Das ist doch idiotisch. Niemand macht sich Sorgen über eine apokalyptische Invasion der Spinnen. Wusstest du, dass sie ihre Opfer zu Bündeln verschnüren, bis sie fast ersticken, und ihnen dann bei lebendigem Leibe das Blut aussaugen? Bin ich eigentlich der einzige Mensch, der die Gefahr sieht?«

»Vermutlich«, sagte ich.

Er zuckte mit den Schultern. »Stimmt, und die Digital School hält auch wenig davon. Deshalb kann ich mit dem System nichts anfangen. ›Leben auf der Datenautobahn‹, nein danke. Ich bastele mir lieber meine eigenen Deutungen.«

»Ist denn nicht schon alles erforscht? Kann man sich wirklich noch über etwas wundern?«

»Keine Ahnung. Ich bemühe mich jedenfalls, täglich etwas zu finden«, sagte er und nahm einen Bissen von seinem Sandwich.

Eine Frage schwirrte trotzdem noch in meinem Kopf herum. »Wenn du mit der Anti-DS eigentlich nichts zu tun haben willst, wieso warst du dann bereit, mir zu helfen?«

Er hielt den Blick auf den Asphalt vor uns gesenkt. »Ich habe meine Gründe«, murmelte er.

»Mehr als einen?«, fragte ich.

Er nickte und schaute auf. »Vor allem hast du drei Worte zu mir gesagt, denen ich nicht widerstehen kann. Weil es so viel Mut braucht, sie auszusprechen. Für mich sind es die schwersten überhaupt.«

Einen Moment grübelte ich, was er damit meinen könnte. »›Ich liebe dich‹ habe ich jedenfalls nie gesagt«, ließ ich ihn wissen. »Das sind doch wohl die größten Angstworte.«

Er schaute mich an. »Ehrlich?«, fragte er überrascht und etwas ungläubig. »Viel schwerer fällt mir nämlich: ›Ich brauche Hilfe‹. Dafür muss man schon Courage haben.«

»Oder ziemlich verzweifelt sein«, fügte ich hinzu.

»Wie auch immer, jedenfalls warst du ehrlich. Du hast dich nicht versteckt wie die meisten Leute, denen man heutzutage begegnet. Das ist also Grund Nummer eins.«

Ich wollte ihn gerade nach den übrigen fragen, als der Flipscreen zwischen uns einen Summton von sich gab. Jax griff nach dem Gerät und schaute, wer ihn kontaktieren wollte. Gleich darauf erklang Scotts Stimme aus den Lautsprechern.

»Ich organisiere gerade ein Auto, das euch abholt«, sagte er. »Kann etwas dauern. Unsere ganzen Freiwilligen sind schon auf dem Weg nach Portland.«

Ich spürte leichte Enttäuschung, weil Scott mit uns sprach und nicht Justin. »Ist bei euch alles okay?«, fragte ich.

»Ja, Vaughn wurde festgenommen, und Justin ist mit deinem Vater schon in Portland angekommen. Wie habt ihr beide für das Hotelzimmer bezahlt?«

»Ich habe es von meinem Konto abbuchen lassen«, sagte Jax.

»Aber ihr habt nirgends eure Fingerabdrücke eingescannt, oder?«, wollte Scott wissen.

»Nur an der Snackbar«, sagte ich. »Wir mussten schließlich essen, Scott.«

»Damit könnte man euch aufspüren«, warnte er.

»Wer denn?«, fragte Jax. »Du hast doch selbst gesagt, dass Vaughn geschnappt wurde.«

Scott seufzte. »Trotzdem sollten wir kein Risiko eingehen. Ich schicke euch jemanden, so schnell ich kann. Aber vielleicht dauert es bis morgen früh. Wenn ich mehr weiß, bekommt ihr eine Nachricht«, sagte er und beendete das Gespräch.

»Der Typ sollte sich mal eine Dosis Nichtstun verschreiben lassen«, sagte Jax. Ich musste ihm innerlich zustimmen. Scott klang so gestresst, dass ich schon vom bloßen Zuhören verspannte Schultern bekam.

Ich senkte den Kopf und schaute auf meine Hände. »Wir haben eben eine Menge Arbeit vor uns« sagte ich und empfand überraschende Eifersucht auf Jax. Mein ganzes Leben lang hatte ich nach einem Mittelweg gesucht, doch er hatte als einziger Mensch tatsächlich das Kunststück vollbracht und seine innere Balance gefunden.

Es begann zu regnen, was mich normalerweise kaum gestört hätte. Leider hatte ich keine Wechselkleidung dabei, falls ich schon wieder durchnässt würde. Wetterleuchten durchzuckte den westlichen Himmel, gefolgt von einem heftigen Donnergrollen. So etwas hatte ich schon lange nicht mehr gehört. Wir standen auf und retteten uns ins Gebäude, gerade als Hagelkörner gegen die Fenster zu prasseln begannen, als würden Hunderte von Fingernägeln an die Scheiben klopfen.

In Oregon gab es selten Gewitter. Schauer hatten wir genug – die Gegend wurde nicht umsonst Tal des Regens genannt –, aber ich konnte an einer Hand abzählen, wie oft ich bisher Blitze gesehen hatte. Als wir in unser Mietapartment kamen, zog Jax die Vorhänge im Wohnzimmer zurück.

Die Wolken wurden von Lichtstreifen durchzuckt, die den Himmel in Brand zu setzen schienen. In der gleißenden Helligkeit sah man, wie die Bäume vom Sturm gepeitscht wurden, als müssten ihnen gleich sämtliche Äste abbrechen. Ich war überrascht, dass selbst die zarten Blätter hartnäckig an ihrem Platz blieben. Der Regen prasselte gegen das Fenster und wurde von harschen Windböen an die Scheibe gedrückt.

Jax warf die Couchkissen zur Seite und zog das Schlafsofa aus. Er breitete die Laken darüber und setzte sich so, dass er das Fenster im Blick hatte. Die Füße legte er gemütlich auf die Polsterlehne. Seine Haare waren nass vom Regen und begannen sich an den Enden zu kringeln.

Der Sturm tobte so gewaltsam um das Gebäude, dass die Wände zu stöhnen schienen. Nervös starrte ich die Fensterscheibe an, während Regen und Hagel auf das Glas hämmerten.

»Meinst du, wir sollten beim Wetterdienst nachschauen, ob es eine Gefahrenmeldung gibt?«, fragte ich.

»Nein, das ist alles halb so wild«, versicherte er und schaute wie gebannt auf den Sturm. Gerade in diesem Moment flammte der nächste Blitz auf. Der folgende Donnerschlag ließ den Boden erbeben. Ich riss instinktiv die Schultern hoch, doch Jax zuckte nicht einmal zusammen. Im Gegenteil, er lächelte.

»Warum gibt es bei uns eigentlich nicht öfter Gewitterstürme?«, fragte er.

Ich atmete flach. »Wegen des Küstenklimas«, sagte ich.

Der Wind heulte, und die Wände schienen knarrend die

Muskeln zu spannen, um sich den Naturgewalten entgegenzustemmen. Ein weiterer Donnerschlag und ein gleichzeitiger Blitz ließen mich fast aus der Haut fahren. Jax rückte auf der Matratze zur Seite, um mir Platz zu machen, und ich hockte mich auf die Kante.

Ich verschränkte krampfhaft die Hände im Schoß.

»Es wird schon weniger«, beruhigte mich Jax.

Das Wasser lief in Rinnsalen über die Scheibe und bildete kleine verzweigte Bäche. Ich bemerkte, dass die Regentropfen schneller wurden, wenn sich zwei von ihnen vereinten. Einzeln hingen sie nutzlos herum wie runde Kiesel. Sie gerieten erst in Bewegung, wenn ein weiterer Tropfen vorbeikam, sie aus ihrer Lage rettete und mitriss. Es war schon seltsam, was die Natur einem beibringen konnte, wenn man auf die kleinen Zeichen achtete.

Ich war so müde, dass meine Schultern von ganz alleine heruntersackten. Schließlich legte ich mich auf den Matratzenrand und schaute einfach dem Gewitter zu. Jeder Blitz erleuchtete die vom Wind gepeitschten Blätter, die wie tausend kleine Flaggen wedelten. Mein Herzschlag begann sich zu beruhigen.

Ich warf einen Blick auf Jax, während er den Sturm bewunderte.

Aus dem Nicht heraus fragte er: »Wie heißt eigentlich der Junge, mit dem du zusammen bist?«

Ich runzelte verwirrt die Stirn. »Was?«, fragte ich.

»Du hast doch gesagt, dass du einen Freund hast«, erinnerte er mich. »Wie heißt er?«

»Soll das ein Witz sein?«

Er wandte mir den Kopf zu, und ich starrte ihn an, als hätte er nicht alle Tassen im Schrank. Seine Miene war auch nicht viel anders. Dann begann er zu grinsen.

»Schon klar«, sagte er, »bestimmt hat er einen dieser oberpeinlichen Vornamen. Scorpio?«

Ich verdrehte die Augen. »Nein, er heißt nicht Scorpio«, sagte ich. »Obwohl ich zugeben muss, dass das lästig wäre.«

Er wartete stumm.

»Justin«, sagte ich, als sei die Antwort offensichtlich.

Seine Augenbrauen bildeten eine gerade Linie. Er blickte mich an, als wolle ich ihn auf den Arm nehmen. »Justin Solvi?« Dann begann er zu kichern. Dabei kamen seine Brustmuskeln besonders gut zur Geltung. »Na klar, und ich bin Zeus, der Gewittergott, und habe diesen Sturm heraufbeschworen.«

»Das war mein Ernst.«

»Ja, meiner auch«, sagte er. »Blitz und Donner sind mein Spezialtrick, um Mädchen ins Bett zu bekommen.« Er klopfte auf das leere Matratzenstück zwischen uns. »Funktioniert jedes Mal.«

Ich lachte und gleich darauf ließ ein weiterer Donnerschlag mich zusammenfahren. Als ich mir die Hand auf die Brust drückte, fühlte ich mein Herz flattern, als wolle es davonfliegen.

»Wieso überrascht dich die Sache mit Justin denn so?«, fragte ich.

Er verschränkte die Arme hinter dem Kopf. »Ich schätze, weil mir zwischen euch nichts aufgefallen ist.«

»Echt?«, spöttelte ich und schaute ihn mit gespielter Verwunderung an. »Du meinst in den letzten vierundzwanzig Stunden, während ich gekidnapped, unter Drogen gesetzt, mit Schusswaffen bedroht und *mehrmals* fast getötet wurde, hast du unsere langen romantischen Blickkontakte nicht gesehen?«

Er musterte mich, als hätte er das Gefühl, dass hinter meinen Worten mehr verborgen lag.

»Aber heute Morgen hat Justin nicht einmal ... er war nicht ...« Jax stieß frustriert den Atem aus. »Ach, vergiss es.«

Ein paar Augenblicke schauten wir nur stumm zu, wie der Sturm draußen sich legte. Aus dem Donner wurde ein entferntes Grollen und der Regen plätscherte sanft gegen das Fenster, anstatt es fast einzuschlagen.

»Wie lange seid ihr beide schon ein Paar?«, fragte Jax.

»Er hat mich letztes Jahr rekrutiert, um gegen die Digital School zu kämpfen«, erklärte ich. »Zuerst hat er mich zu einem Live-Treffen überredet und dann ist es irgendwann passiert.«

Jax stützte sich auf einen Ellbogen und schaute mich an. Sein Gesicht war so nah, dass ich eine hauchdünne Narbe über seiner Augenbraue bemerkte, die aussah wie mit einer Schreibfeder eingeritzt.

»Warte mal ... Also hast du vorher noch nie ein männliches Wesen persönlich getroffen? Justin war der Erste?«

»Nein, war er nicht«, sagte ich. Doch bei näherem Nachdenken musste ich zugeben, dass es irgendwie stimmte. Jedenfalls, wenn man die Nachbarn und Freunde der Familie nicht mitrechnete.

»Okay, aber er war das erste Date deines Lebens«, hakte Jax nach.

»Na und?«

»Von ihm hast du deinen ersten Kuss bekommen?«

»Das geht dich gar nichts an«, sagte ich mit Nachdruck und finsterem Blick. »Okay, kann schon sein. Worauf willst du hinaus?«

»Woher willst du dann wissen, ob er gut ist? Du hast ja keinen Vergleich.«

Ich musste lachen, doch Jax meinte es anscheinend völlig ernst. Mein Blick huschte einen Moment zu seinen Lippen, bevor ich ihn hastig wieder abwandte. »Was soll denn das heißen? Muss ich etwa erst ein ganzes Buffet an leckeren Jungs durchtesten? Justin küsst toll.«

»Das mit dem Buffet würde ich lieber sein lassen. Ich sage nur: Salmonellen. Man weiß nie, was man sich da einfängt.« Er rollte sich auf den Rücken und schaute aus dem Fenster. »Ich meine einfach, du solltest dir Alternativen offenlassen. Leg dich nicht zu früh fest. Geh auf ein paar andere Dates, einfach als

Feldstudie zum Thema Beziehungen. Bevor du jemanden zu deinem Zukünftigen erklärst, solltest du sicher sein, dass die Chemie auch optimal stimmt.«

»Himmel, du klingst wie ein Dating-Forum für Nerds.« Ich warf ihm einen Blick zu. »Außerdem ist Küssen keine große Sache. Man muss kein Genie sein, um es richtig hinzukriegen.«

Er sah mich schockiert an. »Soll das ein Witz sein? Du hast nur eine Chance, jemanden zum ersten Mal zu küssen. Eine einzige!« Er hielt einen Finger in die Höhe. »Ist dir klar, wie dramatisch das ist? Welcher enorme emotionale Druck sich aufbaut, wenn man diesen entscheidenden Moment perfekt hinkriegen will? Ganz zu schweigen von den möglichen Komplikationen. Alles Mögliche kann schiefgehen.«

Ich presste die Lippen aufeinander und unterdrückte ein Lachen. Jax nahm wirklich die seltsamsten Themen ernst. »Nämlich?«

»Die Zähneplatzierung«, zählte er auf. »Unabsichtliche Nasenstüber. Manchmal muss man noch Brillen oder Mützenschirmen ausweichen. Das ist ungefähr so, als würde man mit geschlossenen Augen ein Raumschiff landen.«

Ich lachte. »Ach, halt den Mund, Jax.«

»Ich persönlich denke vorher immer zu viel«, sagte er. »Das ist mein größtes Kussproblem. Dann werde ich ganz nervös und bekomme schwitzige Hände. Außerdem vergesse ich zu atmen.«

Ich betrachtete ihn, während er mit zurückgelegtem Kopf die Zimmerdecke anzuflirten schien. Mit wem hatte Jax wohl experimentiert? Mich überrollte eine Welle von Eifersucht. Das Gefühl gefiel mir nicht, aber ich konnte wenig dagegen tun.

»Und vor allem, brauche ich eine offizielle Landeerlaubnis? Gibt es gefährliche Turbulenzen?« Er schüttelte resigniert den Kopf. »Küssen ist echt zu riskant.«

Ich musste wieder lachen. »Geh schlafen, Jax«, sagte ich.

Meine eigenen Augenlider waren so schwer, dass ich sie nur

mit Mühe offenhalten konnte. Selbst der Donner störte mich nicht mehr, sondern wirkte eher wie ein dunkles, einschläferndes Grollen. Ich spürte in mich hinein, auf meine langen, gleichmäßigen Atemzüge, und schloss die Augen. Der rhythmisch ans Fenster prasselnde Regen schwemmte meine Gedanken fort. Eine Stimme tief in meinem Unterbewusstsein erinnerte mich daran, dass ich ins Schlafzimmer umziehen sollte, doch sie wurde immer leiser. Mein Körper war zu schwer, um ihn von der Couch zu heben.

Die Matratze knirschte und meine Lider flogen auf. Jax hatte sich aufgerichtet und starrte wachsam aus dem Fenster. Er hatte den Kopf geneigt, als würde er auf etwas lauschen. Sein Blick wirkte konzentriert.

»Was ist los? Ist der Wagen von Scott hier?«, fragte ich und rieb mir den Schlaf aus den Augen. Ich wollte mich gerade aufrichten, um einen besseren Blick zu bekommen, als draußen Reifen quietschten und Scheinwerfer weiß aufblitzten. Ein Motor dröhnte und schien direkt auf unser Zimmer zuzurasen.

Jax warf sich auf mich und umklammerte mich mit den Armen. Noch während ich instinktiv versuchte, ihn wegzustoßen, rollten wir vom Bett auf den Fußboden, und ein Kugelhagel ließ das Fenster zerbersten. Ich schrie und presste mir die Hände auf die Ohren. Querschläger flogen durch den Raum, Einschusslöcher erschienen in Türen, Wänden und der Couch. Glas regnete zu Boden, abgesplitterter Putz und Beton flogen durch die Luft. Das Innenfutter des Schlafsofas schwebte wie Schneeflocken um uns herum. Ich krümmte mich zusammen und vergrub mich in der Höhle, die Jax mit seinem Körper bildete.

Als die Schüsse aufhörten, rollte er sich von mir herunter. Er schubste mich auffordernd vorwärts und wir krochen auf allen vieren über den Boden. Bevor er die Apartmenttür öffnete, zog er das Klappmesser aus seiner Tasche und ließ die Klinge aufschnappen. Ich folgte ihm in den Flur, wobei mein Herz so heftig schlug, dass ich es bis in die Zehen spürte. Ein Mann kam um die Ecke auf uns zugerannt, doch bevor er angreifen konnte, hatte Jax schon das Messer geworfen und ihn mit dem Jackenärmel an der Wand festgenagelt. Der Typ versuchte, die Klinge herauszuziehen. Während er daran zerrte, stürzte Jax sich auf ihn.

Er riss dem Mann die Pistole aus dem Halfter und drückte ihm die Mündung an den Hals. Sein Finger krümmte sich, um die Betäubungspatrone abzuschießen.

»Die Waffe ist echt«, brachte der Mann hervor und schluckte.

»Was?«, fragte Jax, und in seinen Blick trat kalte Wut.

Kleine braune Wieselaugen schauten flehend zurück. »Die Kugeln. Sie sind echt«, sagte der Typ und schwitzte. Ich sah die Schweißtropfen an seiner zitternden Kehle herunterrinnen.

»Warum zum Teufel ... Ich kann nicht fassen, dass Sie scharfe Munition gegen uns benutzen«, fauchte Jax.

»Nicht gegen euch, nur gegen *sie*«, sagte der Mann und sein Blick huschte nervös zu mir herüber.

Jax verzog das Gesicht. Wir hörten weitere Schritte, die sich vorsichtig der Ecke näherten.

»Die anderen haben auch Kugeln statt Betäubungsmunition geladen?«, fragte Jax und bekam ein Nicken zur Antwort.

Ich schaute den Flur entlang. »Dann sagen Sie Ihren Leuten, sie sollen den Angriff abbrechen«, forderte ich.

»Das kann ich nicht. Ich habe nicht das Kommando«, antwortete er.

»Wenn Sie am Leben bleiben wollen, versuchen Sie es gefälligst«, sagte Jax und presste ihm die Mündung an die Schläfe.

In diesem Moment kamen zwei Männer um die Ecke gesprungen, und Jax wirbelte herum. Er zielte tief, sodass er nur ihre Füße traf. Ich konnte kaum hinsehen, als sie sich auf dem Boden krümmten, während Blut die Wand bespritzte. Entsetzt presste ich mir die Hand auf den Mund. Das rote Muster auf der weißen Wand sah aus wie verschmierte Tusche.

Jax schlug dem ersten Angreifer den Pistolengriff gegen die Stirn, sodass auch er zu Boden sackte. Dann nahm er meine Hand und zog mich hinter sich her.

»Komm, schnell«, sagte er, doch meine Füße wollten mir nicht gehorchten.

»Die beiden Männer …«, flüsterte ich.

»Kann man wieder zusammenflicken. Ich glaube nicht, dass sie umgekehrt genauso rücksichtsvoll gewesen wären«, sagte Jax und ließ sein Klappmesser zuschnappen. Ich folgte ihm den Flur entlang und durch den Empfang. Dort befreite ich meine Hand, um auf ein Ausgangsschild zu zeigen.

»Die Fußgängerbrücken«, sagte ich. Jax nickte zustimmend und wir rannten ins Treppenhaus. Auf der vierten Etage erreichten wir die Ebene der Glasgänge.

Jax öffnete die Zugangstür, und vor uns flammte künstliches Licht auf, das den Glastunnel in eine gelbe Farbe hüllte. Wir liefen hindurch, so schnell wir konnten. Durch die Scheiben sah ich das Stadtlabyrinth, das uns zu allen Seiten umschloss. Plötzlich strahlten unten an der Straßenecke wieder Scheinwerfer auf, und ein Kugelhagel prasselte auf die Fußgängerbrücke ein, während ich Jax nachhetzte. Direkt hinter uns splitterte Glas und Scheiben explodierten. Ich schrie, konnte mich aber nirgends verstecken. Wir waren von allen Seiten sichtbar. Nur knapp erreichten wir das andere Ende des Tunnels, wo Jax die Tür aufriss. Wir warfen uns hindurch und rollten uns auf dem Flur ab.

»Okay, keine gute Idee«, keuchte ich. Jax hielt mir die Hand entgegen, um mich hochzuziehen. Als ich wieder losließ, sah ich Blut an meinen Fingern. Ich war nicht sicher, ob es von ihm oder von mir stammte.

»Bist du in Ordnung?«, fragte er und ich nickte.

Jax klopfte Scherben von seiner Hose. Kieselgroße Stücke fielen klirrend zu Boden. Eilig folgte ich Jax den Flur entlang, eine Treppe hinunter und nach draußen auf die Straße. In der

Ferne hörten wir Polizeisirenen. Ein Nieselregen hatte eingesetzt und der Wind hatte sich fast gelegt. Jax rannte vor mir her zur Kirche, über den schlammigen Plastikrasen und direkt auf eines der bunten Fenster zu.

»Tschuldigung, Gott«, sagte er und hieb seinen Ellenbogen durch das Glas. Dann kletterte er ins Innere und ich folgte. Wir durchquerten das Kirchenschiff mit den Bankreihen, deren Duft an frisches Kaminholz erinnerte.

»Wir müssen das Telefon finden«, sagte Jax.

Als wir die Hintertür öffneten, hörten wir rufende Stimmen von draußen, und jemand warf sich gegen das geschlossene Portal. Ich schreckte zurück und stolperte fast über Jax. Krachend zersplitterten Glasfenster hinter uns und zwei Männer drangen in die Kirche ein. Wir duckten uns zwischen die Bankreihen, Jax zog sein Messer hervor und warf einen Blick über die Schulter. Im gleichen Moment flog das Eingangsportal auf und Scott und Riley kamen mit gezogenen Waffen hereingestürzt. Kugeln zischten hin und her. Ich kauerte mich so eng wie möglich zusammen und duckte den Kopf zwischen die Arme, bis alles still war.

»Ich wette, ihr seid richtig froh, mich zu sehen«, sagte Scott.

Vorsichtig hob ich den Kopf aus dem schützenden Kokon meiner Arme. Als ich über die Schulter blickte, sah ich die beiden Männer reglos auf dem Kirchenboden liegen. Ich hörte Jax atmen, also war ihm nichts passiert. Riley hatte sich neben Scott aufgebaut.

»Ihr konntet wohl einfach nicht auf mich hören, oder?«, sagte Scott, als seien wir in der richtigen Stimmung für eine Moralpredigt. »Ich habe euch gewarnt, dass ihr euch nirgends einscannen sollt. Eure Fingerabdrücke können euch im Moment in Lebensgefahr bringen.«

»Wie hast du uns gefunden?«

»Durch dein Peilsendersignal. Ich habe Justin versprochen, dass ich dich im Auge behalte.«

Ich ärgerte mich über sein Aufpassergehabe. »Und wo ist Justin?«, wollte ich wissen.

Scott wirkte überrascht. »Als Regionalgruppenleiter ist sein Platz jetzt natürlich in Portland«, antwortete er in einem überlegenen Tonfall, als sei es kindisch von mir zu erwarten, dass Justin sich um meine Belange kümmerte, nachdem ich heute zum *dritten Mal* fast gestorben wäre. Ich funkelte ihn an.

»Die Typen haben mit scharfer Munition auf uns geschossen«, sagte Jax, während er aufstand. Er reichte mir seine Hand und zog mich ebenfalls auf die Füße.

Scott hob die Augenbrauen. »Dann gehören sie nicht zur Polizei«, stellte er fest und ging an uns vorbei. Er beugte sich vor und musterte einen der leblosen Körper auf dem Boden.

»Der gehört zu Vaughns Team«, stellte Scott fest.

»Aber ich dachte, Vaughn sei festgenommen worden«, sagte ich.

»Stimmt, er sitzt hinter Gittern«, ergriff Riley das Wort. »Also zieht jetzt ein Ersatzmann die Fäden.«

Ich lehnte meinen Kopf gegen die Tür. »Na toll.«

Scott betrachtete währenddessen Jax von oben bis unten. Sein Blick wanderte über das Shirt. »Interessantes Outfit«, sagte er.

Kapitel Zweiundzwanzig

Jax und ich krochen auf die Rückbank von Rileys Wagen. Ich klickte den Sicherheitsgurt fest und ließ mich in das Lederpolster sinken. Das Material war kühl, erwärmte sich aber schnell unter meiner Haut. Meine Augenlider wurden immer schwerer, und ich kämpfte gegen den Drang an, sie zu schließen. Stattdessen starrte ich in den Regen hinaus.

»Fahren wir nach Portland?«, fragte ich Scott.

Er schüttelte den Kopf. »Erst morgen«, sagte er gähnend. »Wir müssen noch Sachen aus meiner Wohnung holen. Dort werden wir auch übernachten.«

Stumm hörte ich zu, wie Riley und Scott über den Protest redeten und sich den Kopf zerbrachen, was noch alles zu planen war. Ich schloss die Augen und ließ mich von dem fahrenden Wagen hin- und herschaukeln. Als ich einen Blick zu Jax hinüberwarf, hatte auch er den Kopf gegen die Lehne gelegt, doch seine Augen waren offen.

»Du kannst also auch Messerwerfen«, murmelte ich.

Jax schaute mich an, und ich wartete darauf, dass er einen Scherz machen würde. Aber anscheinend war sogar er zu müde für Sarkasmus.

Er nickte nur, als sei dieses Talent keine große Sache. »Ja, hab ich mal gelernt«, sagte er.

»Wieso?«, fragte ich.

Er zuckte mit den Schultern. »Weil jeder einen Partytrick

zum Angeben braucht?«, sagte er. Ich hielt den Blick wartend auf ihn gerichtet und ließ ihn ohne Worte wissen, dass diese Antwort mir nicht reichte.

Er lehnte sich ein bisschen näher und flüsterte verschwörerisch: »Mein Schweigen ist eine nonverbale Form von ›Ich will nicht darüber reden‹.«

»Du magst keine ernsten Gespräche, oder?«, meinte ich.

»Ich mag keine nutzlosen Depri-Gedanken«, sagte er. »In meinem Leben habe ich mir lange genug Sorgen gemacht. Wurde Zeit, damit aufzuhören.«

»Was ist passiert?«, fragte ich.

Er wandte den Kopf ab und schaute aus dem Fenster. »Ist *Madeline* das französische Wort für Quälgeist?«, fragte er und ließ sich ein bisschen tiefer in den Sitz sinken, um in der Enge des Wagens eine bequeme Position zu finden.

»Okay, als ich vor ein paar Jahren festgenommen werden sollte, sind die Cops zu uns nach Hause gekommen«, sagte er so leise, dass ich ihn kaum hören konnte. »Meine Eltern haben sich geweigert, sie hereinzulassen. Also haben sie die Tür eingetreten. Sie haben meine Mutter niedergeschlagen und sie mit Stiefeltritten malträtiert, als sie sich wieder aufrappeln wollte. Mein Vater hat versucht, ihr zu helfen, und dafür einen Pistolengriff voll ins Gesicht bekommen. Dann hat die Polizei mit Betäubungsmunition auf beide gefeuert. Meine kleine Schwester hat alles mit angesehen und die ganze Zeit geschrien. Die Cops haben mich aus dem Haus gezerrt und meine Schwester alleine dort zurückgelassen. Ich kann ihre Schreie noch heute hören. Sie hat gedacht, unsere Eltern wären tot.«

Ich war ganz schockiert von seiner Schilderung. Mir fiel plötzlich ein, wie ruhig mein Vater geblieben war, als ich festgenommen wurde. Er hatte gefühllos und abgestumpft gewirkt, als sei ihm mein Schicksal egal. Vielleicht hatte er nur dafür sorgen wollen, dass alle die Ruhe bewahrten und niemand zu Schaden kam.

»Das Schlimmste war, dass ich mich nicht gegen diese Arschlöcher wehren konnte«, sagte Jax. »Ich war total hilflos, habe einfach dagestanden und alles mit ansehen müssen. Vorher war ich mir immer so smart vorgekommen, weil ich mich in Regierungsdateien einhacken konnte, aber in Wirklichkeit hatte ich keine Ahnung. Hilflosigkeit ist das mieseste Gefühl auf der Welt. Also habe ich nach der Abfangaktion als Erstes gelernt, wie man kämpft. Jetzt kann ich die Menschen beschützen, die ich liebe.«

»Hast du so die Wartezeit gefüllt, während du untergetaucht warst?«, fragte ich.

»Und mit Computerspielen«, sagte er.

»… und Malen«, ergänzte ich, »und Bäume pflanzen.«

Er lächelte. »Die Idee kam von meinem Dad. Er meinte, das sei eine gute Beschäftigungstherapie. Damit ich etwas Positives hatte, auf das ich mich konzentrieren konnte.«

Scott unterbrach uns. »Justin hat gerade eine Nachricht geschickt«, sagte er. »Er organisiert jetzt den Aufbau einer Zeltstadt für die Demonstranten.« Ich schaute nach vorne, wo Scott und Riley saßen. Während des Gesprächs mit Jax hatte ich ganz vergessen, dass wir nicht alleine im Auto waren.

Ich wartete auf mehr, doch vergeblich. »Das ist alles?«, fragte ich.

Scott warf mir durch den Rückspiegel einen stirnrunzelnden Blick zu. »Hast du mehr erwartet?«, fragte er. »Ich habe Justin wissen lassen, dass es uns allen gut geht. Tut es doch, oder?«

Ich wandte den Kopf ab und starrte aus dem Autofenster. In der letzten Frage war so viel Zündstoff verborgen, dass ich lieber gar nichts sagte. Obwohl mir ungefähr hundert Antworten einfielen.

Meine Lider öffneten sich flatternd und ich blinzelte durch ein Fenster auf einen dunkelgrauen Himmel bei Morgendämmerung. Schläfrig rieb ich mir die Augen, dann rollte ich mich herum und erstarrte. Jax lag nur ein paar Zentimeter entfernt. Zuerst war ich empört, dass er die Nerven besaß, einfach zu mir ins Bett zu steigen. Dann erinnerte ich mich vage daran, wie mich gestern Nacht jemand aus dem Auto gehoben und eine Treppe hochgetragen hatte. Ich schaute mich um und erkannte Scotts Wohnzimmer. Jax und ich lagen zusammen auf einer breiten Luftmatratze. Ich presste mir die Hände auf die Schläfen.

Also hatte ich tatsächlich mit ihm das Bett geteilt. Ein Anfall von schlechtem Gewissen überkam mich. Ich lag neben einem Jungen, der nicht nur attraktiv und Single war, sondern – wie ich zugeben musste – auch noch erstaunliche andere Qualitäten besaß. Und wir hatten übers Küssen geredet. Das war schon mehr als ein harmloser Flirt. Darüber, wie man diese Situation sonst nennen konnte, wollte ich lieber gar nicht nachdenken.

Ich warf einen weiteren Blick auf Jax. Er schlief auf dem Bauch und hatte sein Gesicht größtenteils im Kissen vergraben, sodass seine Haare wie schwarze Federn auf dem weißen Bezug ausgebreitet waren. Statt unter der gemeinsamen Decke lag er oben drauf. Scott hatte ihm anscheinend neue Kleidung gegeben, denn er trug eine graue Trainingshose und ein weißes T-Shirt. Geduscht hatte er auch schon. Seine Haare ringelten sich an den Spitzen, als seien sie noch feucht, und seine Haut duftete nach Seife.

Ich starrte an die Decke und versuchte, mich innerlich zu rechtfertigen. Nichts war passiert. Wir waren beide voll angezogen und berührten uns kein bisschen … nicht einmal versehentlich mit den Zehenspitzen. Also wieso fühlte ich mich schuldig?

Ich schlug vorsichtig die Decke zurück und stand auf, ohne die Luftmatratze zum Schwanken zu bringen. Dann ging ich in die Küche.

Auf dem Tresen stand eine Kaffeemaschine neben einer Packung QuickMuffins. Ich stellte sie in die Mikrowelle und drückte auf zwei Minuten. Als der Duft von Blaubeermuffins die

Küche erfüllte und der Kaffee fertig war, kam Jax auf nackten Füßen um die Ecke getapert.

Ich setzte mich an einen kleinen Tisch und musterte seine Bettfrisur aus aufrechtstehenden Haaren. Seine Augen waren halb geschlossen.

»Du bist eine fiese Deckendiebin«, informierte er mich. »Und ist dir eigentlich klar, dass du in einem seltsamen Winkel schläfst und die ganze Matratze einnimmst?« Ich schaute ihn ungnädig an, weil er so etwas Intimes über mich wusste. Jax machte die Haltung vor, knickte an der Taille ab und verdrehte seinen Körper seitlich. Wenn ich weniger angespannt gewesen wäre, hätte ich lachen müssen. Stattdessen kaute ich an den Nägeln.

Er kramte in den Schubladen herum und suchte nach etwas.

»Jax, ich fühle mich schrecklich.«

»Wieso?« Er drehte sich um und schaute mich besorgt an. »Was ist passiert?«

»Wir haben im selben Bett geschlafen«, stellte ich fest. Die Worte klangen so dramatisch wie der Titel eines Horrorfilms.

»Falsch. *Du* hast geschlafen. Ich wurde ständig zur Seite geknufft und habe kaum ein Auge zugemacht.«

»Tut mir leid«, sagte ich und senkte den Blick auf meine Hände. »Ich habe ein furchtbar schlechtes Gewissen«, fügte ich hinzu, weil ich es einfach jemandem beichten musste.

»Solltest du auch«, meinte er und setzte sich mir gegenüber. »Ich hatte überhaupt keinen Platz und dann hast du mir auch noch die Decke gestohlen.«

»Nein«, sagte ich, »wegen Justin. Meinst du, ich sollte ihm davon erzählen?« Ich blickte in Jax' dunkle Augen.

»Wovon?«, fragte er.

Nervös spielte ich mit dem Griff meines Kaffeebechers herum. »Es fühlt sich an, als hätte ich ihn betrogen.«

Jax machte eine unbedarfte Geste, als sei alles in bester Ordnung. »Madeline, es ist doch gar nichts passiert.«

Er hatte recht. Aber irgendwie auch nicht. »Wir haben über *Küsse* geredet«, sagte ich.

Er blinzelte schläfrig, als sei das kein Grund zur Aufregung. »Wow, ein kurzer Besuch in der Kirche und schon hast du dir ein verbales Zölibat auferlegt«, stellte er fest. Ich schickte einen frustrierten Seufzer zur Decke. »Es ist nichts passiert«, wiederholte er. »Stimmt, wir haben über Küsse geredet. Na und? Das ist doch kein großes Drama ... außer du willst eines daraus machen.«

»Okay. Du hast recht«, sagte ich. »Kein großes Drama.« Ich nickte entschlossen. Er grinste, was die Lachfältchen an seinen Augen hervorhob.

»Was ist denn so lustig?«, fragte ich.

»Du.«

Ich konnte an der Situation nichts Witziges erkennen. »Ach ja?«

»Du kannst so erwachsen denken und gleichzeitig bist du manchmal echt kindisch. Jetzt verstehe ich dein Wandgemälde schon viel besser. Du kämpfst die ganze Zeit gegen dich selbst an, oder?«

Ich funkelte ihn an, weil er mich wieder einmal durchschaut hatte. Dabei ließ ich Leute nicht einfach so an mich heran. Ich hatte die Türen zu meinem Inneren immer sorgfältig verriegelt, aber anscheinend hatten gewisse Leute gelernt, wie man Schlösser knackte. »Glaubst du, bloß weil wir eine Nacht das Bett geteilt haben, darfst du plötzlich in meine Seele schauen?«, fragte ich.

»Vielleicht«, sagte er. Ich war erleichtert, als Scott hereinkam und uns unterbrach.

»Könnt ihr in fünf Minuten fertig sein? Wir wollen gleich los«, sagte er.

Ich schaute auf die Uhr. »Aber es ist noch nicht einmal sechs«, protestierte ich.

»Stimmt, und wir haben kaum vierundzwanzig Stunden, um den Wahlprotest auf die Beine zu stellen. Während ihr Langschläfer faul im Bett lagt, habe ich ungefähr zweitausend Nachrichten verschickt.«

Jax gähnte. »Scott, wir haben uns gestern einen Luftkampf mit der Verkörperung des Bösen geliefert und sind aus dreitausend Metern Höhe mit heiler Haut entkommen. Ich würde uns nicht als faul bezeichnen.« Das verschlug Scott tatsächlich für einen Moment die Sprache. Ich grinste und nippte an meinem Kaffee.

»Tja, ich hoffe, ihr habt euch lange genug ausgeschlafen«, sagte Scott schließlich. »In nächster Zeit werdet ihr nämlich nicht mehr dazu kommen.«

Kapitel Dreiundzwanzig

»Sieht so aus, als kämen wir als Letzte auf die Party«, bemerkte Jax, als wir die Straße überquerten und der Waterfront Park vor uns lag. Die Kunstrasenfläche zog sich im Stadtzentrum von Portland am Willamette River entlang. Eine Zeltstadt bedeckte das gesamte Parkgelände bis hin zu dem hufeisenförmigen Backsteinfeld, das den Vorplatz des neuen Gerichtshofes markierte. Das Gebäude selbst war ein ultramoderner Büroturm gleich neben der Morrison-Brücke. Er hatte eine Menge Preise für sein Digitaldesign gewonnen. Die zehn Stockwerke hatten keine Fenster, sondern stattdessen quadratische Bildschirme voller leuchtender Farben und Bilder, die sich die ganze Zeit veränderten. Man hatte den Eindruck, das Gebäude selbst sei in ständiger Bewegung. Die Dachspitze war wie eine brechende Welle geformt, die sich spiralförmig verdrehte. Im Moment ahmten die Bildschirme einen Himmel voller dahinziehender Wolken nach, sodass es aussah, als würde das ganze Gebäude schwerelos im Nichts schweben. Bei dem Anblick bekam ich Kopfschmerzen. Man hatte das Gefühl, auf eine optische Täuschung zu starren.

Meine Sinne brauchten einen Moment, um die ganze Szene aufzunehmen. Der Kunstrasen war mit Menschen übersät. Stereoanlagen hingen festgezurrt an Zeltstangen und Wegweiserpfählen, und die Musik dröhnte so laut, dass sie von den wellenförmigen Betonskulpturen widerhallte, die den Fluss säumten. Aus dem Zentrum der Zeltstadt hörte man Hämmern und Sägen, weil dort provisorische Essensstände aufgebaut wurden. Auf dem halbmondförmigen Betonstreifen daneben standen Picknicktische und ein Unterstand mit öffentlichen Toiletten.

Wir kamen an einem Zelt vorbei, in dem anscheinend eine Technoparty stattfand. Der Beat brachte die Plane zum Beben.

Meine Sinne wurden überschwemmt von der knisternden Energie, den Trommelrhythmen und den scharfen Essensdüften. Eine Gruppe Journalisten wurde von Sicherheitsleuten über den Platz geführt. Sie starrten uns an, als seien sie in einem Zoo für bedrohte Arten gelandet. Einige Wagemutigere lächelten vorsichtig in die Menge und näherten sich Gruppen von Demonstranten, um nach Interviews zu fragen. Ich bemerkte einen Reporter, der seine Filmcrew auf die Essensstände angesetzt hatte, als seien echte Nahrungsmittel eine Sensation.

Clare kam auf uns zugerannt.

»Da seid ihr ja!«, rief sie und warf die Arme um mich. »Justin hat mir erzählt, was passiert ist.«

Als Nächstes sprang sie Jax um den Hals.

»Danke, dass du Maddie geholfen hast«, sagte sie. Dann ließ sie die Arme von seinen Schultern gleiten und wandte sich wieder mir zu. »Seid ihr beide okay?«

Jax nickte und sah sich suchend um. »Ich sollte schauen, ob ich meinen Vater finde. Er muss hier irgendwo sein.«

Scott und Riley waren bereits vorausgegangen und marschierten auf ein Gedränge aus grünen Zelten zu. Überall schwärmten Massen von Leuten herum wie Bienen in einem gigantischen Bienenstock.

Mir wurde klar, dass ich Jax vielleicht nie wiedersehen würde, und ich fühlte den plötzlichen Impuls, seine Hand zu packen und nicht mehr loszulassen. In den letzten Tagen war es ihm gelungen, meine Psyche auseinanderzunehmen und neu zu sortieren. Er hatte sich in meinem Herzen eingenistet und wirkte dort wie ein Superkleber, der die Risse ausfüllte und zusammenhielt.

Ich suchte nach passenden Worten, aber nur eines fiel mir ein. »Danke«, sagte ich. »Für alles.«

Er lächelte mich an und ich versuchte, mir seine Züge einzuprägen. Ich wusste jetzt schon, dass ich dieses Lächeln vermissen würde, besonders die Fältchen an seinen Augenwinkeln. Er zögerte und senkte kurz den Blick. Seine Hände zuckten unruhig an den Seiten, während er zwischen mir und der Menge hin- und herschaute.

Clare beobachtete uns, räusperte sich und zeigte auf die grünen Zelte. »Wir sind da drüben, falls du später vorbeikommen willst«, sagte sie zu Jax. »Genau im Mittelpunkt des Geschehens, wenn die ganze Action losgeht. In einer Stunde gibt es ein Orga-Treffen, da könntet ihr euch verabreden.«

Er schüttelte den Kopf. »Ich glaube, ich hatte erst einmal genug Action für eine Weile«, meinte er. »Jetzt halte ich mich lieber am Rand. Viel Glück für morgen«, sagte er und schaute mich an.

Ich konnte meinen Blick nicht von ihm losreißen und wollte nicht, dass er ging. Aber gab es überhaupt einen guten Grund für eine Verabredung? Ich war nicht einmal sicher, ob wir Freunde waren. Bei meinen übrigen männlichen Freunden – Gabe, Scott und Riley – fühlte es sich jedenfalls viel unkomplizierter an.

Jax überraschte mich, indem er sich vorlehnte, die Hand um meinen Nacken legte und mich dicht an sich heranzog. Mein Herz begann wie wild zu klopfen. Er beugte sich herab und flüsterte etwas, das nur ich hören konnte. Seine Lippen streiften mein Ohr.

»Ganz nebenbei, es gab noch einen anderen Grund, warum ich dir helfen wollte. Du hast die schönsten Augen, die ich je gesehen habe.« Er ließ mich los und breitete entschuldigend die Hände aus. »Das ist meine geheime Superhelden-Schwachstelle«, sagte er und trat zurück.

Mein Puls hämmerte, doch bevor ich etwas entgegnen konnte,

kam ein Mädchen mit langen braunen Haaren durch die Menge gestürzt und schrie Jax' Namen. Sie warf sich so begeistert auf ihn, dass er fast umkippte.

Ich machte ihr Platz und lächelte gezwungen, als Jax sie in die Arme nahm und herumwirbelte. Sie kreischte auf und lachte, während ich nur genervt die Augen verdrehen konnte. Gehörte sie etwa zu seinen Kussexperimenten?

Jax setzte sie wieder ab. »Bridget, darf ich dir Madeline vorstellen?«, sagte er. »Maddie, das ist Bridget, meine ausgeflippte kleine Schwester.«

Jetzt wurde mein Lächeln echt und ich hielt ihr die Hand entgegen. »Freut mich, dich kennenzulernen«, sagte ich.

»Wow, mein Vater hat mir alles über dich erzählt«, sprudelte sie hervor. »Ich bin ein totaler Fan.« Sie sah ziemlich jung aus, vielleicht in DS-Stufe 3. »Kann ich später dein Autogramm bekommen? Ich meine, wenn du nicht zu beschäftigt bist? Ich habe gerade eine Unterschrift von Justin Solvi ergattert.« Sie täuschte einen Ohnmachtsanfall vor und wedelte mit einem Anti-DS-Fähnchen, auf dem Justins Namenszug prangte.

Jax schüttelte den Kopf und schob sie in Richtung der Zeltstadt. Er winkte uns zum Abschied über die Schulter zu.

»Wir sehen uns später?«, fragte er noch.

»Klar«, sagte ich und blickte den beiden nach, während sie in der Menge verschwanden. »Ja, klar«, wiederholte ich laut für mich selbst. Als ich mich umdrehte, stellte ich fest, dass Clare mich argwöhnisch musterte.

»Was ist da gerade passiert?«, fragte sie und lehnte sich näher. »Oder sollte ich fragen: Was ist gestern Nacht passiert?«

Ich stöhnte. Manchmal hasste ich ihren Röntgenblick. Wenn man Freunde hatte, fühlte man sich plötzlich so durchsichtig.

»Überhaupt nichts ist passiert.«

»Und warum ist dein Gesicht dann pinker als deine Haarfarbe?«, wollte sie wissen.

»Weil Abschiede bei mir immer so peinlich plump ausfallen?«, versuchte ich eine Ausrede.

»Nein, du bist peinlich plump im Lügen«, stellte sie fest und verschränkte die Arme.

Ich nahm sie am Handgelenk und zog sie auf die Zelte zu. »Erklärungen folgen später«, versprach ich. Zuerst musste ich die Antwort erst einmal selbst herausfinden.

Daraufhin führte Clare mich in der Zeltstadt herum und erzählte mir, was ich verpasst hatte.

»Das Ergebnis der Abstimmung wird morgen früh bekanntgegeben«, sagte sie.

Ich schaute zu, wie ein Handwerkertrupp am Rand des Parks damit beschäftigt war, Sperrholzplatten zu einer Bühne zusammenzuzimmern. Sie befand sich am Rand des Gerichtsgeländes. Protestler hielten Demonstrationsschilder aus Plastik in die Höhe, die mit Sprüchen bemalt waren. DARK LORD FREEMAN; WIR SPRECHEN KEIN ROBOTISCH; LEHRER GEGEN TECHNIK; KAPPT DIE KABEL; ICH DENKE NICHT – ALSO BIN ICH NICHT; FREEMAN: GIB UNS FREIHEIT. Freiwillige Helfer installierten Lautsprecher und zwei Männer schleppten ein schweres Rednerpult aus Holz heran. Hinter der Bühne befand sich ein mit Backsteinen gepflasterter Platz, der in einer breiten Treppe mündete. Mindestens fünfzig Stufen führten zum Eingangsportal des Gerichtshofs empor.

Eine lange Reihe von Polizisten in Kampfmontur schirmte oben das Gebäude ab. Sie verbargen sich hinter Kunststoffschildern, und ihre Köpfe rotierten maschinenhaft hin und her, während sie die Zeltstadt beobachteten. Sonnenbrillen mit Zoomfunktion sorgten dafür, dass ihnen keine Kleinigkeit entging, die eventuell Ärger bedeuten konnte.

»Sie sind ganz scharf darauf, Leute festzunehmen«, bemerkte ich.

»Dürfen sie aber nicht«, sagte Clare. »Wir haben jedes Recht, hier zu sein. Solange wir friedlich bleiben, können sie nichts tun. Der Park ist öffentliches Gelände. Wir dürfen bloß die Grasfläche nicht verlassen.«

»Hallo Schwesterchen«, sagte jemand hinter mir, und zu meiner Verblüffung erkannte ich Joes Stimme. Ich wirbelte herum und sah ihn neben meinem Aussteigerfreund Pat stehen, der nach Los Angeles gezogen war. Der Schock verschlug mir fast die Sprache.

»Was tut ihr denn hier?«, fragte ich und ließ mich von Pat umarmen. Bei Joe zögerte ich. Wir hatten uns das letzte Mal vor mehr als acht Monaten gesehen, als er mich an die Polizei ausgeliefert hatte. Dadurch war unsere Geschwisterliebe nicht gerade gewachsen.

»Ich habe Justin versprochen, dass ich mich blicken lasse, wenn er diesen Protest tatsächlich auf die Beine stellt«, sagte Pat.

»Mom hat mich angerufen«, erklärte Joe. »Da konnte ich einfach nicht widerstehen. Was für ein Spektakel: Freeman gegen Freeman.« Er rieb sich die Hände. »Das wird bestimmt ein Knaller.«

Ich schaute ihn aus schmalen Augen an. Anscheinend hatte Mom ihm nichts von Dads Brief erzählt. Ich beschloss, das Geheimnis ebenfalls für mich zu behalten, weil ich sehen wollte, wie mein Bruder morgen reagierte.

»Wo ist Mom denn?«, fragte ich.

»Im Gerichtshof, zusammen mit Dad. Wäre schlechte PR, wenn sie hier bei uns stehen würde, stimmt's?«

»Und wieso steht ihr beide hier?«, fragte ich. Pat hatte sich vor ein paar Monaten vom Widerstand losgesagt, und Joes brüderliche Hilfe hatte darin bestanden, mich in ein Center stecken zu lassen. »Auf welcher Seite seid ihr?«

»Du kennst mich doch«, sagte Pat. »Ich bin immer da, wo es gutes Essen gibt.« Er grinste, als er meine ungläubige Miene sah. »Nein, im Ernst, ich unterstütze euch. Das hier ist das große Finale, da will ich dabei sein. Wer würde denn freiwillig so eine Party verpassen?«

Joe warf einen Blick auf die sonnengebräunten Mädchen in engen Tops, die auf Picknicktischen lagen und das Sommerwetter genossen, während ihnen der Schweiß über die Haut lief.

»Ich habe in meinem ganzen Leben noch nie so viele scharfe, halbnackte Frauen auf einem Haufen gesehen, also lasse ich mich gerne überreden, eure Seite zu unterstützen«, meinte Joe.

»Perfekt«, sagte ich. »Danke, dass du gerade meine Theorie bestätigt hast: Jungs denken wirklich nur mit ihren unteren Bauteilen.«

»Hey, und mit dem Magen«, warf Pat ein.

»Weißt du, Mom hat mir erzählt, was im Center passiert ist«, sagte Joe ernster. »Es tut mir wirklich leid, Maddie. Ich hatte ehrlich keine Ahnung und dachte, ich würde dir helfen.« Seine blauen Augen schauten mich aufrichtig an. Ich konnte mich nicht daran erinnern, dass sich mein Bruder jemals zuvor bei mir entschuldigt hatte. Jedenfalls nicht ohne elterlichen Druck. Normalerweise strengte er sich nur an, um mir auf die Nerven zu fallen.

»Schon okay«, sagte ich. »Niemand wusste, was in den Centern vor sich geht.«

Er ließ seinen Blick an mir herunterwandern. »Wie ich sehe, haben sie es echt geschafft, dich zu zähmen«, kommentierte er.

»Wahrscheinlich war das Ganze sogar nötig«, sagte ich, »sonst wären wir nie an die Beweise gekommen, die wir brauchten.«

»Mit anderen Worten, du solltest mir dankbar sein?«, scherzte er.

Ich musste lachen. »Was hältst du davon, wenn ich dir erst einmal verzeihe?«, bot ich an.

Er zog mich in seine Arme. Ich umschlang seine Schultern

und musste die Augen zusammenkneifen, um die Tränen zurückzuhalten. Ganz egal, was noch passierte, der Protest war jetzt schon ein Erfolg. Er hatte unsere Familie wieder zusammengeführt. Zum ersten Mal seit Jahren waren wir alle gleichzeitig an einem Ort – und selbst, wenn wir auf verschiedenen Seiten standen, unterstützten wir einander. Im Grunde hatte ich die ganze Zeit für dieses Ziel gekämpft. Meinen persönlichen Sieg hatte ich damit schon errungen.

Nach einer Weile ließ Joe mich los, und dann wurden wir von einem Reporter unterbrochen, der uns ausfragen wollte. Clare nahm meine Hand und zog mich in die Menge.

Ich sah Justin in der Nähe der Bühne stehen und versuchte, ihn auf mich aufmerksam zu machen, doch er wurde von zu vielen Menschen umschwärmt. Journalisten liefen ihm im Gänsemarsch hinterher, und ich hätte mich anstellen müssen, um überhaupt mit ihm sprechen zu können. Über der Bühne war inzwischen ein digitaler Bildschirm platziert worden, auf dem stand: WO STEHST DU? GEHÖRST DU ZUR DS ODER ZU DEN AUSSTEIGERN? Darunter befand sich ein Zähler. Der augenblickliche Stand war 1 003 324 Stimmen für die Digital School und 54 545 dagegen.

»Was ist das denn?«, fragte ich Clare.

»Die Idee kam von Shawn«, sagte sie. »Alle DS-Schüler landesweit können sich einloggen und abstimmen, ob sie im System bleiben wollen oder sich Alternativen wünschen. Wir haben die Adresslisten von deinem Vater benutzt, um jedem Einzelnen eine Nachricht zu schicken.«

Ich hob die Augenbrauen. »Ausgeglichen kann man das Ergebnis ja nicht gerade nennen.«

»Noch ist nichts entschieden«, sagte Clare optimistisch. »In der DS gibt es mehr als einhundert Millionen Schüler.«

Ich starrte auf den Bildschirm und konnte nicht fassen, wie einseitig die Abstimmung bisher ausgefallen war. »Berichten die

Medien über Vaughns illegale Drogenlabore? Und die Zustände in den Centern?«

Clare schüttelte den Kopf. »Bisher ist nichts davon in die Schlagzeilen gekommen.«

Ich runzelte die Stirn, weil ich fest damit gerechnet hatte, dass ein Sturm der Entrüstung losbrechen würde.

»Was ist mit den Kontakten, die Jax uns verschafft hat?«, fragte ich. Er hatte erwähnt, dass er Scott das begehrte Hackerprogramm überlassen hatte, bevor wir aus Corvallis aufgebrochen waren.

»Wir versuchen, die Nachrichten mit allen Mitteln zu verbreiten«, sagte sie, »aber das braucht Zeit.«

Ich seufzte. Zeit hatten wir leider nicht. »Und die Forschungen seines Vaters? Über die DS-Abhängigkeit?«

Clare kaute auf ihrer Unterlippe. »Die haben wir gar nicht erst herausgegeben.«

»Wieso nicht?«, wollte ich wissen.

»Weil außer Molly niemand ein Wort davon verstanden hat. Die Studie war für wissenschaftliche Fachzeitschriften geschrieben und besteht aus vierzig Seiten Formeln und Grafiken. Hast du überhaupt mal in den Text reingeschaut?«, fragte sie mich. Ich schüttelte den Kopf.

»Bevor wir ihn veröffentlichen können, muss Dr. Viviani ihn umschreiben, damit er für Laien verständlich ist. Die Studie ist toll, aber viel zu speziell. Außerdem hat Molly gesagt, dass noch eine Menge Untersuchungen fehlen, bis Dr. Viviani seine Theorien wirklich beweisen kann.«

Ich schaute wieder auf den Bildschirm. Im Moment stand es 1 303 685 zu 54 601. Das DS-System hatte in den letzten Minuten gute 300 000 Stimmen dazu bekommen und wir sagenhafte 56.

»Vielleicht sollten wir den Bildschirm wieder abmontieren«, sagte sie. »Das ist doch schlechte PR.«

Clare starrte zu den Zahlen hinauf. »Das ist die Realität.«

Ich schaute mich in der Menge um. Zwar befanden sich Tausende von Menschen hier, um zu zeigen, dass sie den Widerstand unterstützten, aber es gab keine Sprechchöre, kein Gejohle oder wütendes Geschrei, wie ich erwartet hatte. Das Ganze sah eher aus wie eine Riesenparty oder eine nette Gelegenheit, rauszugehen und zu grillen. Wo war der Kampfgeist?

Clare zog mich am Ärmel. »Komm, gleich fängt die Besprechung an.«

Wir manövrierten uns durch die Menge zum Hauptzelt. Vor der geöffneten Klappe stand ein Junge da wie eine Militärwache. Er war jünger als ich, aber dafür einen Kopf größer. Seine breiten Schultern schoben sich zwischen uns und den Eingang, als wir eintreten wollten.

»Könnten wir mal durch?«, forderte ich ihn auf, doch er machte keine Anstalten, uns hineinzulassen.

»Name?«, fragte er, als müsste ich als Nächstes meinen Dienstgrad und den Einsatzbefehl nennen. Waren wir hier auf einer Militärbasis, oder was?

»Oberfeldmajor Madeline Freeman meldet sich zum Dienst, Sir.« Ich salutierte, aber er hatte wenig Sinn für meinen Humor.

»Hier findet eine Pressekonferenz statt«, blaffte er. »Wir sind schon überfüllt. Ab jetzt kommen nur noch Medienleute rein.«

»Aber wir sind mit den Leuten da drinnen befreundet«, meinte Clare und zeigte auf die Türöffnung.

»Sorry, wir haben keine VIP-Liste für Groupies«, sagte er stur und rührte keine Miene.

»Das ist jetzt ein Witz, oder?«, meinte ich. »Lieber Himmel, ich will nur kurz mit Justin Solvi sprechen.«

Er lachte. »Du und halb Amerika. Da musst du dich hinten anstellen. Er ist die nächsten zwei Tage ausgebucht. Kein Interview mehr zu haben, sorry.«

Langsam wurde ich ärgerlich. Ich hatte mich nicht bis nach

Portland durchgeschlagen, um jetzt von einem Festivalhelfer abgewiesen zu werden. »Bist du sein persönlicher Leibdiener, oder was?«

Ihm klappte die Kinnlade herunter. Dann schoss er zurück: »Und wer bist du? Seine Zuckerpuppe?«

»Tja, so könnte man es ausdrücken«, sagte Justin, der hinter mir erschienen war. Ungefähr zwanzig Reporter folgten ihm auf den Fersen. Justin lehnte sich herunter und presste seine Lippen auf meine. Ich musste mich auf die Zehenspitzen stellen, um ihn zu erreichen. Der Festivalhelfer starrte ihn mit schwärmerischem Blick an und trat zur Seite, sodass Justin die Zeltklappe aufhalten und Clare und mich durchlassen konnte.

»Tut mir leid«, sagte Justin und zeigte über die Schulter. »Er versucht nur, seinen Job zu machen. Inzwischen ist hier ein ganz schöner Zirkus.« Seine Augen strahlten vor Energie und seine Wangen waren gerötet. Man sah ihm an, wie er solche Momente liebte.

Ich schaute mich in dem Zelt um, das brechend voll mit Reportern und Demonstranten war. Alle hatten sich der Kopfseite zugewandt, wo ein langer Tisch bereitstand. In der Luft hing der Geruch von zusammengedrängten Körpern, salzigem Schweiß und Gummiplane. Megan und Cedar saßen bereits neben Shawn am Tisch. Sie alle schienen ungefähr das Alter meiner Eltern zu haben. Justin war als einziger Regionalleiter zehn Jahre jünger.

»Mir war gar nicht klar, wie gefragt du bist«, sagte ich.

Er strich sich mit der Hand durch die Haare. »Ja, das ist gerade ziemlich krass. Ich habe sogar einen Assistenten bekommen, um nicht den Überblick zu verlieren. Alle Regionalleiter haben jetzt einen.« Er zeigte auf einen Teenager, der aufmerksam hinter einem Tisch am Zeltrand hockte. »Meiner heißt Kurt. Nur falls du mich mal nicht finden kannst«, sagte Justin.

Ich schluckte. Wenn ich in Zukunft mit Justin reden wollte, sollte ich mich an seinen Assistenten wenden?

Justin legte mir die Hände auf die Schultern und betrachtete mich von oben bis unten. »Alles okay mit dir?«, fragte er.

»Bestens.«

Er schaute mir in die Augen und strich meine Haare zurück. Dabei ruhten seine Finger einen Moment warm und weich an meinem Hals. Er grinste, sodass die Grübchen an seinen Mundwinkeln zum Vorschein kamen. »Tut mir leid, dass ich gestern nicht selber kommen und dich abholen konnte.«

Mir auch. »Du bist eben ziemlich beschäftigt«, sagte ich laut.

»Außerdem wusste ich ja, dass es dir gut geht«, meinte er. »Ich habe mit Scott geredet. Und später bin ich Jax über den Weg gelaufen. Er hat mir erzählt, was alles passiert ist.«

»Ach, ehrlich?«, fragte ich. *Auch, dass wir im selben Bett geschlafen und übers Knutschen geredet haben?*

»Wie ich höre, bist du ein Naturtalent im Fallschirmspringen«, sagte er lächelnd. »Das hätte ich echt gerne gesehen.« Er hob mein Handgelenk an die Lippen und küsste das Tattoo darauf.

Dann ließ er die Hand sinken und sein Blick wanderte durch das volle Zelt. Ich hatte das Gefühl, als würde er mir entgleiten, und griff nach seinem Arm.

»Justin«, sagte ich, wurde jedoch von Megan unterbrochen, die aufstand und den Beginn der öffentlichen Sitzung verkündete. Justin schaute zu mir herab und musterte mich.

»Ja? Stimmt etwas nicht?«

»Justin, wir müssen endlich anfangen«, rief Shawn herüber und winkte ihn an den Tisch.

Ich sah die Reporter um uns herum ungeduldig mit den Fingern auf ihre Flipscreens trommeln und an ihre Deadline denken.

»Schon gut«, sagte ich, »das kann warten.« Justin nahm meine Hände und drückte sie.

»Komm mit nach vorne«, sagte er. Ich ließ mich stumm von ihm an den Sitzreihen vorbeiziehen. Ehrlich, was sollte ich auch sagen? *Liebling, hör bitte zehn Minuten auf, die Welt zu retten, damit wir über unsere Gefühle reden können? Ich finde, du wirkst emotional distanziert, weil du einfach nie mit deiner heldenhaften Selbstlosigkeit aufhörst?*

Justin winkte mit einem Finger, und schon sprang Kurt so hastig auf, dass er fast Funken schlug, und brachte einen zusätzlichen Stuhl für mich.

Ich setzte mich in die erste Reihe, während Justin sich am Tisch niederließ und das Publikum begrüßte. Mir war klar, dass ich ihn verlor. Ich hatte das Gefühl, über einem Abgrund zu hängen und mich an seiner Hand festzuklammern, während unsere Finger langsam auseinanderglitten. Dieser Moment ist der schlimmste. Man rutscht in die Tiefe und pure Überlebensangst durchfährt das Rückgrat. Aber fast noch quälender ist die Frage: Wie lange soll man sich festkrallen? Wann erlaubt man sich, die Hand loszulassen und zu fallen?

Während der öffentlichen Sitzung hörte ich abwechselnd Megan, Shawn, Justin und Cedar zu, die über den Ablauf und die Ziele der nächsten vierundzwanzig Stunden diskutierten. Na ja, meistens redete Shawn, während die anderen nickten und sich Notizen machten. Er beantwortete auch sämtliche Fragen der Journalisten, bevor jemand anderes die Chance hatte, seine Meinung zu äußern.

»Warum bekämpfen Sie die Digital School?«, fragte einer der Reporter.

»Ich bekämpfe alle Technologie«, verkündete Shawn und zeigte mit einem dramatischen Finger auf das Publikum. »Die industrielle Revolution hat unser Land ruiniert.« Ich verdrehte die Augen. Darum ging es bei unserem Protest ganz bestimmt nicht. »Sie hat Gemeinden und Familien auseinandergerissen und die Isolation gefördert. Straßenbau und Zuggleise haben die Menschen voneinander abgeschnitten. Dabei sollten wir immer noch in Dorfgemeinschaften leben, wo man sich jeden Tag persönlich begegnet. Wenn man dieses menschliche Grundbedürfnis außer Acht lässt, so wie es die heutige Technologie tut, dann hilft man niemandem, sondern schadet nur.«

»Haben Sie einen Vorschlag, wie wir unsere Abhängigkeit von Computern verringern können?«, fragte jemand.

Shawn lächelte. »Die Dinger abfackeln.« Seine Fans im Publikum klatschten. Ich warf einen Blick auf Justin, doch er blieb still. Den größten Teil der Sitzung hatte er damit verbracht, zuzuhören und alles in sich aufzunehmen. Im Gegensatz zu den anderen hatte er sich keine einzige Notiz gemacht. Er saß völlig reglos auf seinem Stuhl, und ich konnte an seiner Miene nicht einmal erkennen, ob er Shawn zustimmte oder nicht, ob er genervt, müde oder gelangweilt war. Ich hatte Justin noch nie derartig passiv erlebt. Er wirkte so lebendig wie ein Komapatient.

»Wir haben Lautsprecher an der Bühne angebracht«, kam Shawn zum nächsten Punkt seiner Tagesordnung, »damit jeder ans Mikrofon gehen und zu der Menge reden kann. Aber ich hätte gerne eine Override-Funktion für den Notfall, um Ansagen machen zu können.«

Ich presste die Lippen aufeinander. Klar hätte er das gerne.

»Sollten wir nicht alle vier einen direkten Zugang haben?«, meinte Megan.

»Schon, aber rein technisch kann die Kontrolle nur bei einer Person liegen. Ich möchte mich freiwillig melden, dieses Amt zu übernehmen«, sagte Shawn.

Klingt eher nach einer Anweisung, dachte ich und schaute in Justins Richtung, doch er hörte weiterhin nur geduldig zu.

»Für die Programmierung kann ich sorgen«, sagte ich und hob die Hand. Shawn schenkte mir ein flüchtiges Nicken. Als ich einen Blick auf Justin warf, sah ich seine Mundwinkel zucken. Er wusste genau, warum ich mich gemeldet hatte. Es würde eine Override-Funktion geben, aber die Kontrolle würde ganz bestimmt nicht bei Shawn liegen.

Plötzlich brach draußen so lauter Jubel aus, dass die Zeltplane bebte und unsere Sitzung davon unterbrochen wurde.

»Der Protest ist zum ersten Mal in den überregionalen Nachrichten erwähnt worden«, erklärte ein Reporter aus der Zuschauermenge.

Ein Bildschirm leuchtete an der Zeltwand hinter dem Tisch auf und alle richteten ihre Blicke auf die Nachrichtensendung. Die Menschenmenge im Waterfront Park wurde von einer Satellitenkamera gefilmt. Trommeln dröhnten, Menschen kreischten und winkten. Ich konnte spüren, wie der Energielevel in die Höhe schoss.

Dann wechselte der Blick ins Innere des Gerichtshofes, wo eine Frau vom Wahlkomitee interviewt wurde. Sie trug die hellbraunen Haare kurzgeschnitten und eine dunkelblaue Jacke, die zu ihren Augen passte. Während sie sprach, zupfte sie an ihrem Pony herum, weil die Kamera sie offenbar nervös machte.

»Was denken Sie über den Protest der Demonstranten draußen?«, fragte der Reporter. Die Frau schnaubte.

»Was für ein Zirkus!«, sagte sie. »Das ist keine Demonstration, sondern einfach nur ein Ärgernis. Ohne Plan und Kontrolle. Wollen wir die Schulerziehung in unserem Land etwa so einer Führung anvertrauen?«

Die Kamera schwenkte über das chaotische Zeltdorf und die Essensstände. Die Leute riefen und sprangen in die Höhe, wenn sie ins Blickfeld gerieten. Dann gab es einen Cut und die Komiteefrau kam wieder zu Wort. Ich seufzte über die einseitige Darstellung unseres Protests.

»Das DS-System hält unsere Städte sauber«, fuhr sie fort. »Es sorgt für Sicherheit, Ruhe und Frieden. Was Sie da draußen sehen, ist alles andere als friedlich. Ein Haufen Radikaler belagert in Scharen unseren Stadtpark. Kein Wunder, dass wir die Digital School vorziehen. Was soll denn an diesen Wilden inspirierend sein, die in Zelten hausen und müllige Schilder schwenken? Für mich sehen sie aus wie Tiere. Wenn Sie mich fragen, sind diese Leute das beste Argument für die DS.« Sie lächelte, und ich konnte hören, wie die Menge in Buhrufe ausbrach.

»Aber ist es nicht bemerkenswert, dass sich hier niemand eingefunden hat, um die Digital School zu unterstützen?«, meinte der Reporter. »Man sieht keine Befürworter, nur Tausende von Gegnern.« Die Komiteefrau lachte bloß.

»Wer uns unterstützt, vertraut dem System«, sagte sie. »Das heißt, unsere Befürworter benehmen sich wie zivilisierte Menschen, bleiben im Haus und ignorieren den ganzen Rummel. Wenn sich die DS-Freunde ebenfalls hier einfinden würden, gäbe es nur zusätzliche Probleme, weil die Rebellenfraktion sich provoziert fühlen würde. Unsere Leute sind klug genug, auf eine Live-Präsenz zu verzichten. Dabeisein ist nicht alles«, sagte sie.

»Dabeisein ist Macht«, murmelte ich in Richtung des Bildschirms.

Nach der Sitzung schwärmten wir alle nach draußen, wo die Sonne des Spätnachmittags auf uns herabschien und lange Schatten warf. Am liebsten hätte ich sie mit den Händen gepackt und festgehalten. Die Zeit lief uns davon. Morgen um diese Zeit war vermutlich alles vorbei.

Ich entdeckte Justin in einem der seltenen Momente, als er nicht von Fans umschwärmt wurde, schnappte mir seinen Arm und zog ihn zu mir herum. »Okay, was ist dein Geheimplan? Wieso hast du dich da drinnen nicht öfter eingemischt?«

»Weil ich finde, dass es im Moment wichtiger ist zuzuhören. Ist dir aufgefallen, dass niemand sonst sich die Mühe gemacht hat? Sie waren alle zu beschäftigt, sich gegenseitig niederzureden.« Er fuhr sich mit den Händen durch die Haare und ließ sich zum ersten Mal die Frustration anmerken. »Da wollte ich nicht auch noch mitmischen.«

»Shawn ist ziemlich lächerlich«, sagte ich.

Justin lachte. »Stimmt, aber er hat Feuer. Die Aussteiger lieben ihn.«

»Ich traue ihm nicht über den Weg.«

In der Menge brach Jubel aus, was bedeutete, dass ein weiterer Sender über den Protest berichtete. Freiwillige Helfer hängten gerade einen riesigen Digitalbildschirm an zwei Metallpfosten in der Nähe der Bühne auf, damit alle die medialen Erfolge mit ansehen konnten.

Eine Reporterin wartete im Gerichtshof vor der geschlossenen Tür, hinter der das Komitee tagte. Sie wandte sich der Kamera zu. »Damit alles reibungslos vonstattengeht, gab es heute Nachmittag bereits einen Probedurchlauf der Wahl, bevor das endgültige Ergebnis morgen verkündet wird.«

In der Menge wurde es still. Mit Zischen und Rufen wurden auch noch die Letzten zur Ruhe gebracht. Ich schaute mit zusammengezogenen Brauen auf den Bildschirm. Ein Probedurchlauf? Davon war bisher nie die Rede gewesen.

»Jeder Bundesstaat hat zwei Stimmen, also insgesamt hundert. Nachdem die bisher eingegangenen Stimmen durchgezählt wurden, gab es ein einstimmiges Ergebnis. Das DS-Programm hat sagenhafte hundert Prozent Zustimmung bekommen und bleibt damit für weitere zehn Jahre gesetzlich verankert. Vielen Dank an alle, die mit ihrer Unterstützung dafür gesorgt haben, dass uns die Digital School auch in Zukunft erhalten bleibt.«

Der Rest ihrer Worte war nicht mehr zu hören, weil die Menge zu toben begann. Alle waren aufgesprungen und stürmten brüllend auf den Bildschirm zu. Man konnte fühlen, wie sich die Energie aufbaute. Der Boden erzitterte unter meinen Füßen. Ich hatte das Gefühl, mitten in einem Gewittersturm zu stehen, wo geballte Fäuste wie Blitze durch die Luft flogen und Geschrei auf mich niederhagelte.

Shawn war auf die Bühne gesprungen, schwenkte die Arme und schrie der Menge etwas zu.

»Gar nicht gut«, murmelte ich und beeilte mich, ihm zu folgen. Jetzt hatte sich Shawn dem Riesenbildschirm zugewandt, über den noch immer die Nachrichten flackerten, und besprühte ihn mit gelber Flüssigkeit.

»Er wird doch nicht … So verrückt ist Shawn nicht, oder?«, fragte Clare.

»Das ist nur Farbe«, beruhigte ich sie. Doch eine Sekunde später explodierte der Bildschirm in einer Stichflamme. Die Menge stolperte panisch zurück, und ich schützte mein Gesicht mit den Armen, als Asche und Trümmerteile in einer Windböe auf uns zusegelten. Der Bildschirm knisterte und krachte. Eine Rauchwolke stieg in den Himmel. In der Luft lag der chemische Geruch von schmelzendem Plastik.

Aus den verkohlten Überresten des Digitalschirms schossen noch immer Flammen und Funken. Demonstranten versuchten, das Feuer unter Kontrolle zu bekommen, das bereits auf die Zeltplanen übersprang. Shawn hatte es außerdem geschafft, eine Reihe von Demonstrationsschildern anzuzünden. Die Leute schleuderten sie wie flammende Speere auf den Vorplatz des Gerichtshofs. Danach folgten weitere Wurfgeschosse, und zwar alles, was die Menge in die Hände bekam: Töpfe, Pfannen und sogar Schuhe flogen durch die Luft.

Justin packte Clare und mich bei der Hand, weil wir kurz davor waren, ebenfalls die Eingangstreppe zu stürmen.

»Halt!«, schrie er, doch niemand hörte auf ihn. Noch während er die Menge beschwor, auf dem Parkgelände zu bleiben, schoben sich Eisengitter aus dem Boden zwischen der Grünfläche und dem Vorplatz. Wer nicht rechtzeitig zurückweichen konnte, war auf der anderen Seite des Zauns gefangen und wurde festgenommen.

Schüsse fielen, und ich musste zusehen, wie Dutzende von Menschen reglos zu Boden stürzten. Auch Shawn befand sich jenseits der Absperrung und wurde in Handschellen weggezerrt.

Nach ihm wurden noch mehrere Handvoll Aussteiger von der Polizei eingesammelt. Einige ließen sich widerstandslos abführen, andere wurden von Betäubungsschüssen getroffen und fortgeschleift. Panisch suchte ich nach Joe oder Jax, doch ich kannte niemanden von den Demonstranten, die hinter der Absperrung gefangen waren.

Die Eisenpfosten wuchsen elektrisch summend in die Höhe, bis sie drei Meter über uns emporragten. Währenddessen war auf der Eingangstreppe des Gerichtshofes ein Handgemenge ausgebrochen. Die Polizei trieb einen Teil der Aussteiger durch eine Seitentür im Zaun, den Rest nahmen sie sofort fest.

»Na toll, das ist doch genau, was die Medien wollten«, sagte Justin. »Jetzt können sie uns aussehen lassen wie einen Haufen prügelnder Extremisten.«

Ich schaute mich auf dem Zeltplatz um, während brennende Papierfetzen durch die Luft segelten wie glimmendes Herbstlaub. Überall aus der Menge ertönten lautstarke Beschwerden. Die Leute klopften sich Asche von der Kleidung und aus den Haaren. Glücklicherweise war das Feuer größtenteils unter Kontrolle gebracht worden, aber jetzt bauten die Demonstranten freiwillig ihre Zelte ab. Die Atmosphäre war nicht mehr warm und lebendig, sondern tiefgekühlt.

Scott und Molly kamen auf uns zu.

»Wir müssen etwas tun, und zwar schnell. Die Hälfte der Leute ist dabei, abzureisen«, sagte Scott.

»Kann man ihnen nicht verdenken«, stellte Clare fest. »Warum sollen wir weiterkämpfen, wenn die Abstimmung schon verloren ist?«

»Weil das nicht stimmt«, sagte ich. »Die Ansage war doch pure Propaganda. Und wenn wir hier nur herumstehen und beleidigt gucken, inspirieren wir damit niemanden.«

»Okay, dann geh auf die Bühne«, sagte Clare und zeigte nach vorne. »Die Leute brauchen jetzt eine positive Botschaft!«

»Ich?«, fragte ich. »Die Tochter von Kevin Freeman? Damit haben sie bloß einen weiteren Grund, Steine auf den Gerichtshof zu werfen.«

»Justin, komm schon«, drängte Molly, »dein Platz ist da oben. Wir könnten alle einen Schuss Optimismus vertragen.«

»Hier geht es nicht um mich«, sagte er, und ich verstand, was er meinte. Justin wollte sich nicht allein ins Rampenlicht drängen.

»Aber du hast doch zu allem eine Meinung«, stichelte ich und brachte ihn zum Lächeln. »Für die Demonstranten bist du der Anführer, ob du es nun zugeben willst oder nicht. Schwing einfach eine Rede, wie du es immer tust. Glaub mir, das inspiriert uns genug. Ich habe jedenfalls viel von dir gelernt, okay?«

Justins Blick glitt über die mürrische Versammlung, und er schien einzusehen, dass er es den Leuten schuldig war, die Stimmung herumzureißen.

Er schlängelte sich durch die Menge, um zur Bühne zu gelangen. Obwohl er tatsächlich der geborene Anführer war, blieb er lieber im Hintergrund. Dadurch konnte man sich in ihm täuschen und ihn für unsicher und gehemmt halten, was natürlich Quatsch war. Er wollte einfach ein Teil der anonymen Menge bleiben, weil er sich selbst für nichts Besonderes hielt. Statt sich auf ein Podest stellen zu lassen, blieb er lieber mit beiden Beinen auf dem Boden.

Jetzt hatte er die Bühne erreicht und stieg die beiden Verstärkerboxen hoch, die als Treppe dienten. Er sah nicht gerade wie ein typischer Held aus. Seine Kleidung bestand aus Jeans, dunklen Turnschuhen und einem schwarzen Kapuzenshirt, durch dessen halb offenen Reißverschluss ein weißes T-Shirt hervorschaute. Doch selbst aus hundert Metern Entfernung sah man die stille Entschlossenheit in seinen Augen. Er hatte die Aura eines Friedenskämpfers und zog sämtliche Blicke auf sich. Ein paar Leute begannen seinen Namen zu rufen, zu klatschen und zu pfeifen, und die Begeisterung breitete sich aus, bis die ganze Menge auf den Füßen stand.

Justin wirkte so ruhig, als würde er zu ein paar guten Freunden reden, die er zu Hause in seinem Wohnzimmer versammelt hatte. Vielleicht war das hier genauso persönlich für ihn. Sein Lebensmotto war schließlich, aus jedem Moment das meiste herauszuholen. Mit dieser Weltsicht machte es wohl keinen Unterschied, ob ein Event groß oder klein war. Für Justin war alles bedeutsam, persönlich und real.

Justin ließ den Blick über die Menge gleiten, bevor er zu sprechen begann. Man hatte das Gefühl, als würde er jedem Einzelnen die Hand schütteln.

»Okay, die Sache ist so«, sagte er ins Mikro, und der ausbrechende Jubel war so laut, dass sogar Justin ganz verblüfft wirkte. Trommeln ließen den Boden erbeben und auf meinem Gesicht breitete sich ein Grinsen aus. Die Energie war zurück. Sie war so greifbar, dass man davon ganz high werden konnte.

»Immer heißt es, wir sollen den Fortschritt willkommen heißen«, erklang Justins Stimme durchs Mikrofon. »Aber daran glaube ich nicht länger. Wir müssen nicht alles mit offenen Armen empfangen. Statt bei jedem neuen Techniktrend mitzumachen, sollten wir zwischendurch innehalten und nachdenken. Wir sollten uns Gedanken machen, wie sich die Welt dadurch verändern könnte. Ist der Sinn von Technologie nicht eigentlich, unser Leben zu verbessern? Oder sind wir an einem Punkt angekommen, wo sie unser Leben diktiert? Macht sie unser Leben reicher oder ärmer? Der ganze Computerkram, den wir mit uns herumschleppen – beherrschen wir ihn oder beherrscht er uns?«

Tausende von Augen waren gebannt auf ihn gerichtet, Tausende von Körpern standen still. Die Leute hörten Justin zu, als seien sie nach Gedankennahrung regelrecht ausgehungert.

»Ich lasse mich nicht kontrollieren, vor allem nicht von einer blöden kleinen Maschine. Das Leben kann doch so viel mehr bieten, als wir auf einem Bildschirm sehen. Ich bin wohl kein typischer Teenager. Eigentlich sollte ich gegen die Ansichten meiner Eltern sein und sie altmodisch und langweilig finden. Stattdessen will ich ihren Lebensstil zurückbringen, weil ich glaube, dass wir in eine ganz falsche Richtung rennen.«

Aus der Menge ertönten Rufe und Jubel, sodass Justin einen Moment warten musste, bis sich alle beruhigt hatten.

»Im Leben geht es darum, den Moment wahrzunehmen und zu genießen. Das Wort dafür ist Achtsamkeit. Ich fand den Gedanken schon immer verwirrend, dass wir secondhand durch einen Computer leben sollen. Das habe ich sogar im Kindergartenalter begriffen. Ich war nie im Hier und Jetzt, sondern immer woanders. Momente verschwanden unbemerkt. Genau das ist unser größtes Problem. Wir sind nie hier. Unsere Gedanken schwirren an anderen Orten herum. Erst mit der Zeit ist mir klar geworden, wie viel wir verpassen, weil wir ständig abgelenkt sind. Wir sind mit unseren Computern verbunden, aber nicht mehr mit der Welt. Können wir das ändern?«, fragte er die Menge.

Ich betrachtete Justin, wie er dort oben auf der Bühne stand und das Publikum überragte. Um mich herum drängten sich Tausende von Menschen, doch sie schienen immer mehr zu verblassen. Selbst Justins Stimme wurde zu einem Murmeln, als Erinnerungen in mir auftauchten und sich bruchstückhaft zu einem Bild zusammensetzten. Besonders ein Gespräch aus dem letzten Jahr hörte ich so deutlich, als würde Justin mir die Worte jetzt in diesem Moment zuflüstern.

Du kannst mir vertrauen, und ich werde dich nie anlügen. Aber ich kann nicht verlässlich für jemanden da sein. Das lässt mein Leben einfach nicht zu. Je früher du das einsiehst, desto besser.

Ich fühlte mich wie im Auge eines Sturms. Wolkenfetzen aus chaotischen Gedanken wirbelten um mich herum. Doch dann löste sich der Tornado plötzlich auf, die Erinnerungen verblassten, und mein Kopf war völlig klar.

Ich schaute zu Justin empor. Wir standen zwar auf demselben Platz, befanden uns aber in völlig verschiedenen Welten. Ich musste aufhören, mir einzureden, dass er sich geändert hatte. Menschen ändern sich nicht grundlegend. Das hatte ich bloß nicht akzeptieren wollen. Im Nachhinein war man immer klüger. Allerdings nur, wenn man bereit war, der Wahrheit ins Gesicht zu schauen.

»Also, warum ist es so wichtig, die Digital School zu boykottieren?«, echote Justins Stimme durch den Park und riss mich zurück in die Wirklichkeit. »Nur so kann unsere Gesellschaft lernen, wieder offline zu leben. Zu Anfang reicht es schon, täglich zehn Minuten länger unsere Bildschirme abzustellen. Wir können die Zeit nutzen, um endlich unsere Freunde kennenzulernen, unsere Nachbarn, unsere Eltern. Wir können die ganze Technik ausschalten und durchatmen. Die virtuelle Welt läuft uns nicht weg ... im Gegensatz zu diesem Sommer voller heißer Nächte. Und wunderbarer Tage, die wir mit Menschen verbringen könnten, die wir lieben. Diese Momente kommen nie mehr zurück. Also probiert es einfach aus«, sagte Justin, »und ihr seid damit nicht allein. Ich bin hier draußen in der Wirklichkeit und warte nur darauf, euch kennenzulernen.«

Er setzte sein herausforderndes, ansteckendes Lächeln auf und die Menge jubelte.

Ich warf einen Blick auf den Zähler über der Bühne. Plötzlich verlor die DS ihre Schüler gleich scharenweise.

»Ich glaube, sämtliche Mädchen haben sich gerade spontan fürs Aussteigen entschieden«, flüsterte Clare mir zu. Ich lächelte. Schwärmerei war doch auch eine Motivation.

An diesem Abend war es im Protestcamp ruhiger. Alle waren wohl noch etwas angeschlagen. Ich krabbelte in Justins Zelt und stellte fest, dass er sich zwar hingelegt hatte, aber mit offenen Augen ins Leere starrte. Seine Hände ruhten locker verschränkt auf der Brust.

Er atmete in langen, tiefen Zügen. Ich legte mich neben ihn und blickte auf die Säume des Nylondachs. In der Mitte schienen sie nahtlos zu verschmelzen. Blöde Symmetrie. Ich war tatsächlich neidisch auf ein Paar perfekt zusammenpassende Zeltplanen.

Die Fragen, die mir durch den Kopf gingen, waren mehr als unangenehm: Ist es das alles wert? Wofür kämpfe ich eigentlich? Wofür nehme ich die zukünftigen Konsequenzen in Kauf? Wofür entscheide ich mich, wenn es hart auf hart kommt? Ist es das alles wert?

»Was denkst du gerade?«, fragte ich ihn.

Justin blinzelte. »Gar nichts. Ich versuche, ruhig zu bleiben.« Er schluckte und atmete wieder tief ein.

»Du bist *nicht* ruhig?«

»Manchmal ist es echt schwer«, sagte er. »Heute hätte ich am liebsten auch mit Sachen um mich geworfen und Polizisten verprügelt.«

Ich rollte mich auf die Seite und sah ihn an. »Und wieso hast du es nicht gemacht?«

»Na ja, es wäre sinnlos gewesen. Das wollen unsere Gegner doch nur, damit sie uns endlich alle verhaften können.«

»Also ist deine Strategie …?«

»Ihren Köder nicht zu schlucken«, sagte er. »Auf Gewalt zu verzichten. Nicht zurückzuschlagen. Damit machen wir am meisten Eindruck. Wir schlagen sie mit ihren eigenen Waffen.«

»Weißt du, man darf auch mal wütend werden. Ein bisschen gerechter Zorn kann sehr gesund sein.«

Er lächelte über meine Ausdrucksweise. »Ach ja?«

»Durch Wut wird man wachgerüttelt und kommt in die Gänge. Manchmal ist das wichtig.«

»Ich hoffe nicht, dass sich der Protest in diese Richtung entwickelt. Hier sind zu viele Leute zusammengepfercht. Das würde garantiert schiefgehen.«

»Bist du nervös wegen morgen?«, fragte ich.

»Ein bisschen«, gab er zu. »Nicht wegen der Abstimmung. Mit dem Ergebnis habe ich mich abgefunden. Aber ich mache mir Sorgen, wie die Leute reagieren, wenn wir verlieren.«

»Hast du jemals mit dem Gedanken gespielt, dass wir noch eine Chance haben?«

»Nein«, sagte er und sah mich an. »Das ist wie ein Strategiespiel, Maddie. Im Moment geht es nur darum, unsere Basis zu verbreitern. Das Ziel ist Teambuilding. Wir brauchen mehr Unterstützung. Der Protest morgen hat den Zweck, weitere Spieler auf unsere Seite zu ziehen. Bis zum Sieg ist es noch weit.«

Ich schwieg ein paar Sekunden. Dann sagte ich: »Verlieren war eigentlich nie Teil meines Plans.«

Justin lächelte. »Wir bräuchten schon ein Wunder, um das Ergebnis noch zu ändern. Und ich glaube nicht an Wunder.«

Diese Bemerkung überraschte mich. Ich schaute in seine klarbraunen Augen. »Wirklich nicht?«, fragte ich.

»Wer an Wunder glaubt, sitzt doch nur herum und wartet, dass etwas passiert. Stattdessen sollte man selbst aktiv werden.«

Ich starrte die Zeltplane an, konnte vor Erschöpfung kaum die Augen offenhalten und musste lachen. »Du findest, wir haben uns noch nicht genug abgemüht?«

Justin breitete die Hände aus. »Ich finde, wir sind mitten im Spiel und warten auf den entscheidenden Zug, der alles zu unseren Gunsten verändert. Möglich, dass es noch vor der Wahl passiert, aber die Chancen stehen nicht gerade gut.«

»Justin«, unterbrach ihn eine Stimme. Als wir aufschauten, lehnte ein Junge im Zelteingang.

»Ja, Kurt?«

»Die Polizei verteilt Bußgeldbescheide an alle. Das Gelände, auf dem wir campen, ist angeblich Regierungseigentum.«

»Ignoriert sie einfach«, sagte Justin. »Sie versuchen nur, uns einzuschüchtern, damit wir abziehen. Der Park ist öffentliches Gelände.«

»Aber das Bußgeld beträgt fünftausend Dollar. Die Leute geraten in Panik.«

Justin stand auf. »Okay, dann sammeln wir jetzt die Strafzettel ein. Ich kümmere mich darum.« Er folgte Kurt aus dem Zelt.

Ich wartete darauf, dass Justin zurückkam, und döste immer wieder ein. Draußen hörte ich Musik, Gespräche und Gelächter. Schließlich verließ ich ebenfalls das Zelt. In der Luft lag der Geruch von Lagerfeuern, der mich an Eden erinnerte. Überall im Park wurde gegrillt. Die Nachtluft war kühl, und ich schlang mir die Arme um den Körper, um mich warm zu halten. An einem Lagerfeuer spielten zwei Männer Gitarre. Ich hielt an, um zuzuhören. Ein paar Minuten stand ich dort und nickte im Takt der Musik.

Ich musste meinen eigenen Rhythmus wiederfinden. In letzter Zeit hatte ich das Gefühl, innerlich aus dem Takt geraten zu sein. Jeder Mensch hatte schließlich seine eigene Geschwindigkeit. Bei mir fühlte sich nichts mehr richtig und ungezwungen an. Jeder Schritt wirkte unsicher. Ich war immer noch auf der Suche nach der Gangart, die zu mir passte.

Nach einer Weile entdeckte ich Clare und Gabe an einem der Feuer. Ich hockte mich neben meine Freundin und zog die Knie an. Gleich darauf hörte ich ein vertrautes Lachen und mein Magen machte einen Hüpfer. Es fühlte sich an, als hätte mich jemand in die Seite geknufft. Ich schaute über die Flammen hinweg und sah Jax. Er betrachtete mich mit einem verschmitzten Lächeln und in seinen Augen spiegelte sich der flackernde Lichtschein des Feuers. Hastig wandte ich den Blick ab, bevor der Augenkontakt zu lang andauerte.

Stattdessen hörte ich dem zischelnden Flüstern des Lagerfeuers zu. Ich hatte die Geräusche der Außenwelt vermisst. Endlich waren sie wieder dreidimensional und strömten von allen Seiten auf mich ein.

Ich beobachtete ein Mädchen, das neben Jax saß und lauthals lachte. Sie warf den Kopf zurück, sodass ihre Kehle entblößt war und ihre Schultern bebten. Die beiden hockten zusammen auf einer quadratischen Decke und wirkten sehr intim miteinander. Ich fragte mich, ob Jax sie später küssen würde. Hielt er beim Küssen wirklich den Atem an? Dann wäre ich am liebsten im Boden versunken, weil ich mir darüber Gedanken machte.

Ich seufzte und starrte auf die Flammen, die aufloderten und wieder zusammensanken. Sie hüpften auf dem Holz herum wie spielende Kinder, lugten um die Scheite, tänzelten durch die Luft.

»Alles okay mit dir?«, fragte mich Clare.

»Ich weiß auch nicht«, sagte ich. »Endlich bin ich Justin wieder nah und jetzt ist es mir zum Teil egal. Eigentlich will ich nur, dass es endlich vorbei ist«, gab ich zu.

»Aha, das ist also los«, meinte sie. »Du hast aufgehört, gegen dich selbst anzukämpfen.«

Ich starrte intensiver in die Flammen. Clare hatte recht.

»Mein Bruder Noah sagt immer, dass man nur glücklich sein kann, wenn man etwas von ganzem Herzen tut. Ansonsten ist man auf dem Holzweg. Das glaube ich auch.«

»Also was mache ich jetzt?«, fragte ich. »Einfach aufzugeben bin ich nicht gewohnt. Das wäre mein erstes Mal.«

»Du suchst dir einen neuen Weg«, sagte sie. »Mit Aufgeben hat das nichts zu tun.«

Ich nickte, denn bei ihren Worten wurde mir plötzlich klar, warum ich mir so das Hirn verknotet hatte, ohne eine Lösung zu finden.

Clare stand auf, und zuerst merkte ich gar nicht, dass jemand Neues sich neben mich hockte, bis mir ein Ellbogen ins Knie geknufft wurde. Als ich zur Seite schaute, sah ich Jax dort sitzen. Er warf mir eine warme Decke vor die Füße. Ich konnte kaum glauben, wie erleichtert ich darüber war, ihn zu sehen. Sofort fühlte ich mich ganz schwerelos.

»Danke«, sagte ich und schlang mir die Decke um die Schultern. Obwohl ich mich dicht am Feuer befand, strich der Wind vom Fluss mir kalt an Rücken und Nacken entlang. Unwillkürlich warf ich einen Blick über das Lagerfeuer hinweg, wo die Brünette mit der lauten Lache eben noch gesessen hatte. Sie war weg.

»Wo steckt denn dein Scorpio?«, fragte Jax, winkelte die Beine an und ließ die Arme darauf ruhen.

Ich hielt den Blick auf die orange flackernden Flammen gerichtet. Der Anblick hatte etwas Hypnotisches. Besonders das Tiefrot der glühenden Kohlen war atemberaubend. Ich fragte mich, ob ein Teil ihrer Anziehungskraft daher stammte, dass man sie nicht anfassen durfte.

»Er ist damit beschäftigt, die Welt zu retten«, gab ich zur Antwort. »Ich habe keine Ahnung, was ich jetzt noch tun soll, um ihm bei seinem Kampf zu helfen.« Ich schaute Jax an und beobachtete die züngelnden Flammen, die sich in seinen Augen spiegelten. »Mir gehen die Ideen aus. Ich habe alles versucht, bin sogar nach Corvallis zurückgekehrt und habe so viele Leute zur Unterstützung angeworben, wie ich konnte. Am Ende war selbst mein Vater auf unserer Seite ... und trotzdem macht es nicht den geringsten Unterschied.«

»Woher willst du das wissen?«, meinte er.

»Hast du mal auf den Bildschirm mit den Schülerstimmen geschaut?«, fragte ich. Justins Rede hatte uns zwanzigtausend neue Anhänger eingebracht, doch im Vergleich zu den Millionen Gegnern war das kaum erwähnenswert. »Dein Vater hatte recht«, sagte ich. »Die Leute sind längst süchtig. Aber sie wollen nicht zugeben, dass sie ein Problem haben. In Wirklichkeit ist das allen total egal.«

Jax starrte auf das Feuer. »Hör auf, an die Abstimmung zu denken«, sagte er.

»Kann ich nicht«, entgegnete ich.

»Okay, dann hör wenigstens für den Rest der Nacht damit auf«, meinte er. »Im Moment kannst du gar nichts tun.«

»Genau das ist mein Problem«, sagte ich.

Jax trommelte mit den Handflächen auf seinen Knien herum. »Okay, dann überlass mir die Sache. Mir wird schon etwas einfallen.«

Ich musste lächeln, weil er das so ehrlich sagte, obwohl er mich nur vom Grübeln abhalten wollte.

»Ich meine es ernst«, beteuerte er. »Habe ich dich jemals enttäuscht?«

»Nein«, gab ich zu.

»Mir wird schon etwas einfallen«, wiederholte er. Unsere Blicke trafen sich und ich sah, wie in seinen Augen eine erste Idee aufblitzte und Gestalt annahm. »Könnte allerdings sein, dass ich deine Hilfe brauche.«

Ich nickte. »Klar.«

»Versprichst du, dass du nicht sauer wirst?«, fragte er.

Ich lachte. »Wieso sollte ich sauer werden, wenn du uns hilfst?«

»Versprich es einfach.«

»Ich bezweifle, dass ich jemals auf dich sauer sein könnte«, sagte ich ganz ehrlich.

Er lächelte halbherzig und schaute wieder auf das Feuer. »Okay, für heute ist Schluss mit dem deprimierenden Gerede über die DS.«

»Danke«, sagte ich.

»Ich bin nämlich der Vorsitzende des Komitees für Lebensfreude«, verkündete er.

Ich schaute ihn amüsiert an. »Gibt es so etwas?«

»Ja, seit vier Sekunden«, sagte er und drückte mir eine Tüte Marshmallows mitsamt Röstgabel in die Hand. Ich betrachtete das Ding wie ein medizinisches Gerät für meine erste OP.

»Hast du etwa noch nie Marshmallows geröstet?«, fragte Jax.

»Doch, natürlich«, schwindelte ich.

Entschlossen nahm ich einen der weißen Klumpen aus der Tüte, spießte ihn auf die Zinken und hielt ihn in die höchste Flamme, wo er prompt Feuer fing. Ich riss die Gabel zurück und versuchte, den brennenden Marshmallow auszupusten. Übrig blieb ein schwarzes, blätteriges Stück Kohle. Stirnrunzelnd musterte ich das Ergebnis. Es wirkte nicht gerade appetitlich. Ich zupfte den Aschemantel ab und stellte fest, dass der Teig innen noch roh und immerhin genießbar war.

Als ich in Jax' Richtung schaute, beobachtete er mich mit schräggelegtem Kopf.

Ich pflückte den geretteten Teigrest mit den Fingern ab und genoss die klebrige Süße.

Bei meinem zweiten Röstversuch hielt ich den Marshmallow nicht direkt ins Feuer, sondern ließ ein bisschen Abstand. Eine tanzende Flamme erwischte ihn trotzdem. Sie hatte ihn kaum angeleckt, da brannte er auch schon lichterloh. Ich zog ihn weg und pustete zum zweiten Mal die orange Glut aus, die meinen Snack aufzufressen drohte.

Jax hielt mir die Tüte hin und ich startete den nächsten Versuch.

»Du musst den Marshmallow unten an die Kohlen halten«, erklärte er. »Sonst verbrennt er jedes Mal. Die Flammen sind zu gierig.«

Also probierte ich seine Methode und hielt die Gabel an die Kohlen. Dabei drehte ich den Marshmallow hin und her, genau wie Jax es tat, aber das dauerte ewig. Ich wollte *jetzt* meinen Snack. Stück für Stück schob ich den Teig näher auf das Feuer zu, und dann ging er wieder in Flammen auf.

»Verflixt!«, grummelte ich. Jax nahm mir die Gabel aus der Hand.

»Du bist hiermit gefeuert«, sagte er.

»Ich wage mich immer zu nah an die Flammen«, seufzte ich.

»Sag bloß. Das Problem ist mir auch schon aufgefallen.«

Ich lehnte mich auf den Händen zurück und wartete auf eine nähere Erklärung.

»Du brauchst mehr Geduld. Das ist nur eine Frage der Übung. Hier, probier mal.« Er reichte mir seine Marshmallow-Kreation, und ich biss davon ab. Eine warme Schicht aus luftiger Zuckercreme steckte zwischen zwei Vollkornkeksen. Schmelzende Milchschokolade lief an den Seiten herab und die Kekse bildeten eine knusprige Kruste.

»Wow«, stöhnte ich. »Das Zeug schmeckt unglaublich. Ich will das auch können.« Begeistert leckte ich mir sämtliche Finger ab.

»Nenn mich großer Meister, oh Lehrling«, sagte er.

»Klar, davon träumst du.«

Er grinste. »Du musst von den Flammen wegbleiben. Darin liegt das ganze Geheimnis.« Er schaute mich bedeutungsvoll an. »Natürlich wirkt das Feuer verführerisch. Aber die Hitze ist zu intensiv. Dann hat man am Ende nichts als Asche, und was das Feuer verschont, bleibt roh zurück.«

Er zeigte auf die brennenden Scheite. Nachdenklich betrachtete ich die roten Kohlen, die unter den Flammen schlummerten.

»Am besten hält man sich immer dicht unter der Oberfläche«, sagte er. »Das ist ungefährlicher.« Sein Blick suchte meinen. »Meistens muss man sich erst ein paar Mal die Finger verbrennen, bevor man das kapiert. Aber weißt du was?« Er lehnte sich einige paar Zentimeter näher heran. »In Wirklichkeit sind die Kohlen echt heiß, da kommen die Flammen gar nicht mit«, sagte er.

»Danke für den Ratschlag«, meinte ich.

»Klar, jederzeit.«

Ich ließ meinen Marshmallow langsam rotieren wie auf einem Bratspieß. Diesmal passte ich auf, dass er nicht zu nah an das verzehrende Feuer kam. Die Kohlen bräunten ihn auf allen Seiten, bis er eine goldgelbe Farbe angenommen hatte. Er troff mir regelrecht von der Gabel, als ich ihn zwischen zwei Kekse steckte. Ich nahm einen Bissen und stöhnte.

»Gut?«, fragte Jax.

»Perfekt«, sagte ich und bewunderte mein Dessert. »Du hattest total recht. Jedenfalls bei den Marshmallows«, stellte ich klar.

Ich erwachte davon, dass kühle Morgenluft meine Nasenspitze kitzelte. Der Sonnenaufgang überzog den grauen Himmel mit einem hellrosa Schimmer. Stimmengemurmel erklang in der Ferne. Ich hob den Kopf und blinzelte ein paar Mal, weil ich vergessen hatte, wo ich mich befand. Clare und Gabe lagen als Knäuel zusammengerollt in ihren Schlafsäcken auf dem Boden. Ich roch noch immer den Rauch von den Feuerstellen. Fröstelnd zog ich die Decke enger um meine Schultern. Da hörte ich, wie sich jemand neben mir bewegte. Als ich mich umsah, entdeckte ich Jax, der direkt neben mir eingeschlafen war. Anscheinend hatten wir uns die Picknickdecke geteilt.

Er hatte sich die Kapuze seines Pullis über den Kopf gezogen und lag mit dem Gesicht zu mir gewandt. Sein Körper war gegen die Kälte eng zusammengekauert. Die Kapuze verbarg seine Augen – ich konnte gerade noch seine Wimpernspitzen sehen –, doch seine langen, ruhigen Atemzüge verrieten, dass er schlief.

Ich rollte mich zur anderen Seite und schloss die Augen. Vielleicht konnte ich seine Nähe ignorieren. Ich wusste kaum, was mich mehr beunruhigte: dass ich zwei Nächte am Stück neben Jax eingeschlafen war oder dass Justin in beiden Nächten nicht gekommen war, um nach mir zu suchen.

Ich spürte Jax' Körperwärme, denn er verströmte Hitze wie ein kleiner Backofen. Dann räkelte er sich im Schlaf, sodass sein Arm quer über meinem Rücken zu liegen kam. Ich erstarrte bei der Berührung. Aber ich rückte nicht weg. Seine Wärme war viel zu angenehm.

Kapitel Fünfundzwanzig

Obwohl die Abstimmung angeblich so ein eindeutiges Ergebnis liefern sollte, ließen sich die Wähler viel Zeit für ihre Entscheidung. Um zehn Uhr vormittags hatten erst fünf Staaten ihre Stimmen abgegeben.

Auf den Bildschirmen des Gerichtsgebäudes prangte der augenblickliche Stand wie bei einem Sportwettkampf. Vier Staaten hatten für das DS-Gesetz gestimmt, einer dagegen.

Überall im Land entstanden Protestbewegungen. Die Leute versammelten sich auf Parkplätzen, in Lagerhäusern oder öffentlichen Parks, wo immer gerade Platz war. Viele DS-Gegner hatten es zwar nicht rechtzeitig bis nach Portland geschafft, aber zeigten dennoch ihre Unterstützung – und wenn es bloß ein Schild im Vorgarten war.

Clare und ich schlenderten zwischen den Essensständen herum, doch die Aufregung raubte mir den Appetit. Ich entdeckte Jax, der zusammen mit ein paar anderen jungen Männern von einer Reporterin interviewt wurde. Sie schien die Aufmerksamkeit sichtlich zu genießen. Lächelnd rückte sie die Kamerabrosche an ihrem Blazer zurecht, damit alles perfekt aufgenommen wurde.

Als Jax mich sah, winkte er mich heran. Ich gesellte mich zu der Gruppe, gerade als einer von Jax' Kumpeln sein Interview beendete.

»Hattest du nicht vor, dich im Hintergrund zu halten?«, fragte ich Jax.

»Schon, aber dann habe ich versprochen, dir zu helfen«, erinnerte er mich.

»Okay, jetzt bist du an der Reihe«, meinte die Reporterin zu Jax, und er wandte sich zu ihr um. »Was ist so toll an eurer *realen* Welt?«

»Hier kann man Leute kennenlernen«, sagte Jax.

»Online geht das doch auch«, hielt sie dagegen.

»Das ist nicht dasselbe«, sagte Jax.

»Wo liegt denn der Unterschied?«, fragte sie. »Was kannst du in deiner Welt machen und online nicht?«

Jax' Blick wanderte über seine Freunde und landete auf mir.

»Tja, zum Beispiel ... das hier«, sagte Jax, schnappte sich meine Hand und zog mich an sich.

Bevor ich reagieren konnte, umfasste er mein Gesicht mit beiden Händen. Er lehnte sich vor und presste seine Lippen energisch auf meine, damit ich bloß nicht zurückzuckte. Ich war wie vom Donner gerührt. Jax küsste mich, als wollte er mich mit Haut und Haaren auffressen. Ich vergaß zu atmen.

Meine Finger lockerten sich und dann umklammerten sie plötzlich wie von selbst seine Taille. Statt ihn wegzustoßen, vergrub ich die Hände in seinem Shirt. Jax Mund passte perfekt zu meinem. Seine Lippen schienen jeden Teil von mir magisch anzuziehen, als würden Tausende kleiner Hände mich so lange festhalten, bis ich endlich nachgab und den Kuss erwiderte. Jax war mit Leib und Seele bei der Sache. Er schlang die Arme enger um mich, vergrub die Finger in meinen Schultern und zog mich so nah heran, dass unsere Oberkörper fast verschmolzen. Dann öffnete er die Lippen und für einen kurzen Moment ließ ich es geschehen. Ich atmete Jax ein. Seine Haut verströmte den Geruch von Wind und Lagerfeuer. Ich küsste ihn leidenschaftlich, sog seinen Atem in meine Lungen und fühlte seine Zunge über meine tänzeln. Erst dann ließ ich meine Hände zwischen unsere Körper gleiten und schob ihn zurück.

Als er mich losließ, brach um uns ein Sturm von Beifall los. Ich fühlte mich ganz schwindelig und musste mich an Jax lehnen, bis ich wieder zu Atem kam. Die Leute jubelten wie verrückt, sodass ich fast glaubte, wir hätten die Abstimmung gewonnen. Zwischen dem ganzen wilden Gehüpfe kam ich mir vor wie auf einem Rockkonzert. Die Reporterin sagte etwas, aber ich konnte sie bei dem Lärm nicht verstehen.

Allmählich ließ der Begeisterungssturm nach und Jax grinste. Seine Wangen waren gerötet und seine Augen funkelten im warmen Sonnenlicht.

Ich trat einen Schritt zurück und streifte seine Hand von meinem Ellbogen. »Genialer Plan«, murmelte ich mit schmalen Lippen.

Er wischte sich verlegen lächelnd über den Mund. »Tut mir leid«, sagte er. »Manchmal muss man für den guten Zweck eben Opfer bringen.«

Ich schaute ihn vernichtend an. »Dir tut es kein bisschen leid.«

»Du hast versprochen, dass du nicht sauer wirst«, erinnerte er mich und sein Lächeln wurde vorsichtiger. »Bist du sauer?«

Ich überhörte seine Frage. »An deiner Stelle würde ich mir einen Bodyguard besorgen«, warnte ich. »Justin wird dich ungespitzt in den Boden rammen.«

Jax lächelte schief. »Nein, wird er nicht. Weil er viel zu beschäftigt ist, um von so etwas überhaupt Notiz zu nehmen.« Jax nickte in Richtung der Zelte. Als ich seinem Blick folgte, sah ich Justin mit Cedar und Megan zusammenstehen. Die drei steckten tief in einem Gespräch. Er hatte tatsächlich nichts bemerkt.

»Genau darin liegt das Problem, oder?« Jax wartete, bis ich ihm in die dunklen Augen schaute, und spekulierte weiter: »Justin ist immer zu beschäftigt, um Notiz zu nehmen.« Er richtete sich auf und schob die Schultern zurück. »Tja, ich nicht.«

Ich senkte den Blick. Dann wanderten meine Augen wieder

zu Justin, der wie üblich von seiner Anhängerschar umschwärmt wurde.

»Er sieht dich als Teil seines politischen Kampfes, Madeline«, sagte Jax. »Ich sehe *dich*.«

Ich konnte den nahenden Wutanfall nicht mehr aufhalten. Ich war so sauer, dass ich es bis in die Zehen spürte, und stieß Jax zurück.

»Findest du das Ganze etwa witzig?«, wollte ich wissen. »Für dich ist doch alles nur ein Spiel, oder?«

»Nein«, sagte er mit ungewohnt ernster Miene.

Ich schubste ihn noch ein Stück zurück. »Du bist selbst nur ein politischer Kontakt, kapierst du das? Ich wollte dich rekrutieren, weiter nichts. Mehr als einen Tag sollte das Ganze nicht dauern. Du warst eine Zufallsbekanntschaft, bei der ich mal kurz vorbeischauen wollte.« Ich fuchtelte mit den Händen in der Luft herum. »Das hier gehörte nie zu meinem Plan.«

Jax schaute mich wieder mit diesem typischen schiefen Lächeln an. Wie mir langsam klar wurde, war es extra für mich reserviert. So lächelte er, wenn er hinter meine Fassade blickte und *mich* sah.

»Lass mich in Ruhe«, warnte ich ihn und wich zurück. Dabei drückte ich die Finger gegen meine Lippen, die noch immer von dem Kuss kribbelten.

»Schaut mal!«, rief jemand, und Hände zeigten auf den Bildschirm über der Bühne. Während die neuen Stimmen für die DS immer weniger wurden, schossen die Anhängerzahlen der Aussteiger in die Höhe. Sie änderten sich fast schneller, als ich blinzeln konnte.

Die Menge brach in lauten Jubel aus. Ich beobachtete Justins Reaktion; er starrte blinzelnd auf die Anzeige, als würde er sich alles nur einbilden. Dann schaute er in unsere Richtung und lächelte strahlend. Wir hatten mehr Schüler auf unserer Seite als je zuvor. Die Zahlen wuchsen immer weiter und explodierten regelrecht.

Ich wandte meinen Blick wieder der Stimmtafel zu. DS: 1212224 und DS-Aussteiger: 5432535.

Kaum zu fassen. Jax' Plan hatte tatsächlich funktioniert. Ein einziger Kuss hatte genügt, um dem Protest eine völlig neue Richtung zu geben. Durch ihn war die Kettenreaktion ausgelöst worden, die wir die ganze Zeit gebraucht hatten.

»Verflixt«, murmelte ich. Clare tauchte auf und fasste nach meinen Arm.

»Tja, Justin hat das zwar nicht gesehen, aber dafür der Rest der USA«, sagte sie.

»Das war nur eine PR-Aktion«, wehrte ich ab und sah den Ansatz eines Grinsens auf Clares Gesicht.

»Vielleicht solltest du anfangen, die drei schwersten Worte der Welt zu üben«, stichelte sie.

Ich nickte zustimmend. »Tut mir leid«, sagte ich.

Sie schüttelte den Kopf. »Nein, sondern ›Es ist vorbei‹. Geh zu Justin und sag es ihm. Es ist vorbei. Dein Herz gehört einem anderen, Maddie.«

Ich massierte mit den Knöcheln meine Stirn. Als hätte ich jetzt noch Energie für so etwas. Ausgerechnet vor der Verkündung des Wahlausgangs. Ich schmeckte Jax noch immer auf meinen Lippen, süß, warm und vertraut.

Verdammt, Jax hatte anscheinend recht gehabt. Erst nachdem ich einen anderen geküsst hatte, verstand ich, wie sehr sich Liebe und ähnliche Gefühle unterscheiden konnten. Bei Justin musste ich ständig kämpfen, um wenigstens ein Stück seiner Aufmerksamkeit zu bekommen, während Jax sich öffnete und mir freiwillig alles gab. – Und ich wollte alles. Ich verdiente mehr als nur ein Stück vom Kuchen. Entweder man verschenkte sich ganz oder man ließ es bleiben. Wenn ich mit ein paar Brocken abgespeist wurde, würde ich mein Leben lang nach mehr betteln. Ich würde nie wunschlos glücklich sein. Ein Stück war einfach nicht genug.

Um Mittag herum stand es bei der Abstimmung 48:8. Die Digital School brauchte nur noch vier Stimmen, dann hatte sie gewonnen. Obwohl jeder Bundesstaat zwei Stimmen besaß, fielen immer beide an den Sieger. Es gab keine Halbierung des Ergebnisses, also war schon ab fünfzig Punkten alles entschieden. Am Himmel zogen dunkle Wolken auf, was zur Stimmung der Leute passte. Zusehen zu müssen, wie die Niederlage näher rückte, ging uns allen unter die Haut und war ein erdrückendes Gefühl.

In dem abgeriegelten und streng bewachten Gerichtshof entschieden Fremde über unsere Zukunft, obwohl sie nichts über uns wussten. Sie wollten uns nicht einmal zu Wort kommen lassen oder uns persönlich ihre Meinung sagen. Um halb eins wurde der neueste Stand der Auszählung verkündet. Das Ergebnis lautete 66:10. Wir hatten verloren.

Die Menge starrte zu den Zahlen hoch und wartete. Die Medien brachten Kommentare aus dem Gerichtshof, wo der Sieg bereits gefeiert wurde. Ich schaute ein Nachrichtenvideo auf Clares Flipscreen an.

»Gibt es etwas, das sie den Demonstranten draußen mitteilen möchten?«, fragte eine Reporterin einen Mann aus dem Wahlkomitee, der ein Champagnerglas in der Hand hielt.

»Oh ja.« Er schaute direkt in die Kamera, als könnte er uns durch die Linse sehen. »Der technische Fortschritt lässt sich nicht bekämpfen. Man kann ihn nur mit offenen Armen willkommen heißen. Am Ende gewinnt der Fortschritt immer. Das DS-System ist das Beste, was unserem Land passieren konnte. Es steht auf einer Stufe mit der Einführung von Elektrizität und fließendem Wasser. Die Digital School hat die Welt zu einem sicheren Ort gemacht. Fortschritte solcher Reichweite ignoriert man nicht. Man wendet sich nicht von Erfindungen ab, die unser Leben verbessern, sondern dankt den Genies, die sie uns geschenkt haben. Jetzt ist es Zeit, nach Hause zu gehen. Der Protest ist vorbei.«

Eine Gruppe Demonstranten kletterte auf eine der Wellenskulpturen, die das Flussufer säumten. Unter ihrem Gewicht begann das Betongebilde zu schwanken. Als immer mehr Menschen folgten, brach der Wellenkamm und zerschmetterte auf dem Boden. Leute griffen sich Zementbrocken und warfen sie auf das Gerichtsgebäude. Die Polizei kam die Treppe herunter und richtete ihre Waffen auf die Menge. Clare und ich rannten zu Scott und Justin hinüber, die versuchten, die aufgebrachten Demonstranten zu beruhigen.

Aber ich wollte mich nicht beruhigen lassen, genauso wenig wie der Rest. Am liebsten hätte ich selbst mit Steinen geschmissen. Ich wollte schon in Richtung des Mobs laufen, doch Justin ergriff meine Hand und hielt mich fest.

»Nicht«, sagte er. »Das ist den Ärger nicht wert.«

Ich starrte ihm in die Augen. »Du willst einfach aufgeben?«, fragte ich und zeigte auf die Zahlen, die an der digitalen Gebäudewand prangten.

»Soll ich lieber mit Beton werfen? Dadurch sehen wir doch nur aus wie schlechte Verlierer. Und wir riskieren, dass jemand verletzt wird. Die Polizei wartet bloß auf einen Grund, uns alle zu verhaften. Und genau den bekommt sie gerade.«

»Solltest du nicht wenigstens ein bisschen empört sein?«, rief ich über das Geschrei der Demonstranten hinweg.

»Ich sehe das nicht als Niederlage«, sagte er und zeigte auf den Bildschirm. »Schau dir das Ergebnis an: zehn Stimmen. Fünf Bundesstaaten unterstützen uns. Das ist enorm.«

»Okay, und was bringt uns das?«, fragte ich. »Das Gesetz ist verabschiedet und gilt für weitere zehn Jahre.«

Justin nickte. »Wir müssen eben unsere Arbeit ausweiten und uns auf die Regionen konzentrieren, wo wir unterstützt werden. In zehn Jahren kommen wir hierher zurück und fechten die nächste Runde durch.«

Seine Augen loderten und sein Gesicht sprühte vor Energie. Ich konnte es verschmerzen, die Abstimmung verloren zu haben. Aber damit verlor ich auch Justin. Das Ergebnis gab ihm für die nächsten zehn Jahre einen Grund, keinen Moment mit dem Kämpfen aufzuhören.

Lautsprecher rund um das Vordach des Gerichtsgebäudes erwachten zum Leben und eine Stimme dröhnte über den Platz.

»Kevin Freeman wird nun eine Ansprache halten«, verkündete die Stimme. Die Menge reagierte mit Buhrufen und Verwünschungen. Ich spürte, wie mein Magen sich abwehrend zusammenzog. Am liebsten wäre ich in mich selbst hineingekrochen und verschwunden. Bestimmt handelte es sich um dieselbe Ansprache, die Molly dank meiner Entscheidung unter allen DS-Schülern verbreiten würde, sowie die Wahl vorbei war. Was konnte mein Vater in dieser Situation denn noch zu sagen haben?

Das Eingangsportal des Gerichtshofes öffnete sich und mein Vater marschierte inmitten von vier Sicherheitsleuten heraus. Ich stand neben Justin und beobachtete sein Näherkommen so gebannt, wie man auf eine Schlange starrt, die sich aus ihrem Käfig schlängelt.

Von allen Kongress- und Komiteemitgliedern, die an dem Wahlablauf beteiligt waren, hatte nur mein Vater den Nerv, sich der Öffentlichkeit zu stellen. Man konnte sein Auftreten mutig oder arrogant nennen, auf jeden Fall erntete er dafür wenig Gegenliebe.

Immerhin hörten die Leute auf, mit Steinen zu werfen. Mein Vater stand vor der Reihe aus Polizeischilden oben auf der Treppe und hatte ein Mikrofon an seine Anzugjacke gesteckt. Sein Gesicht erschien in Riesengröße auf sämtlichen Bildschirmen an der digitalen Gebäudefront. Hundert väterliche Augenpaare starrten auf mich und die anderen Demonstranten nieder.

Ich schaute Justin an, dessen Blick brennend auf meinen Vater gerichtet war. Er nahm meine Hand und drückte sie fest.

Das blasse, beherrschte Gesicht meines Vaters verriet keine Gefühle, wie meistens vor seinen öffentlichen Reden. Selbst vor dieser feindseligen und gewaltbereiten Menge strahlte er totales Selbstbewusstsein aus. Man hatte den Eindruck, er würde uns nicht einmal bemerken. Mein Vater sah nur die Welt, die er kontrollierte. Doch diesmal gab es vor seiner Rede keinen Trommelwirbel, keinen Jubel und Applaus, nur verbittertes Schweigen.

Er begann zu sprechen und seine Stimme hallte durch den Park wie eine unheilvolle Macht.

»Die letzten Bundesstaaten haben ihre Entscheidung getroffen. Das Abstimmungsergebnis lautet: Achtundachtzig Stimmen für das bisherige DS-Gesetz. Zwölf Gegenstimmen für eine regionale Lösung, bei der die Digital School optional gewesen wäre.«

In der Menge erhob sich wütendes Gemurmel. Vielen Dank, dass du uns diese Zahlen noch einmal reinwürgen musstest, Dad.

»Also hat die Digital School einen eindeutigen Sieg davongetragen«, fuhr er fort und hob eine Hand, bevor das Publikum ihn niederschreien konnte. »Allerdings ... am heutigen Tag läuft die Zehnjahresfrist des bisherigen Gesetzes ab. Laut des damaligen Abkommens ist für die Verlängerung eine zusätzliche Stimme nötig. Der Vorsitzende der Digital School – also ich – muss dem Gesetz seine Zustimmung erteilen. Ohne meine Unterschrift kann es nicht in Kraft treten, da ich immer noch die Copyright-Rechte an den Programmen des DS-Systems besitze.«

Eine seltsame Stille legte sich über den Platz. Ich drückte Justins Hand und grinste, weil mir endlich klar wurde, was mein Vater die ganze Zeit geplant hatte.

»Meine Unterschrift wird das Gesetz jedoch nicht bekommen. Von diesem Moment an ist die Digital School nicht länger verpflichtend. Das DS-System wird in Zukunft frei wählbar sein und jeder Bundesstaat kann allein entscheiden.«

Justin und ich schauten uns mit offenen Mündern an. Um uns herum hörte man ein kollektives Keuchen und dann brach die Menge in stürmischen Jubel aus. Niemand konnte hören, was mein Vater als Nächstes sagte. Die Polizisten vor dem Gerichtshof starrten sich verblüfft an, während die Demonstranten sich in die Arme fielen, jubelten, herumhüpften und sich an den Metallzaun drängten, der uns von dem Gebäude trennte. Mein Vater hob eine Hand und bat um Ruhe.

»Ich habe die Digital School geschaffen. Aber wenn ich nun darauf zurückblicke, muss ich zugeben, dass mein System versagt hat. Die DS ist nicht die Antwort.« Er machte eine weitere Pause, weil die Menge in lautstarke Partystimmung ausgebrochen war. Mein Herz klopfte wie wild und ich presste ungeduldig die Lippen zusammen. *Lasst ihn sprechen*, hätte ich am liebsten geschrien. Allmählich legte sich der Lärm wieder.

»Mir ist klar geworden, dass ich nur nach einer kurzfristigen Lösung gesucht habe, anstatt an die Zukunft zu denken«, fuhr er fort. »Nach 28M bin ich in Panik geraten. Ich habe das System entworfen, um auf eine Tragödie zu reagieren. Man könnte es eine Erste-Hilfe-Maßnahme nennen. Über die langfristigen Folgen habe ich mir keine Gedanken gemacht.«

Er schwieg einige Sekunden und starrte mit erhobenem Kopf über die Menge hinweg.

»Damals war eine sofortige Reaktion nötig, und ich hatte

keine Zeit, alternative Pläne zu entwickeln und abzuwägen. Wir befanden uns im Kriegszustand. Wie hätte ich ahnen sollen, welchen Effekt die Digital School innerhalb von zehn Jahren haben würde? Schließlich hatte niemand zuvor etwas Ähnliches versucht. Politiker, besorgte Eltern und die Regierung zählten auf mich und erwarteten, dass ich die Krise für sie bewältigte. Gleichzeitig hatten wir Tausende von toten Kindern zu begraben. Eine ganze Nation schaute in Trauer und mit gebrochenem Herzen auf mich und erwartete ein Heilmittel. Zu diesem Zeitpunkt war es vor allem wichtig, überhaupt etwas zu tun, damit wir wieder in die Zukunft blicken konnten. Ich glaubte, die passende Arznei für unsere kranke Gesellschaft gefunden zu haben«, sagte er. »Doch darin täuschte ich mich. Wir wollten damals vor der Wirklichkeit flüchten und ich hatte die nötige Technologie dafür erfunden.«

Die Menge war so still, dass man über den Zelten das Flattern der Fahnen mit dem Aussteiger-Logo hören konnte.

»Inzwischen ist mir klar, dass ich das Problem nur vergrößert habe. Um ein Vielfaches. Ich habe dafür gesorgt, dass wir uns viel zu lange in unseren Ängsten einmauern konnten.« Er hüstelte und räusperte sich. Ich konnte die Erschöpfung in seinem Blick sehen. Wie lange war er wohl gezwungen gewesen, gleichzeitig zwei Leben zu führen? »Gerade in Krisenzeiten sollten die Menschen zusammenfinden, anstatt mit Gewalt getrennt zu werden«, sagte er.

Justins Blick hing wie gebannt an den Bildschirmen und sein Gesichtsausdruck ließ mir den Mund offenstehen. Er lächelte meinen Vater an. Die beiden waren total auf einer Wellenlänge.

»Inzwischen ist mir klar geworden, dass ich nur reagiert habe, anstatt planvoll zu handeln«, fuhr mein Vater fort. »Manchmal hat man keine andere Wahl. Ich glaube nicht, dass mein System für die damalige Situation ein Fehler war. Es hat den Menschen wieder Sicherheit geschenkt. Bis heute beschützt es uns und genau das war meine erste Priorität. Aber der Preis dafür hat sich als zu hoch herausgestellt. Weil wir alle in dem System gefangen sind. Man kann uns kaum noch menschlich nennen.« Er schüttelte den Kopf und schaute auf die Menge. »Es gibt die Theorie, dass eine Gesellschaft gewaltsame Umbrüche braucht, um sich weiterzuentwickeln. Erst wenn das Alte zerstört wird, kann Neues entstehen. Erst wenn eine Stadt überflutet wird, kommt man darauf, einen Damm zu bauen. Erst wenn ein geliebter Mensch stirbt, sucht man nach einem Heilmittel gegen die Krankheit. Anscheinend brauchen wir Tragödien, um etwas zu ändern und uns voranzubewegen. Aber müssen wir wirklich darauf warten, dass eine Katastrophe uns zum Handeln zwingt? Wieso versuchen wir nicht im Voraus, einen anderen Weg einzuschlagen?

Heute stehe ich vor Ihnen und rufe alle Bürger zu Toleranz und offenem Denken auf. Man sollte keine Regeln unveränderlich in Stein meißeln. Ich hoffe, dass wir flexibel genug sind, um uns ein anderes System vorzustellen. Wir brauchen Wahlmöglichkeiten. Wir brauchen Freiheiten. Warum sollten wir auf eine weitere Katastrophe warten, die uns zu Änderungen zwingt? Müssen wir einander erst verlieren, um zu verstehen, wie wertvoll unsere Mitmenschen sind? Ich rufe Sie hier und jetzt dazu auf, mit mir voranzuschreiten und das Leben wieder lebenswert zu machen.«

Er blickte in die Menge und seine Augen schienen jeden Einzelnen gleichzeitig anzuschauen. Dann lächelte er. Zum ersten Mal in all den Jahren erlebte ich, dass er während einer Rede Gefühle zeigte.

»Ich glaube, dass uns bessere Wege offenstehen. Deshalb sollte es wieder Live-Unterricht an den Schulen geben, Sportteams, Lerngruppen und Freizeitclubs. Welche Gestalt das neue Unterrichtssystem hat, sollten auch die Schüler mitbestimmen dürfen. Schließlich geht es um ihr Leben. Wäre es da nicht fair, sie zu fragen, wie und was sie lernen wollen? Vielleicht ist es an der Zeit, den Schülern größeres Mitspracherecht zu gewähren. Das sind nur ein paar meiner Ideen. Lassen Sie uns gemeinsam anfangen, unser Land zu verändern.« Er senkte die Hände und trat einen Schritt zurück, um das Ende seiner Rede anzuzeigen. Die Menge brach erneut in lauten Jubel aus.

Justin ergriff meine Hand und zog mich vorwärts. »Wir müssen deinen Vater da oben wegholen«, rief er, »bevor er verhaftet wird.«

»Aber er ist ein Volksheld«, sagte ich, während Justin versuchte, sich durch das dichter werdende Gedränge aus Freeman-Fans zu schieben.

»Aber nur für uns«, meinte er. »Gerade hat er sich eine Menge Feinde gemacht.«

Ich schaute die Eingangstreppe empor und sah, dass sich eine Schar Reporter und Polizisten auf meinen Vater stürzte wie ein hungriger Vogelschwarm aufs Futter.

Auch die Demonstranten stürmten nach vorne. Justin und ich wurden vom Gedränge mitgeschoben. Ich wurde gegen Justin geworfen, gleichzeitig stürzten Leute hinter mir. Mit aller Kraft stemmte ich mich gegen das Gewicht der Leiber, um nicht ebenfalls von den Beinen gerissen zu werden. Die Menschen in den vordersten Reihen schrien, wir sollten zurückbleiben.

Demonstranten versuchten, über den Zaun zu klettern, um zum Gerichtsgebäude zu gelangen. Da eröffnete die Polizei das Feuer. Wer immer oben auf dem Metallgitter ankam, stürzte von Betäubungsschüssen getroffen wieder herunter.

Panische Rufe erklangen, die Absperrung sofort zu senken. Menschen schrien, während Körper über- und gegeneinanderprallten.

Bevor die Massenpanik uns beide zerquetschen konnte, senkten sich die Metallstreben tatsächlich. Der Weg zur Treppe war frei.

Menschen fielen übereinander. Manche rollten sich ab und kamen unsicher auf die Füße. Andere blieben reglos liegen.

Justin hielt den Blick entschlossen auf die Treppe gerichtet.

»Los, beweg dich«, herrschte er mich an, um mich aus meinem Schock zu reißen. Dabei behielt er den Schwarm Polizisten im Auge, der immer noch aussah, als würde er meinen Vater als gefundenes Fressen betrachten. »Sofort«, sagte er scharf.

Ich gehorchte und versuchte, auf keinen der am Boden liegenden Körper zu treten. Wir erreichten Clare und Scott. Das weiße T-Shirt meiner Freundin war mit Blut verschmiert. Unsere Blicke trafen sich und ihrer wirkte glasig. Sie stand immer noch unter Schock.

»Habt ihr Joe gesehen?«, fragte ich. »Oder Jax?« Clare schüttelte benommen den Kopf.

Justin war bereits vorausgeeilt und stürmte in Windeseile die Stufen hoch, direkt auf meinen Vater zu. Bald trennte uns ein Gewühl aus Demonstranten. Noch immer wurde in der Menge geschoben und übereinander hinweggetrampelt, während die Polizei versuchte, den Ansturm zurückzudrängen.

»Justin!«, rief ich, doch ich hatte ihn in dem vorwärtstobenden Mob verloren.

Ich rannte ebenfalls die Treppe hoch und nahm zwei Stufen auf einmal. Da packte mich plötzlich eine Hand und riss mich brutal zurück. Paul Thompson bog meinen Arm im Polizeigriff nach hinten und nagelte mich fest. Ich versuchte, mich freizukämpfen, doch er stieß mir das Knie in den Magen, sodass ich mich vor Schmerz krümmte. Ich rang nach Luft, als hätte er mir das Zwerchfell in die Kehle gerammt. Als ich aufschaute, blickte ich direkt in eine Pistolenmündung. Hinter dem schwarzen Tunnel grinste Pauls Gesicht mich an.

»Du kannst echt nicht verlieren, oder?«, keuchte ich.

Sein Lächeln verzerrte sich. »Ich habe ein Geschenk für dich, Maddie, aus deiner geliebten Vergangenheit.« Mit dem Daumen löste er die Sicherung der altertümlichen Pistole. Bevor er die tödliche Metallkugel auf mich abfeuern konnte, packte jemand sein Handgelenk. Jax wirbelte ihn herum, riss ihm den Polizeischild aus der Hand und rammte ihn Paul so hart ins Gesicht, dass Blut über das durchsichtige Plastik spritzte. Während ich zurückstolperte, benutzte Jax den Schild, um ihn Paul über den Rücken zu dreschen und ihn zu Boden zu schlagen. Sofort warf sich ein weiterer Cop auf uns, doch Jax drehte den Schild in der Hand um und rammte ihm die Kante in den Magen. Als der Mann in die Knie ging, holte Jax aus und verpasste ihm noch einen Schlag auf den Hinterkopf, der ihn endgültig umwarf.

Eine ganze Horde Polizisten kam in unsere Richtung geschwärmt. Hastig schnappte Jax sich beide Schilde, um uns vor den Geschossen abzuschirmen, die auf uns einprasselten. Ich schrie und presste mir die Hände über die Ohren, als die Betäubungsmunition von der Plastikschicht abprallte. Dann wurde das Feuer von hinten erwidert. Die Demonstranten hatten sich bewaffnet und schossen zurück.

Wir duckten uns und flohen die Treppe hinauf. Als ich unter einem betäubten Polizisten eine Pistole liegen sah, schnappte ich sie mir. Ich blieb in der Hocke, ließ mir von Jax den Rücken freihalten und feuerte zusammen mit den übrigen Demonstranten auf die Cops, bis jeder einzelne am Boden lag.

Jax drehte sich um und zog mich hoch. Wir schauten uns auf dem Schlachtfeld um und bewunderten unseren kleinen Sieg.

»Und da heißt es, von Computerspielen kann man nichts lernen«, sagte Jax keuchend.

Als ich über den Vorplatz des Gerichtshofs spähte, entdeckte ich endlich Justin wieder. Er hatte sich bis nah an meine Eltern herangearbeitet, die zusammen die Treppe herunterkamen. Sie waren von Polizisten umringt und hatten schon fast die Straße erreicht. Auch Joe befand sich in der Nähe und versuchte, sich zu Dad durchzukämpfen.

Also rannten Jax und ich die Treppe wieder herunter und auf die Straße zu. Wir sahen, wie mein Vater gewaltsam zu einem schwarzen Wagen gedrängt wurde, der am Rand des Gerichtsgeländes parkte. Justin und Riley gelang es, mit gezielten Schüssen die Cops auszuschalten, die ihn flankierten. Dann brach erneutes Pistolenfeuer los und Riley sackte auf der Straße zusammen.

Ein Kleinbus bremste vor ihnen und ich sah Scott am Steuer sitzen. Wir hasteten auf Justin zu, der versuchte, meinen Vater in den Wagen zu verfrachten.

»Nein, lasst mich hier«, befahl Dad. »Ich bin bereit, mich auszuliefern.«

»Man wird dich hinter Gitter bringen, Kevin«, sagte Mom.

»Bleib unter Polizeischutz, Jane, dann passiert wenigstens dir nichts.«

»Ich gehe mit dir«, widersprach sie energisch.

Scott steckte den Kopf aus dem Wagenfenster und schrie, wir sollten endlich einsteigen.

Als Justin sich zu mir umdrehte, bemerkte er Jax und erstarrte mitten in der Bewegung. Die beiden blickten sich aus nächster Nähe an. Justins Miene verfinsterte sich.

»Ich kümmere mich schon um Maddie«, sagte er mit einem warnenden Unterton in der Stimme. Jax dachte jedoch gar nicht daran, den Rückzug anzutreten. Er rührte sich nicht vom Fleck. Bevor er anfangen konnte, Computerspielmanöver an Justin auszuprobieren, schob ich ihn beiseite. Justin ergriff meine Hand und zog mich zu dem Kleinbus.

»Keine Bewegung!«, ertönte in diesem Moment Pauls Stimme hinter uns. Mit blutigem Gesicht und verkrusteten Haaren kam er die Stufen heruntergewankt. Seine Augen waren so weit aufgerissen, dass ich das Weiße darin sehen konnte. Ihr Blick war direkt auf mich gerichtet.

Paul zielte mit seiner Waffe auf uns und ich duckte mich mit Justin ins Innere des Wagens. Ein Schuss ertönte und ließ mich zusammenzucken. Das Projektil schlug in die geöffnete Tür ein und bohrte sich tief in den Metallrahmen.

»Stehen bleiben!«, brüllte Paul.

Mein Vater schaute panisch nach hinten. »Jane, lauf!« Er stieß sie von dem Kleinbus weg, gerade als ein weiterer Schuss fiel.

Ich hielt mir die Ohren zu. Die Waffe war lauter als alles, was ich je gehört hatte. Meine Mutter wurde von zwei Polizisten in die Mitte genommen, und ich sah durch das Autofenster, wie sie zitternd in einen Streifenwagen stieg. Gleichzeitig warf sich Dad in den Kleinbus und Justin schlug die Tür hinter ihm zu.

Joe sprang auf den Beifahrersitz, und Scott trat das Gaspedal durch, dass die Reifen quietschten und der Asphalt heißlief. Justin und ich hatten uns auf dem rostigen Metallboden des Laderaums zusammengeduckt. Ich versuchte mich zwischen ihm und den Sitzen zu verkeilen, um nicht durch die Gegend zu rutschen. Mein Vater lehnte zusammengesackt an der gegenüberliegenden Wand. Wir alle atmeten keuchend, während wir uns an die kalten Metallwände pressten. Mir lief der Schweiß über die Stirn und ich wischte ihn mit dem Ärmel ab.

Scott steuerte auf ein Bahngleis zu, sodass der Wagen abhob und krachend wieder landete. Ich rutschte in die Spalte zwischen dem Laderaum und der Sitzreihe, wo das Metallgestänge mir die Haut abschürfte wie eine Küchenreibe. Justin packte meine Hand und zog mich wieder neben sich.

»Hier hinten gibt es keine Sicherheitsgurte, Scott!«, schrie er.

»Haltet euch einfach fest«, blaffte Scott zurück. Ich konnte sehen, dass er das Lenkrad mit steifen, angespannten Armen hielt, als hätte er eine Bombe in der Hand, die jeden Moment losgehen könnte.

Ich schaute Justin an. »Vielleicht sollten wir am Straßenrand halten, damit du das Fahren übernehmen kannst«, schlug ich vor. Er drückte beruhigend mein Bein und behauptete, Scott würde schon klarkommen. Eine Sekunde später ertönten Sirenen hinter uns.

»Bieg sofort ab«, befahl Justin. »Regel Nummer eins: keine Hauptstraßen.«

»Ist das jetzt der Moment für Kommentare von hinten? Wieso fährst du nicht selbst?«, schrie Scott zurück. »Du weißt, dass ich keine Übung habe.«

»Während uns die Polizei auf den Fersen ist?«, gab Justin zurück. »Versuch, sie an der Bahnkreuzung abzuschütteln.«

»Wir hätten Raketenwerfer in unsere Fluchtwagen einbauen sollen«, stöhnte Scott.

Mein Vater zuckte zusammen, als wir viel zu eng um eine Kurve rasten. »Halt an«, rief er Scott zu. »Das ist es doch nicht wert.«

»Lieber lasse ich mich auf kleiner Flamme rösten, als von Ihnen Befehle anzunehmen, Freeman«, schoss Scott zurück. Justin stieß einen langen Seufzer aus. Er und mein Vater sahen einander an und schienen dabei wortlos ihre Gedanken auszutauschen.

Ich warf einen Blick auf Joe, der eine Hand gegen die Tür und eine gegen das Handschuhfach presste, um sich festzuhalten. Er wirkte zu verängstigt, um auch nur zu blinzeln.

Mir fiel auf, dass mein Vater immer blasser wurde. Als er ein Stück an der Wagenwand entlangrutschte, zuckte er sichtbar zusammen. Da sah ich einen verschmierten Blutfleck, der sich leuchtend rot von dem silbernen Metall abhob.

»Dad!«, schrie ich und schob mich zu ihm hinüber. Ein Zittern durchlief ihn, während ich ihn nach Verletzungen abtastete. Ich fuhr mit der Hand über seinen Rücken und spürte ein warmes, klebriges Rinnsal. Die Quelle war oben in der Nähe der Schulter. Als ich die Hand zurückzog, war sie purpurrot und so nass, als hätte ich sie unter einen Wasserhahn gehalten. Die Geschwindigkeit, mit der er Blut verlor, war Besorgnis erregend.

»Wir brauchen ein Krankenhaus!«, schrie ich. Justin rief Scott etwas zu, doch ich hörte ihre Stimmen kaum. Ich sah nichts als die aufgerissenen Augen meines Vaters, die meinen so ähnlich waren – graugrün mit einem dunklen Ring um die Iris. Ich hörte nichts als seinen mühsamen Atem.

»Paul hat scharfe Munition benutzt«, stellte ich fest und Dad nickte. Ich untersuchte ihn genauer, doch fand keine Austrittsöffnung. Die Kugel musste noch immer in seinem Rücken stecken.

Sein Gesicht wurde weiß und die Lippen nahmen eine fahlgraue Farbe an.

»Ich schaffe es schon«, sagte er entschlossen.

Ich ergriff seine Hände. »Schau mich an, Dad«, verlangte ich.

Er öffnete die trockenen Lippen und brachte die nächsten Worte nur mit Anstrengung hervor. »Ich kann nicht mehr klar sehen«, sagte er.

Seine Augen bewegten sich wie blind hin und her. Ich packte ihn an den Schultern.

»Dad. Daddy?«

So hatte ich ihn seit meiner Kindheit nicht mehr genannt, aber in diesem Augenblick hätte ich am liebsten die Zeit zurückgedreht, damit alles wieder in Ordnung kam. Löschen, löschen, löschen. CTRL ALT + Rückgängig: Eingabe. Datei neu erstellen. Doch so funktionierte die echte Welt nicht.

Tränen strömten mir aus den Augen.

Liebe hat immer zwei Seiten. Sie kann uns fliegen und abstürzen lassen, uns heilen und verletzen. Sie schneidet ins Fleisch und flickt uns wieder zusammen. Jetzt bekam ich die scharfe Seite der Klinge zu spüren, die mich innerlich in Stücke schnitt.

Mein Vater rutschte kraftlos an der Autowand herunter und ich fing ihn auf. So vorsichtig ich konnte, bettete ich seinen Kopf auf meinen Schoß. Der Wagen schlug einen Haken, um knapp einem Zusammenstoß zu entkommen.

Die ganze Seitenwand war rot und ein metallischer Geruch

hing in der Luft. Am liebsten hätte ich das Blut mit meinen Händen aufgefangen und es durch die Einschussöffnung zurück in meinen Vater geschöpft. Ich konnte nur noch auf ein Wunder hoffen. Dad verlor immer wieder blinzelnd das Bewusstsein.

»Er schafft es bestimmt, Maddie«, sagte Justin. Ich schloss nur wortlos die Augen. Zum ersten Mal in meinem Leben log Justin mich an. Schließlich wusste ich, was er von Wundern hielt.

Ich neigte den Kopf und schmiegte meine Stirn an die kühle, schweißfeuchte Haut meines Vaters. »Ich habe dich lieb«, flüsterte ich.

Wir kamen ins Schleudern, weil Scott das Steuer zu hart herumgerissen hatte, und einen Moment lang rumpelten die Räder über Gras. Scott zerrte am Lenkrad, als wollte er ein durchgehendes Pferd zügeln, bis wir wieder Asphalt unter uns hatten. Ich schloss die Augen, hielt die Schultern meines Vaters umfasst und bereitete mich innerlich auf alles vor.

Etwas rammte mit Wucht gegen die hintere Ecke des Kleinbusses und brachte ihn zum Schwanken. Bevor ich mich festhalten konnte, kippte der Wagen bei voller Fahrt um. Es fühlte sich an, als würde man mich von allen Seiten mit Fußtritten bearbeiten. Ich konnte nichts weiter tun, als mich zusammenzukrümmen und den Kopf mit den Armen zu schützen, während mein Körper herumrollte. Endlich kam der Wagen rutschend zum Stehen und blieb seitlich liegen.

So schnell, wie es begonnen hatte, war es vorbei. Ich fühlte mein Herz rasen, weigerte mich aber, die Augen zu öffnen. Mein Kopf fühlte sich an, als hätte man mir einen Baseballschläger übergezogen. Ich konnte mich nicht bewegen. Mein Bewusstsein begann sich zu trüben.

Glas knirschte unter Schuhsohlen. Metall kreischte. Eine laute Stimme blaffte Befehle, doch sie klang für mich weit entfernt wie am Ende eines Tunnels. Etwas Schweres neben mir wurde weggeschleift. Ich hörte ein Stöhnen. Als ich meine Augen einen

Spalt weit öffnete, blendete mich ein gleißendes Licht. Ich warf schützend die Arme vors Gesicht und gab ein klägliches Geräusch von mir.

Bei meinem zweiten Versuch, die Augen zu öffnen, sah ich Joes blutigen, schlaffen Körper, der aus dem Autowrack gezogen wurde. Die Luft war von Sirenengeheul erfüllt, Dampf und Rauch waberten durch meinen Albtraum. Ich öffnete den Mund zu einem Schrei, doch eine Polizeiuniform tauchte bedrohlich über mir auf und etwas Spitzes stach mir in den Arm. Gleich darauf fiel ein weicher, schwarzer Vorhang über mein Bewusstsein.

Kapitel Achtundzwanzig

Ich erwachte in einem leeren Raum, dessen blanker Boden gepolstert war wie eine Gummizelle. Die Wände waren allesamt verspiegelt. Als ich mich umschaute, sah ich nur Klone meiner selbst. Das Zimmer war achteckig, sodass die Spiegel sich in weiteren Spiegeln spiegelten, und je länger ich hinschaute, desto mehr Bilder von mir erschienen in der Tiefe. Ich kam mir vor wie eine ganze Heerschar.

Blinzelnd starrte ich zum Neonlicht hinauf, das durch Öffnungen in der Decke strahlte. Ich versuchte, mich hinzusetzen, und stöhnte, als ich den Hals bewegte. Mein gesamter Körper pochte schmerzhaft.

Ich trug noch immer die von dem Unfall blutige Kleidung. Ein leises Summen vibrierte durch den Fußboden und dann öffnete sich eine der Wände. Ein Mann kam herein. Er trug hellblaue Krankenhauskleidung und hatte eine Arzttasche in der Hand. Seine schwarzen Schuhe klackten auf den Boden.

»Ich gehöre zu den Medizinern, die man zum Unglücksort gerufen hat«, erklärte er.

Ich setzte mich aufrechter hin. »Sind alle okay?«, fragte ich mit wunder Kehle. Er reichte mir eine Wasserflasche, die ich dankbar annahm. Bei jedem Schluck spürte ich die kühle Flüssigkeit durch meinen Hals bis in meinen Magen rinnen. Heiser begann ich, Namen zu murmeln, als würde er meine Freunde persönlich kennen.

»Es gab eine Massenpanik beim Gerichtshof«, erklärte er. »Hunderte von Menschen wurden regelrecht zerdrückt. Sämtliches Rettungspersonal der Umgebung ist im Einsatz. Mehr weiß ich nicht.«

»Was ist mit den anderen?«, drängte ich. »Kevin Freeman? Justin Solvi?«

»Du bist meine erste Patientin hier«, gab er zur Antwort. Er kniete sich neben mich, um sich meine Verletzungen näher anzuschauen. Mein Arm war mit einer so dicken Blutkruste bedeckt, dass man die Schnitte darunter kaum sehen konnte. Der Arzt öffnete seine Tasche und holte Gummihandschuhe heraus. Er benutzte einen feuchten Tupfer, um meinen Arm zu reinigen, und danach traten die geschwollenen, fast violetten Schnittwunden deutlich hervor.

»Ein paar sind ziemlich tief«, stellte er fest. »Ich glaube nicht, dass Hautkleber reicht. Wir werden das wohl vernähen müssen.« Ich war innerlich zu taub, um überhaupt zu reagieren. Er spritzte mir ein Betäubungsmittel, damit ich bei der Prozedur keine Schmerzen hatte, aber das wäre kaum nötig gewesen. Ich spürte sowieso nichts mehr. Mit morbider Faszination sah ich zu, wie seine geübten Finger meinen Arm zusammennähten. Es sah so simpel aus, als würde man einen Schnürsenkel zubinden. Ich beobachtete, wie meine Haut sich spannte und festgezurrt wurde. Erstaunlich, wie einfach man einen Menschen flicken konnte, zumindest an der Oberfläche.

»Du wirst Narben zurückbehalten«, warnte er mich. Ich fuhr mit einem Finger über die Schnitte. Das Muster sah aus, als hätte ein Bär seine Krallen in mein Fleisch geschlagen.

Der Arzt rieb die vernähten Stellen mit Desinfektionsmittel ein und wickelte einen Verband um meinen Arm. Anschließend setzte er seine Untersuchung fort und erklärte, dass ich eine leichte Gehirnerschütterung hätte. Er bot mir Tabletten an, um den Schmerz zu lindern, doch ich schüttelte den Kopf.

Am Ende machte er seine Arzttasche wieder zu. Ich fühlte mich, als hätte er auch meine Lippen zusammengenäht. Mir fehlten sämtliche Worte. Die Verbindung zwischen meinem Gehirn und meinem Mund schien bei dem Unfall ebenfalls zerfetzt worden zu sein.

Bevor er ging, warf er mir noch einen Blick zu. »Danke«, sagte er.

Ich schaute überrascht zu ihm hoch.

»Dafür, was du bei der Demonstration getan hast. Ich habe gerade meine Kinder von der Digital School abgemeldet. Langsam hat mir das System nämlich Angst gemacht, muss ich zugeben«, sagte er. »Meine Kinder verlassen das Haus kaum einmal pro Monat. Meine Tochter hat eine so winzige Aufmerksamkeitsspanne, dass sie keine Minute still sitzen kann, ohne nervös zu werden.« Er lachte selbstironisch in sich hinein. »Die beiden sind ihr ganzes Leben zur Schule gegangen, aber sie haben nicht gelernt zu denken.«

Ich nickte und senkte den Blick auf meinen Arm.

»Vielleicht hilft es ja, ihnen die Stecker zu ziehen«, sagte er. Als er die Tür erreichte, öffnete sie sich mit einem Summen, und er ließ mich wieder allein.

Ich hatte keine Ahnung, was die Polizei mit Justin oder meinem Dad angestellt hatte. Ich wusste nicht einmal, ob sie noch am Leben waren. Meine letzte Erinnerung war Joes durch die Mangel gedrehter Körper.

Ich fühlte mich zu Tode erschöpft. Besiegt. In der Falle. Ich presste meine Knie an die Brust und schlang die Arme darum. Weder Justin noch ich waren unsterblich oder kugelsicher. Niemand kann unbeschadet durch Feuer gehen.

Möglich, dass uns eine Hinrichtung drohte. Bestimmt wurde bereits unsere Vergangenheit durchforscht. Justins Eltern würden auffliegen. Mein Vater würde vor Gericht kommen. Niemand würde uns retten können. Aber eine Frage ließ mir keine Ruhe.

Was habe ich eigentlich falsch gemacht?

Denn trotz allem fühlte ich mich unschuldig. War das verrückt von mir? Wahrscheinlich dachten alle Kriminellen ähnlich. Man konnte jede Tat irgendwie rechtfertigen, oder? Wann war die entscheidende Grenze überschritten? Wenn jemand verletzt wurde? Wenn man sich selbst aufgab?

Ich muss wohl verrückt sein, dachte ich, weil ich trotz der ganzen Opfer keine Schuldgefühle empfand.

Mein Spiegelbild starrte mich an. Ich stand auf und betrachtete aus nächster Nähe meine wässerigen, geröteten Augen. Wie viele Leute hatten wohl schon ihre Köpfe gegen diese Spiegel geschlagen? Ich presste meine Hand auf die reflektierende Oberfläche und meine Finger sanken butterweich in die Wand ein. Der Spiegeleffekt wurde in Wirklichkeit durch den Farbanstrich erreicht. Der gesamte Raum war eine Gummizelle. Ich sah zu, wie mein Spiegelbild sich verzerrte und verformte, wenn ich gegen die Wand drückte. Mein Gesicht blähte sich auf und schrumpfte wieder. Mein Mund zog sich grimmig zusammen und wölbte sich breit. Ich wich von den Wänden zurück, setzte mich auf den Boden und schaute blinzelnd zur Decke empor. Sämtliche Lichtstrahlen waren auf mich gerichtet wie unerbittliche Scheinwerfer. Ihr Gleißen drang blutrot durch meine geschlossenen Lider, begleitet von einem Gewitter aus gelblichen Blitzen. Ganz egal, wie fest ich die Augen zupresste, diesem Ort konnte ich nicht entkommen.

Kapitel Neunundzwanzig

»Madeline Freeman.« Die Tür hatte sich summend geöffnet und ein Wachmann blaffte meinen Namen wie bei einem Zählappell. Als wären noch ein Dutzend anderer Leute im Raum, die er meinen könnte. Ich war tatsächlich eingeschlafen, hatte mich auf dem Boden zusammengerollt und den Arm über das Gesicht gelegt, um mich vor den Strahlern abzuschirmen. Jetzt hob ich den Kopf und schaute den Mann blinzelnd von unten an.

»Dein Anwalt ist hier«, sagte er. Mein Hals war vom Schlafen auf dem Boden ganz steif, und ein scharfer Schmerz stach durch meinen Rücken, als ich versuchte, mich aufzusetzen. Mühsam erhob ich mich und folgte dem Wachmann in einen langen Korridor, dessen Beleuchtung mir im Vergleich zu meiner Zelle dämmrig vorkam. Mit schlurfenden Füßen bewegte ich mich vorwärts, während meine Augen sich an das Licht anpassten.

Der Mann scannte seinen Fingerabdruck und öffnete eine Tür. Dahinter befand sich ein fensterloser Raum mit einem langen weißen Tisch in der Mitte. An dem Tisch saß Justin. Bei seinem Anblick wollte ich mich am liebsten in seine Arme fallen lassen und zusammenbrechen. Aber der Wachmann hielt mich grob an der Schulter zurück, schob einen Stuhl auf die gegenüberliegende Tischseite und befahl mir, mich zu setzen.

Ich war so erleichtert, Justin zu sehen, dass mir die Tränen kamen. Er hatte ein blau geschwollenes Auge und eine dünne, frisch vernähte Narbe an der Unterlippe. Eine Hand war bandagiert. Ansonsten sah er gesund aus und selbst das Feuer in seinen Augen war noch vorhanden. Er warf mir ein kleines Lächeln zu.

»Bist du okay?«, fragte er und streckte seine Hand über den Tisch aus. Ich nahm sie und drückte seine Finger.

Okay war wohl nicht das richtige Wort, doch ich nickte. Solange es noch eine Chance für uns gab, wollte ich nicht die Hoffnung verlieren.

»Wo ist mein Vater?«, fragte ich den Wachmann, der sich neben der Tür aufgebaut hatte, und erhielt nur Schweigen als Antwort.

Ich schaute Justin an. »Was geschieht jetzt mit uns?«, flüsterte ich. »Haben wir das Gesetz gebrochen?«

»Das hängt wohl davon ab, wer der Richter ist«, sagte Justin.

Er hob den Kopf, als ein Anzugtyp hereinkam, an dem vor allem sein Edel-Outfit auffiel. Er trug ein schwarzes Jackett über einem makellosen weißen Hemd, dazu eine Flipscreen-Tasche aus schwarzem Leder, eine dicke goldenen Uhr und schwarze Designerschuhe. Ich erwartete fast, Glitzersträhnchen in seiner Frisur zu entdecken. Er setzte sich und stellte die Tasche auf dem Tisch ab. Seine goldene Uhr fing das Licht ein, wenn er sich bewegte.

»Wayne Creighton. Ich wurde Ihnen als Anwalt zugeteilt«, sagte er.

»Wo ist mein Vater?«, wollte ich wissen.

Sein Blick wurde anteilnehmend und bestätigte, was ich eigentlich schon wusste. »Es tut mir leid, Ihr Vater ist gestern Nacht gestorben.«

Ich vergrub das Gesicht in den Händen. Zwar hatte ich tief im Inneren nichts anderes erwartet, doch durch seine Worte wurde es schmerzhafte Realität.

»Er wurde nach dem Unfall sofort ins Krankenhaus gebracht, aber da hatte er schon zu viel Blut verloren.«

»Was ist mit Scott und Joe?«, fragte Justin mit rauer Stimme.

»Joe Freeman ist ebenfalls im Krankenhaus. Sein Zustand ist kritisch. Der andere junge Mann wird zurzeit operiert. Vielleicht lässt sich sein Bein noch retten.«

Ich verkrampfte die Hände und hob das Gesicht. Zu meiner Überraschung kamen keine Tränen. Ich fühlte mich zu leer zum Weinen und gleichzeitig ganz taub vor Schock. Mein einziger Gedanke war, wie sehr ich meine Mutter enttäuscht und verraten hatte. Auf einen Schlag verlor sie ihre ganze Familie. Obwohl sie an allem unschuldig war, wurde sie härter bestraft als jeder andere von uns.

»Wo ist meine Mutter?«, fragte ich. »Kann ich mit ihr sprechen?«

»Sie ist im Krankenhaus bei ihrem Sohn«, sagte er und wirkte überrascht, dass meine ersten Fragen meinen Eltern gegolten hatten und nicht meiner drohenden Gefängnisstrafe.

»Was geschieht jetzt mit uns?«, fragte Justin.

Der Anwalt seufzte und betrachtete seine Hände. »Auf dem Papier sieht es nicht gut aus. Hochverrat, Widerstand gegen die Staatsgewalt, ein Feuergefecht mit der Polizei.«

»Aber die Polizei hat zuerst geschossen. Heißt das, man darf sich nicht verteidigen?«, widersprach Justin.

»Gewaltsames Eindringen auf Regierungsgelände«, zählte Creighton weiter auf. »Vandalismus und Zerstörung von Staatseigentum. Wir haben ein Dutzend verletzter Polizisten, einige davon in kritischem Zustand. Die Anklage verlangt die Todesstrafe. Das gilt für Sie beide.« Er schaute zwischen uns hin und her. »Man wird sich in Ihre Akten vertiefen, Ms Freeman. Ich bin bereits informiert über Ihre früheren Festnahmen, die Bewährungsstrafe und die Zeit im Center. Was Sie angeht, Mr Solvi, weiß ich kaum, wo ich anfangen soll. Sie sind berüchtigt.«

»Haben Sie nicht gesagt, Sie wollen uns verteidigen?«, fragte ich. Langsam bekam ich Zweifel, auf welcher Seite er stand.

»Wie stehen unsere Chancen?«, fragte Justin.

»Ich kann das Urteil auf lebenslänglich herunterhandeln. Mehr Möglichkeiten bleiben mir vermutlich nicht.«

Ich verzog das Gesicht. Das klang für mich nicht besser als eine Hinrichtung. »Damit gebe ich mich bestimmt nicht zufrieden. Ich muss mit meiner Mutter sprechen«, sagte ich eindringlich.

Der Anwalt schüttelte den Kopf. »Besuche sind vor und während der Verhandlung nicht erlaubt«, sagte er. »Tut mir leid.«

Ich schluckte. »Wie lange wird die Verhandlung dauern?«

»Vermutlich ein halbes Jahr«, sagte er.

»Was, wenn wir tatsächlich zum Tode verurteilt werden?«, fragte ich. Die Worte schmeckten bitter und ich spuckte sie heraus. »Kann ich dann meine Mutter sehen?«

»Ich könnte ihr eine Botschaft übermitteln«, bot er an.

In meinen Augen standen Tränen, und ich hatte Angst, noch einmal den Mund aufzumachen, weil ich dann vermutlich in ein Schluchzen ausbrechen würde.

»Die Polizei hat uns angegriffen«, setzte Justin sich zur Wehr. »Und zwar mit scharfer Munition. Sie haben Maddies Vater erschossen. Daran ist er gestorben, nicht an dem Autounfall.«

Der Anwalt nickte. »Paul Thompson kommt vor Gericht, aber die beiden Fälle werden getrennt verhandelt«, sagte er entschuldigend.

»Ich will mit dem Ankläger sprechen«, forderte Justin.

Creighton zögerte. »Das kommt normalerweise nicht vor«, sagte er, doch Justins stählerner Blick ließ ihn einknicken. »In Ordnung, ich kann ein Treffen arrangieren. Im Übrigen werde ich mich mit Ihren Akten und den Überwachungsvideos beschäftigen. Ich werde Ihre Familie und Freunde benachrichtigen und die Hintergründe aller beteiligten Personen durchleuchten. Bis wir wissen, wie es mit dem Verfahren weitergeht, dauert es mindestens noch eine Woche. In der Zwischenzeit werde ich tun, was ich kann.«

Sein mitleidiger Blick sagte mir, wie viel dieses Versprechen wert war. Ich hatte meinen ganzen Optimismus bei der Abstimmung aufgebraucht. Jetzt hatte ich keinen Kampfgeist mehr übrig. Unser Fall war sowieso schon verloren.

Ich blieb tagelang in dem verspiegelten Raum. Zum Essen bekam ich hartes Brot mit Käse und zum Frühstück schlaffes Toast mit Erdnussbutter. Ich ließ alles unberührt zurückgehen.

Einmal wurde mir erlaubt zu duschen. Zweimal täglich durfte ich zu festgelegten Uhrzeiten zur Toilette. Ausnahmen gab es nicht. Als Ersatzkleidung bekam ich einen gelblichen Trainingsanzug, dessen Farbe an vertrockneten Senf erinnerte.

Wo immer ich hinschaute, sah ich mein Spiegelbild. Es erinnerte an eine vor sich hin welkende Pflanze, die den Kopf täglich weiter hängen ließ. Ich konnte mir selbst nicht entkommen. Die Beleuchtung schien rund um die Uhr. Ich übte mich darin, meine Augen so fest zuzukneifen, dass es wehtat. Manchmal glaubte ich, davon würde ich noch blind werden.

Die Tür öffnete sich summend und ein Wachmann mit muskelbepackten Schultern kam herein. Er schaute auf den Boden und beäugte meinen wie immer unberührten Teller. Das Käsebrot lag dort schon den ganzen Nachmittag herum.

»Der Teller verlässt den Raum erst, wenn er leer ist«, ließ er mich wissen.

Ich starrte ihn an. Wie konnte er von mir erwarten, dass ich aß? Ich hatte kein Essen verdient und auch sonst nichts. Als ich den Kopf abwandte, blickte ich stattdessen die Wand und mich selbst an, was noch schlimmer war. Ich schloss die Augen.

»Wenn du nicht freiwillig isst, schieben wir dir einen Schlauch in den Hals und füttern dich mit Gewalt«, drohte der Wachmann. »Bilde dir bloß nicht ein, dass du dich hier zu Tode hungern kannst. Den Gefallen tun wir dir nicht.« Er schob den Teller mit dem Fuß in meine Richtung. »Los«, befahl er und blieb abwartend stehen, bis ich schließlich ein Käsestück in die Hand nahm. Ich steckte es in den Mund und kaute auf dem salzigen gummiartigen Gebilde herum. Am liebsten hätte ich es auf den Wachmann gespuckt, doch seine Hand ruhte auf der Waffe an seiner Hüfte und sein Blick forderte mich heraus.

Innerlich befand ich mich bereits auf dem elektrischen Stuhl. Irgendwann holten die Sünden der Vergangenheit einen immer ein, besonders wenn man sein Leben praktisch damit verbrachte, sich mit Benzin zu übergießen und auf das Streichholz zu warten.

Ich hatte zu oft auf diese Weise gelebt, leichtsinnig, draufgängerisch und ohne mich um die Folgen zu scheren. Daran, dass jemand ein Streichholz zücken könnte, hatte ich nie gedacht. Jetzt badete ich in Schuldgefühlen. Ich hatte das Leben meiner Mutter zerstört. Ihr einziger Wunsch war gewesen, die Familie zusammenzuhalten, und ich hatte ihr jeden einzelnen Menschen weggenommen, den sie liebte.

Irgendwann hatte ich den Teller leer gegessen, wobei mir jeder Brocken fast im Hals stecken blieb wie eine bittere Pille. Ich folgte dem Wachmann nach draußen und in den bekannten Besprechungsraum. Justin saß bereits am Tisch, wo zwei leere Stühle warteten. Er wirkte kampfesmüde. Seine Haare standen strubbelig ab, weil er sie sich vermutlich tagelang gerauft hatte. Dafür waren bei mir die Fingernägel bis aufs Fleisch abgeknabbert.

Auf dem Tisch standen zwei Plastikbecher mit Wasser. Ich setzte mich auf einen der leeren Stühle, verschränkte die Arme vor der Brust und wartete.

Ein Anzugträger kam mit energischen Schritten durch die Tür marschiert. Er machte sich nicht einmal die Mühe, sich hinzusetzen.

»Roger Murray«, stellte er sich vor und musterte uns abwechselnd mit scharfem Blick. »Ich bin der Vertreter der Anklage in diesem Fall.« Er trommelte mit den Fingern auf den Tisch.

»Vielleicht interessiert es Sie beide zu wissen, was Ihr kleines Protest-Event für ›inspirierende‹ Folgen hatte. Zwölf Menschen wurden bei der Massenpanik zertrampelt. Weitere hundert sind verletzt worden, darunter zwanzig Polizisten. Vor dem Gerichtshof sieht es aus wie in einem Kriegsgebiet. Für das alles tragen Sie die Verantwortung!«

Ich senkte den Kopf und kämpfte gegen die Übelkeit an. Mit geballten Fäusten konzentrierte ich mich auf meine Atemzüge, aber es fühlte sich an, als müsste ich die Luft mühsam durch einen Strohhalm saugen. Nichts davon war meine Schuld, sagte ich mir.

»Sie sollten lieber Richard Vaughn finden und anklagen«, sagte Justin. »Immerhin steckt er hinter den Verbrechen in den Centern und ist schuld am Tod von Kevin Freeman.«

Murrays Blick wanderte ungeduldig zwischen uns hin und her, als sei der Versuch, unser Leben zu verteidigen, für ihn nur ein Ärgernis. »Ich halte mich an die Fakten, die mir vorliegen. Wenn man sich die Verträge anschaut, tragen sämtliche Center-Angelegenheiten die Unterschrift von Kevin Freeman. Daran kann ich nichts ändern. Verträge sind bindend. Würde Ihr Vater noch leben, müsste er jetzt für alles geradestehen.«

Meine Augen verengten sich. »Wieso stellen Sie sich auf die Seite von Vaughn? Das ist doch sinnlos. Wenn die Digital School nicht länger Gesetz ist, bedeutet das automatisch, dass die Center dichtmachen müssen. Der Spuk ist vorbei.«

»Vielleicht auch nicht«, entgegnete Murray.

»Was?«, fragten Justin und ich gleichzeitig.

»Es wird darüber diskutiert, das Gesetz nun doch zu verlängern. Das Wahlkomitee will die Abstimmung wiederholen.«

»Das können sie nicht machen«, sagte ich mit kräftigerer Stimme. »Die DS-Programme sind Eigentum meines Vaters.«

»Sie *waren* sein Eigentum«, verbesserte Murray. »Natürlich müssten wir dem DS-System einen anderen Namen geben und neue Mitarbeiter einstellen, um es zu verwalten, aber ansonsten kann alles beim Alten bleiben.«

»Noch haben Sie nicht gewonnen«, stellte ich klar.

Seine Miene verhärtete sich. »Man wird Sie wegen Hochverrats anklagen. Vandalismus. Tätlichem Angriff. Widerstand gegen die Staatsgewalt. Nicht zu vergessen die Tatsache, dass Sie Richard Vaughn und achtzehn weitere unschuldige Opfer im DCLA überfallen und mit Gewalt festgehalten haben. Soll ich fortfahren?«

»Wie wollen Sie denn erklären, dass Maddie von Vaughn gleich zwei Mal entführt und unter Drogen gesctzt wurde?«, fragte Justin.

Murray betrachtete mich mit einem Lächeln und sagte in meine Richtung: »Anscheinend haben Sie sich heimlich mit gewalttätigen DS-Gegnern getroffen, um den Krawall beim Gerichtshof zu planen. Vaughn und seine Mitarbeiter sind Ihnen gefolgt, um Sie zurück ins Center zu bringen, wo Sie rechtmäßig hingehörten. Man hat Sie auf der Flucht gestellt, aber dann wurde Vaughn grundlos angegriffen. Er hat nur versucht, eine gefährliche, kriminelle Bande auffliegen zu lassen.«

»Das ist doch alles eine verdrehte Lüge«, sagte Justin.

»Damit werden Sie nicht durchkommen!«, verkündete ich.

Murray schaute uns herablassend an und lachte. »Ihr seid beide so entschlossen. So von euch selbst überzeugt.« Er kam um den Tisch herum. »Aber das ist nur der Überlebensinstinkt und ich habe den gleichen psychologischen Mechanismus schon Hunderte Male gesehen. Man nennt ihn in der Fachsprache auch *wahnhaften Optimismus* oder, um es laienhaft auszudrücken, Hoffnung. Verurteilte Verbrecher bilden sich vor ihrer Hinrichtung ein, dass es eine Rettung in letzter Minute gibt. Dadurch wird das Warten für sie erträglicher. Aber leider handelt es sich eben nur um Einbildung. Ihr beide wisst genau, wie das Urteil ausfallen wird. Euch erwartet die Todesstrafe. Die Verhandlung beginnt in einer Woche. Da euch die Beweise fehlen, könnt ihr nichts dagegen tun. Unser Treffen ist hiermit beendet.«

Ich umklammerte die Tischkante, doch ein Wachmann packte mich an den Armen und riss mich weg, sodass meine Hände sich lösten.

»Nein«, protestierte ich und wehrte mich gegen seinen Griff, während er mich rückwärtsschleifte. Durch einen Tränenschleier erhaschte ich einen verschwommenen Blick auf Justin. Der Raum hallte von wütenden Stimmen wider. Man zerrte uns beide in gegensätzliche Richtungen.

Auf dem Weg durch die Tür wehrte ich mich mit Händen und Füßen, hatte aber keine Chance. Der Wachmann zog mich den Flur entlang und zurück in den verspiegelten Raum, wo ich nichts weiter tun konnte, als mein kaputtes Ich anzustarren. Ich sackte auf alle viere und presste mein Gesicht gegen den silbernen Fußboden. Eine wachsende Pfütze bildete sich, während mir Unmengen von Tränen aus den Augen strömten. Ich war mein eigener Regenhimmel, ein Fluss, eine Flut. In diesem Moment hasste ich das Wasser, das ich in mir trug. Es brachte mir nichts als Kummer und Bedauern, und am liebsten wäre ich darin ertrunken.

Ich wollte den Atem anhalten, bis ich erstickte. Ich wollte mir das Haar um den Hals schlingen wie ein Henkersseil.

Als die Tür das nächste Mal aufsummte, kam eine Frau mit einem Tablett herein. Sie trug einen gelben Kittel und ein Haarnetz, unter dem sie ihre Frisur zu einem Knoten aufgesteckt hatte. Ich hockte in einer Ecke, presste mich mit dem Rücken an die Wand und übte mich in der Kunst, mit offenen Augen zu schlafen.

Sie kam direkt auf mich zu und setzte das Tablett bei meinen Füßen ab. Dann kniete sie sich neben mich auf den Boden. Ich zuckte zurück, als würde sie gleich meinen Arm packen und mich durchschütteln.

»Du musst etwas essen«, sagte sie mit beruhigender Stimme.

»Ich werde demnächst sterben«, sagte ich. »Da kann ich doch schon ein bisschen üben.«

»Ich habe das hier extra für dich reingeschmuggelt«, sagte die Frau. Als ich auf das Tablett schaute, entdeckte ich vier Waffeln, ein Schälchen mit roter Marmelade und eines mit Schokosauce sowie einen grünen Fruchtsmoothie in einem Plastikbecher. Allein der süße Teiggeruch reichte fast aus, dass ich Appetit bekam.

»Danke«, sagte ich und begegnete ihrem Blick. Die Frau war ungefähr so alt wie meine Mutter und musterte besorgt mein verschlossenes Gesicht. Für eine Sekunde hätte ich mich am liebsten in ihre Arme geworfen, um ein wenig menschliche Nähe zu spüren, doch da stand sie bereits auf. Mit einem Abschiedslächeln verließ sie den Raum.

Ich betrachtete die Schälchen. Ihr grüner, brauner und roter Inhalt erinnerte an Farbnäpfe, also konnte ich sie auch als solche benutzen. Als Erstes tunkte ich den Finger in den dickflüssigen Smoothie und verteilte die Masse auf dem weißen Teller wie auf einer Leinwand. Dann nahm ich das Kunststoffmesser, dessen stumpfe Schneide vermutlich nicht einmal Papier schneiden konnte. Ich tauchte die Spitze in die Marmelade, holte einen roten Klecks heraus und stand auf. Mit Schwung warf ich die Portion gegen die Wand, wo sie in glitzernde Tropfen zersprühte und mein immergleiches Spiegelbild überdeckte. Zum ersten Mal seit einer Woche lächelte ich wieder.

Ich konnte spüren, wie die schwarze Ascheschicht von meiner Seele blätterte. Darunter war ich noch immer lebendig … wenn auch mit einigen rohen Stellen wie der Marshmallow. Ich benutzte die Finger, um die Marmelade an der Wand zu Strudeln und Wirbeln zu formen. Dabei erinnerte ich mich an die Worte von Jax: Man kann entweder malen, was man sieht oder was man fühlt. Ich hatte Kunst schon immer benutzt, um meine Gefühle auszudrücken und sie zu einer handlichen Größe schrumpfen zu lassen. Dadurch konnten sie nie so übermächtig werden, dass sie mich innerlich zerrissen. Die Herausforderung in diesem Fall bestand darin, meine Seele in das Bild zu legen.

Die Marmelade tröpfelte als dickflüssiges rotes Rinnsal auf den Boden. Ich holte mir Nachschub und ließ mein Gemälde in die Höhe klettern. Grüne Streifen wuchsen an der Wand empor wie eine Leiter aus Farnblättern. Ich leckte etwas von dem Smoothie von meinen Fingern und er war wunderbar kühl und erfrischend. Meine schweren Augenlider begannen sich zu heben. Zwischen das Grün malte ich mit brauner Schokolade. Die Farben wirbelten empor wie eine Himmelsleiter. Ganz oben an der Decke verteilte ich Rot nach rechts und links, bis das Symbol einem Flügelpaar ähnelte. Als ich fertig war, zitterten mir die Hände. Ich trat einen Schritt zurück und bewunderte mein Kunstwerk. Zum ersten Mal seit dem gewaltsamen Ende des Protests hatte ich wieder Hoffnung. Ich schaute auf meine Finger, die mit braunem und rotem Matsch verschmiert waren.

Mit meinen Klebefingern rieb ich über das Tattoo an meinem Handgelenk und dachte darüber nach, wie ähnlich sich die Worte Fliegen und Fliehen waren. Ich hatte keine Angst mehr vor dem freien Fall. In meinen Gedanken sah ich ein Gesicht. Sein Anblick lockte mich in die Freiheit. Ich musste mich wenigstens noch bedanken. Weil er *mich* gesehen hatte.

Wieder einmal brachte ein Wachmann mich in den Besprechungsraum. Ich sank gegenüber von Justin auf meinen Stuhl und rieb mir dir Augen. In der Spiegelzelle zu schlafen war absolut unmöglich. Wie sollte man auch zur Ruhe kommen, wenn die Gedanken ständig von einer albtraumhaften Vorstellung zur nächsten hetzten? Sogar Justin wirkte ungepflegt und restlos erschöpft. Zum ersten Mal, seit ich ihn kannte, war die Zuversicht aus seinem Blick verschwunden.

»Ihr bekommt Besuch«, informierte uns der Wachmann.

Ich hob die Augenbrauen. *Vermutlich der Leichenbestatter*, dachte ich sarkastisch. Vielleicht durften wir uns ein eigenes Sargdesign aussuchen. Das wäre doch spaßig.

Eine Frauenstimme räusperte sich und ich schaute hoch. Meine Kinnlade klappte so weit auf, dass sie fast den Boden berührte. In der Tür, zwischen zwei Bodyguards, stand die Präsidentin der Vereinigten Staaten. Ihr korallenroter Businessanzug saß wie angegossen. Er betonte ihre hohe, schlanke Gestalt und bildete einen auffälligen Kontrast zu der dunklen Haut. Sie überragte sogar die beiden Leibwächter. Eine Brille mit dünnem schwarzem Gestell und eine schulterlange Lockenfrisur vervollständigten das Bild.

Ich warf einen Blick auf Justin, der ebenso überrumpelt wirkte.

»Justin Solvi«, sagte die Präsidentin und ging mit ausgestreckter Hand auf ihn zu. Ihr breites Lächeln und der kräftige

Händedruck schienen ihn ein wenig aus seiner Benommenheit zu reißen.

»Mrs President«, sagte er zögernd und sprach jede Silbe einzeln aus, als könnte er immer noch nicht glauben, dass sie leibhaftig vor uns stand.

»Madeline Freeman?«

Mir war es fast peinlich, ihre manikürte Hand mit meinen Dreckfingern anzufassen. Hoffentlich warf sie keinen Blick auf meine Nägel. Aber sie gab mir nur einen warmen Händedruck und lächelte.

»Hier ist jemand, den Sie bestimmt gerne sehen möchten«, sagte sie zu mir.

Meine Mutter kam durch die Tür. Ich fiel fast vom Stuhl, sprang auf und rannte auf sie zu. Sie breitete die Arme aus und drückte mich an sich. So klammerten wir uns eine ganze Weile fest aneinander. Ich schluckte die Tränen herunter und kämpfte gegen das Schluchzen an, das mir in der Kehle steckte. Jetzt, wo meine Mutter hier war, wurde alles erst real.

Sie hielt mich fest, während ich mich an ihrer Brust ausheulte. Die gesamte aufgestaute Erschöpfung brach aus mir heraus und meine Beine fühlten sich ganz schwach an. Mom half mir neben sich auf einen Stuhl, ohne die Arme von meinen Schultern zu nehmen. Justin schob eine Schachtel Taschentücher in unsere Richtung. Ich wollte mir lieber gar nicht vorstellen, wie ich aussah.

Die Präsidentin setzte sich ans Kopfende des Tisches. Ihre hellbraunen Augen musterten uns. »Ich bin Ihnen beiden sehr zu Dank verpflichtet«, sagte sie. »Nur durch Ihren Einsatz haben wir genug Belastungsmaterial sammeln können, um sämtliche Center noch diese Woche zu schließen. Die Kinder können nach Hause und bekommen für die Übergangszeit eine Therapie. Die Schuld von Richard Vaughn ist eindeutig, auch wenn er versucht hat, alles Ihrem Vater in die Schuhe zu schieben.«

Ich atmete erleichtert aus und nickte.

»Übrigens habe ich Ihre Aktivitäten die ganze Zeit mit Interesse verfolgt«, sagte sie zu mir. »Man könnte sagen, Sie hatten ein arbeitsreiches Jahr.«

Ich hob die Augenbrauen. »Wie konnten Sie denn meine ›Aktivitäten‹ verfolgen?«, wollte ich wissen.

»Durch Ihre Mutter«, klärte die Präsidentin mich auf. »Wir standen schon lange in Kontakt.«

Ich schaute zwischen den beiden hin und her. »Meine Mutter?«, wiederholte ich ungläubig.

»Ja, sie hat uns sehr geholfen und insbesondere das FBI auf dem Laufenden gehalten«, sagte die Präsidentin.

Ich konnte meine Mutter nur anstarren. »Seit wann?«, fragte ich.

»Man hat mich vor ein paar Jahren als Informantin angeworben«, ließ sie mich wissen.

»Um Dad auszuspionieren?« Das war doch total verrückt.

Die Präsidentin lächelte. »Wer weiß besser Bescheid als die eigene Ehefrau? Das FBI hat sie vor zwei Jahren auf meinen Vorschlag hin rekrutiert, kurz nachdem ich mein Amt antrat. Ich war nie besonders überzeugt von dem digitalen Schulsystem.«

Justin lehnte sich auf seinem Stuhl zurück und lachte. Er rieb sich mit den Händen übers Gesicht. »Deine Mutter ist eine Geheimagentin? Das ist fast zu cool, um wahr zu sein.«

Ich war immer noch zu verblüfft, um mitzulachen.

»Inzwischen haben wir alle Beweise, die wir brauchen«, sagte die Präsidentin. »Vaughn hat Minderjährige unter Drogen gesetzt und sie für psychologische Experimente missbraucht. Allein im letzten Jahr hat er über hundert Kinder auf diese Weise umgebracht. Die Todesfälle wurden vertuscht und mit irgendwelchen Krankheiten erklärt.«

»Haben Sie auch die Drogenlabore gefunden?«, fragte ich.

»Allerdings, und das verdanken wir Ihrem Vater. Er hat das

erste Labor entdeckt und danach konnten wir sechs weitere auffliegen lassen. Vaughn hat zur Drogenherstellung nämlich die Lieferwagen benutzt, mit denen sonst Aussteiger in die Center gebracht wurden.« Ihr Blick blieb auf mir ruhen und wurde wieder sanfter. »Ich respektiere Ihren Vater und alles, was er zu tun versucht hat. Er hat ein beeindruckendes Bildungssystem entworfen, das wir weiterhin als freiwillige Alternative anbieten werden. Aber es ist höchste Zeit, endlich eine Wahl zu haben.«

Ich saß mit meiner Mutter in der Eingangshalle des Gerichtshofs. Sie hatte mir meine bequeme Lieblingsjeans mitgebracht, dazu ein T-Shirt in Militärgrün, das an den Zeltständen verkauft worden war und den Schriftzug *Aussteiger* auf der Brust trug. Endlich meine eigene Kleidung zu tragen, fühlte sich an wie purer Luxus. Dadurch bekam mein Leben wieder einen Anstrich von Normalität – ganz egal wie ungewohnt und durcheinander es tatsächlich war.

»Joe wird heute aus dem Krankenhaus entlassen«, sagte Mom. »Willst du mitkommen, wenn ich ihn abhole?«

Ich nickte.

»Er wird die nächsten paar Monate bei mir wohnen.«

»Dann hast du Zeit, ihn wieder kennenzulernen«, stellte ich fest.

Mom nickte langsam. »In Zukunft sollte ich vorsichtiger mit meinen Wünschen sein«, meinte sie. »Manchmal gehen sie auf andere Weise in Erfüllung, als man möchte.« Sie strich über den Aufschlag ihres Blusenärmels. »In zwei Wochen gibt es eine Gedenkfeier für deinen Vater und die anderen Opfer im Waterfront Park«, informierte sie mich und drückte meine Hand. Die Nachricht traf mich zu sehr, um zu antworten. Mein Vater war tot. Diese Tatsache hatte ich noch immer nicht ganz verarbeitet.

An den Autounfall erinnerte ich mich nur verschwommen.

Selbst die Demonstration war in meinem Gedächtnis verblasst. Mein Bewusstsein weigerte sich, totenbleiche Haut als letzte Erinnerung an meinen Vater zu akzeptieren. Ich hatte bereits begonnen zu vergessen. Stattdessen sah ich Dads Augen vor mir, die voller Stärke und Selbstvertrauen waren. Ich erinnerte mich, welche Gefühle sich darin spiegelten, und an den seltenen, überwältigenden Ausdruck auf seinem Gesicht, wenn er lächelte.

»Und was ist mit Justin?«, fragte meine Mutter. »Was wird er jetzt tun?«

Ich schaute auf meine Füße. »Darüber haben wir noch nicht gesprochen. Wahrscheinlich wird er viel auf Reisen sein und helfen, neue Schulen mit Live-Unterricht aufzubauen.«

»Was hältst du davon?«, wollte sie wissen.

»Ich finde es toll«, sagte ich ehrlich. »So ist Justin nun einmal. Er lebt für seine Mission und ist überzeugt, dass er die Welt verändern kann. Im Grunde ähnelt er Dad dadurch sehr. Das war mir nie klar«, gab ich zu.

»Ja«, sagte Mom, »da hast du wohl recht.«

Am Ende der Halle schwang eine Tür auf, und als ich hochblickte, sah ich Justin an der Seite der Präsidentin hereinmarschieren. Leibwächter gingen ihnen vorweg und ein Heer von Assistenten folgte hinterher. Ich war nicht überrascht, die beiden zusammen zu sehen. Obwohl Justin noch immer seine Freizeitkleidung trug, passte er perfekt an ihre Seite. Er ging mit den gleichen entschlossenen Schritten und seine kerzengerade Haltung strahlte Selbstvertrauen aus. Ich kam mir vor, als würde ich einem Werbespot für Führungskräfte zuschauen.

Meine Mutter stand auf und meinte, sie würde draußen auf mich warten. »Ein Chauffeur fährt uns nach Hause«, sagte sie noch.

Ich nickte und erhob mich ebenfalls, um Justin auf dem Weg abzufangen. Sein Gesicht strahlte. Er war endlich ganz in seinem Element. Für solche Höhenflüge war er geschaffen.

Die Präsidentin schüttelte mir die Hand. »Wie geht es denn jetzt bei Ihnen weiter?«, fragte sie.

»Ich studiere Jura mit dem Schwerpunkt Digitalrecht«, gab ich zur Antwort.

»Gut«, sagte sie. »Wir brauchen Leute wie Sie, um die Technologie im Zaum zu halten.«

»Ich hoffe, dass ich eine Uni mit Live-Unterricht finde«, gab ich ihr einen Wink und sie nickte enthusiastisch.

»Daran arbeiten wir bereits.« Sie wandte sich Justin zu. »Und wo wir gerade von Arbeit sprechen …«

Ich grinste, weil ich den nächsten Teil hatte kommen sehen.

»Ein Talent wie Sie brauche ich noch in meinem Team. Der Live-Unterricht überall im Land muss schließlich organisiert und koordiniert werden. Mit Ihrer Anhängerschaft haben wir eine echte Chance, ein neues Bildungssystem auf die Beine zu stellen und am Laufen zu halten.«

Sie brauchte die entscheidende Frage gar nicht erst zu stellen. Justin nickte bereits. Ohne zu zögern sagte er: »Genau das war immer mein Lebensziel.« Er sah mich an und lächelte auf seine typische Art, die vor Lebendigkeit sprühte. Justin hatte einen Zehner-Moment und war in absoluter Topform.

»Wie schnell können Sie denn an die Ostküste kommen?«, fragte die Präsidentin.

Zum ersten Mal entdeckte ich ein leises Zögern in seinem Blick. Doch bevor er antworten konnte, redete die Präsidentin weiter, als sei alles längst beschlossen.

»Ich möchte, dass Sie so schnell wie möglich anfangen. Am besten Sie nehmen schon an der Telefonkonferenz teil, die ich gleich mit dem Erziehungsminister habe. Wir dürfen keine Zeit verlieren. Im Moment ist das Thema brandheiß. Das müssen wir nutzen, wenn wir Live-Unterricht wieder in Mode bringen wollen.«

»Natürlich«, sagte Justin.

Die Präsidentin wurde von einem Assistenten unterbrochen und verschwand mit ihm, wobei sie über die Schulter winkte, dass sie gleich wieder zurück sein würde. Eine offiziell aussehende Tür schloss sich hinter den beiden.

Justin wandte sich mir zu. Sein Blick war brennend intensiv. Er fuhr sich mit den Händen durchs Haar … seine typische Geste, wenn er von etwas überwältigt war.

»Wow, das geht alles ziemlich schnell«, sagte er. Obwohl er mich direkt anschaute, schien er mich kaum zu sehen, weil ihm zu sehr der Kopf schwirrte. Ich fragte mich, ob er wohl auch das Gefühl hatte, dass der Boden unter unseren Füßen schwankte. So kam es mir nämlich vor.

»Ich kann das alles immer noch nicht fassen«, sagte er.

»Klar, schließlich bekommt man nicht jeden Tag seine sehnlichsten Wünsche erfüllt«, sagte ich mit einem Nicken.

Er betrachtete mich, und sein Blick war so ernst und fragend, dass ich wegschauen musste. Ich konnte nicht verbergen, dass ich traurig war, auch wenn ich mir deswegen ziemlich blöd vorkam.

So endete unsere Beziehung also, kurz und unwiederbringlich, in einem lichtdurchfluteten Saal, dessen Bildschirmdecke hohe Gewölbebögen über uns spannte und Sonnenstrahlen durch die Scheinfenster fallen ließ. Unter unseren Füßen schimmerte cremefarbener Marmor. Das Ganze wirkte wie geschaffen für ein märchenhaftes Happy End, aber ich bekam stattdessen die Albtraumversion serviert. Der Fluch überlebte den Kuss der wahren Liebe, Aschenputtels Schuh passte leider nicht, und Dornröschen würde nie wieder aufwachen. Ende.

Obwohl die Saaldecke aussah, als würde sich das Gewölbe drei Stockwerke hoch erheben, wirkte der Raum plötzlich zu eng zum Atmen. Ein drückendes Gewicht lastete auf meinen Schultern. Ich brauchte frische Luft und einen langen Spaziergang. Seit mehr als einer Woche war ich nicht mehr draußen gewesen.

Justin schaute auf die Tür, durch die die Präsidentin gleich erscheinen würde, und dann wieder zurück zu mir.

Er trat einen Schritt näher, als könnte er mir durch seine pure Nähe die richtige Antwort entlocken. »Was denkst du über die Ostküste?«, fragte er.

Ich zwang mich zu einem entspannten Lächeln. Er musste diese einmalige Gelegenheit ergreifen, und ich durfte nicht zulassen, dass er jemals daran zweifelte. Aber wie konnte ich ihm die drei schwersten Worte der Welt ins Gesicht sagen? Justin war mein bester Freund. Durch ihn war ich endlich aufgewacht und hatte einen Weg eingeschlagen, der mein Leben verändert und Einser-Momente in lauter Zehner verwandelt hatte.

»Ich denke, du könntest dich an jedem Ort wohlfühlen«, sagte ich.

»Das habe ich nicht gefragt. Wie denkst *du* darüber?« Die perfekten Linien der Marmorfliesen unter meinen Füßen begannen zu verschwimmen. Er hob mein Kinn, doch ich konnte seinem Blick nicht begegnen. Tränen raubten mir die Sicht.

»Ich muss zurück nach Hause«, sagte ich. »Wie soll ich meine Mutter denn gerade jetzt alleine lassen? Meine Familie braucht mich mehr als je zuvor.«

Seine Finger lösten sich von meinem Kinn und er drückte stattdessen meine Schulter. »Bitte, schau mich an«, sagte er. Ich gehorchte und starrte in seine braunen Augen.

»Justin, ich weiß, was du sagen möchtest. Nämlich, dass ich für dich an erster Stelle stehe«, sagte ich. »Aber ich kann nicht zulassen, dass du dir diese Chance entgehen lässt. Du musst den Job einfach annehmen. Das bist du uns allen schuldig. Also denk nicht einmal daran, meinetwegen abzulehnen.«

»Dann komm mit mir an die Ostküste«, drängte er. »Ich will, dass du dabei bist. Bitte.«

»Mr Solvi«, rief der Assistent durch die offene Tür, »wir sind fertig und hätten Sie jetzt gerne dabei.«

Justin entschuldigte sich für einen Moment, dann wandte er sich wieder mir zu. Alle wollten etwas von Justin. Jedermann brauchte ihn.

»Lass uns wenigstens darüber reden«, sagte er.

»In ein paar Minuten werde ich mit meiner Mutter losfahren«, sagte ich und deutete auf den Haupteingang.

»Also ist deine Antwort: Nein?«

Ich holte tief Luft, spürte meine Finger abrutschten und dann freiwillig nachgeben. Ich ließ mich fallen. Es fühlte sich völlig natürlich an. Tatsächlich war es viel einfacher, als sich weiter festzuklammern.

»Wir haben verschiedene Vorstellungen vom Leben«, sagte ich. »Mir sind Kompromisse wichtig.« Er öffnete den Mund, um etwas einzuwenden, doch ich ließ ihn nicht zu Wort kommen. »Ich weiß, das behauptest du auch von dir, aber du bist ein Kämpfer. Genau dafür habe ich dich vom ersten Moment an geliebt. Ich will dir jetzt nicht im Weg stehen.« Mühsam schluckte ich. »Mir ist klar, dass dein Herz immer zuallererst an deiner Mission hängt. Ich will nicht ständig verlassen werden, zu Hause sitzen und warten.« Meine Stimme war rau. Um ganz ehrlich zu sein, wollte ich nicht so enden wie meine Mutter.

Justin fiel die Kinnlade herunter, als ich es so ausdrückte. Doch er musste wohl zugeben, dass ich recht hatte. Forschend blickte er mir in die Augen.

»Ist das der einzige Grund?«, bohrte er nach.

»Was meinst du?«

»Ich bin schließlich nicht blind. Das Video war echt sehenswert.«

Meine Lippen kribbelten bei der Erinnerung an den Kuss. »Das war nicht meine Idee«, sagte ich abwehrend.

»Aber du hast dich auch nicht gerade geweigert. Für mich sah es aus, als ob ihr beiden euch sehr einig wart.«

Ich funkelte ihn an. »Vielleicht habe ich mir gewünscht, dass du wütend wirst«, sagte ich. »Oder dass du mich wenigstens bemerkst und deine Mission für zwei Minuten beiseiteschiebst, weil ich dir tatsächlich wichtiger bin. Aber du hast es einfach ignoriert, stimmt's? Weil das Video großartige PR war und bei eurem Kampf geholfen hat. Also, was steht an erster Stelle, Justin? Ich oder die Mission?«

Sein Zögern zeigte mir, dass ich die richtige Wahl getroffen hatte.

»So schnell gebe ich nicht auf. Ich komme zurück«, versprach er schließlich.

Sein Blick war störrisch. Aber genau das ist das Problem am Element Wasser. Menschen wie wir warten nicht, sondern bleiben in Bewegung. Entweder man lässt sich von uns mitschwemmen oder man bleibt am Ufer zurück. Wir rinnen jedem durch die Finger, der uns nicht richtig festhält. Darin liegt eine unserer Stärken.

Vielleicht würde Justin irgendwann tatsächlich wieder mein Leben teilen. Bäche können sich trennen und nach einer längeren Solostrecke erneut in einem Strom vereinen. Die Natur macht uns vor, dass man sich entzweien und später wieder finden kann, auch wenn es Narben hinterlässt. Die Beweise sind überall. Man muss sich nur umschauen.

Justins Augen glänzten feucht. Ich hatte immer befürchtet, dass er mir das Herz brechen würde. Nie war ich auf die Idee gekommen, dass es in Wirklichkeit umgekehrt laufen könnte. Er atmete tief durch, gerade als ich die gefürchteten drei Worte tatsächlich aussprechen wollte, und hielt die Hand hoch.

»Nicht«, meinte er. »Ich weiß, was du sagen willst. Aber gib mir noch eine Chance, okay? Sobald ich den neuen Job auf die Reihe bekommen habe, sprechen wir weiter.«

Ich blickte Richtung Tür. »Ehrlich, du solltest die Präsidentin der Vereinigten Staaten nicht warten lassen«, scherzte ich schwach. Ich bemühte mich vergeblich um ein Lächeln. Immerhin gelang es mir, die Tränen zurückzuhalten.

Ich wandte mich als Erste ab, weil ich Justin kaum ins Gesicht schauen konnte. Er sollte mich nicht weinen sehen. Wann immer man sich entschied, nach einer Möglichkeit zu greifen, musste man dafür eine andere loslassen. Unsere Hände waren nicht dafür geschaffen, alles auf einmal festzuhalten, genauso wenig wie das Leben. Ein Teil glitt immer hindurch. Für mich endete ein wichtiger Abschnitt, damit ein neuer beginnen konnte. Aber dafür musste ich zuerst loslassen. Ich musste die Finger öffnen und zulassen, dass ich meinen Halt verlor.

Also ging ich durch die Halle und blieb einen flüchtigen Moment lang im offenen Portal stehen. Wieder einmal befand ich mich an einem Wendepunkt, im stillen Auge des Sturms, und jede weitere Bewegung würde mein restliches Leben verändern. Ich wartete darauf, dass es mich zu Justin zurückzog. Oder dass mich Bedauern überkam und ich mich wenigstens noch einmal umdrehen würde. Aber stattdessen spürte ich einen überraschenden Frieden. Ich wusste genau, was ich wollte. Im Auge des Sturms erkennt man am deutlichsten, wer man eigentlich ist.

Kapitel Einunddreißig

Eine Woche später:
Corvallis, Oregon

Ich schaute meiner Mutter zu, wie sie Rosen in einer Vase arrangierte und auf den Esstisch in der Küche stellte. Vor ein paar Tagen hatte sie einen waschechten Busch gekauft, und diese Blüten waren die ersten, die er hatte sprießen lassen. An der frischen Luft zu arbeiten, war für Mom die beste Therapie. Sie hatte den gesamten Garten umgegraben und in ein riesiges Beet verwandelt, das nur noch bepflanzt werden musste. So sah ihr Neuanfang aus.

Ein Windstoß trug Rosenduft durch das geöffnete Fenster herein. Die Wangen meiner Mutter glühten und hatten die Farbe der Blütenblätter. Ihre Augen leuchteten.

»Du siehst richtig gut aus«, bemerkte ich, als ich mich an den Tisch setzte.

»Es hilft, dass ich so viel draußen bin.« Sie zog sich ebenfalls einen Stuhl heran. »Ich hoffe, du machst dir keine Sorgen um mich. Ich will, dass du wie geplant deinen Freunden nach Portland folgst. Du brauchst ein eigenes Zuhause.«

Ich nickte. »Ja, ich weiß. Ende des Sommers ziehe ich um. Aber bis dahin muss ich doch meine Familienpflicht erfüllen und Joe auf die Nerven fallen.«

Sie lächelte.

»Wie geht es dir wirklich?«, fragte ich ganz direkt.

Sie schaute aus dem Fenster. »Ich komme schon zurecht, Maddie. Mit der Vergangenheit habe ich meinen Frieden geschlossen. Natürlich tut es noch weh, aber so ist das Leben. Die meisten Leute heutzutage denken, alles müsste einfach und perfekt sein, aber Schmerz gehört eben dazu. Damit muss man sich abfinden. Jeder von uns trägt Leid mit sich herum und genau das macht uns menschlich.«

Ich schaute sie an, als würde ich sie zum ersten Mal sehen. Mir war immer klar gewesen, dass meine Mutter klug, loyal, sensibel und voller Liebe für alles und jeden war. Doch ich hatte nie gewusst, welchen Mut sie besaß.

Ich wandte das Gesicht zum Fenster und fühlte Moms Blick auf mir ruhen.

»Hast du inzwischen mit deinen Freunden geredet?«, wollte sie wissen.

Ich schüttelte den Kopf. Seit ich wieder in Corvallis war, hatte ich keinen Bildschirm angerührt. Die Nachrichten waren ebenfalls tabu. Ich hatte Angst davor zu hören, was die Medien über meinen Vater und den DS-Protest sagten. Kritik konnte ich im Moment nicht ertragen.

»Und wie geht es Justin?«, fragte Mom.

»Der ist garantiert beschäftigt«, sagte ich.

»Weißt du, dein Vater mochte Justin wirklich. Seine Familie hat uns immer viel bedeutet.«

Ich nickte. »Vielleicht war mir Dads Zustimmung so wichtig, weil ich dachte, wenn er Justin akzeptieren kann, dann kann er auch mich akzeptieren«, sagte ich.

»Er hat dich immer akzeptiert, Maddie. Du warst schließlich seine Tochter. Zugegeben, bei Justin hat es etwas länger gedauert. Dein Vater wollte nur das Beste für dich.«

»Ja«, sagte ich. »Da waren wir ausnahmsweise einer Meinung.«

Als Nächstes spazierte ich ins Wohnzimmer, wo Joe einen Film schaute.

»Hi, Knutschbandit«, sagte er.

»Was soll das denn heißen?«, fragte ich und ließ mich neben ihn auf das Sofa fallen.

Er hielt die Sendung an. Statt auf meine Frage zu antworten, meinte er: »Wieso hast du mir nicht erzählt, dass du Solvi endlich abserviert hast? Herzlichen Glückwunsch. Ich wusste immer, dass du irgendwann klug wirst. Der Typ hatte dich doch gar nicht verdient. Aber ihn am selben Tag zu ersetzen? Das ist echt grausam, Schwesterchen.«

Ich funkelte ihn an, weil er sich noch unmöglicher benahm als sonst. »Wovon redest du eigentlich?«

Joe hielt mir sein Phone entgegen und ich starrte auf ein Bild von mir und Jax. Beim Knutschen. Offenbar stammte es von dem DS-Protest. Sofort kamen sämtliche Gefühle wieder hoch, die ich bisher erfolgreich verdrängt hatte.

Ich riss Joe das Phone aus der Hand und starrte ungläubig auf das Foto. Mein knallig rosarotes Haar flatterte im Wind wie eine Flamme. Wir hatten die Augen fest geschlossen. Jax schmiegte sich an mich, hielt mein Gesicht in beiden Händen und legte in den Kuss alles hinein, was er hatte. Mein Magen machte einen Hüpfer, weil das Gefühl sofort wieder da war.

»Wo hast du das her?«, fragte ich schroff.

»Sag bloß, du hast es noch nicht gesehen.«

»Ich habe meine Nachrichten eine Weile nicht abgerufen«, sagte ich.

»Maddie, die Leute reden über nichts anderes. ›Ein Kuss geht um die Welt‹?«, zitierte er.

»Klingt pervers«, sagte ich und warf ihm sein Phone hin.

Er schaute mich überrascht an. »Aber das hat die Digital School zu Fall gebracht. Da sind sich alle Medien einig. Der Grund, dass die ganzen Jugendlichen aus dem DS-System aussteigen, war nicht Dads hübsche Rede oder die Abstimmung. Sondern das hier.« Er hielt mir den Bildschirm entgegen. »Das Video hat sich durchs Netz verbreitet wie ein Virus. Die Leute sind ganz wild darauf.«

Ich vergrub das Gesicht in den Händen, weil ich knallrot wurde. »Himmel, ist das peinlich«, sagte ich. »Dabei war der Kuss nicht einmal ernst gemeint.«

»Ach nein?«, spöttelte er. »Hast du dir das Foto schon richtig angesehen? Ich bin ziemlich sicher, dass deine Zunge im Mund dieses Typen steckt.«

»Lösch das gefälligst!«, verlangte ich.

»Nein!«, gab er in gleicher Lautstärke zurück.

»Sofort, oder ich breche dir auch noch den anderen Arm!«

Meine Mutter kam herein und beendete unser Geplänkel. »Wie schön, dass ihr zu eurer alten Geschwisterdynamik zurückgefunden habt«, sagte sie. »Eben wurde ein Päckchen für dich geliefert«, wandte sie sich an mich, und ich hob die Augenbrauen. Mein Magen krampfte sich zusammen. Ich nahm das Päckchen und schaute auf den Absender. *J. Solvi.*

Als ich den Umschlag mit der gelben Luftpolsterfolie aufgerissen hatte, hielt ich mein Tagebuch in der Hand. Anscheinend hatte ich es im Zelt liegen gelassen. Vorne am Einband klebte ein gelber Post-it-Zettel. Ich zog ihn ab und las die krakeligen, handgeschriebenen Worte.

Bestimmt hast du das Buch schon vermisst. Schließlich ist es ein guter, treuer Freund. Ich hoffe, das Ende enttäuscht dich nicht. J.

Ich starrte die kurze Notiz an, las sie noch zwei Mal durch, und versuchte, die versteckte Botschaft darin zu finden. Dann wurde ich auf mich selbst sauer, weil ich überhaupt nach einer suchte. Seine Handschrift war unordentlicher als normal, als sei er in Eile gewesen und habe kaum eine Minute gefunden, um an mich zu denken. Ich schüttelte das Buch aus und hoffte wider besseres Wissen, dass sich noch etwas darin befand, zum Beispiel eine zusätzliche Nachricht oder ein Brief. Jedenfalls mehr als drei hastig hingeworfene Sätze.

Ungläubig betrachtete ich das J am Ende. Noch unpersönlicher ging es kaum. Was sollte das denn sein? Etwa Justins angekündigter Versuch, mich zurückzugewinnen?

Ich knüllte den Zettel zusammen.

»Alles okay?«, fragte Joe, doch ich hörte seine Stimme nur wie aus der Ferne, als sei er im Nachbarzimmer oder in einem hallenden Flur.

»Ich hasse Männer«, verkündete ich.

»Hey«, sagte Joe und zog einen Flunsch. »Ich verbitte mir diese Verallgemeinerung.«

»Euch kann man doch alle in die Tonne treten.«

»Ich sitze immer noch hier, okay?«

»Ihr seid seelenfressende, blutsaugende, hirnverdrehende Katastrophen. Perfekt getarnt als leckere Körper mit umwerfendem Lächeln. Und niedlichen Strubbelhaaren. Aber kaum haben wir angebissen, *puff*, verschwindet ihr wieder auf euren Planeten der Arschlöcher, wo ihr alle herkommt.«

Joe starrte mich an. »Ich schätze, die Nachricht war nicht so gut?«

Ich klappte den Mund auf und wortlos wieder zu. Was sollte ich auch antworten? Man konnte die drei Sätze ja nicht einmal als Nachricht bezeichnen.

Joe schüttelte den Kopf. »Gerade, wenn du hoffnungsvolle Ansätze zeigst, endlich erwachsen zu werden, kommt deine innere Drama-Queen durch und du benimmst dich wie zwölf.«

»Vielen Dank.« Ich wedelte mit dem Zettel vor seiner Nase herum. »Das ist alles, was ich bekommen habe.«

Joe benutzte seine unverletzte Hand, um das zerknüllte Papier zu glätten, und las den Text. Dann schaute er mich an, als sei ich ein hysterischer Liebes-Hypochonder. Vielleicht hatte er mit dieser Diagnose sogar recht.

»Na und? Er hat dir dein Tagebuch zurückgeschickt. Das ist doch eine nette Geste.«

»Ist dir nicht klar, was er damit wirklich sagt?«, fragte ich.

»Nein. Ich lese nicht zwanghaft zwischen den Zeilen. Weil ich nämlich kein Mädchen bin. Gott sei Dank.«

»Zuerst erzählt er mir, dass er eine zweite Chance will und dass er zurückkommt, wenn ich nur auf ihn warte. Als Nächstes kriege ich das hier.« Ich hielt die Post-it-Notiz hoch. »*Puff.* Mistkerl.«

Joe grinste. »Willkommen in der wirklichen Welt. Hier ist man manchmal echt am Arsch. Man bricht sich die Knochen«, sagte er und zeigte auf seinen Arm. »Man bricht sich das Herz«, sagte er und deutete auf mich. »Bist du sicher, dass virtuelle Realität nicht doch die bessere Alternative ist?«

Ich konnte ihn nur sprachlos anschauen. Das Argument klang seltsam überzeugend.

Ich ging nach oben und warf das Tagebuch auf mein Bett. Dann ließ ich mich auf die Matratze fallen, presste ein Kissen gegen meine Brust und starrte auf die digitale Leinwand an der Decke. Justins Worte ließen mich nicht los. *Bestimmt hast du das Buch schon vermisst. Schließlich ist es ein guter, treuer Freund. Ich hoffe, das Ende enttäuscht dich nicht.*

Der letzte Satz hallte durch meinen Kopf. Ich atmete beruhigend ein und aus. Vielleicht war in Justins Worten doch mehr versteckt. Schließlich wusste ich inzwischen, dass ich gerne vorschnelle Schlüsse zog. Joe hatte recht. Ich benahm mich lächerlich. Aber in meinem Leben war ich so oft von Menschen enttäuscht worden, dass ich es inzwischen fast automatisch erwartete.

Ich nahm das Tagebuch und schlug das Ende auf. Als ich die letzte Seite umblätterte, prangte dort eine Nachricht in Justins Handschrift.

Es tut mir leid, Maddie. Ich wäre gerne alles, was du brauchst. Leider bin ich das aber nicht. Mir ist wichtig, dass du glücklich bist, weil du ein echtes Happy End verdient hast. Mehr als jeder andere Mensch, den ich kenne.

Deshalb lass uns einen kleinen Ausflug machen. Eine Fahrt ins Blaue. Komm schon, so etwas findest du doch unwiderstehlich!

Treffpunkt: nächsten Samstag, Hawthorne Street 119 in Portland. Um zwölf Uhr mittags.

Ich werde versuchen, dir alles zu geben, was du wirklich willst. Hoffentlich liege ich diesmal richtig.

In Liebe,

Justin

Ich fuhr mit der Bahn nach Portland, in den südöstlichen Bezirk. Nervös trommelte ich mit dem Fuß auf dem Plastikboden herum und beobachtete eine Familie, die mir im Abteil gegenübersaß. Mutter, Vater, Teenagertochter und deren Freund. Das Mädchen tippte die ganze Zeit auf ihrem Phone herum und hatte keinen Blick für den Jungen übrig, dessen Hand auf ihrem Oberschenkel lag.

Da nahm ihr Vater ihr das Phone weg. Sie kreischte und grabschte danach, doch er hielt es außer Reichweite.

»Wieso versuchst du nicht mal, mit deinem Freund zu reden?«, schlug er vor.

Sie wurde rot und schmollte für ein paar Minuten. Doch dann geschah etwas Erstaunliches. Sie bemerkte die Welt um sich herum. Ihr Blick blieb an dem Jungen neben ihr hängen und die beiden begannen ein Gespräch. Als die Familie an der nächsten Station ausstieg, gingen die zwei Hand in Hand und zeigten sich Dinge, die sie interessant fanden. Sie konzentrierten sich auf ihre Umgebung und aufeinander. Sie befanden sich im Hier und Jetzt. Die Szene wirkte erfrischend neu und gleichzeitig völlig natürlich.

Mir wurde klar, was Justin bei seiner Ansprache gemeint hatte. Wie ungewöhnlich es heutzutage war, zwei Menschen zu sehen, die sich nicht berieseln und ablenken ließen, sondern gemeinsam einen Moment teilten.

Ich schaute aus dem Fenster und meine Gefühle schienen mich gleichzeitig in alle möglichen Richtungen zu zerren. Was hatte Justin wohl geplant? Wollte er mich überraschen, indem er persönlich auftauchte? Ich lehnte den Kopf zurück und hasste mich ein bisschen, weil ich mir eigentlich etwas anderes wünschte. Justin stellte mir zu viele Hindernisse in den Weg, die ich überspringen, durchkrabbeln oder erklimmen musste. Ich wünschte mir einen Menschen, der mir einfach die Bahn freihielt und mir half, mich treiben zu lassen.

Der Zug drosselte das Tempo und kam an meiner Station zum Stehen. Mein Magen machte einen Hüpfer, als ich jemanden draußen warten sah. Ich sprang von der letzten Stufe auf den Fußweg und hielt den Atem an. Der junge Mann hatte die richtige Größe und schwarzes, kurzes Haar. Doch dann drehte er sich um, und ich stellte enttäuscht fest, dass ich ihn nicht kannte. Er ging an mir vorbei und stieg in den Zug.

Ich schaute mich um, doch auf dem Fußweg herrschte gähnende Leere. Die Bahn setzte sich keuchend in Bewegung, und als sämtliche Wagen vorbei waren, konnte ich auch die andere Seite der Gleise in Augenschein nehmen. An der Straße standen künstliche Ahornbäume aufgereiht. Ihre Stämme waren fest im Asphalt verankert. Der Himmel überzog sich mit Wolken. Ich suchte mir meinen Weg zu der Adresse, die ich mir gemerkt hatte: Hawthorne Street 119. Als ich ankam, blickte ich verwundert an einem Backsteingebäude empor, das geschätzte sechs Stockwerke hoch war. Die Fenster hatten Metallgitter und die Türen waren mit Blechplatten verrammelt.

Ich schaute mich um und versuchte zu verstehen, was Justin mir zeigen wollte. Hier gab es nichts zu sehen außer Verfall. Ich fuhr mit der Hand über eine Plastikplane und versuchte, mir das Haus vorzustellen, als es noch voller Leben gewesen war und geatmet hatte. Wer hatte es wohl verbarrikadiert? Was hatten die Leute sich dabei gedacht? Hatten sie ein schlechtes Gewissen gehabt? War es ihnen wenigstens merkwürdig vorgekommen, einen lebendigen Ort so abzuschotten? Ich ging an dem Gebäude entlang, bis ich an der Ecke anlangte. Dort an der Straßenkreuzung befand sich der zweitürige Haupteingang mit einem frisch gemalten Schild: ›ZWEIGSTELLE DER UNIVERSITÄT PORTLAND – Bewerbungen ab sofort!‹

In kleinerer Druckschrift folgte der Text: ›Als Alternative zur Digital School bieten wir ab Herbst auch Live-Unterricht an. Wir hoffen, bis 2063 ein vollständiges Kursprogramm erstellen zu können. Schließt euch der Offline-Bewegung an und studiert bei uns!‹«

Ich las mir die Kurse durch, die im Herbst starten sollten. Digitalrecht. Computerethik. Technologische Trendforschung.

Ich fuhr mit den Fingern über das kühle Glas der Tafel, während ich den Studienplan anstarrte. Er bestand fast vollständig aus Kursen, von denen Justin wusste, dass ich sie belegen wollte. Das hier geschah wirklich … und wir hatten es ermöglicht. Ich spürte, wie mir Tränen in die Augen traten, und kämpfte diesmal nicht dagegen an. Von ganzem Herzen wünschte ich mir, mein Vater könnte das sehen. Mein Herz schien gleichzeitig in Stücke zu brechen und vor Freude riesengroß zu werden.

Ich hörte Gehämmer und schaute auf die andere Straßenseite. Bauarbeiter waren damit beschäftigt, die Blechplatten von der Tür eines weiteren Hauses zu entfernen. Es bestand ebenfalls aus rotem Backstein und wirkte wie ein Verwaltungsgebäude. Ich schaute zu, wie eine der Platten sich nach längerem Zerren löste und eine Wolke aus Staub und Farbsplittern aufwirbelte.

Ich ging ein Stück weiter die Straße entlang und entdeckte ein Plakat, auf dem für die Neueröffnung eines Lokals geworben wurde. Daneben befand sich ein frisches Ladenschild an der Tür. Hier sollte es demnächst ein Café geben. Immerhin ein Anfang. Alles ging in kleinen Schritten voran, aber die Leute waren in Bewegung geraten.

Zum ersten Mal wurde mir tatsächlich klar, welchen Wandel wir herbeigeführt hatten. Ich hatte geholfen, eine Revolution in Gang zu bringen. Justin hatte recht. Wir konnten es schaffen. Einzelne Personen hatten wirklich eine Chance, die Welt zu verändern. Alles hatte mit Justin angefangen, dann kamen Gabe im DCLA dazu, mein Vater und sogar Jax. Jemand musste nur den Anfang machen und schon sprang der Funke über und immer mehr Leute fingen Feuer.

Auf der verlassenen Straße stand eine Gruppe aus Bauarbeitern mit Schutzhelmen und zeigte auf verschiedene Gebäude. Einer von ihnen entdeckte mich und wirkte zuerst ganz verblüfft, weil jemand sich hier draußen aufhielt. Ich wich ein paar Schritte zurück, als mir klar wurde, dass ich die ganze Zeit verwundert und verloren herumgestarrt hatte, als hätte ich noch nie auf einer Kreuzung gestanden.

Einer der Arbeiter ging auf mich zu und musterte mich von oben bis unten. Sein Blick blieb an meinen Haaren hängen.

»Sind Sie Madeline Freeman?«, fragte er mit dumpfer, rauer Stimme.

»Äh, ja-a?«, stammelte ich überrascht.

»Gleich kommt ein Auto, um Sie abzuholen«, ließ er mich wissen. »Sollte jede Minute da sein.«

Ich runzelte die Stirn. »Und die Nachricht kommt von wem?«, wollte ich wissen.

»Unserem Boss«, sagte er. »Justin Solvi.«

Nach diesem kurzen Dialog wandte er sich ab und beschäftigte sich wieder mit den Arbeitsnotizen auf seinem Flipscreen. Ich zog mich auf den Bürgersteig zurück, gerade als eine Zip-Limousine um die Ecke gebogen kam. Mit geröteten Wangen und nervös zuckendem Magen sah ich zu, wie sie vor mir zum Stehen kam. Die Hintertür schob sich auf und ich stieg ein. Im Inneren war außer mir kein Mensch. Ein Monitor leuchtete auf und zeigte eine Straßenkarte, die mit einem roten Stern markiert war. Dort befand sich anscheinend mein Ziel. Ich lehnte mich zurück und schaute durch die getönte Scheibe auf die erwachende Stadt.

Die ZipLimousine kurvte durch den öffentlichen Nahverkehr und erreichte eine Wohngegend voller kleiner Einfamilienhäuser. Wir hielten vor einem zweistöckigen Gebäude. Ein Giebeldach beschattete eine große Veranda, und ein Schornstein aus rotem Backstein kletterte die Hausseite empor. Es gab einen Garten und ein Carport.

Als ich aus der ZipLimousine stieg, schallten mir durch das Insektengitter der Haustür aufgeregte Stimmen entgegen.

»Maddie ist da!«, rief Clare. Sie warf die Tür auf und rannte über die Vordertreppe auf mich zu. Wir fielen uns in die Arme. Als Nächstes kamen Becky und Riley die Stufen herunter und dann wurde ich von einer Umarmung zur nächsten weitergereicht.

»Wir haben schon die ganze Woche versucht, dich zu erreichen, aber du hast nie geantwortet«, sagte Clare.

»Tut mir leid«, sagte ich. »Mom und ich haben uns ziemlich eingeigelt, um alles zu verarbeiten.«

»Geht es dir gut?«, fragte sie.

Ich zuckte mit den Schultern. »So gut wie eben möglich«, sagte ich. »Demnächst soll vor dem Gerichtshof eine Gedenkfeier für meinen Dad stattfinden. Ich schätze, da wird es mich richtig umwerfen.«

»Wir kommen natürlich auch alle«, sagte Clare. Als ich die Treppe hinaufblickte, sah ich, dass das Haus voller Leute war.

»Was ist denn hier los?«

»Eine Drei-Themen-Party«, verkündete Clare. »Erstens wurde Sott aus dem Krankenhaus entlassen. Zweitens ist Gabe hier frisch mit seinen Freunden eingezogen und weiht die Wohnung ein …« Ich folgte ihr die Stufen hinauf und ins Innere des Hauses. »Drittens bist du hier, und wir feiern, dass du die tollste Person auf der Welt bist.«

Im Wohnzimmer blickte ich mich um und suchte nach der

Person, die ich am liebsten sehen wollte. Er wäre im Gedränge aufgefallen, weil er einen Kopf größer war als der Rest.

Clare bemerkte, wie ich die Menge mit Blicken durchkämmte. »Justin konnte leider nicht kommen«, sagte sie. »Aber er hat geholfen, das alles zu planen.« Bevor ich darauf antworten konnte, knuffte Riley meinen Arm.

»Hey, Maddie, schau dir meinen neuen Bildschirmschoner an.«

Er hielt mir sein Phone entgegen, und ich zuckte ein bisschen zusammen, als ich das Foto von Jax und mir beim Küssen sah. »Toll«, sagte ich.

»Ja, guck mal, ich habe den gleichen«, rief Gabe und zeigte mir stolz seinen Bildschirmschoner.

»Freut mich für dich«, murmelte ich.

»Hey, Knutschbandit«, sagte Scott von der Couch. »Kennst du schon den neuesten Bildschirmschoner? ›Gib der DS den Abschiedskuss!‹«, zitierte er spöttisch die Überschrift.

»Ich hab's schon kapiert, okay?«, sagte ich und schaute mich um. Wo war Jax? Die ganze peinliche Aktion war schließlich seine Idee gewesen. Also konnte er wenigstens auftauchen und sich seinen Teil der Frotzeleien abholen. Oder mich noch einmal küssen.

»Was ist zwischen dir und Justin passiert?«, fragte Clare in Flüsterton. Wir verdrückten uns in eine Ecke, um ungehört sprechen zu können.

»Er hat einen Job an der Ostküste angenommen«, antwortete ich.

»Weiß ich doch«, sagte sie. »Aber was willst du deswegen tun?«

»Ich unterstütze seine Entscheidung«, sagte ich. »Um genau zu sein, habe ich ihn dazu ermutigt. Mir war klar, dass man ihm einen Posten anbieten würde. Allerdings hatte ich nicht erwartet, dass er dafür dreitausend Meilen weit wegziehen müsste.«

Clare warf mir einen vielsagenden Blick zu.

»Wieso schaust du mich so an? Ich habe das Richtige getan, oder nicht?«, verteidigte ich mich. »Schließlich konnte ich wohl kaum sagen: Komm mit nach Portland, Justin. Hör auf, für die Präsidentin zu arbeiten und die Welt zu verbessern, weil ich lieber mit dir auf dem Sofa kuscheln, Filme schauen und Dates haben will.«

»Hat er dich denn gefragt, ob du mit ihm an die Ostküste ziehst?«

»Ja, hat er«, gab ich zu. »Aber ich kann hier im Moment nicht weg. Ich will bei meiner Familie bleiben ... oder dem Rest, der davon übrig ist.«

Clare betrachtete mich mit prüfendem Blick. »Es ist ja toll, dass du daran denkst, was deine Familie braucht und was Justin will, aber was ist mit dir, Maddie?«, fragte sie. »Wie sehen deine Wünsche aus?«

Ich zögerte mit der Antwort. Wenn ich es laut aussprechen sollte, überkam mich sofort wieder ein schlechtes Gewissen. Bevor ich mir einen Ruck geben konnte, meldete sich Clares Phone mit einem Piepen. Sie schaute auf den Bildschirm und dann wieder zu mir. Nervös kaute sie an ihrer Unterlippe.

»Gerade ist jemand gekommen, der dich sehen will«, sagte sie.

Ich spürte, dass sich mein Magen zusammenballte wie eine Faust. »Justin ist hier?«, fragte ich. »Hast du in letzter Zeit mit ihm gesprochen?«

Sie schüttelte den Kopf. »Mit Justin direkt zu sprechen ist unmöglich. Ich bin ziemlich sicher, dass ich immerhin mit der Assistentin seines Sekretärs geredet habe.«

»Wow«, meinte ich.

»Genau. Ich habe das Gefühl, er ist ziemlich beschäftigt. Wie ich gehört habe, hat sein Team bereits über hundert Schul- und Uni-Standorte eröffnet, an denen ab Herbst live unterrichtet wird.«

»Bestimmt liebt er sein Leben. Hat er dich gebeten, eine Party für mich zu planen?«, fragte ich und zeigte auf den Raum.

Sie nickte. »Anscheinend bin ich die Assistentin der Assistentin seines Sekretärs.«

Ich schaute unschlüssig zwischen ihr und der Tür hin und her. Meine Füße weigerten sich, mir zu gehorchen.

»Dieser Teil der Überraschung war allerdings meine Idee«, sagte Clare. »Du kannst dich später bei mir bedanken.«

Ich lächelte verlegen und Clare schob mich auf die Tür zu.

»Er ist eben aus der Bahn gestiegen«, sagte sie. »Geh schon!«

Ich spürte einen Stich im Herzen. Justin hatte so viel für mich getan. Warum hatte ich dann das Gefühl, als würde ich erst jetzt innerlich zur Ruhe kommen?

Die Gespräche und Leute um mich herum verwischten, als ich durch den Raum ging. Ich öffnete das Fliegengitter und trat auf die Veranda. Dann schaute ich in beiden Richtungen die Straße entlang. Mein Blick fiel auf einen einsamen Fußgänger. Er war groß und schlank, trug Jeans und einen schwarzen Kapuzenpulli. Ich umklammerte das Geländer und stellte mich auf die Zehenspitzen, um einen besseren Blick auf ihn zu erhaschen. Er hatte die Kapuze ins Gesicht gezogen und eine Sporttasche über die Schulter geworfen. Meine Augen wanderten über seinen ganzen Körper. In meinem Kopf schien sich alles zu drehen. Knallig orange Turnschuhe scharrten über den Asphalt.

Als er nah genug war, um mich zu bemerken, lächelte er. Ein perfekteres Lächeln hatte ich noch nie gesehen. Mehr konnte ich mir wirklich nicht wünschen. Mein Herz machte einen solchen Hüpfer, dass ich fast mit ihm zusammen von der Veranda gesprungen wäre. Doch meine Hand umklammerte weiterhin nervös zitternd das Geländer.

Jax zog die Kapuze vom Kopf.

»Überraschung«, sagte er. Ich blinzelte zu ihm herunter und

nahm jedes Detail in mich auf: seine Haare, seine Haut und die innere Ruhe, die sich bei seinem Anblick in mir ausbreitete. Jax schaute an mir vorbei auf das Haus, aus dem Gespräche und Gelächter erklangen. »Ich habe einen Tipp bekommen, dass hier eine Überraschungsparty stattfindet«, sagte er. »Anscheinend bin ich ein bisschen spät. Aber das ist bei einer Feier nur höflich, stimmt's?«

Darüber dachte ich einen Augenblick nach. »Zu spät kommen ist okay. Aber es zerstört irgendwie das Überraschungsmoment«, stellte ich trocken fest.

Er nickte reuig. »Okay, du hast mich durchschaut, ich bin ein Partybanause«, sagte er. »Clare hat mich eingeladen. Wahrscheinlich aus purem Mitleid, weil ich ihr jeden Tag auf die Nerven gefallen bin, um an dich heranzukommen.«

Vor lauter Glück wagte ich mich kaum zu rühren. Ich wollte diesen perfekten Moment nicht zerstören. Doch dann wurde mir klar, dass ich mir darum bei Jax keine Sorgen machen musste. Das Leben konnte überraschende Haken schlagen, doch er würde immer an meiner Seite bleiben, verlässlich und sicher.

Jax ließ die gelbe Tasche von seiner Schulter gleiten. Ich trat eine Stufe weiter nach unten, dann blieb ich wieder zögernd stehen.

»Anscheinend sind wir berühmt«, stellte ich fest. Jax errötete sichtbar.

»Ja, das ist ein bisschen schräg«, sagte er und kratzte sich den Hinterkopf. »Ich habe gehört, der Time Square in New York ist mit uns plakatiert.«

»Mit unserem Foto?«

Er nickte und zitierte: »›Der Kuss, der das DS-System gestürzt hat.‹ ›Ein Kuss geht um die Welt.‹«

Ich wand mich ein bisschen. »Ja, davon habe ich gehört.«

»Inzwischen hat das Foto sechsundsechzig Millionen Likes und Links. Meine Kumpel haben Spaß daran, mich mit stündlichen Updates zu versorgen.« Er begegnete meinem Blick. »Die Sache tut mir wirklich leid.«

»Wirklich?« Wie enttäuschend.

»Ich wollte dich nicht verärgern. Manchmal kommen mir spontan verrückte Ideen und ich denke nicht über die Konsequenzen nach.«

Ich grinste. »Glücklicherweise passiert mir so was nie«, sagte ich.

Er trat auf die unterste Stufe und sein Blick wanderte an mir entlang, als wollte er mich am liebsten mit Haut und Haaren auffressen. »Scorpio muss vor Wut schäumen. Ich wurde nicht hierher bestellt, damit er mir in den Hintern treten kann, oder?«

Ich schüttelte den Kopf. »Er ist an die Ostküste gezogen.«

»Oh«, sagte er und grinste. Dann bemerkte er seinen Fauxpas und hörte hastig damit auf. »Ich würde ja sagen, dass es mir leid tut, aber …«

»In echt bist du ganz entzückt?«, vervollständigte ich den Satz.

Er hob lässig eine Schulter. »Vielleicht bekommt ihr eine Fernbeziehung hin. Er ist ja nicht ans andere Ende der Welt gezogen … höchstens ein Viertel davon. Ihr könntet chatten und euch auf virtuellen Dates treffen, weil das schließlich genau euer Ding ist.«

»Wir haben Schluss gemacht«, sagte ich, bevor er noch sarkastischer werden konnte.

Jax grinste wieder und versuchte diesmal nicht, es zu verbergen. »Tja, der Grund war hoffentlich nicht ich.«

Ich konnte nur zurücklächeln. Natürlich war Jax der Grund. Er war der stabile Mittelweg, nach dem ich die ganze Zeit gesucht hatte. Allerdings hatte ich das erst nach einer langen Reise und vielen Umwegen begriffen.

»War die Sache bei der Wahldemo wirklich nur eine PR-Aktion?«, fragte ich ihn.

Jax setzte eine beleidigte Miene auf. »Ich hatte dich vorgewarnt, dass ich einen Plan habe.«

»Ja, um Stimmen zu sammeln«, meinte ich.

Er schüttelte den Kopf. »Die Demo war mir total egal. Ich habe nur versucht, romantisch zu sein. Wie schon gesagt, ein erster Kuss ist immer eine große Sache.«

Ich blickte hinunter auf die Stufen, die uns trennten. »Du warst nicht schlecht«, gab ich zu.

»Nicht schlecht?«, wiederholte er und lehnte sich vor. »Komm schon, der Kuss war spitzenmäßig heiß. Leider hast du mir damit alles ruiniert.«

»Ach ja, wie denn?«, fragte ich.

»Weil sich dieser Kuss nicht toppen lässt.«

Ich schaute ihm in die Augen. »Heißt das, du willst es noch bei anderen ausprobieren?«

Er schüttelte den Kopf. »Kommt gar nicht infrage.«

Ich segelte die letzten Stufen zu ihm herunter, als würde ich mich aus einer offenen Flugzeugklappe werfen. Das Leben war doch sowieso ein freier Fall. Jede Entscheidung im Leben, jede neue Beziehung, jedes Jobangebot, jede Veränderung war ein Sprung ins Ungewisse. Davon starb man schon nicht. Am schlimmsten war immer die Angst vor dem Absprung. Das Geheimnis lag darin, ganz fest zu glauben, dass wir alle fliegen konnten.

Ich warf Jax die Arme um den Hals, und er hob mich mühelos vom Boden, sodass ich die Beine um seine Taille schlingen konnte. Seine Brust schmiegte sich an meine, und unsere Lippen fanden einander, warm und weich. Die Landung war perfekt.

24. Juni 2061

Was ist das Leben?

Früher glaubte ich, die Antwort würde keine große Rolle spielen. Heute weiß ich, dass unser Leben einem Kunstwerk ähnelt. Du kannst es vorgefertigt kaufen und die Ideen von anderen bewundern. Oder du erschaffst es selbst, jeden einzelnen Pinselstrich, jede brüchige Linie, jedes Mosaikteil. Dann kannst du die Farben und Texturen frei bestimmen. Vielleicht versteht niemand sonst, was das Ergebnis bedeuten soll, doch für dich macht es Sinn.

Auf dem Weg werden dir Menschen begegnen, die dich verwandeln, öffnen, entstauben. Scheinbar zufällige Begegnungen können entscheiden, ob du im Leben gewinnst oder verlierst. Wenn das geschieht, begreifst du meistens erst im Rückblick, welche enorme Wirkung diese Menschen hatten. Sie haben deinen Kurs umgelenkt und deinen Weg bestimmt. In den entscheidenden Momenten taucht immer jemand auf, um zu helfen. Manche Begegnungen sind flüchtig, andere Menschen bleiben oder hinterlassen tiefe Spuren. Aber auf jeden Fall passiert nichts davon jemals so, wie du es erwartest.

Wenn das Leben immer nach Plan verlaufen würde, wäre es schließlich todlangweilig. Wie eine Straße ohne Kurven. Wie eine Landschaft ohne Höhen und Tiefen. Wenn Schönheit entstehen soll, braucht man das Unerwartete. Man muss sich einfach nur dafür öffnen, für die Veränderungen und Kontraste … und für alles, was noch kommt.

Katie Kacvinsky arbeitete als Model und Lehrerin, bevor sie sich entschied, ihre Zeit ganz dem Schreiben zu widmen. Sie lebt in Oregon, USA. *Die Rebellion der Maddie Freeman*, ihr Debüt, erschien erfolgreich bei Boje im Herbst 2011. Auch der zweite Band, *Maddie – Der Widerstand geht weiter* (wieder Boje 2013), hat viele begeisterte Leserinnen gefunden. Nun liegt endlich der Abschluss der spannenden Trilogie vor.